SILVANA DE MARI

Das Erbe des Magierkönigs

DIE TOCHTER DES LICHTS

SILVANA DE MARI

Das Erbe des Magierkönigs

DIE TOCHTER DES LICHTS

Aus dem Italienischen von
Barbara Kleiner

cbj

Dieses Buch ist auch als E-Book erhältlich.

Danke, Maurizio und Elena
S. D. M.

MIX
Papier aus verantwortungsvollen Quellen
FSC® C014496

Verlagsgruppe Random House FSC® N001967

1. Auflage 2018

cbj Kinder- und Jugendbuchverlag
in der Verlagsgruppe Random House GmbH,
Neumarkter Str. 28, 81673 München

Die italienische Originalausgabe erschien 2017 unter dem Titel
»Hania – La strega muta« bei Giunti Editore, Florenz
Vermittlung durch die MalaTesta Literaturagentur, Mailand
Übersetzung: Barbara Kleiner
Umschlagkonzeption: Geviert, Grafik & Typografie
unter Verwendung einer Illustration von © Bente Schlick
MP · Herstellung: UK
Satz: Uhl + Massopust, Aalen
Druck: GGP Media GmbH, Pößneck
ISBN 978-3-570-17404-3
Printed in Germany

www.cbj-verlag.de

Für alle Kobolde,
die in der leidvollen
Geschichte der Welt
ihre schmerzliche Stimme
erhoben haben
für ihr zerbrochenes Leben.

1

Schafe und Wölfe

Ardo war Kommandant der Südbrigade, ein aufrechter, tüchtiger Soldat, der zur Verteidigung einer ruhigen und staubigen Grenze abgestellt war. Seinen Sohn hatte er als jüngsten Soldaten, den man je gesehen hatte, in die Armee des Reichs der Sieben Gipfel aufgenommen, einen erst fünfjährigen Jungen. Der Kleine hieß Gartred, aber der Name war zu lang für einen solchen Dreikäsehoch von einem Soldaten, also wurde er Gari gerufen.

Nach dem Tod seiner Frau blieb Ardo nichts anderes übrig, als sein Kind mitzunehmen zum Schloss des Verlorenen Wassers, jenem alten Gemäuer, in dem die Soldaten zur Bewachung der Südgrenze untergebracht waren: eingestürzte Türme, verfallene Mauern unter einer gleißenden Sonne, die ihre Helme zum Glühen und die Seelen zur Verzweiflung brachte.

Gari war sein einziges Kind, hervorgegangen aus einer ruhigen, späten Ehe, die durch die Weisheit einer Heiratsvermittlerin zustande gekommen war. Diese hatte einen Mann und eine Frau verkuppelt, die beide ein Alter erreicht hatten, in dem es langsam peinlich wurde, dass niemand sie bisher gewollt hatte.

Ein Jahr vor Garis Geburt war die Heiratsvermittlerin im Schloss des Verlorenen Wassers aufgekreuzt, hatte nach dem Kommandanten gefragt und erklärt, sie würde sich nicht von der Stelle rühren, bis sie vorgelassen werde. Sie war eine der letzten Vertreterinnen des Volks der Zwerge. Ihre sehr hellen, grünblauen Augen leuchteten aus einem Faltengewirr hervor. Es hieß, ihr Volk besäße geheimes und beängstigendes Wissen, auch deshalb wagte niemand, sie zu verjagen, und so gelangte sie schließlich zu Ardo.

»Ich habe da eine Jungfer, die ist nicht schlecht«, sagte sie, als sie endlich vor ihm stand. »Eine Schäferin, ein anständiges Mädel.«

Die Heiratsvermittlerin war von winziger Gestalt, gehüllt in graue Schleier, und trug an den Handgelenken Armreife voller Glöckchen. Ihre Bewegungen waren so leicht wie die eines Sperlings, doch ihre Stimme war durchdringend und bestimmt, sodass sie in dem kahlen Raum nachdrücklich widerhallte.

»Ich habe nicht die Absicht, mir eine Frau zu nehmen«, antwortete der Kommandant kurz angebunden, wobei er sich fragte, wie dieses Weiblein die Wachposten an der Tür hatte überzeugen können, sie vorzulassen.

»Das ist Unsinn«, erklärte ihm die Heiratsvermittlerin höflich. »Jeder Mann braucht eine Frau. Niemand darf allein bleiben. Es ist besser zu zweit, wenn einer fällt, kann der andere ihm aufhelfen.«

»Meine Aufgabe ist hier. Mein Zuhause auch«, erwiderte er barsch, wobei er unter der Strenge zu verbergen suchte, dass ihre Worte einen nie ganz erloschenen Wunsch nach einem weniger kargen Leben geweckt hatten.

»Ihr bleibt hier und spielt den Helden, und sie bleibt bei sich zu Hause und hütet die Schafe, die sie ja nicht allein lassen kann, die armen Viecher. Ab und zu seht ihr euch. Einmal im Monat legt Ihr die Rüstung ab, sonst erschrecken die Schafe und geben keine Milch mehr, und geht Eure Frau besuchen. Es wird eine Ehe mit Intervallen, die funktionieren am besten, die Entfernung ist für eine Verbindung ideal: Es gibt nicht so leicht Streit, aus der Ferne erscheint der andere immer besser.«

»Ich bin verwundet worden«, sagte der Kommandant verlegen. Im Krieg der Zwei Winter vor fünfzehn Jahren hatte er einen Arm verloren. Und er hinkte. Weshalb er es nie gewagt hatte, einer Frau einen Antrag zu machen. Und dann war er von Jahr zu Jahr verzagter geworden.

»Verwundet ist nicht der richtige Ausdruck. Verwundet ist man, wenn man Blut verliert, aber danach ist der Mensch noch ganz. Ihr habt unterwegs Teile verloren. Das ist mehr als verwundet«, korrigierte ihn die Alte unerwartet sanft. »Doch Ihr habt einen guten Sold. Und dann, wenn ein Mann in der Schlacht Teile verloren hat, nimmt ihm das nicht viel. Kurzum, ich bin gekommen, Euch zu sagen, dass ich eine Jungfer habe, wenn auch kein Mädchen in seiner Blüte. Solltet Ihr sie nicht nehmen, nimmt sie keiner. Sie ist nicht mehr jung, aber ein oder zwei Kinder kann sie Euch noch schenken. Wollt Ihr sie?«

Bis zu diesem Morgen war der Kommandant sicher gewesen, dass er kinderlos sterben würde. Lang betrachtete er dieses merkwürdige Geschöpf, das vor ihm in einem Wirbel aus grauen Schleiern und Glöckchen Gestalt angenommen hatte, um ihm von einer Frau und einem Zuhause zu erzählen. Bis vor wenigen Stunden war all das undenkbar für ihn gewesen, doch nun erschien es ihm von Augenblick zu Augenblick immer begehrenswerter. Undeutlich wurde ihm klar, dass die Glöckchen etwas Faszinierendes hatten, vielleicht etwas Hypnotisches, und dass sie ein wichtiges Element in der Überzeugungskunst dieses uralten Weibleins sein mussten.

»Warum also nicht?«, fragte die Heiratsvermittlerin nach.

»Ja, warum nicht?«, murmelte er.

Das winzige Weiblein lächelte.

»Das macht vier Silbertaler«, teilte sie vergnügt mit.

»Vier Silbertaler? Vierzig Heller? Das ist verrückt. So viel kommt ja gar nicht infrage. Warum zum Teufel sollte ich Euch vier Silbertaler geben? Ich brauche nur in den Ort zu gehen und mir eine Jungfer mit drei Schafen zu suchen, und dabei spare ich mir auch noch die fünf Heller, die ich anständigerweise bereit war, Euch zu geben, weil Ihr Euch die Mühe gemacht habt, hierherzukommen.«

Als Antwort gab es einen wahren Wirbel von Gelächter und Glöckchengeklingel. Dem Kommandanten kam es nicht so vor, als hätte er etwas derart Erheiterndes gesagt.

»Man bezahlt für *die Idee*. Hätte ich sie nicht gehabt, Ihr hättet weiterhin ein Leben geführt, das mit rein gar nichts angefüllt ist, denn wo ein Mann keiner Frau begegnet, ist das rein gar nichts. Früher oder später werdet Ihr sterben, und wenn man stirbt, macht es einen Unterschied, ob da jemand ist, der unseren Tod beweint. Wenn Ihr geht, werdet Ihr dank meiner Hilfe Nachkommen hinterlassen. Das wird Eurem Tod Sinn verleihen und Eurem Leben Wert. An dem Tag, das versichere ich Euch, werdet Ihr froh sein um diese vier Silbertaler. Wenn man etwas, was an sich keinen Preis hat, teuer bezahlt, hat man in jedem Fall ein gutes Geschäft gemacht. Ihr müsst eine Frau und Nachkommen haben. Wenn der Herr der Finsternis erneut angreift, darf er uns nicht allein antreffen.«

»Dass es den Finsteren gibt, ist Altweiberglaube«, wandte der Kommandant ein.

»Ich bin eine alte Frau, sehr alt. Älter als alle Bäume, die Ihr je an Eurem Weg gesehen habt. Mein Gedächtnis ist älter als ihres. Macht Euch keine Illusionen. Der Herr der Finsternis wird angreifen. Er hat versucht, uns mit Gewalt zu nehmen, und ist gescheitert. Jetzt wird er es anders probieren. Ihr werdet sehen. Wenn der Bruder den Bruder verrät, wenn der Blick des Freundes scheel wird, dann wisst Ihr, dass der Wolf im Schafstall ist. Wenn der Finstere angreift, werdet Ihr froh sein um diese vier Silbertaler.«

»Ich werde auch froh sein, wenn es nur zwei sind, und selbst das ist noch verflucht teuer«, brachte der Kommandant schließlich hervor.

Das alte Weiblein gab nicht nach, es blieb bei den vier Silbertalern. Und das Geschäft wurde abgemacht.

Die Hochzeit wurde in aller Schlichtheit gefeiert.

In dem kleinen Haus, dem bescheidensten in einem verlorenen, mit Schafställen gesprenkelten Schäferdorf, herrschte meist eine stille Verlegenheit zwischen den beiden Eheleuten. Durch jede neue Abwesenheit des Kommandanten für die unnütze Bewachung eines staubigen und verschlafenen Grenzpostens wurde diese unweigerlich immer wieder erneuert.

Erst nach dem Tod seiner Frau wurde dem Mann bewusst, welch unfüllbare Lücke diese kleine schüchterne Frau hinterlassen hatte. Ihm fehlte das scheue Lächeln, mit dem sie ihm ein Schneckengericht in saurer Sahne auftischte, dessen Rezept nur sie kannte, die verlegene Zärtlichkeit ihrer Liebesbegegnungen, der Klang ihrer Stimme, wenn sie dem Kind zum Einschlafen komische Märchen erzählte.

Eines Tages, als der Kommandant in das Häuschen zurückgekehrt war, den Sack voller kleiner Geschenke, Bohnen, Nüsse, ein Stück blaues Leinen für ein neues Kleid, hatte ihn das verzweifelte Schluchzen seines Sohnes empfangen und der schwarze Schleier der Trauer.

Den Wert des Wassers erkennt man erst in der Wüste, und in der Gefühlswüste, zu der sein Leben nun mit einem Schlag geworden war, beschloss er, den Fehler, fern von der geliebten Person zu leben, nicht noch einmal zu machen.

Das Fieber hatte seine Frau hinweggerafft, während er abwesend war. Doch Gari würde er von nun an nicht mehr aus den Augen lassen, er würde ihn immer bei sich behalten.

Der Kommandant verriegelte das Haus, verkaufte die paar Schafe und den kleinen Schafstall und erklärte seinen verdutzten Untergegebenen und den fernen Vorgesetzten, dass der Junge ab jetzt Teil der Garnison sein würde: Es gab keine andere Möglichkeit, weil da weder Nachbarinnen noch Schwestern oder Schwägerinnen waren, denen man ihn hätte anvertrauen können. Er versicherte, dass Gari niemanden stören und das Leben der Soldaten in keiner Weise verändern würde.

Darin täuschte der Kommandant sich allerdings. Die Anwesenheit des Kindes war ein Hauch von Frühling, ein Funken Lebendigkeit, der neues Feuer entfachte. Der kleine Junge verhinderte die Verrohung, die in der Seele von Menschen aufkommt, wenn ihr natürlicher Drang, tätig und konstruktiv zu sein, brachliegt.

Als Gari in Begleitung seines Vaters in die Garnison kam, kannte er nur sein bisheriges ruhiges Leben in dem bescheidensten Haus eines bescheidenen Dorfes, wo die einzige Gesellschaft und der einzige Reichtum bescheidene Schafställe waren.

Da er nie etwas anderes gesehen hatte, erschien ihm das Leben in der Garnison prachtvoll: die Soldaten eine Zierde der Ordnung, ihre verrosteten Waffen ein Sinnbild an Macht, ihre aus gekochten Lederplättchen mit Schafsehnen zusammengenähten Panzer wie ein Beispiel an Geometrie und Schönheit. Ihre schlampigen Uniformen waren jedenfalls großartiger als die Lumpen der Dorfbewohner, die aufgestellten Hellebarden heldenhafter als die Mistgabeln, die zwei mageren Pferde unendlich viel größer und majestätischer als die Schafe und sogar als der einzige Esel im Dorf – das größte Tier, das Gari je gesehen hatte. So heruntergekommen die Garnison auch sein mochte, immerhin lag sie in einem Schloss.

»Ihr seid herrlich und großartig«, flüsterte der Junge, als er die Garnison zum ersten Mal sah, nachdem er sie lang mit halb offenem Mund betrachtet hatte, die Augen aufgerissen vor Staunen und bedingungsloser Bewunderung.

Dieser einzige Satz vollbrachte das, was Generationen von Kommandanten nicht einmal zu träumen gewagt hatten, was unablässig wiederholte Ermahnungen und Strafen nicht einmal im Ansatz zuwege brachten: Der verzückte Blick des Kindes half der gelangweilten Garnison, ihre Würde wiederzuentdecken.

All die in einer Friedenszeit unnützen Grenzwächter fühlten sich plötzlich aufgerufen, ein gutes Beispiel zu geben. Um der Bewunderung des Kindes gerecht zu werden, wurden sie aktiver. Unausweichlich entdeckten sie dabei, dass Tätigkeit im Grunde schöner ist als Nichtstun und das Streben nach Vollkommenheit glücklicher macht als das Sichergeben in Nachlässigkeit.

Das alte Schloss wurde vom Rost befreit, der nach und nach Hellebarden, Schwerter, Türangeln und ihre Kämpferseelen überzogen hatte. Denn auch wenn die Soldaten es vergessen hatten, sie waren einmal von Kampfesmut beseelt gewesen, der hell geleuchtet hatte an dem Tag, an dem sie beschlossen hatten, Waffen zu tragen. Der Rost begann also zurückzuweichen, er verlor eine Schlacht, die er schon für gewonnen gehalten hatte: Er wurde von Hellebarden, Türangeln und Schwertern und aus den Herzen vertrieben.

Sich dem Jungen so zu zeigen, wie er sie in jenem ersten Augenblick gesehen hatte, wurde den Männern zur zweiten Natur. Der Stahl wurde poliert, Messing ebenso, die Fußböden mit unglaublicher Regelmäßigkeit und rührender Gewissenhaftigkeit gefegt. Die nötige Ausbildung des Jungen beschäftigte alle Männer, sodass sie ihre eigenen Schwertkampffähigkeiten pflegten, bis sie glänzten wie das Messing und der Stahl.

Der Unterricht im Bogenschießen besserte die Küchenvorräte mit erlegten Schlangen, Mäusen und wilden Kaninchen auf. Die Übungen mit der Axt füllten den Hof mit ordentlichen Stapeln penibel gehackten Holzes. Sie brachten dem Jungen alles bei: Duellregeln, Ringen, die Kunst des Auskundschaftens, sogar Kriegsstrategien. Gari lernte, wo man im Fall eines Angriffs Männer verstecken konnte, welches gefährliche Sumpfstellen waren, die man mit Wagen und Pferd meiden musste, welche Pässe man schließen musste, um die Feinde in eine Lawine zu treiben.

Aufgabe der Brigade war es, den südlichen Zugang zur *Himmelspforte* zu schützen, das war der Pass, über den man in das runde Tal des kleinen Königreichs der Sieben Gipfel gelangte. Das Gebirge erhob sich im Norden und an klaren Tagen konnte man auch das großartige Grün an seinen Hängen erkennen. Noch weiter südlich von ihnen, die sie gerade noch zum Königreich gehörten, erstreckte sich eine Wüste mit steinernen Türmen, die der Wind geformt hatte. Die Wüste wurde nur von einem sehr grünen, schmalen Streifen unterbrochen, dem *Tal der Sprudelnden Quellen,* wo das Wasser reichlich floss und so gut war, dass der Aberglaube besagte, es besitze Heilkräfte gegen die Mächte des Bösen und helfe auch bei kleinen Beschwerden wie Blasen, Zahnweh und schlechten Träumen.

»Von wegen Aberglaube. Wären wir schlau gewesen, hätten wir uns ein wenig von dem Zeug beschafft und hätten es im Schloss gelagert, man weiß ja nie«, schnaubte Baio, der Vizekommandant und älteste Mann der Brigade, allerdings leise, um nicht womöglich doch Spott dafür zu ernten.

Nachdem sein Strategieunterricht abgeschlossen war, lernte Gari die Regeln des Rittertums kennen. Alle Männer miteinander erklärten ihm, dass man redlich kämpfen musste, dass man kämpfte, um das Königreich zu verteidigen, um Frauen und Kinder zu retten, das verlange die Ehre eines Kriegers.

Gari kam aus einem Schäferdorf, also erklärten sie dem Jungen mit entsprechenden Beispielen, was sie meinten: Das Königreich der Sieben Gipfel war der Schafstall, sie waren die Schäferhunde, man hoffte, dass die Wölfe nie kamen, doch wenn sie kamen, würden die Hunde sie aufhalten, wie sie es schon in der Vergangenheit getan hatten und auch in Zukunft tun würden. Sie alle hatten die Wölfe aufgehalten, schon früher zur Zeit von König Ari, und als der König gestorben war und sie allein gelassen hatte, hatten sie den Krieg der Zwei Winter geführt.

Ardo erzählte seinem Sohn die Geschichte dieses Krieges: »Wir unterstanden dem Befehl des Magierkönigs, des Vaters von König Ari, und wir waren siegreich. Ich war damals im Norden, zusammen mit Baio, dort in den Bergen haben wir die Barbaren zurückgeschlagen. Sie kamen in riesigen Horden. Mit dem Schwert waren sie nicht aufzuhalten, man brauchte die Axt. Mein Kommandant hieß Dartred, ein großer Kommandant, deshalb habe ich dich Gartred genannt. Deine Mutter hat das zu Gari abgekürzt. Hierher hat man mich geschickt, nachdem ich einen Arm verloren hatte. Um eine Axt zu schwingen, braucht man zwei Hände. Hier war der Krieg nicht so schlimm, ein Arm war da ausreichend. Baio hat mich begleitet, weil ich mich auf jemanden stützen musste, allein hätte ich es nicht geschafft.«

Die kleine Garnison blieb stark und mit großem innerem Zusammenhalt, wachsam und schlagkräftig. Gari wurde ein kleiner, aber perfekter Soldat. Sein einziger Fehler war, dass er keinen Fehler hatte. Er kannte keine Gleichaltrigen, hatte keine Ungerechtigkeit erdulden müssen und wusste deshalb nicht, wie man sich gegen Spott wehrt oder dass es nicht nur Schwarz und Weiß gibt, sondern auch Zwischentöne. Deshalb war Gari erfüllt von der Idee absoluter Vollkommenheit: Ein Befehl konnte nicht falsch sein, es konnte keinen Zweifel daran geben. Als einziger Weg zum Glück der Menschen führten nur Gleichmut, Gehorsam und die Freude daran, seine Pflicht zu tun.

Die Welt war schön, das Leben war einfach. Man brauchte nur die Befehle auszuführen, und zwar in der bestmöglichen Weise.

Die Erwartung eines Feindes wurde für den Jungen fast zur Obsession. In gewisser Weise war es eine Enttäuschung für Gari, dass sich keine Gelegenheit bot, seinen Heldenmut zu beweisen. Die Erzählungen seines Vaters und Baios über die Ereignisse des Krieges, der vor fast einem Jahrzehnt die Welt mit Blut überzogen hatte, wurden bei jedem Mal Erzählen mit neuen Einzelheiten angereichert. Diese stammten aus anderen Geschichten, die sie ihrerseits von ihren Vätern und Großvätern gehört hatten. In all diesen Erzählungen, die ergänzt, ausgeschmückt, aufgebauscht und erfunden wurden, stand die Südbrigade, die unter dem Befehl des alten Magierkönigs die feindlichen Heere an der Himmelspforte zurückgeschlagen hatte, im Mittelpunkt, gehüllt in eine goldene Aura der Tapferkeit und Tüchtigkeit.

Gari träumte von dem Augenblick, da er selbst würde kämpfen können. Er nahm die Gewohnheit an, jeden Tag noch vor Sonnenaufgang die Fahnenstange hinaufzuklettern, an der hoch oben auf dem Turm die Flagge wehte. Voller Hoffnung hielt dort Ausschau nach irgendeiner Gefahr, doch am Horizont zeigte sich nichts, keine Art von Feind.

Sein Vater und die Männer teilten seine Enttäuschung nie und erklärten ihm, wenn ihr Land ein Schafstall wäre, wären sie die Hunde, und den Schafen ginge es besser, wenn kein Wolf in der Nähe sei. Seinen Verstand überzeugte das schon, sein Kinderherz aber nicht. Da er in seinem Leben noch nie einen im Kampf gefallenen Toten gesehen hatte, fantasierte er weiter von den Truppen, die er aufhalten würde.

Seine ganze freie Zeit verbachte Gari mit Bogenschießen, die einzige kriegerische Disziplin, die er allein ausüben konnte, und außerdem die einzige, die den Kochtopf auffüllte. Jahr um Jahr wurde er ein immer besserer Bogenschütze, er konnte die Windrichtung einkalkulieren und wurde immer stärker, auch auf die Entfernung verlor er nicht an Präzision. Die ganze Garnison wurde nach und nach stolz auf ihn.

Doch dann kam jene höllische Nacht, als rote Meteore den Himmel überzogen und alle, die wagten, sie anzuschauen, mit solchem Grauen und Schmerz erfüllten, dass der Tod ihnen wie eine Erlösung schien.

Wie immer erwachte Gari bei Sonnenaufgang, um den Horizont abzusuchen, in der Hoffnung auf eine drohende Gefahr, doch er kam nicht bis zum Turm. Sein Vater hielt ihn im Hof auf und drückte ihn an sich, bedeckte seine Augen mit den Händen, damit er nicht an den Himmel schaute, doch einen Moment lang konnte Gari einen dieser seltsamen Himmelskörper in seinem ekelhaften Licht erkennen, und das blieb ihm für immer in Erinnerung. Der Junge begriff, dass sich ein furchtbarer Zauber über ihr kleines Königreich legte: Sie wurden angegriffen und konnten nichts dagegen tun. Baio wiederholte, dass es eine schöne Sache wäre, ein Fläschchen von dem Heiligen Wasser dazuhaben, und seine Worte fielen in entsetztes Schweigen. Gari fühlte, wie alle Freude aus seinem Herzen wich, ja jede Hoffnung darauf, wie damals, als seine Mutter gestorben war.

In den folgenden Tagen hofften alle auf eine Nachricht, die diesem Himmelsereignis einen Sinn geben und sie aufmuntern könnte, aber das Herz des Reiches, die Hauptstadt, blieb lange stumm und verschlossen. Dann endlich brachte ein Bote ein Pergament mit dem goldfarbenen Siegel der königlichen Mitteilungen.

Da waren eine schlechte Nachricht – der Magierkönig war tot – und eine gute Nachricht – Prinzessin Mariel war jetzt Herrscherin. Die Tochter von König Ari war bekannt für ihre Schönheit, voller Mut und Ehre, strahlend von Sanftmut und Ritterlichkeit. Gari fühlte, wie sein Herz sich mit Liebe zu ihr füllte, sie wurde für ihn zum Symbol für alles, was auf der Welt Wert hat: die Liebe seiner Mutter, der Duft des Windes auf den Hügeln, das Meckern der Schafe, der Glanz der Morgenröte: Alles floss ein in die Liebe zu ihr, die seine Kommandantin und Herrscherin war. Für sie würde er jederzeit sein Leben geben, ohne das geringste Bedauern, ja in dem Glücksgefühl, dass sein Leben kein besseres Ende finden könnte.

Das Leben ging derweil auch in der Garnison weiter. Ab und zu erschien am reglosen Horizont ein königlicher Bote mit einem Pergament, immer mit Siegel, aber dessen Farbe war von einem stumpfen und glanzlosen Ocker. In einer Botschaft wurde verlangt, das Fleisch in der Verpflegung zu reduzieren, um etwas einzusparen. In einer anderen wurde verlangt, die Pferde grasen zu lassen, um keinen Hafer mehr kaufen zu müssen. Man gewann den

Eindruck, das Königreich verarme, steure langsam auf ein Ende im Elend zu. Aber vielleicht wurden auch nur sie von der Südbrigade als nicht wichtig genug angesehen, um etwas für sie auszugeben. Dann kam lange Zeit nichts, der Horizont blieb leer, und schließlich, an Garis siebtem Geburtstag, kam ein Bote mit einem Pergament mit blutrotem Siegel: ein militärischer Befehl.

Der Moment des Krieges war gekommen.

Gari betrachtete lang dieses Siegel, ohne den Blick davon abwenden zu können, bis sein Vater es erbrach und das Pergament aufrollte. Vielleicht würde er für Prinzessin Mariel kämpfen können, sie vor allen Feinden beschützen, für sie sterben können. Gari schwor beim Andenken seiner Mutter, dass er das tun würde.

Vor versammelter Mannschaft, die in dem kleinen, rein gefegten Hof angetreten war, verlas der Kommandant die sehr lange Botschaft, mit immer mehr Verzweiflung und Entsetzen in der Stimme.

Etwas Verrückteres konnte es nicht geben. Selbst in den absurdesten Träumen nicht, die man gegen Morgen träumt, wo nichts einen Sinn ergibt, alles schrecklich ist und die Naturgesetze aufgehoben scheinen wie in einem verkehrten Spiegel, wo Weiß Schwarz und Schwarz Weiß wird.

In dieser Botschaft stand, dass in der Meteornacht ein Dämon Prinzessin Mariel befallen und sie nun sein Kind ausgetragen habe. Die Prinzessin, auf der die Hoffnungen des Reichs ruhten, Erbin von Mut und Ehre, war darüber verrückt geworden. Sie hatte sich geweigert, das Dämonenkind zu töten. Also lautete der Befehl, die Prinzessin festzunehmen und ihr Kind, ein Mädchen, zu finden und zu töten.

Als die Stimme des Kommandanten verstummte, füllte das Gesumm der Fliegen die lang anhaltende Stille in der flirrenden Sonnenhitze.

Gari hatte einen trockenen Mund und trockene Augen, weil ein Soldat nicht weint, aber seine Seele war zerrissen und leer wie an dem Tag, als seine Mutter gestorben war. Die Wölfe kamen von außen, und er würde sein Blut vergießen, um sie aufzuhalten. Aber nein. Die Wölfe waren im Schafstall, als Schafe verkleidet. Der Auftrag war vor allem, die Kinder zu retten. Der Auftrag war vor allem, die Prinzessin zu retten. Das forderten Heldenmut, Glaube und Loyalität.

Doch nun war ein Bote mit einem blutroten Siegel erschienen und alles war anders.

Zum zweiten Mal musste Gari mit ansehen, wie seine Welt zusammenbrach. Zum ersten Mal war das beim Tod seiner Mutter gewesen, aber die Aussicht, ein Ritter zu werden, hatte die schreckliche Leere, die sie hinterließ, füllen können. Aber jetzt war das Rittertum selbst gestorben, Garis einziger Lebenszweck.

Er hörte seinen Vater, wie er Befehle erteilte, wo man Wachposten aufstellen musste, welche Patrouillen gegangen werden mussten. Nicht gegen feindliche Heere, nicht um einen Überfall abzuwehren, *sondern gegen die Prinzessin und ihr Kind.*

»Das dürfte so schwer nicht sein«, sagte der Kommandant schließlich.

Schwer vielleicht nicht. Aber grauenhaft.

Um diese Aufgabe zu erfüllen, sollte die Südbrigade mit der Ostbrigade zusammengelegt werden, die wesentlich stärker war. Sie würden dieser eingegliedert unter dem Befehl von Kommandant Kinnik.

Nachdem er diese Zeilen gelesen hatte, hielt Garis Vater inne, damit seine Leute Zeit hatten, ihre Bedeutung zu erfassen: Das Kommando der Südtruppen lag nicht mehr bei ihm, er würde nun ein Offizier wie alle anderen sein.

Langsam, Silbe für Silbe betonend, las er die letzten Anweisungen: Das Mädchen sei wunderschön, es sähe älter aus, als es war, der Komplize der Prinzessin hieße Dartred und sei schon gefangen genommen worden. Bei diesem Namen, *Dartred*, stockte Ardo, seine Stimme versagte, und er las noch einmal, bis er den Namen vollständig über die Lippen brachte.

Baio stand hinten im Hof bei Gari – der Älteste und der Jüngste nebeneinander.

»Was für ein Schwachsinn!«, murmelte er. »Dein Vater und ich haben mit diesem Dartred zusammen den Krieg im Norden geführt, das haben wir dir schon tausendmal erzählt. Wenn er nicht gewesen wäre, wären wir alle tot, und dann wäre auch das Reich untergegangen.«

2

Eine Zelle so groß wie ein Sarg

Während er in einer Zelle, die kaum größer war als ein Sarg, darauf wartete, gehängt zu werden, hatte Dartred, der Krieger, Zeit, sein Leben zu überdenken. Er hatte ein erfülltes Leben gehabt, erfüllt von Liebe, Schmerz, Zärtlichkeit und Qual. Er war als Sohn eines Schmieds geboren, er war von Rastrid, dem König der Zwerge, in der Kunst der Metallverarbeitung unterwiesen worden und in der Kriegskunst von König Ari persönlich. Vielleicht liebte er deshalb dessen Tochter Mariel von Anbeginn an. Als die Prinzessin allein aus dem Königspalast geflohen war und sich vor allen verbarg, hatte er es bemerkt und war ihr gefolgt.

Als Dartred sie endlich erblickte, auf der Flucht, die Kapuze des indigoblauen Mantels ins Gesicht gezogen, verbarg sie etwas, nein, jemanden, ein Mädchen, ein wunderschönes stummes Mädchen mit einem Mal am Handgelenk: die Tochter des Herrn der Finsternis. Der wollte durch das Kind die Welt dem Untergang weihen, indem er die Prinzessin zwang, ihr eigenes Kind zu töten. Dann hätte das Böse endgültig Einzug in der Welt der Menschen gehalten.

Dartred hatte das herausgefunden und beschlossen, für Mariel zu kämpfen, mit ihr, an ihrer Seite und unter ihrem Befehl. So hatte sein aus den Fugen geratenes Leben endlich einen Sinn bekommen, ihr Knappe zu sein, sie um den Preis seines Lebens jeden Augenblick zu beschützen, war der einzige Lebensinhalt, ohne den seine Tage leer gewesen wären. Für die Prinzessin würde er sein Leben lassen. Und als nach und nach eine gewisse Vertrautheit zwischen ihnen entstand, war seine Bindung an sie total geworden.

Als Dartred sich in einer der Zellen der Stadt Kaam wiederfand, um dort seinen Tod am Galgen zu erwarten, war er verstimmt. Gehängt zu werden, aus der Welt zu scheiden genau in dem Augenblick, da du heftigst in ein Frau verliebt bist, die dich dringendst braucht, ist eine schwer zu ertragende Vorstellung. Zudem war die Zelle ein senkrechter Sarg, und obwohl er als Soldat Gewalt gewohnt war, graute ihm durchaus vor der Folter im Gefängnis.

Jedes Mal, wenn er Schritte auf dem Korridor hörte, krampfte sich sein Inneres vor Angst und Ekel zusammen, und immer schwerer fiel ihm das höhnische Lächeln, mit dem er seine Peiniger empfing. Er brauchte sein Leben so nötig wie nie und sie würden es ihm nehmen.

Wenn sie ihn umbrachten, würde er Mariel nicht mehr schützen können, die Tochter seines Königs. Doch auch wenn sie die Tochter eines Bettlers gewesen wäre, hätte sie ebenso jede Minute seines wachen Bewusstseins ausgefüllt. Nun aber, da sie ihn brauchte, konnte er nicht bei ihr sein, konnte nicht länger den verwegenen Traum träumen, ihr Mann zu werden.

Das Urteil war noch am Tag seiner Verhaftung ergangen, die Hinrichtung aber aus Gründen der Inszenierung und der öffentlichen Sicherheit um einen Monat aufgeschoben. Man musste der Bevölkerung Zeit lassen, sich auf das Spektakel vorzubereiten, und man musste sicher sein, hundertprozentig sicher, dass Mariel und ihre diabolische Tochter nicht mehr imstande waren, Schaden anzurichten, mithin an einem Ort waren, wo alle Gefährlichkeit gebannt war, nämlich sechs Fuß unter den Graswurzeln. Bis man diese Gewissheit hatte, behielt man ihn besser als Köder oder Geisel: Solange Mariel und ihre Tochter Hania am Leben waren, hatte Dartred einen gewissen Wert als Lebender. Dazu brauchten sie ihn lebend – aber nicht unversehrt, also ließen sie es an Prügel nicht fehlen.

Damit er sich über den Aufschub nicht zu sehr freute, hatte man Dartred in eine Zelle gesteckt, die ein Sarg war. Die Wände waren eiskalt und feucht, die Tür ging fast nie auf außer für jene, die ihn prügelten. Er konnte stehen oder sich hinhocken, aber im Hocken war wirklich wenig Raum, die Knie drückten ihm gegen den Brustkorb, und die Füße mussten nach innen gedreht werden, und dann waren da noch seine eigenen Ausscheidungen, also blieb Dartred stehen, solange er es aushielt. Im ersten Monat war Dartred so viel geschlagen worden, dass ihm sein legendärer Mut abhandengekommen war. Er konnte sich nicht einmal mehr erinnern, ein großer Krieger gewesen zu sein, genannt *der Kühne,* der im Krieg der Zwei Winter vor fünfzehn Jahren allein den Sieg herbeigeführt hatte. Er erinnerte sich nicht einmal mehr, dass er nie einem

Kampf ausgewichen war, vor nichts Angst gehabt hatte. Jeder Schritt, der sich seiner Zelle näherte, ängstigte ihn, also wartete er reglos in der völligen Dunkelheit, die ihn umgab, dass die Zeit verging, und sein Geist verlor sich in immer sinnloseren Gedanken.

Er hatte jedes Zeitgefühl völlig verloren, als plötzlich die Glühwürmchen auftauchten.

Als das erste Tierchen in dem dunklen Verlies Gestalt annahm, blendete sein Schein Dartreds Augen, die nicht mehr ans Licht gewöhnt waren. In der totalen Finsternis leuchtet ein Glühwürmchen wie blendendes Licht.

Dann wurden die Glühwürmchen ein Heer, und er glaubte, sein Geist sei völlig abgeglitten. Sie kamen durch den winzigen Spalt der stählernen Tür und mussten durch die Gänge der Verliese geschwebt sein. Ein verrückter Ort für Glühwürmchen, sie mussten also von einem starken Willen gelenkt sein. Die Glühwürmchen setzten sich an die Zellenwand und bildeten folgenden Satz:

Halt durch, wir kommen
M und H

Dartred verweilte lang bei den zwei Großbuchstaben. Wenn die Glühwürmchen wirklich existierten und nicht nur eine Ausgeburt seines durch Hunger und Durst geschwächten Geistes waren, dann bedeutete es, dass Hania besondere Kräfte hatte und sie für ihre Mutter einsetzte. Dadurch entstand wieder Hoffnung in ihm. Der Schmerz verschwand, die Angst auch. Er war wieder er selbst,

Dartred, der Kühne. Seine Prinzessin war noch am Leben, und das dämonische Mädchen, das sie geboren hatte, kämpfte an ihrer Seite.

Lange betrachtete Dartred die Schrift, die sich plötzlich auflöste, als ob der Geist, der sie beherrschte, alle Macht verloren hätte. Eine riesige Bremse erschien vor ihm. Das reglose Schwarz ihres Körpers hob sich von dem vibrierenden Leuchten der Glühwürmchen ab.

Dartred dachte, auch die Anwesenheit einer Bremse in einem unterirdischen Verlies sei so merkwürdig wie die der Glühwürmchen. Er hatte keine Zeit, sich zu fragen, ob das Tier in Wirklichkeit existierte oder nur in seinem Wahn. Die Bremse prallte gegen seine Stirn, stach ihn und injizierte eine solche Menge an Gift und Schmerz, dass Dartreds Kopf heftig gegen die Wand hinter ihm schlug. Eine ganze Weile war Dartred benommen und fast froh, weil dieser Schlag auf den Hinterkopf dem Schmerz an der Stirn das Stechende genommen hatte, dieser Schmerz war unerträglich und erfüllte ihn mit einem so heftigen Ekel, wie er ihn noch nie empfunden hatte. Alles verlor an Bedeutung: seine Liebe zu Mariel, der Wunsch, am Leben zu bleiben.

Dartred blieb reglos, und die Angst, dass dieses Tier noch einmal angreifen könnte, krampfte seine Eingeweide zusammen. Er hatte ein Heer geführt, er hatte den schrecklichsten Tiger erlegt, hatte seine Prinzessin geschützt, eine fürchterliche Haft auf sich genommen: Das alles war ihm aber plötzlich vollkommen gleichgültig.

Wenige Momente später öffnete sich die Tür und in

einer Wolke von Glühwürmchen erschienen Hania und Mariel.

»Ich bin gekommen, Euch zu befreien, Herr«, sagte die Prinzessin lachend. Ihre Augen leuchteten, sie war schöner denn je. Neben ihr stand das Mädchen, das gelöste Haar fiel ihr auf die Schultern, auch sie strahlte in einer neuen Schönheit. »*Wir* sind gekommen, Euch zu befreien«, berichtigte sich Mariel, »ich und meine Tochter gemeinsam.«

Er war frei. Sie war am Leben. Das Mädchen war gut geworden oder etwas in der Art.

Schnaubend brachte er heraus, dass er sich freue, und auch das kostete ihn Anstrengung. In ihm war alles nur Schmerz und Ekel. Alles andere, Mariel, Hania, am Leben und frei zu sein, all das war ein verschwommener, nicht zu erkennender Hintergrund.

3

Prinzessin eines verlorenen Reichs

Mariel, Prinzessin des Königreichs der Sieben Gipfel, hatte ein Kind der Finsternis zur Welt gebracht, empfangen von einem Dämon, der sie und die Welt in Verdammnis stürzen wollte. Sie hatte einen Krieg gewonnen, der aussichtslos schien. Vor Kurzem war sie dem Herrn der Finsternis selbst in einem Duell gegenübergetreten, wäre fast zu Tode gekommen, am Ende aber hatte sie gesiegt, weil ihre Tochter an ihrer Seite kämpfte. Und Dartred mit ihnen.

Mariel wünschte, ihr Vater würde noch leben, er hätte sie gelobt und wäre stolz auf sie gewesen. Ihre Mutter gehörte dieser Welt noch an, und auch sie würde glücklich sein, wenn sie in wenigen Wochen davon erführe, sobald Mariel wieder daheim wäre.

Zweifelsohne glücklich. Etwas verwundert vielleicht über diese Tochter, die nach Hause kam, von Wind und Wetter gegerbt wie ein Bauer, mit Muskeln, die einem Fuhrmann alle Ehre machen würden, und mit einem Knappen bei sich, dem Sohn des Schmieds, der früher oder später, eher früher als später, die Rolle des Prinzgemahls einnehmen würde.

Sicherlich glücklich und auch verwundert wäre ihre Mutter, aber schlimmer wären die Amme und die Köchin. An die Hofdamen wollte Mariel gar nicht denken, doch sie hatte beschlossen, den tüchtigsten Kämpfer zu heiraten, dem sie auf ihrem Weg begegnet war, und das war nun einmal der Sohn des Schmieds. Damit mussten die bei Hof leben.

Mariel war Prinzessin und ein Ritter, sicher, aber auch eine Frau, der, als sie verfolgt und in Gefahr war, ein Mann zu Hilfe gekommen war, der ihr sein Leben und seine Kraft zu Füßen gelegt hatte, und das war wichtiger als die Abstammung. Sie wusste, dass ihre Mutter, die sie für tot hielt, voller Dankbarkeit für den Mann sein würde, der ihr Überleben ermöglicht hatte, und ihm seine Herkunft verzeihen würde. Doch da Mariel auch gesunden Menschenverstand besaß, wusste sie, dass sich jeder Dame und jedem Kavalier des kleinen Hofes die Haare sträuben würden, so groß Dartreds Verdienste auch sein mochten.

Aber die Herrscher von den Sieben Gipfeln übertrieben ohnehin immer ein bisschen mit ihrem Mut und dem Willen zum Außergewöhnlichen, sodass sie Gefahr liefen, unsympathisch zu wirken. Also half es, sich auch mal ein wenig nachlässig zu zeigen, mit einem Grasfleck auf dem hellen Kleid oder Schlamm an den neuen Schuhen, vor allem wenn der Schlamm und das Gras mit etwas Lebendigem oder Fröhlichem zu tun hatten. Wenn sie schon als Kämpfer für die Gerechtigkeit heimkehrte, der einen Dämon besiegt hatte, würde die Heirat mit dem Sohn des Schmieds eine harmlose Sünde darstellen, die denen Gesprächsstoff lieferte, die sonst missgünstig ihre Heldentaten beäugt hätten.

Mariel würde siegreich und im Triumph in ihr Königreich heimkehren. Der Palast, saubere Betttücher, große Kamine, die des Nachts Wärme spendeten, große gedeckte Tische, um die man an Regentagen und bei Kälte herumsaß. Die schrecklichen Monate der Flucht waren ebenso vorbei wie die Angst. Sie war Mariel von den Sieben Gipfeln, und sie hatte die Finsternis und die Dunkelheit besiegt, und nun war sie im Begriff, ihren Knappen zu retten, ihren Ritter, den künftigen Vater ihrer Kinder, den Prinzgemahl.

»Ich habe Euch Eure Axt mitgebracht«, sagte Mariel überschwänglich zu Dartred. »Sie war im Raum der Wachposten. Wir haben die Wächter mit extremer Leichtigkeit kampfunfähig gemacht, Hania hat Tausende Ratten auf sie losgelassen. Das war lustig, wisst Ihr? Wir haben die Axt rausgeholt und die Wachen in ihrem Raum eingeschlossen. Leider habe ich keine Ahnung, wo Euer Schwert ist. Kommt, könnt Ihr gehen?«

Dartred knurrte etwas. Er war nicht wiederzuerkennen. Er war nur noch Haut und Knochen, war schmutzig und stank erbärmlich, und es war etwas Erloschenes an ihm, etwas Krankes.

Er schleppte sich hinter ihr her. Das Mädchen trottete ihnen voraus. Die Türen öffneten sich eine nach der anderen. Hania legte ihr Händchen auf den Riegel, und sogleich ertönte unfehlbar das *Klonk,* womit der Mechanismus aufsprang.

Schließlich kamen sie zur letzten Tür: jenseits davon die Freiheit, das Leben.

Hania legte die Hand auf den Riegel und nichts geschah. Sie runzelte die Stirn und versuchte es noch einmal und noch einmal, doch das Schloss blieb reglos und stumm.

»Sie ist müde«, erklärte Mariel. »Erschöpft, sie kann nicht mehr.

Dartred nickte. Er hatte noch seine Axt in der Hand. Mit höflicher Geste schob er das Mädchen beiseite, aber er konnte die Waffe nicht heben. Ein paar Augenblicke verharrte er so, dann ließ er den Arm sinken und schüttelte den Kopf. Mariel nahm die Axt und schlug mit ganzer Kraft damit auf das Schloss ein. Die Tür zerbarst unter diesem Schlag. Wie Mariels Schwert entstammte die Axt der Werkstatt des Schmieds, Dartreds Vater, sie waren aus dem gleichen besonderen Stahl gemacht.

Die drei fanden sich außerhalb der Gefängnishöfe wieder, nichts mehr trennte sie von der kleinen Straße, die sich auf der einen Seite nach oben zum Zentrum des Städtchens hinaufschlängelte, auf der anderen Seite nach unten auf das große Tor zu, das Kaam nach außen begrenzte. Überall Bewaffnete. Man hatte die Qual der Wahl. Außerdem stank Dartred unerträglich.

»Wie wolltet Ihr hinauskommen? Ihr habt einen Plan, wie wir wegkommen, nicht wahr?«, fragte Dartred bissig. »Die Kerle hier sind eher reizbar, und wenn sie uns erwischen, während wir fliehen, sind sie bestimmt weniger pingelig als vorher. Statt wieder gefangen genommen zu werden, hätte ich es vorgezogen, meinen Hintern nicht aus dem Verlies fortzubewegen. Mein einziger Trost war, Euch gerettet zu haben. Jetzt seid Ihr gekommen und habt Euch wie ein dummes Huhn selbst in die Falle begeben. Vielleicht haben wir Glück und sie bringen uns alle hier um, ehrenvoll, mit dem Schwert.«

Mariel zuckte entsetzt zusammen wegen der rohen Aggressivität in Dartreds Worten. Da war etwas Erloschenes in Dartred, etwas Zerbrochenes, etwas Abfälliges und Verdorbenes.

»Ich habe auf Hania gehofft, einen Zauber, der uns vor allen schützt, aber das Mädchen ist zu müde«, rechtfertigte sie sich schwach.

»Ich hatte auf etwas weniger Dummes gehofft«, schnaubte Dartred. »Ich hätte mich lieber nicht aus meiner Zelle fortbewegt, mittlerweile hatte ich mich daran gewöhnt, dort allein zu krepieren, in dem Wissen, dass wenigstens ihr zwei in Sicherheit seid.«

Sie kamen zu einem der Parks der Stadt, wo ein Brunnen plätscherte, und Dartred wusch sich ein wenig Schmutz aus den Kleidern und vom Körper, damit er nicht durch seinen Geruch auffiel, der ihn als Gefangenen auf der Flucht kenntlich machte. Dann hüllte er sich in Hanias Mantel, der ursprünglich seiner gewesen war. Schließlich machten sie sich auf den Weg zum großen Tor, das jeden Augenblick für die Geschäfte des Tages geöffnet werden würde.

Mariel war verwirrt. Der Herr der Finsternis war überwunden, geschlagen, vernichtet worden. Das Leben müsste nun ganz leicht und fröhlich sein. Sie fühlte, wie Müdigkeit sie überkam. Sie hatte sich über Straßen und durch Landstriche geschleppt, hatte gegen schreckliche Feinde gekämpft, sie war Geisel des Herrn der Finsternis gewesen, sie hatte seinem Blick standgehalten, hatte sein Feuer auf der Haut gespürt, sie war von dem Kind gerettet worden, das sie ins Verderben stürzen sollte und das sie zum Guten bekehrt hatte. Sie hatte gekämpft und hatte gesiegt, aber wo war ihr Preis? Warum ließ sie sich auf diese schwierige Flucht ein, mit dem Krieger, der nur noch ein hasserfüllter Haufen Verzweiflung war?

4

Ein Mädchen aus Schatten

Hania war verwirrt, da stimmte etwas nicht, und was da nicht stimmte, war so riesig groß, dass sie nun auf einen Abgrund zusteuerten, so zielstrebig wie ein Fass, das einen Hang hinunterrollt.

Zum Glück kannte sie die unterirdischen Gänge. Ratten und Kakerlaken hatten ihr die Anlage und die Türen bis ins letzte Detail beschrieben und die Katzen und Tauben hatten ihr die Stadt durch ihre Augen gezeigt. Der Geist der Tiere war ihrem Geist ohne Weiteres zugänglich.

Hania bewegte sich wie der Führer eines grenzenlosen Heeres von winzigen, tödlichen Kriegern; und endlich waren sie draußen aus dieser verdammten Stadt Kaam. Hanias Geist, vor Müdigkeit bis zur Ohnmacht erschöpft, gewann wieder an Klarheit.

Da war ein Detail, das ihnen zugutekam: Noch suchte man sie nicht. Die Soldaten, die ihre Mutter und sie eingeschlossen hatten, saßen noch immer fest. Der Rest der Stadt war in Aufruhr wegen einer Frau königlicher Abstammung und eines kleinen Mädchens von etwa einem

Jahr, das jedoch älter aussah: Alle dachten, das Mädchen sähe aus wie anderthalb, vielleicht zwei Jahre. Sie dagegen waren eine x-beliebige Familie von Bettlern, Vater Bettler, Mutter Bettlerin und die kleine Tochter Bettlerin, die aussah wie vier oder fünf.

Sie mussten nur ruhig, gelassen und wachsam bleiben. Eine x-beliebige Familie von zerlumpten Leuten, man würde sie ansehen, ohne sie wahrzunehmen. Die Kleider von allen dreien waren zerlumpt und verdreckt. Mariel und Hania stanken nach Ziegenkot, Dartred nach Menschenkot. Das schuf eine einheitliche Situation, und das war von Vorteil, denn es waren die Abweichungen, die Aufmerksamkeit erregten, außerdem wandten alle das Gesicht ab, um ihren Gestank nicht zu riechen. Wenn sie eines Tages beschließen sollte, ein Werk über Strategien des Überlebens zu schreiben, würde Hania nicht versäumen, einen ekelhaften Gestank zu empfehlen, vor dem die Menschen den Blick abwandten. Denn die Augen saßen gewöhnlich zu beiden Seiten der Nase, und sobald man diese wegdrehte, wandte man unausweichlich auch jene ab.

Es war alles sehr schwierig gewesen und Dartred hatte etwas Verletztes, Zerbrochenes. Sicher, in einem Verlies mit Schlägen traktiert zu werden, besserte den Charakter nicht, aber der Krieger hätte ein ganz klein wenig Freude empfinden, ein Fünkchen Dankbarkeit zeigen können.

Zwischen den Karren der Bauern hindurch, die in die Stadt strömten, um Pferde und Eier zu verkaufen, gelangten sie aus der Stadt hinaus, und als man die Hörner Alarm blasen hörte, waren sie schon weit weg, versteckt in einem der wenigen Wälder in dieser dürren Region. Endlich machten sie Rast. Der Augenblick fiel weniger gefühlvoll aus, als man sich erwartet hätte. Wenn sie etwas weniger gestunken hätten, hätten Mariel und Dartred sich wohl umarmen können. Wie die Dinge aber jetzt lagen, war daran gar nicht zu denken. Aber da war noch etwas anderes als der Gestank, was sie voneinander fernhielt.

»Hania ist ihrem Vater entgegengetreten, dem Herrn der Finsternis, sie hat sich auf meine Seite geschlagen und hat ihn vernichtet. Sie hat ihn zunichtegemacht. Die Welt ist von ihm befreit.«

Dartred nickte, nach wie vor zerstreut, gleichgültig, wenig überzeugt.

Die Nachricht war außergewöhnlich, herrlich, ein Wunder, eins von den Dingen, die man jahrelang feiert, doch von Begeisterung war kaum eine Spur zu sehen bei dem Soldaten. Und auch der Sieg schien nicht glänzend. Die Welt war nach wie vor böse und voller Bewaffneter, die wie gewöhnlich das Falsche taten. Die Himmel hätte voller Tauben sein müssen, die Wipfel voller Vogelgezwitscher, die Blumen hätten in aller Farbenpracht blühen sollen.

Sie hatten den Herrn der Finsternis besiegt – aber die Welt war schwierig und staubig geblieben.

Endlich betrachtete Hania Dartred genauer. Er hatte eine große rote Beule im Gesicht, so groß, dass sie die Hälfte der Stirn einnahm. Man hatte ihn mit Prügeln traktiert, das Nasenbein war gebrochen, Blutergüsse am ganzen Körper schillerten in allen Farbtönen von Schwarz bis Gelb, von Violett bis Orange, zu alldem kam noch der Schmutz, den er am Brunnen nur oberflächlich hatte abwaschen können. Die Beule aber beherrschte sein geschundenes Gesicht.

Hania sah ihn so lang an, dass er es bemerkte. Er fuhr sich mit der Hand über die Beule.

»Da war eine Bremse in meiner Zelle!«, erklärte er.

Mariel nickte.

»Sicher«, murmelte sie lächelnd. »Das kann passieren.«

Sicher, eine Bremse in einer Gefängniszelle, völlig normal. Sicher, es war alles gut. Sicher, das letzte Türschloss hatte sich nicht geöffnet, weil Hania müde war. Sicher, sie würden in Frieden und Freude leben in einer Welt voller Gesänge und Überfluss und sie würden betagt eines natürlichen Todes sterben.

Hania nickte nicht. Sie fluchte, allerdings nur im Geist, und sie verwandte dabei alle ihr bekannten Flüche, die sich dann freilich doch auf vier oder fünf beschränkten. Einer der vielen Gründe, weswegen es sie verdammt noch mal ärgerte, keine Stimme zu haben, war die Unmöglichkeit zu fluchen. Wäre sie dazu imstande gewesen, sie hätte ihre Wut auf das Schicksal und die Welt an Dingen ausgelassen, indem sie diese zertrümmerte und dagegen trat – Handlungen, die nur begleitet von lauten Flüchen sinnvoll waren. In der Stille machte man sich damit nur lächerlich. In ihrer Frustration hatte Hania nur einen Ausweg: eisigen Zorn, weil sie das einzige denkende Wesen in einer schwachsinnigen Welt war.

In unterirdischen Verliesen gab es keine Bremsen. Es gab keinen Grund, warum sich eine von ihnen von den weiten, lichtdurchfluteten Wiesen und den prachtvollen Ausscheidungen von Kühen, Pferden, Ziegen, Schafen und ein paar gutwilligen Hühnern abwenden und sich durch unendliche, dunkle und eiskalte Korridore in eine Zelle ohne Licht begeben sollte.

Auch Glühwürmchen gab es in unterirdischen Verliesen keine, wenn nicht jemand ihrem Geist befahl: in diesem Fall sie. Die Bremse bewies, dass Hanias Kontrolle über die kleinen Tiere in den Verliesen nicht vollkommen gewesen war, dass da ein anderer Geist vorhanden war, der dieselbe Fähigkeit besaß wie sie. Hania ging noch einmal alles in der Erinnerung durch, und schließlich bemerkte sie, dass es da einen blinden Flecken in ihrer eigenen Wahrnehmung gab: die Bremse, unter dem Diktat eines anderen Willens. Sie hatte nicht einmal das Brummen gehört. Sie suchte den Geist der Ratten, die die Verliese bevölkerten, und sie sah die Bremse mit ihren Augen: Sie hatten sie gesehen; sie hörte das Brummen, das sie gehört hatten, und dabei bemerkte sie, dass da noch ein zweiter blinder Fleck gewesen war. Eine der Ratten hatte sie übersehen. Und der Geist der anderen Ratten barg eine Wahrnehmung, die ihr verschlossen gewesen war: das Bild eines riesigen Mannes, der seinen hasserfüllten Blick auf Hania ruhen ließ, als sie versuchte, die letzte Tür zu öffnen. Es war ihr Vater. Ihr Vater war am Leben. Dessen böser Blick war ihnen gefolgt, als Dartred aus der Zelle kam

Ihr Vater lebte und gedieh. Vielleicht war er nicht allzu munter, wenn er sich in einen Nager in einem Gefängnis verwandelt hatte, aber er hatte jedenfalls den Ort gefunden, die Bremse und das Türschloss kontrollieren können – also hatte er noch einen Teil seiner Macht.

Hania erkannte: Dartred war vergiftet worden. Er hatte sich selbst verloren, er driftete ab in die Finsternis. Früher oder später würde er sterben, ein langer Todeskampf würde einem Leben voller Gleichgültigkeit und Groll ein Ende bereiten. Er war ein starker Mann, er würde nicht böse werden, aber er würde überflüssig und unerträglich sein.

Bis vor wenigen Stunden waren ihre Mutter und sie überzeugt gewesen, dass der Krieg zu Ende war und sie gewonnen hatten. Welche Naivität.

Der Krieg war nicht zu Ende, und sie waren nicht siegreich.

»Es ist alles gut gegangen«, murmelte Mariel, als müsse sie außer ihm vor allem sich selbst überzeugen.

Hania hockte sich auf den Boden und schlug mit der Faust auf die Erde, eine Geste, die sie benutzte, um zu widersprechen, es war eine schöne Bewegung, die sie ein wenig aus ihrer grenzenlosen Enttäuschung herausholte.

»Das heißt nein«, übersetzte Mariel.

»Es ist nicht alles gut gegangen, sicher nicht«, murmelte Dartred. Auch wenn der Herr der Finsternis ihm sein Gift injiziert hatte, war er doch der weniger Schwachsinnige von den beiden.

»Wir haben Euch sehr leicht befreien können«, beharrte Mariel auf ihrem Standpunkt.

»Ihr habt mich in einer Aktion befreit, die von allen für unmöglich gehalten wurde, sicher, und mithilfe von außergewöhnlichen Kräften, aber wir sind behindert worden und haben es nur um Haaresbreite geschafft. Ihr Vater lebt.«

Handfläche nach oben: die Geste, die Hania benutzte, um Ja zu sagen.

»Ihr Vater lebt«, räumte Mariel langsam ein. »Also hat er überlebt. Er ist nicht vernichtet worden. Aber er hat uns nicht zu sehr behindert! Er muss sehr schwach sein.«

Hania deutete auf die große Beule, die Dartreds Gesicht entstellte.

»Ihr Vater lebt«, wiederholte der. »Er ist sicherlich sehr schwach, aber beinah hätte er uns aufgehalten. Der Biss dieser Bremse war so heftig, dass ich mit dem Hinterkopf gegen die Wand geprallt bin und eine Weile ganz benommen war. Man hat mich mit Schlägen traktiert, aber dieser Biss war ein Schmerz, wie ich ihn noch nie verspürt habe. Der Herr der Finsternis ist ein Insekt geworden, aber auch so hat er nicht wenig Kraft. Das Schloss hätte uns aufgehalten: Zum Glück, Herrin, habt Ihr meine Axt aus dem Stahl der Zwerge mitgenommen.«

Hania fuhr mit dem Finger an der Schneide der Axt entlang, und das vermittelte ihr ein Gefühl von Frische und Grün, wie der Wind auf den Hügeln, wie wenn sie Mariels Schwert berührte. Es war nicht nur die Meisterschaft der Zwerge, nicht nur die Eigenschaft der Metalle. Es war ein Zauber darin. Die Axt besaß denselben Zauber wie Mariels Schwert, etwas Mächtiges und Grünes, etwas, was Verbindung zum Leben und zur Erde hatte. Deshalb war die Tür unter einem einzigen Hieb aufgesprungen. Früher oder später würde sie die Frage nach dem Zauber in dem Schwert und in der Axt formulieren können und eine Antwort erhalten. Selbst ihr Vater wusste nichts darüber.

»Aber dann konnten wir ohne weitere Hindernisse fliehen«, bemerkte Mariel, die offenbar nicht nachgeben wollte, nicht ablassen wollte von der schmeichelhaften Idee, dass der Krieg beendet und gewonnen war, dass man den Rest des Lebens in der triumphalen Position dessen zubringen konnte, der siegreich heimgekehrt ist und am Kaminfeuer von den nunmehr fernen Gefahren und Entbehrungen erzählen kann.

»Sicher, weil in der Stadt überall Heiliges Wasser versprengt worden ist; das hat die Kräfte des Bösen unter die Erde verbannt und dort festgehalten. Und weil die Wachsoldaten keine Bettlerfamilie erwartet hatten. Wir werden uns jetzt also verstecken. Nichts da Königspalast: Das ist der Ort, wo der Finstere zuerst nach uns suchen würde.«

»Im Königspalast wären wir aber sicher. Mauern und Wachsoldaten beschützen uns!«

»Nein, Herrin. Mauern setzen uns fest und Wachsoldaten verraten uns. Wir wären ein netter Fang: ein Mann, der wegen Diebstahl verurteilt ist, und eine Prinzessin, die das Kind eines Dämons in die Welt gesetzt hat, und dieses Mädchen selbst. Tochter eines Dämons zu sein, macht sie zur Hexe. Alle werden sicher sein, dass sie uns ins Verderben stürzt, die Ernte vernichtet, Seuchen auslöst, Feuersbrünste entfacht, und das nur, weil es ihr Spaß macht. Sie werden versuchen, sie zu töten, und werden nicht ruhen, bis ihnen das gelungen ist. Sie werden uns nicht in Frieden leben lassen. Sie werden uns überhaupt nicht leben lassen.«

»Wir können sie beruhigen und ihnen zeigen, dass das Heilige Wasser dem Mädchen nicht schadet, wir werden –«

»Und *sie* werden zeigen, dass die Kleine, obwohl sie sehr intelligent ist, nicht sprechen kann, dass sie am Handgelenk ein Mal trägt. Wenn der Finstere verschwunden wäre, könnten wir es wagen. Vernunft und Gerechtigkeit würden sich wieder überall breitmachen. So aber können wir das nicht. Der Finstere wird die Bosheit schüren, die Menschen gegeneinander aufbringen, die Ernte vernichten, Seuchen und Brände auslösen. Irgendwer wird sicher sein, dass die Kleine die Ursache dafür ist, ein anderer wird vom Gegenteil überzeugt sein. Wenn Ihr im Reich regiert, wird der Finstere die Menschen zum Bürgerkrieg anstacheln. Wir werden uns verstecken, Herrin, in den Bergen, zwischen Kastanienwäldern und Gletschern, unter Murmeltieren und weißen Tigern. Wir werden uns von Murmeltieren ernähren und die Tiger meiden, wenige einfache Regeln, und wir bleiben am Leben. Wir werden von Jagd und Fischfang leben, von Heidelbeeren und Brombeeren und vor allem von Einsamkeit. Niemand darf von uns wissen.«

Hania dachte nach. Es war schade. *Prinzessin Hania* gefiel ihr. Endlich würde sie anständige Kleider haben, vielleicht auch mit ein wenig Brokat und Gold. Das Königreich der Sieben Gipfel war etwas knausrig, mit einem übertrieben ausgeprägten Sinn für Nüchternheit, aber ein paar Ellen Brokat musste es auch dort geben. Und *Prinzessin Hania* eröffneten sich zudem einige interessante Karriereaussichten, früher oder später würde sie *Königin Hania* werden, und das war noch köstlicher und faszinierender. Doch wahrscheinlicher würde sie doch als die *Hexe Hania* gelten, mit einem üppigen Kopfgeld für den, der sie tötete.

Kein Königspalast, keine sauberen Betten, keine Festmähler. Keine Schlagsahne und nicht einmal ungeschlagene Sahne.

Kastanien, über dem Feuer geröstete Hasen, Wasser aus Bächen, viele Sterne, schwarze Eichen, weiße Tiger.

Weniger schön als ein sauberes Bett in einem Königspalast, wo alle auf ein Niesen von ihr hin aufgesprungen wären, um die Ehre zu haben, ihr das Taschentuch zu reichen und ihre königliche Nase zu putzen. Doch nun würde es ein Leben sein, in dem sie sich die Nase selbst putzte.

Brokat und Gold konnte man genauso begraben.

Mit den weißen Tigern hingegen ließe sich etwas anfangen. Das Fell könnte ein Vermögen wert sein. Mit dem Erlös konnte man etwas Bequemes bauen, eine große, befestigte Villa oder ein hübsches Schlösschen, und das wäre ein guter Schritt in Richtung Bequemlichkeit. Von gebratenem Hasen konnte man zu Murmeltierfrikassee mit Nelken übergehen. *Hania, die wohlhabende Geschäftsfrau.* Die beiden großen Hohlköpfe würden viele Kinder haben. Hauptsache, sie würden nicht allzu dumm werden, quengelten nicht zu viel und halfen Hania mit den Pelzen, so könnte das gemeinsame Leben funktionieren.

Doch die Wörter »Hexe« und »töten« gingen ihr nicht aus dem Sinn, sie summten darin herum wie Fliegen, die sich schnell vermehrten, sodass einen plötzlich ein ganzer Schwarm davon am Atmen hindert. Man hielt sie für eine Hexe und wollte sie töten.

Hania, die Hexe.

Hania, die Gehängte.

Weg aus diesem Reich. Und zwar sofort.

Hania schüttelte den Kopf. Langsam schlug sie mit der Faust auf den Boden.

»Nein?«, fragte Mariel.

»Nein«, bestätigte Dartred. »Zu gefährlich. Der Finstere weiß von mir, gewiss, früher oder später würde er uns finden. Der erste Ort, den er absucht, ist Euer Zuhause, der zweite mein Zuhause, die Berge des Nordens.

»In einer Stadt?«, fragte Mariel.

»In der Menge untergehen? Scheinbar eine gute Idee, aber es genügt, dass der Ärmel der Kleinen hochrutscht und aus irgendeinem Grund ihr Handgelenk sichtbar wird, dann sind wir verloren. Prinzessin Mariel und ihre Tochter der Dunkelheit. Das spricht sich in Windeseile herum. Die Furcht kann uns alle anderen Menschen zu Feinden machen«, sagte Dartred. Von den beiden war entschieden er der Klügere.

Müde zeigte Hania nach Süden, die einzig mögliche Richtung, sie wiederholte die Geste mit der Hand, deutete in die Ferne.

Das Schweigen hielt noch ein Weilchen an, dann gab Mariel endlich murmelnd ihre Zustimmung.

»Gehen wir nach Süden, ins Tal der Sprudelnden Quellen. Das war ursprünglich mein Plan. Dort sind wir in Sicherheit und vor allem haben wir das Heilige Wasser. Und dort sucht man vielleicht nicht nach uns. Wir sehen dann von Tag zu Tag, wie es weitergeht. Wenn diese Bremse mit den Kräften des Bösen zu tun hatte, wird das Heilige Wasser den Biss heilen.«

Hania fuhr auf. *Sie* war die Heilerin. Für diese Sache da würden Arnika und ein bisschen Alraunwurzel genügen. Sie konnte ihn allein heilen.

»Gut«, sagte Dartred. »Einverstanden mit dem Tal der Sprudelnden Quellen. Jetzt, wo wir Ruhe haben, könnt Ihr mir bitte erklären, warum auf einmal alle Bescheid wissen? In Kaam wussten sie von der Existenz des Mädchens, das größer aussieht, als es in Wirklichkeit ist, und Eure Tochter ist. Wer hat das herausgefunden?«

»Die Bäuerin«, antwortete Mariel. »Die Mutter des Kindes, das angeklagt wurde, Kind des Finsteren zu sein. Zu sagen, diese Frau sei böse, ist gelinde ausgedrückt. Sie hat mein Pferd und mein Schwert gestohlen und alles getan, um den Hass aller auf mich zu lenken. Das Schwert habe ich wiederbekommen, und ich habe gelernt, ohne Pferd auszukommen, aber gegen den Hass aller war nichts auszurichten.«

»Die Bäuerin? Der ich das Leben gerettet habe? Nein, wirklich, sagt bloß! Derentwegen ich in diesem verdammten Verlies gelandet bin?«

Dartred fluchte, ausgiebig. Er konnte das. Hania beneidete ihn um diese Fähigkeit, die jedoch an den Dingen nichts änderte. Die Großzügigkeit der beiden hatte dem Feind den Sieg beschert.

Mariel bestätigte es.

»Diejenige, der auch ich das Leben gerettet habe, die unsere Flucht bremste und alle Soldaten auf uns zog, die sich nur halbwegs im Sattel halten konnten. Die anderen sind auf Euch losgegangen. Sie stahl das Pferd und ließ uns sitzen, dann hat sie uns angezeigt, sobald sie konnte.«

Hania hatte das Gefühl, ihr Geist drehe sich im Kreis. Sie hatten die unglaubliche, unverwüstliche und durch nichts zu bremsende Macht des Neids unterschätzt, sicher, aber da war noch etwas: etwas, was sie noch nicht fassen konnte.

Die drei zogen in Richtung Süden. Zum dritten Mal würde Hania die Wüste der Verlorenen Türme durchqueren und wieder mit bescheidensten Mitteln und knappen Vorräten. Mariel und Dartred, eine verfolgte Prinzessin und ein gesuchter Häftling, waren beide strikt gegen das elementare Hilfsmittel des Diebstahls. Dummheit war ein Verbrechen.

Sie mussten hier das Gute tun, richtig? Sie drei stellten die einzige Chance dar, dass das Gute siegte. Es lag also auf der Hand, dass ein unerheblicher Diebstahl, der ihr Überleben sicherte, das kleinere Übel im Namen des höchsten Guts war. Durch allzu große Reinheit riskierte man vorzeitigen Tod, und das konnten sie sich nicht leisten. Ehrlichkeit und Großzügigkeit waren kostbare Dinge, also sollten sie besser lernen, sparsam damit umzugehen. Wenn sie die Welt retten wollten, war es nötig, dass sie am Leben blieben. Als Tote konnten ihre verwesenden Körper allenfalls ein paar Blumen als Dünger dienen, oder besser, Kraut, Kohl und Spalierbohnen.

Der bescheidene Diebstahl eines Karrens, eines Pferdchens oder von ein paar Goldmünzen hätte das Leben leichter gemacht, aber die beiden waren unnachgiebig, und es wurde nichts daraus.

Also brachen sie zur Durchquerung der Wüste der Verlorenen Türme auf, zu Fuß und mit einem Minimum an Lebensmitteln. Mariel hatte drei Tage lang als Küchenhilfe gearbeitet, und was sie sich von ihrem Verdienst leisten konnten, war völlig unzureichend.

Außer durch Ehrlichkeit glänzten die beiden durch Hoffnung: Irgendetwas würde geschehen und sie würden schon durchkommen.

Während der drei Tage, die Mariel arbeitete, hatten Dartred und Hania sich in einer Höhle versteckt. Dort hatte Hania ihre beträchtlichen Fähigkeiten als Heilerin zum Einsatz gebracht, hatte die ganze Arnika und alle Alraunwurzeln, die sie finden konnte, aufgewendet, um dieses Bündel von Knochen und blauen Flecken, das einst der größte Krieger des Reichs gewesen war, wieder auf die Beine zu bringen.

Dartred konnte wieder aufrecht und gerade gehen, auch mit einer gewissen Geschwindigkeit, die kleineren Schrammen waren verheilt, und die blauen Flecken waren kleiner geworden. Hania hatte gehofft, dass Dartred seine ganze Kraft wiedergewinnen würde, aber das war nicht der Fall. In dem sauberen und nach wie vor blassen Gesicht stach der Bremsenstich noch mehr hervor, die Müdigkeit war unverändert groß, leichtes Fieber trat auf und schwächte ihn. Es war nun klar, wie sehr er vergiftet worden war. Ihr verfluchter Vater mit seiner verfluchten Bremse hatte ganze Arbeit geleistet. Noch ein Punkt für ihn.

Hania fragte sich, was sie noch tun könnte, etwas Wirkungsvolleres als Umschläge mit Arnika und Alraunwurzel, widerstrebend musste sie sich eingestehen, dass es nötig war, Dartred mit Heiligem Wasser zu waschen. Eine unerfreuliche Einsicht, ein weiteres Zeichen ihrer Ohnmacht. Besonders ärgerlich, nachdem sie geträumt hatte, unbesiegbar zu sein, besonders unangenehm, weil es eine naheliegende Idee war und Mariel als Erste darauf gekommen war. In dem unermesslichen Wissensschatz, den Hania seit jeher in sich trug, fehlte nämlich der Begriff des Heiligen Wassers. Sie hatte geglaubt, eine schrankenlos mächtige Heilerin zu sein, doch das stimmte nicht, sie hatte geglaubt, den Finsteren in einer einzigen Schlacht vernichtet zu haben, und musste entdecken, dass sie ein federloses Küken war und kein Adler.

Trostlosigkeit erfüllte sie, und sie war in Gefahr, davon überwältigt zu werden, doch mit eisernem Willen kämpfte sie dagegen an. Der Ritter des Lichts ergab sich nie, auch nicht, wenn er entdecken musste, dass er mit Füßen getreten worden war.

Hania hatte gegen den Finsteren gekämpft, von dem ihre Fähigkeiten abstammten, und sie hatte nur eine Schlacht gewonnen, nicht den Krieg, aber immerhin – eine Schlacht hatte sie gewonnen. Mariel war munter und am Leben und Dartred noch nicht tot. Der Ritter des Lichts ergab sich nie und schlug jeweils nur eine Schlacht. Man musste dafür sorgen, dass man nicht getötet wurde, musste an einen sicheren Ort fliehen und Dartred ganz wiederherstellen, damit er imstande war, ein Schwert zu führen und ein paar Kinder zu zeugen, dann wäre es nicht mehr sie allein gewesen, die diesen Krieg bestreiten musste.

Wenn der Finstere die Vergiftung verursacht hatte, dann war es logisch, offensichtlich und vorhersehbar, dass das Heilige Wasser Dartred heilen würde. Leider konnte man keinen Versuch machen: Kaam war voll von Heiligem Wasser gewesen, es war förmlich getränkt damit wie ein in Milch getauchter Keks. Aber keinem von ihnen dreien war in den Sinn gekommen, sich einen Schlauch davon abzufüllen und mitzunehmen oder sich einfach nur damit zu benetzen.

Im Nachhinein betrachtet, wäre *das* eine gute Idee gewesen.

Im Nachhinein betrachtet, wäre es auch eine hervorragende Idee gewesen, sich um die eigenen Angelegenheiten zu kümmern und sich nicht um diese verdammte Bäuerin zu scheren.

Im Nachhinein betrachtet, wäre es sehr schön gewesen, wenn sie nie einen Fuß in diese verdammte Stadt Kaam gesetzt hätten.

Und jetzt, da sie sich diese Dinge vorgesagt hatte, war sie genauso weit wie zuvor, also hörte sie auf, sie sich vorzusagen.

Der Ritter des Lichts ergab sich nie und wusste, wie dumm es war, der Vergangenheit nachzutrauern, unnötiger Energieverlust.

Doch der Ritter des Lichts lernte aus seinen Fehlern: Das Heilige Wasser war eine Waffe, nicht weniger wichtig als Schwert und Axt, ja vielleicht noch unverzichtbarer.

Zum Glück gingen sie in Richtung Süden: Das Tal der Sprudelnden Quellen lag an ihrem Weg. Heiliges Wasser gab es da reichlich, der Krieger würde gesund werden und würde seine neue Angewohnheit, unerträglich zu sein, ablegen. Sie würde einen Vorrat davon mitnehmen, den sie, wie Alraunwurzel, Arnika, Sturmhut und etwas Rinde von der Brechnuss, immer bei sich haben würde.

Mit Arnika und Alraunwurzel würde das Übel nicht schlimmer werden, es war eingedämmt; der Krieger würde, wenn auch sehr langsam, einen kleinen Teil seiner Kraft wiederfinden, und das Heilige Wasser würde den Rest bewirken.

Im Tal der Sprudelnden Quellen würde er geheilt.

Vielleicht war die Idee, sich dort niederzulassen, gar nicht so abwegig. Sie wären in Sicherheit und würden Granatäpfel züchten. Eine gute Zuflucht. Granatäpfel schmeckten gut und ließen sich auch leicht verkaufen. Eine Granatapfelzucht im Tal der Sprudelnden Quellen wäre eine interessante Erwerbsmöglichkeit, hatte man den Granatapfel erst einmal mit dem Zusatz auf dem Markt etabliert, dass die Früchte auf heiligem Boden gewachsen und daher gut gegen den Bösen Blick und für jede Form der Heilung waren: Das würde ein florierendes Geschäft.

Vielleicht würden sie im Tal der Sprudelnden Quellen etwas weniger Bescheidenes als ein Häuschen haben, etwa zehn Zimmer mit mindestens zweien für das Gesinde, sodass sich ums Putzen und Kochen jemand anderer kümmern würde und sie ihrem ursprünglichen Vorhaben, Prinzessin oder etwas Ähnliches zu werden, näher käme.

5

Die verlorene Ehre der Südbrigade

An einem strahlenden Sonnentag – glühend heiß und mit gleißendem Licht, genauso wie der Tag zuvor gewesen war und der folgende sein würde – sah der Nicht-mehr-Kommandant der Südbrigade die Ostarmee anrücken.

Die Heranrückenden waren eingeteilt in Infanterie, Kavallerie und Bogenschützen, und sie führten jede Menge Fahnen mit sich, die großartig gewesen wären, wenn ein Lufthauch sie gebläht hätte. Ihre Rüstungen waren ganz aus Metall und glänzten blendend in der Sonne.

»Sie sind herrlich«, murmelte Gari.

»Sicher, die ideale Armee für die Wüste. Wenn ein Soldat dadrin überlebt, ohne an Durst oder Hitze zu krepieren, heißt es, dass er unbesiegbar ist«, kommentierte der Nichtmehrkommandant Ardo gelassen.

Die Offiziere mussten zum Glück nicht zu Fuß gehen: Sie saßen zu Pferde und beschränkten sich darauf, nach Luft zu schnappen. Keiner von ihnen fiel erschöpft zu Boden, wie es dagegen ein paar Fußsoldaten erging und Dutzenden von Pferden.

»Sie sind wunderschön«, murmelte Gari.

»Sicher«, bestätigte sein Vater wieder. »Sie sind wunderschön. Es war ausgesprochen intelligent, sie an einen Ort zu bringen, wo es kein Gras gibt, sodass wir zusehen können, wie sie klapperdürre Gäule werden wie die unseren, um dann als Gulasch zu enden. Wir könnten darüber schreiben: *Wie man ein Heer nicht organisieren sollte.*«

»Werden wir wirklich ein Buch schreiben?«, fragte Gari beeindruckt. Sein Vater strich ihm über den Kopf: sein perfekter kleiner Soldat, absoluter Gehorsam und nie ein Zweifel an den Vorgesetzten.

Der Kommandant der Ostbrigade, jetzt auch Kommandant der Südbrigade, war um einiges jünger als Ardo, er hatte schwarzes Haar, ein großes Muttermal auf der Wange, ein kleineres am Kinn und einen von Schweiß durchnässten Rock unter der Rüstung. Sein eigenartiger Name voller Ks, Kinnik, zeigte, dass er Vorfahren auch außerhalb des Reichs der Sieben Gipfel hatte.

Er musterte die kleine Garnison mit grenzenloser Verachtung, auch wenn die Hellebarden glänzten, der Boden gefegt war und die zwei Gäule wunderbar gestriegelt.

»Wir sind gekommen, weil Ihr hier Euch nicht so recht auf Krieg versteht, glaube ich.«

»Sicher, das ist wahr. Nach dem Krieg der Zwei Winter, in dem Ihr jedoch nicht gekämpft haben könnt, weil Ihr noch zu jung wart, hat es keinen Krieg mehr gegeben. Hat es bei Euch im Osten welchen gegeben? Ihr müsst sehr tapfer gewesen sein, wenn Ihr ihn ganz allein bestritten habt, denn wir hier haben nichts davon bemerkt.«

Das Lächeln wich aus dem Gesicht des Typen mit den Muttermalen und den vielen Ks. Bissig setzte er Ardo davon in Kenntnis, dass er nicht mehr Kommandant war, sondern einfacher Soldat wie alle anderen, dann übernahm er die Garnison. Offiziere müssten kräftige Leute sein: Für einen Einarmigen und obendrein Hinkenden sei es schon eine große Ehre, überhaupt in einem Heer dienen zu dürfen. Er erklärte, die Armee der Sieben Gipfel nehme auch keine Jungs auf, man solle Gari also wegschaffen.

Ardo bemerkte, dass dieser Junge der beste Bogenschütze seiner Garnison sei. Kinnik lachte, willigte aber ein, ihn auf die Probe zu stellen: Er solle eine Münze treffen, die er selbst zum heißen Himmel hinaufwarf.

Gari traf die Münze im Flug mit zwei Pfeilen, die er einen nach dem anderen abschoss. Der erste traf die Münze, als sie zum Himmel aufstieg, der zweite auf der unvorhersehbaren Bahn, auf die der erste Treffer sie gebracht hatte. In der absoluten Stille, die im Hof herrschte, hörte man munter und fröhlich das Klicken der Pfeilspitze auf dem Metall der Münze.

Der Typ mit den Muttermalen wurde aschfahl, aber er stand zu seinem Wort.

»Du kannst bleiben, aber du bist den Ställen zugeteilt. Du bist kein Soldat«, zischte er zum Schluss.

Auch Ardo, Baio und die älteren Soldaten der früheren Südbrigade landeten in den Ställen, um die Pferde zu striegeln und den lieben langen Tag damit hinzubringen,

Futter für sie zu beschaffen. Sie brachten sie in den Norden in die Nähe von Garis Dorf, wo sie den dortigen Schafen das bisschen Gras streitig machten.

Das hatte den doppelten Vorteil, dass die Pferde etwas zu fressen bekamen und die Soldaten außer Reichweite des neuen Kommandanten waren, der mit seinen Getreuen die ganze Region nach der verfluchten Prinzessin und ihrer Tochter absuchte.

Die Männer schnitten das Stroh und banden es zu Ballen zusammen, die luden sie auf einen Karren, der von den beiden berühmten Kleppern gezogen und zum Schloss des Verlorenen Wassers gebracht wurde. Sklavenarbeit.

Nachdem sie den Karren mit so viel Stroh beladen hatten, wie nur ging, und darauf warteten, dass der Tag herumging, sahen sie von dem einzigen Hügel in der Gegend aus einen Mann, eine Frau und ein Mädchen, die, sich vorsichtig umschauend, auf der Straße von Kaam zum Tal der Sprudelnden Quellen gingen. Die Frau hob den Schleier, der ihren Kopf bedeckte, um sich etwas Erleichterung von der Hitze zu verschaffen, und man sah ihr wunderschönes Gesicht, umrahmt von dunkelblonden Haaren, die kurz geschnitten waren wie bei einem Mann.

Der Mann schleppte sich dahin, er schien krank und verletzt. Wenn auch aus der Ferne und von der Höhe aus, erkannte Ardo doch Dartred. Er war sein Kommandant gewesen in der verflucht eisigen Kälte des Krieges in den Bergen gegen Horden von Barbaren. Es war ein verdammt schwieriger Krieg gewesen, voller Schmerz und Blut, doch von heute aus betrachtet erschien er großartig. In diesem Krieg war der Feind von außen gekommen und die Freunde von innen. Wer die gleiche Uniform trug wie du, war für dich, wer nicht, war gegen dich. Jetzt war die Bedrohung überall und das Übel hatte schon im Inneren Einzug gehalten.

Offenbar war es Dartred gelungen zu fliehen. Umso besser. Er, Ardo, war nicht scharf darauf, ihn hängen zu sehen. Hoffentlich brachte er die Prinzessin weit weg von dem Ort. Ardo glaubte nicht, dass die Tochter von König Ari gemeinsame Sache mit dem Bösen machte. Die anderen behaupteten das Gegenteil? Die anderen sagten die Unwahrheit. Wenn der einzige Ausweg aus dieser Situation darin bestand, das Mädchen zu töten, nun, dann würden sie alle dabei draufgehen, denn Kinder tötet man nicht und basta. Wenn sie diese Ruchlosigkeit begehen wollten, dann mussten sie das ohne ihn tun.

Gari betrachtete die drei lang, er sah ihnen nach, während sie sich entfernten: eine x-beliebige Familie von dreckigen und zerlumpten Bettlern.

Sie konnten es schaffen.

»Was machen wir?«, fragte Baio neben ihm, auch er musste Dartred erkannt haben.

»Wir holen das Stroh für die Pferde«, antwortete der Nichtmehrkommandant. »Das wurde uns aufgetragen, und das machen wir. Wir erfüllen Befehle.«

Keiner von beiden dachte daran, Gari zu sagen, er solle den Mund halten. Der war ein kleiner Junge, hatte den Kopf voller Träume und besaß den bedingungslosen Gehorsam des perfekten Soldaten. Es wäre schwer gewesen, ihm zu erklären, dass sie ein Geheimnis bewahren mussten, weil sie den furchtbaren Zweifel hegten, dass die Befehle falsch waren, und sie nicht ausführen würden. Außerdem schien Gari die drei nicht einmal gesehen zu haben.

Abends in dem verfallenen Schloss des Verlorenen Wassers bereute Ardo diese dumme Entscheidung.

Sehr erregt ließ Kinnik sie alle antreten und informierte sie, dass Dartred, der Verräter, hatte fliehen können. Diese Flucht war unfasslich, aber wahr. Das Mädchen war eine Hexe und hatte all seine Kräfte eingesetzt. Von nun an musste man nach drei Personen suchen, nicht nach zweien. Die naheliegendste Vermutung war, dass sie nach Norden zum Königspalast unterwegs waren und auch die Königin eine Komplizin war, oder noch wahrscheinlicher, dass sie in die Berge des Nordens zogen, die der Verräter Dartred gut kannte, weil er sich in dieser Gegend als Wilddieb Ruhm erworben hatte.

Ardo war vollkommen darauf konzentriert, den Kommandanten anzusehen, er konnte die Augen nicht von dem Muttermal wenden, das sich auf und ab bewegte, während er eine endlose Reihe von Schwachsinnigkeiten von sich gab, und so bemerkte er nicht, dass Gari den Arm gehoben hatte, die fünf Finger gestreckt, und dass er ihn so lang oben hielt, bis er Beachtung fand.

»Du wagst es zu stören …«, zischte der Kommandant, aber Gari ließ ihn nicht ausreden.

»Wir haben sie gesehen, Herr, einen Mann, der offensichtlich Körperstrafen erlitten hat, eine Frau und ein

Mädchen, beide sehr schön. Die Frau hat kurze Haare, als ob sie sich als Mann verkleiden wollte. Sie sind vorbeigezogen auf dem Weg zum Tal der Sprudelnden Quellen, ungefähr um die neunte Stunde des heutigen Tages«, sagte Gari auftrumpfend.

Der Wunsch, die Flüchtenden zu fangen, war so groß, dass seine Worte Gehör fanden. Mit unendlichem Stolz wiederholte Gari sie.

Der Kommandant hatte seine Zweifel, der Süden schien ihm als Ziel unwahrscheinlich, das dämonische Kind musste das Heilige Wasser doch fürchten.

Auch Ardo dachte daran: Wenn das Mädchen hingegen keine dämonischen Kräfte hatte, war klar, dass dies ihr Ziel war.

Er versuchte, den Jungen an sich zu ziehen, um ihn zum Schweigen zu bringen.

»Wir können nicht sicher sein, dass sie es waren, ich möchte nicht, dass die Beobachtungen meines Sohnes, der ja noch ein Kind ist, die Suche auf Abwege bringt. Nichts beweist, dass die drei Personen auf der Straße die Flüchtenden sind, die somit an einen Ort ziehen würden, der tödlich für sie sein muss, was sollten sie dort?«

»Prinzessin Mariel wurde vor zwei Monaten im Tal der Sprudelnden Quellen gesehen, wo sie den tapferen Soldaten, der sie festnehmen wollte, getötet hat«, sagte der Kommandant. »Sie meidet diesen Ort also nicht.«

Ardo überlegte, dass es mit der Tapferkeit des Soldaten, der gegen eine Frau kämpfte und obendrein von ihr getötet wurde, nicht so weit her gewesen sein konnte.

Während er noch nach den Worten für eine Erwiderung suchte, machte Gari, der sich die Rolle dessen, der das Problem gelöst hat, nicht entgehen lassen wollte, erneut den Mund auf.

»Wenn ich Prinzessin Mariel wäre, würde ich ins Tal der Sprudelnden Quellen gehen und die Quellen verunreinigen, große Steine darauf wälzen«, schlug er vor.

»Das ist nicht vernünftig«, versuchte Ardo zu sagen, aber der Schaden war schon angerichtet.

»Keine dumme Idee«, sagte der Kommandant eisig. »Ihr von der Südbrigade habt genug Stroh zusammengetragen, morgen bei Morgengrauen brecht ihr auf ins Tal der Sprudelnden Quellen. Ihr könnt eure zwei Klepper mitnehmen, einen für den Hinkenden und einen für die Prinzessin. Wenn der Rotzbengel recht hat und ihr die Flüchtenden findet, kann die Südbrigade ihre verlorene Ehre wiederherstellen. Den Mann und das Mädchen bringt sofort um.«

Ardo dachte, dass sie ihre verlorene Ehre wiederherstellen sollten, indem sie ein Kind und den siegreichen Helden im Krieg der Zwei Winter töteten.

»Na gut, immer noch besser, als Ställe sauber zu machen und Stroh einzusammeln«, schnaubte Baio neben ihm.

Ardo schüttelte leise, aber bestimmt den Kopf.

Der einzige Trost war, dass ohne ihr Stroh diese Idioten und ihre Pferde nicht lang durchhalten würden.

6

Das entweihte Tal

Hania war müde. Was sie zu ihrem Unterhalt bei der Durchquerung der Wüste mit sich führten, waren streng rationierte Lebensmittel, schlückchenweise Wasser, und auch die Hoffnung, dass das ausreichend sein könnte, war knapp bemessen. Umso größer war dafür die Hoffnung, dass sie es schaffen könnten. Im Grunde mussten sie ja nur das Tal der Sprudelnden Quellen erreichen.

Sie hatten jeder eine Flasche Wasser, einen Laib Brot, nicht zu frisch, aber genießbar, und Ziegenkäse. War das Brot alt, so war der Käse frisch, eigentlich war es eine Art Quark, und das war von Übel, denn während echter Käse sich sehr lang hält, veränderte dieser Quark, wenn man ihn nicht bald aß, Geruch, Geschmack und Farbe, und zwar nicht zum Besseren. Sie hatten auch ein Stückchen getrocknetes Fleisch von zweifelhaftem Aussehen, zusammen mit einem kleinen, verschrumpelten Wurm, den sie sich als letzte Reserve aufhoben. Es blieben ihnen noch fünf Taler, die Mariel eifersüchtig hütete.

Hania hatte die unglaubliche Schönheit der Wüste bemerkt, die seit jeher ein Ort der Leere, der Suchenden und des Verlangens war: Verlangen nach Wasser, Verlangen nach einem gedeckten Tisch, nach einem sauberen Bett unter einem soliden Dach, Verlangen, anderswo zu sein. Das Verlangen war etwas Elementares: Wo es kein Verlangen gab, gab es keine Bewegung, Bewegung entstand also aus einem Mangel. Das Verlangen ließ nach den Sternen greifen. Wäre der Mensch vollkommen gewesen, wohlgenährt und in sich rund, würde er das Verlangen verlieren, die Bewegung hin zu den Sternen. Freilich wäre er zufriedener und hätte weniger Schmerzen in den Füßen.

Hania begriff, dass sie nun eine neue Fähigkeit besaß, die aufgetaucht war, als sie die Bindung an ihren Vater durchtrennte. Es war, als wäre eine graue Mauer eingestürzt. Mit jedem Tag, der verging, nahm ihre Fähigkeit, Schönheit zu sehen, zu. Seit jeher nahm sie die Dinge wahr, erkannte ihre Position, bewertete ihren möglichen Nutzen, doch nie war es ihr gelungen, die Schönheit einer Farbe, eines Lichts zu verstehen.

Bei Sonnenuntergang setzte sie sich auf eine Düne und betrachtete die anderen Dünen in dieser Welt aus Stein, Sand, Sonne, Träumen, Wolken, unversöhnlichem Himmel, und da war etwas, was in dieser Stille widerhallte. Auch Wälder waren großartig, jetzt wurde es ihr klar, auch Gras, sogar Wasser, Schnee, Regen, Tau.

In der Wüste aber hatte man das Gefühl, im Sternenhimmel zu versinken. Die Sterne waren nicht nur oben, sondern auch vor, hinter, neben einem, in einer Stille, in der man auch das leise Rascheln der Schlangen vernahm, das unendlich leise Piepsen der Wüstenmäuse, alles Wesen, die extrem gut schmeckten. Das machte die Wüste zu einem Ort grausamer Großartigkeit und erbarmungsloser Zärtlichkeit, stets schwebend über dem Abgrund des Todes durch Verdursten oder Verhungern, wo der kleinste Fehler, der geringfügigste Zwischenfall einen abstürzen lassen konnte und wo das Leben in all seinem Glanz erstrahlte. Ein Schluck Wasser wurde zur vollkommenen Glückseligkeit, eine Maus, in der Kühle der Nacht auf einem Feuer geröstet, war köstlicher als ein königliches Bankett. Vor allem verdammt viel besser als Würmer, das getrocknete Fleisch oder der verschimmelte Quark.

Endlich erreichten sie die Oase des Heiligen Wassers, die umgeben war von glühend heißen weißen Tonmauern, hinter denen sich das Tal mit seinen Teichen und Quellen auftat, mit dem Smaragdgrün der Palmen, dem Silberglanz der Olivenbäume und den schön geordneten Rebstockreihen.

Das Tal lag vor ihnen, und die leichte Brise, die von den Quellen, Palmen, Zitronen- und Granatapfelbäumen herwehte, verschaffte ihren verschwitzten und staubigen Gesichtern angenehme Kühlung. Noch einmal gab Mariel ihrer Hoffnung, nein ihrer Gewissheit Ausdruck, dass sie an diesem Ort gut aufgehoben sein würden.

»Es ist ein sicherer Ort, der sicherste auf der Welt gegen die Machenschaften des Dunklen, und zudem gehört er noch zum Königreich. Das Wasser wird Dartred heilen, die Zitronen werden unseren Durst löschen, die Granatäpfel unseren Hunger stillen. Hier können wir Rast machen, Luft schöpfen, wieder zu Kräften kommen, und dann werden wir das Königreich verlassen, aber alles mit der Ruhe.«

Doch mit der Ruhe war es nicht mehr weit her in diesem Tal. Im Vergleich dazu war selbst die Hauptstraße von Kaam an einem Markttag ein Ort der Ruhe und Beschaulichkeit. Alle kamen, um vom Heiligen Wasser zu holen: Beamte, Soldaten, Händler, Bauern, Schäfer, ganze Familien, hinfällige Greise, Scharen von Kindern, Fuhrleute und die ganze Zunft der Wäscher, die körbeweise Wäsche mitgebracht hatten, die sie ins Heilige Wasser tauchten, um sie danach für teures Geld zu verkaufen, wie sie erklärten, als sie den dreien begegneten. Viehhirten führten ihre Herden hier zur Tränke, was den Preis der Tiere ins Maßlose steigern würde, während die Bauern versuchten, ein paar Schläuche von dem Wasser mitzunehmen, um ihre Obstbäume damit zu gießen und Äpfel und Aprikosen zu verkaufen, die vor dem Bösen schützten.

Hania war also nicht die Einzige gewesen, die diese Idee gehabt hatte: Das ganze Königreich der Sieben Gipfel schien sich hier ein Stelldichein zu geben, in der festen Absicht, das Heilige in Gold zu verwandeln, und zwar möglichst viel davon. Überall saßen Grüppchen von Leuten bei einem Feuer vor einem Zelt und warteten geduldig, dass sie an die Reihe kamen, ins Tal einzutreten, denn der Eingang wurde von einer solchen Menge bis an die Zähne bewaffneter Soldaten bewacht, als ob Kriegszeiten herrschten. Bei genauerem Hinsehen entdeckte sie, dass der grüne Teil des Tals zurückgegangen war. Die weiter außen gelegenen Teiche waren so weit ausgeschöpft worden, dass nur noch Schlammlachen davon übrig waren.

Eine Familie, die gesittet und geduldig darauf wartete, eingelassen zu werden, und mit vier Schläuchen unter dem Granatapfelbaum lagerte, den Hania zwei Monate zuvor hatte sprießen lassen, erklärte ihnen, dass sie gekommen waren, um Heiliges Wasser zu holen. Überall hatte sich die Nachricht verbreitet, dass Prinzessin Mariel, Tochter des nie genug beweinten Magierkönigs, ein dämonisches Wesen zur Welt gebracht hatte und sich gegen alle Vernunft, Gerechtigkeit und allen Anstand weigerte, dieses zu töten, ja, mit ihm durch die Lande zog.

Die Soldaten waren da, weil sich die weitere, schauerliche Nachricht verbreitet hatte, Prinzessin Mariel sei verrückt geworden, sie stehe unter dem Einfluss des Finsteren und wolle ins Tal kommen, um es zu zerstören, wolle die herrlichen Pflanzen in Brand setzen, Steine vor die Quellen wälzen und diese durch bösen Zauber zum Versiegen bringen, sie verunreinigen und mit Gift verseuchen.

Jedenfalls musste man sich beeilen, denn mittlerweile waren alle Seen ausgeschöpft, die Teiche nur noch Pfützen, allein die Quelle des Heiligen Wassers sprudelte weiter, sie war jedoch nur noch ein Rinnsal. In Jahrhunderten hatte sie all dieses Grün und Blau geschaffen, das sich bald in ein eintöniges Braun verwandeln würde, was den Wert des gesammelten Wassers noch weiter in die Höhe treiben würde.

»Sie verteilen das Heilige Wasser überall auf der Welt«,

murmelte Mariel. »Umso besser. Das wird den Herrn der Finsternis fernhalten. Sie haben bemerkt, dass Krieg herrscht, einer, der größer ist als alles, was wir uns je vorstellen konnten, selbst in den schlimmsten Albträumen nicht. Wir glaubten, der Finstere sei verschwunden. Er ist mächtiger denn je. Wir fliehen, solange es noch möglich ist«, schloss sie endlich.

Hania deutete auf die Schläuche und dann auf die schauerliche Beule auf Dartreds Stirn.

»Das könnte mich also heilen. Eure Vermutung war richtig. Bin ich deshalb so schwach? Sicher, das ist klar. Der Stich war schrecklich schmerzhaft. Eine Wunde, verursacht von dem Finsteren. Deshalb heilt sie nicht und mir scheint alles so grau und verdammt mühsam.«

Sie hielten sich abseits. Voller Verlangen betrachteten sie all dies Grün, in dessen Schatten sie nicht ruhen würden, all diese Granatäpfel, die sie nicht einmal anfassen würden, all die Karawanen und vor allem diese Schläuche.

»Wir müssen einen dieser Schläuche haben«, sagte Mariel in dem festen, bestimmten Ton einer Königin, die zu ihren Untertanen spricht.

»Es stimmt. Das *könnte* mich heilen, das fühle ich selbst, aber hinzugehen und Wasser zu holen, *könnte* uns an den Galgen bringen, also streichen wir dieses *könnte* besser aus unserem Leben. Ich werde nicht gesund und man wird uns nicht hängen. Sicher, wenn ich geheilt bin, brauchen wir nur etwas von dem Wasser um uns herum am Boden auszugießen, sodass es einen Kreis bildet, in dem wir ruhig schlafen können, aber wir werden ohne das auskommen. Mit Sicherheit erkennen Euch diese Soldaten und dann sind wir drei verloren. Alle suchen nach einem stummen Kind, es braucht nur einer Hania nach ihrem Namen zu fragen, und sie wird entdeckt. Diese Kühle hier ist herrlich, die Granatäpfel sind gut, die Sprudelnden Quellen großartig. Das Heilige Wasser würde all unsere Probleme lösen, aber jetzt kann man da nichts machen, wir gehen weg von hier. Wir dürfen uns keine falsche Bewegung erlauben. Wir sind die einzigen Verteidiger des Guten, die übrig geblieben sind, wir gegen alle«, erwiderte Dartred im singenden Tonfall eines Lehrers, der mit einem Kind spricht; man musste zugeben, selbst wenn er etwas Sinnvolles sagte, konnte er einem auf die Nerven gehen.

»Wir könnten welches kaufen«, schlug Mariel vor. »Alle verkaufen es.«

»Das kann gefährlich sein.«

»Nein, das ist es nicht. Das sind keine Soldaten, sondern einfache Leute. Viele kennen mich, aber Euch nicht. Nehmt diese fünf Taler, humpelt, bis Ihr auf einen trefft, der von der Quelle kommt, lasst Euch irgendwas einfallen, warum Ihr nicht selbst bis zur Quelle gelangen könnt, und bittet darum, etwas Wasser kaufen zu können. Das ist nicht schwer. Ihr schafft das, Hania und ich warten hier auf Euch«, schloss Mariel so langsam und in einem Ton, wie man ihn einem sehr kleinen Kind gegenüber anschlägt.

Dartred ging los, näherte sich einem der Karren, der voll beladen mit Schläuchen gerade aufbrach, und kam wenig später mit einem winzigen Schälchen zurück, einem ausgehöhlten Stein, auf dessen Grund etwas schlammiges Wasser stand.

»Selbst vom teuersten Parfüm hätte man Euch mehr gegeben«, bemerkte Mariel.

»Das habe ich auch gesagt, selbst vom besten Wein hätten sie die Schale vollgemacht, aber sie haben mir geantwortet, ich könne mein Knie behandeln und dann selbst das Fehlende holen. Sie waren sehr munter, aber wenig entgegenkommend. Ich weiß nicht, warum, aber ich bin mir nicht sicher, dass es funktioniert. Alles ist so dreist und unverschämt«, sagte Dartred und besprengte sich die Stirn mit dem schlammigen Wasser.

Wäre die Beule unverändert geblieben, hätten sie gedacht, es funktioniere ganz einfach nicht, aber die Beule wurde etwas größer, also war eine Wirkung da. Mariel begriff, was das bedeutete.

»Wenn das Heilige Wasser verkauft wird, und mit Sicherheit wird es zu Wucherpreisen verkauft, verliert es nicht nur seine Wirkung, sondern nimmt eine gegenteilige Wirkung an, es wird schädlich«, sagte sie.

So war es. Keine Granatapfelplantagen. Und vor allem kein Heiliges Wasser mehr.

»Genial. Sie haben alles zerstört, um in Mengen eine Sache wegzuschaffen, die sie vor nichts schützen, sondern zu ihrem Schaden sein wird«, fuhr Mariel fort. »Sie haben dem Reich der Sieben Gipfel seine einzige Verteidigung genommen und bereiten dem Finsteren den Weg. Zum Glück bleibt noch das Wasser der Quelle. Die können sie nicht entweihen.«

»Und ob sie das können. Man braucht das Wasser nur zu verkaufen«, bemerkte Dartred.

»Und wenn man bedenkt, dass ich bis vor ein paar Tagen glaubte, der Krieg sei beendet und gewonnen.«

»Ich habe alle Achtung vor Eurem unerschrockenen Mut, meine Herrin. Von Eurem Verstand hingegen bin ich weniger begeistert.«

»Ihr hattet gesagt, Ihr wolltet Euch bemühen, höflich zu sein.«

»Ich will versuchen, den Mund zu halten. Gibt es Eures Wissens noch andere Orte, wo Heiliges Wasser aufbewahrt wird?«

»Die Eremiten, die in den Verlorenen Türmen leben, haben, scheint's, welches bei sich, um die Welt und ihre Besucher zu segnen. So stand es jedenfalls in den Schriftrollen, in denen ich die Geografie des Reichs studiert habe. Südlich vom Tal gibt es sieben dieser Türme. Die Grenze zum Reich der Händler liegt hinter dem siebten Turm, dem letzten und höchsten, von dem aus man an klaren Tagen, wenn der Himmel vom scharfen Nordwind blank gefegt ist, das Blau des Meeres sehen kann. In einem dieser Türme können wir vielleicht Zuflucht finden.«

In einem Turm in der Wüste leben. Das war doch bestimmt eine hervorragende Idee. Hania deutete mit der Hand »weit weg« in Richtung Süden.

Drei Mal wiederholte sie: »Sehr weit weg.«

»Außerhalb des Reichs und fern von seinen Grenzen«, übersetzte Dartred. »Auf der anderen Seite der Wüste der Verlorenen Türme.«

Hania nickte.

»Außerhalb des Reichs?«, rief Mariel empört. »Nein, dieses Reich existiert, weil mein Vater es gerettet hat. Ich habe die Verantwortung dafür: Ich gehöre dem Thron, der Thron gehört mir. Für dieses Reich werde ich, falls nötig, kämpfen. Wer soll es verteidigen, wenn es angegriffen wird? Meine Mutter? Ich bin die einzige Erbin. Ich bin Mariel von den Sieben Gipfeln.«

»Ja, so ist es. Ihr seid die einzige Erbin, Ihr seid Mariel von den Sieben Gipfeln, Ihr seid die Tochter Eures Vaters. Es ist dem Finsteren nicht gelungen, dieses Reich zu vernichten, indem er Euren Vater tötete, es ist ihm nicht gelungen, es mit Waffengewalt zu vernichten, weil wir ihn auch ohne unseren König aufgehalten haben, eine Handvoll schlecht ausgerüsteter Männer in den Bergen des Nordens, ein kleines Heer mit einem alten König in einer Schlucht. Wir haben sie geschlagen. Aber jetzt will er Euch treffen. Ihr seid die einzige Erbin, und Euer Volk wird sich spalten in jene, die glauben, die einzige Rettung sei es, Eure Tochter zu töten, und jene, die an Euch, die Ihr sie beschützt, glauben. Die beiden Fraktionen werden sich bekämpfen und das bewerkstelligen, was den fremden Heeren nicht gelungen ist. Außerhalb dieses Reichs seid Ihr eine x-beliebige Frau mit einem x-beliebigen Kind. Vielleicht wird das Reich von außen angegriffen oder auch nicht, aber wenigstens wird es nicht durch einen Bürgerkrieg zugrunde gerichtet. Wir gehen fort, Herrin, und wir werden das Meer sehen. Man sagt, das sei ein außergewöhnlicher Anblick.«

Meer, Schiffe, Häfen, Menschengewimmel. Niemand käme auf die Idee, Prinzessin Mariel könnte ihr Reich verlassen haben. Nicht einmal der Finstere. Sie mussten ihn durch Unberechenbarkeit schlagen. *Er* selbst war unberechenbar gewesen. Das musste Hania ihm lassen. Sie hatte noch nicht verstanden, wie er hatte überleben können. Es war nichts mehr von ihm übrig gewesen, kein einziger Krümel, nachdem sie das Heilige Wasser ausgegossen hatte und sich daran berauscht hatte, nachdem sie die grausige Last des Herrn der Finsternis hatte tragen müssen.

Sie würden ans Meer ziehen und dort leben. In Armut. Wenn man auf der Hut sein musste, wäre es nicht möglich, den Fischen zu befehlen, sich in solchen Mengen fangen zu lassen, dass man sich mehr leisten konnte als eine einfache Fischerhütte. Hania hasste die Vorstellung, arm zu sein, aber ehrlich gesagt, gehängt werden war schlimmer. Vorerst war es nichts mit Gold und Brokat, aber wenn sie es schaffte, am Leben zu bleiben, würde man sehen. Der Plan war also vorerst, am Leben zu bleiben.

Hania nickte, um ihre Zustimmung bekannt zu geben. Ein Ritter erhob sich nach jedem Schlag, bei jedem Hindernis suchte er nach einem neuen Weg. Einen Augenblick lang betrachteten sie noch all dieses Grün und Blau, die Quellen, die ihre Ängste und Übel geheilt hätten, wenn sie nur darangekommen wären, und die in Kürze verschwinden würden. Dann brachen sie auf in Richtung

Süden, die Füße im Staub, während sich die Wüste großartig um sie dehnte und der Himmel makellos blau über ihnen strahlte.

Und während Hania sie endlich genauer betrachtete, bemerkte sie, dass die gelangweilten Soldaten gar nicht so gelangweilt waren. Sie taten zwar so, als würden sie miteinander reden oder den Inhalt eines Karrens kontrollieren, sahen in Wirklichkeit aber zu ihnen herüber. Hania zählte sie und machte aus, wo sie standen, vier unter der großen Palme, zwei auf der Wiese bei der verschlammten Quelle, drei zwischen den Ziegen und einer ganz in ihrer Nähe, versteckt in einem Holunderbusch, umgeben und verborgen von den weißen Blüten wie der Mond, der zwischen Wolken hervorscheint. Die Blüten waren so dicht, dass Hania ganz genau hinschauen musste, um den Soldaten zu entdecken, der sehr klein war, vielleicht noch ein Kind.

Der Kleine trug Pfeil und Bogen auf dem Rücken. Hania sah, wie er einen Pfeil anlegte. Sie berechnete die Flugbahn: Er zielte auf Dartred. Er war ein wohlerzogener Junge und zielte auf die Beine, doch das änderte nicht viel an der Situation.

Hania fand drei Bienen, sie stachen den kleinen Soldaten in die Hände und ins Gesicht: Bienen waren tapfere Krieger, doch beschränkt. Sie konnten nur ein einziges Mal zuschlagen. Das ließ ihr jedoch die Zeit, einen Ameisenhügel zu mobilisieren. Die winzigen Intelligenzen, ganz von ihrem Hass erfüllt, gingen geschlossen wie ein Heer auf den verdammten Jungen los, bissen jeden Zentimeter seiner Haut, sodass er in wenigen Augenblicken Pfeil und Bogen fallen ließ und sich am Boden wälzte.

Kurz dachte Hania an die Lust, ihn sterben zu sehen, während die Ameisen ihm in Nase und Hals krochen, bis sie ihn erstickten, doch dann hielt sie inne. Es wäre schön gewesen, aber ein Ritter des Lichts tat so etwas nicht, er war nicht unnötig grausam. So war das und basta. Sie gab den Ameisen Befehl, die Beute loszulassen. Der Junge war zu sehr damit beschäftigt, sich am Boden zu wälzen. Das Einzige, was er hervorbrachte, war ein Stöhnen. Zwei der Männer unter der Palme liefen zu ihm.

Hania wies Dartred und Mariel auf sie hin und endlich machten sie sich auf den Weg.

Sämtliche Wespen und Hornissen der Gegend wurden aufgerufen, ihre Flucht zu decken. Nur die Bienen ließ Hania aus: Sie büßten im Kampf ihr Leben ein und dann gaben sie keinen Honig mehr.

Ein Ritter tötet nicht, wenn er es vermeiden kann, aber jeder, der versuchen sollte, sie zu verfolgen und aufzuspüren, musste sich auf unerträglichen Schmerz gefasst machen. Außerdem war es schwierig, sich zu kratzen und gleichzeitig einen Bogen oder ein Schwert zu benutzen.

7

Die Wüste der Verlorenen Türme

Schritt für Schritt schleppte Hania sich durch die Wüste der Verlorenen Türme, die ihren Namen eben den verlorenen Türmen verdankte, die im Lauf der Zeit aus dem Spiel von Wind und Fels hervorgegangen waren.

Der Fels war weich, ließ sich leicht aushöhlen, der Wind war scharf, führte Sand und Erdreich mit sich. So waren Säulen aus rotem Tuffstein entstanden, innen hohl, und die Menschen hatten ihre ursprünglichen Aushöhlungen vertieft, sodass Türen, Fenster und Treppen entstanden. Die Eremiten, die sie bewohnten, mussten allesamt Leute sein, die keine Gesellschaft mochten, da die Türme ganze Tagesmärsche voneinander entfernt lagen. Strecken, die in Staub und Sand zwischen Dünen und Himmel zurückgelegt werden mussten. In jedem der Türme gab es ein kompliziertes Höhlensystem, wodurch das wenige Regenwasser, das in dieser Gegend fiel, in einer kleinen Grotte mit einem Brunnen gesammelt wurde, was die Haltung eines winzigen, kargen Gärtleins ermöglichte. Dort wuchsen ein paar Zwiebeln mit etwas Knoblauch und dem allgegenwärtigen Peperoncino: widerstandsfähige, anspruchslose Pflanzen, die sogar hier gediehen.

In der Stille unter dem unendlichen Sternenhimmel mussten sich die Seelen dieser Eremiten manches Mal über das Firmament hinaus erhoben haben. Anders ließ sich der Sinn dieser Einsamkeit nicht erklären, ein Leben, in dem sie der Erde einen Tropfen Wasser und eine halbe Zwiebel abtrotzten, gerade genug, um zu überleben. Und manchmal hatte ihre Seele sich vielleicht tatsächlich in unerhörte Höhen aufgeschwungen, denn Hania wusste nichts von ihnen, wie sie nichts über das Heilige Wasser gewusst hatte. Alles, was außerhalb ihrer Kenntnisse lag, war eine Gefahr für den Finsteren, diente also dazu, sich vor ihm zu retten.

Die Türme standen auf sieben Anhöhen, die immer höher wurden, je weiter man ins Herz der Wüste vordrang. Steile Wege führten zu ihnen empor, gepflastert mit spitzen Steinen, auf der einen Seite von der Felswand begrenzt, auf der anderen abfallend ins Nichts, unter einem gleißenden, gnadenlosen Licht, in dem nur dichte Fliegenschwärme etwas Schatten gaben. Es war klar, wer sich dort oben zurückzog, liebte nicht nur keine Gesellschaft, sondern musste auch einiges darangesetzt haben, sie fernzuhalten. Auf allen Wegen schleifen sich die Unebenheiten ab und eine freundliche Hand räumt die unbequemsten Steine beiseite, nicht so hier. Nichts war getan worden, um den Zugang zu erleichtern.

Das Wasser ging zur Neige. In ihrer Laufbahn als werdender Ritter des Lichts und Kommandant wider Willen entdeckte Hania, dass als Erstes immer das Wasser ausging, was alle leicht einem schmerzhaften Tod ausliefern konnte. Das Wasser war der Schwachpunkt, zu schwer, um in ausreichenden Mengen transportiert zu werden, hatte es den weiteren Nachteil, dass es *fast* überall zu finden war. Alle gingen davon aus, dass sie schon welches finden würden, und übersahen dabei die Falle, die in diesem *fast* steckte. Verflucht und tödlich. Ohne Wasser konnte man nicht leben und basta.

Sie überlebten, weil *sie* da war, Hania, sonst wären ihre Knochen früher oder später zum Bleichen unter der gnadenlosen Sonne gelegen, die einzigen runden Formen inmitten einer Welt aus spitzen Winkeln. Ihre Kräfte waren jedoch im Schwinden begriffen, jeden Tag mehr. Sie wusste, dass ihre Kräfte mit denen des Finsteren verbunden waren wie der Sand in den zwei Hälften einer Sanduhr. Die Mächte des Bösen waren also im Zunehmen begriffen. Es blieb ihr die Fähigkeit, Fliegen und Bremsen in Geschwadern fliegen zu lassen, die Schatten spendeten, oder die Fähigkeit, winzige Sandmäuse anzulocken, an denen mehr Fell und Knochen waren als Essbares, die Fähigkeit, einen Tropfen Wasser zu erzeugen, vor allem aber die, aus dem Nichts kleine Granatapfelbäume wachsen zu lassen, an denen passenderweise je eine dicke reife Frucht hing. Nicht mehr als jeweils ein Baum. Nicht mehr als eine Frucht. Die Anstrengung war überwältigend und sie konnte das Unternehmen nur einmal am Tag vollbringen. Keine andere Frucht, nicht einmal ein Radieschen, nur ein einziger, spektakulärer Granatapfel.

Im Schatten der Fliegen, genährt von winzigen Mäusebraten, Granatapfelkernen, Wassertropfen und einem gnadenlosen Licht, stiegen sie auf alle Türme, und überall war das Szenario dasselbe.

Irgendwo war da immer der Leichnam des Eremiten, ein vertrocknetes Skelett, bedeckt mit dem, was von seiner Kleidung übrig war, immer im Freien und während er den Himmel betrachtete, als wollte er klarmachen, dass er in der Nacht des verfluchten Meteoritenschauers gestorben war, vergiftet von dessen Anblick.

»Aber sind sie alle in derselben Haltung gestorben?«, fragte Dartred beim dritten Toten. »Keiner, der sich hingehockt hat, bevor er starb, oder der versucht hat, zum Brunnen zu gelangen?«

Alles Übrige lag in Trümmern. Die Gärten waren verdorrt, keine Spur von Heiligem Wasser, die Brunnen waren voller Steine. Irgendwo hing gut sichtbar an eine Innenwand genagelt, damit der Wind es nicht forttrug und der Regen es nicht ausbleichte, ein Pergament mit der ganzen Geschichte, die der betreffende heilige Mann hatte aufschreiben können, bevor er das Zeitliche segnete. *Ein unerhört böser Fluch, der Finstere hatte im Leib einer unschuldigen Frau eine Kreatur von unsäglicher Bosheit gezeugt, die am Handgelenk ein Mal in Form eines Meteors trug.*

»Sie müssen gestorben sein wie mein Großvater, nachdem sie ihr Leben geopfert haben, um in den Meteoren am Himmel das dunkle Geheimnis zu entschlüsseln: Hanias Existenz«, erklärte Mariel.

»Sie hätten sich besaufen und die Nacht durchschlafen

können und uns allen ginge es wesentlich besser«, knurrte Dartred. »Es gibt niemand in diesem verfluchten Königreich, der nicht von Hania wüsste. Allerdings ist es merkwürdig. Erst haben sie es aufgeschrieben, dann haben sie sich bis oben auf den Turm geschleppt, und dann sind sie ins Freie, um zu sterben, als wollten sie deutlich machen, dass sie gestorben sind, während sie diese verfluchten Sternschnuppen anschauten. Damit allen klar ist, dass das gezeugte Wesen eine Bestie ist. Aber in Wahrheit hat sie jemand ermordet. Da ist jemand sehr Mächtiges in diesem verdammten Reich, der einen tödlichen Streich gegen Euch führt, damit Ihr und Hania verflucht seid und alle möglichen Verteidiger, wie diese Eremiten, vernichtet werden. Was treibt denn eigentlich Eure Mutter? Sie ist doch die Königin, oder nicht?«

Dartred wurde immer bitterer, in einer Polemik befangen, die einzig dazu führte, dass Mariel immer trauriger wurde. Die Beule auf seiner Stirn vergiftete ihn weiterhin. Sie mussten das Heilige Wasser finden.

Bei jedem Turm, den sie auf steinigen, unwegsamen, schroffen Pfaden erreichten, trafen sie dieselbe Ödnis an. Das Gefühl für Schönheit bei Hania aber nahm zu. Die Worte, die Hania seit jeher kannte, nahmen Farbe an. Jeden Tag waren ihre Sinne fähiger, Schönheit zu erfassen, eine Gabe, von der ihr Vater nichts wusste. Angefangen hatte es mit den Sternen, dem Wind und den Körnern des Granatapfels. Sie sah Schönheit auch dort, wo Mariel angeekelt den Blick abwandte, wie in der Bewegung der Würmer, dem Schillern der Kakerlaken. Es war, als hätte sie bisher alles durch einen Schleier gesehen. Ihre Sicht, ihre Sinne waren immer tödlich scharf gewesen in ihrer Vollkommenheit, aber jetzt war alles ein *Abenteuer,* der Duft der Wüstenkräuter, der Geruch einer verwesenden Maus, alles war einzigartig und einmalig. Das Leben vollendete sich im Tod, aus dem Tod ging neues Leben hervor, jedes Ding bewegte sich in der Zeit, die Zeit bewegte sich in der Ewigkeit. Sie war Hania, Tochter des Herrn der Finsternis und der Prinzessin Mariel von den Sieben Gipfeln, eines gefallenen Engels und einer, die nie gefallen war, die Schönheit der Welt ging jeden Moment mit größerer Macht in sie ein.

Schon beim zweiten Turm tauchten die Verfolger auf. Sie mussten Zeit verloren haben bei dem Versuch, den von den roten Ameisen attackierten Jungen wieder auf die Beine zu bringen. Hania bewegte ein paar Steine, mobilisierte die üblichen Insektenschwärme, und die Verfolger hielten sich fern. Tauben und Falken zeigten ihr die verborgenen Gänge, von denen es in jedem Turm eine Menge gab, damit man ihn ungesehen verlassen konnte.

»Zu unserem Glück sind die Soldaten der Sieben Gipfel dumm und feige geworden. Den Befehl, uns zu fassen, erfüllen sie schrittchenweise und ohne sich zu überanstrengen«, bemerkte Dartred.

Mariel musste zustimmen: Das war ihr Heer, und es war immer klarer, dass sowohl das Heer als auch das Königreich darniederlagen. Beim fünften Turm sahen sie die Soldaten, die ihnen folgten, zum letzten Mal. In der Entfernung klein, wirkten sie wie aufgescheuchte Ameisen.

Sie blieben stehen, kehrten um, dann rückten sie wieder ein wenig vor. Beim winzigsten Stein, beim kleinsten Insektenschwarm nahmen sie Reißaus, flink und leichtfüßig wie Gazellen. Plötzlich wurden es mehr: Eine Einheit Reiter war zu ihnen gestoßen. Beim Anblick der Pferde wurde Hania ärgerlich. Sie ließ alle mit Stacheln bewehrten Tiere der Gegend los und ließ auf der Straße eine Unzahl von kleinen Erdrutschen entstehen. Die Soldaten verschwanden.

Offenbar hatten sie genug.

»Hoffen wir, dass die Welt friedlich bleibt, sonst halten wir mit diesen Helden nicht einmal einem Schwarm Marienkäfer stand«, murrte Dartred.

»Das waren Hornissen, keine Marienkäfer. Die Soldaten in meinem Heer sind keine Feiglinge«, erwiderte Mariel verärgert.

Niemand dankte Hania, dass sie allein die Verfolger in die Flucht geschlagen hatte.

8

Der letzte Soldat der Königin

Die Südbrigade, die ausgesandt war, die Prinzessin des Reichs, ein Mädchen und einen Kriegshelden, der zum Flüchtling geworden war, zu verfolgen, zerfiel sofort in zwei entgegengesetzte Fraktionen.

Die eine, angeführt von Ardo, wagte es, Zweifel zu äußern – viele, groß und prall wie Wassermelonen, wenn die Ernte gut ausgefallen ist – an der unglaublichen Behauptung, die Tochter von König Ari sei in einem Meer des Unrechts versunken, ein Kriegsheld sei darin untergegangen, und die beste Idee, seine Seele zu retten, bestünde darin, ein kleines Mädchen zu ermorden.

Die andere Fraktion, angeführt von Gari, verschanzte sich hinter der Pflicht, Befehle auszuführen. Die Prinzessin und der Kriegsheld mussten unter einer Art Zauber stehen. Befehle waren wie Regen: etwas, was lästig oder sogar schmerzhaft sein konnte, aber niemals falsch; es konnte mächtige Ströme schaffen, die Menschen oder Waffen mitrissen, doch am Ende nährte es die Erde und ermöglichte das Leben. Eine Welt ohne Befehle oder mit nicht befolgten Befehlen war wie verdorrtes Land, war das Chaos, das die Welt verschlang.

Doch auch die Auflösung der väterlichen Autorität war Chaos, und so war die Fraktion der Befehlsausführer schwach, und es genügte ein scharfer Blick des Exkommandanten zu seinem Sohn, da schwankten dessen Überzeugungen.

In diesem Dilemma ergab sich die Südbrigade der Ineffizienz. Die Partei, die sich nicht einsetzen wollte, behinderte die andere derart, dass die Flüchtigen stets in einem sicheren Abstand blieben.

Wiederholte Angriffe von Insekten und Erdrutsche, die von allein losbrachen, ließen die Waage jedoch zugunsten der Partei der Befehlserfüller ausschlagen. Es war klar, dass ein Mädchen, das derart infernalische magische Praktiken beherrschte, nur eine Hexe sein konnte.

»Sicher, aber dann ist sie gewiss eine gute Hexe, denn sie könnte uns töten und tut es nicht. Sie beschränkt sich darauf, uns auf Distanz zu halten. Sie rettet sich selbst, das ist ihr gutes Recht. Ich weiß nicht, was vorgeht, vielleicht stimmt es ja, dass Prinzessin Mariel von einem Dämon überfallen wurde und seine Tochter zur Welt gebracht hat, doch offensichtlich ist es ihr irgendwie gelungen, sie zu zähmen und zu lenken, denn Mariel ist die Tochter von König Ari und kennt die ritterliche Ehre. Das Reich besteht dank ihres Vaters und dank Männern wie Dartred, wir sind das Reich der Sieben Gipfel, und den Befehl, Kinder zu töten, führen wir niemals aus. Und dann, wer hat denn diesen Befehl gegeben? Die Königin? Die Mutter von Prinzessin Mariel und Großmutter des Mädchens kann das nicht gewesen sein. Etwas Schlimmes ist im Gange«, sagte Ardo.

»Die Türme sind verwüstet, die Brunnen voller Steine. Das Mädchen wird uns vernichten. Ich bin schon von ihrem Fluch getroffen worden, ich weiß, wie bösartig sie ist. Das hat der Kommandant gesagt«, protestierte Gari.

Ardo lag eine Last auf dem Herzen. Er war der Kommandant. Er hätte es sein müssen. Wenigstens für seinen Sohn.

»Genau, du bist getroffen worden und musstest dich ein paar Tage lang kratzen, das war alles. Sie hätte dich töten können. Sie hat es nicht getan. *Das Mädchen wird uns vernichten, und die einzige Möglichkeit, das zu verhindern, besteht darin, sie zu töten*, hat der Kommandant gesagt. Wenn die einzige Möglichkeit zu überleben darin besteht, ein Mädchen zu töten, dann hören wir auf zu überleben. Wir sind das Reich der Sieben Gipfel und ich bin Ardo, der Kommandant der Südbrigade. Wir töten keine Kinder.«

Beim vierten Turm erklärte Baio, seit jeher Ardos Gefährte, der ihn gestützt und geführt hatte, als er hinkend und mit einem Arm weniger von der Nordfront an die Südfront gewechselt war, er sei krank: zu schwer verletzt von den Bienenstichen, befallen von einem Fieber, das ihn nicht losließ, geplagt von Bauchweh, das immer schlimmer wurde, Schmerzen in verschiedenen Gelenken, und bat darum, umkehren zu dürfen. Ardo, der theoretisch des Kommandos enthoben war, gab doch seine Einwilligung, und Baio brach auf, begleitet von zwei weiteren Männern, damit er, krank, wie er war, nicht verloren ging.

Beim fünften Turm tauchte er wieder auf, zu Pferde und

begleitet von der Kavallerie. Sie hatten den direkten Weg genommen, ohne auf jeden Turm zu steigen, und hatten sie so eingeholt.

»Auf Befehl des Kommandanten der Ostbrigade erkläre ich dich für verhaftet wegen Hochverrats«, sagte Baio zu Ardo.

Er musste es drei Mal wiederholen. Ardo fiel es verdammt schwer, den Sinn der Worte zu verstehen. Sogar als man ihm damals sagte, dass seine Gemahlin tot war, hatte er weniger lang gebraucht. Er und Baio waren wie Brüder, sie hatten sich gegenseitig das Leben gerettet, sich unzählige Male gegenseitig unterstützt, im Krieg der Zwei Winter das letzte Stück Brot geteilt, die einzige Maus oder den einzigen Maulwurf, von denen sie einen ganzen Tag lang zehren mussten.

Es war nicht möglich, dass Baio das tat.

Gari war kalkweiß geworden. Er schwankte. Er fiel auf die Knie. Sodass Ardo es kaum vernehmen konnte, hauchte er: »Vater …«

»Und wie ist der Kommandant auf die Idee gekommen, ich hätte Hochverrat begangen?«

»Ich musste ihm von mangelnder Entschlusskraft berichten, von Verzögerungen und Reden, die eindeutig gegen die Befehle verstoßen«, antwortete Baio.

Ardo erinnerte sich an die Heiratsvermittlerin. Es lief ihm eiskalt den Rücken hinunter.

In dem Augenblick brach die Hölle los. Schwärme von Wespen, Bienen, Bremsen, winzigen mörderischen Mücken, Ameisen, geflügelt oder nicht, fielen über sie her.

»Hat jemand noch einen Zweifel?«, fragte Baio aufgebracht, als der Überfall beendet war.

»Hat jemand noch einen Zweifel? Wir sind alle am Leben, wir werden uns ein paar Tage lang kratzen, das ist alles. Das ist keine böse Macht. Wir führen keine Befehle aus, die gegen die Ehre gehen, und ...«

Ardo konnte nicht zu Ende sprechen. Zwei der Berittenen, Männer der Ostbrigade, die er nicht kannte, schlugen ihn auf den Kopf und die Arme.

Dann legten sie ihn in Ketten und hoben ihn auf Baios Pferd, der von nun an zu Fuß gehen würde.

»Wir kehren zum Schloss des Verlorenen Wassers zurück. Wir können nicht sagen, wir hätten die Kind-Hexe gefangen, aber wenigstens haben wir den festgenommen, der uns daran gehindert hat. In der Hauptstadt werden sie zufrieden sein.«

Sie setzten sich sofort in Marsch. Nach den ersten Schritten brach Gari in verzweifeltes Weinen aus, eine Hand am Steigbügel des Pferdes, das Ardo trug.

»Ein Soldat weint nicht. Nicht vor diesen Hunden«, konnte sein Vater ihm zuflüstern. »Du bist der letzte Soldat der Königin. Beiß die Zähne zusammen und lass dich nicht gehen.«

Es gelang Gari, die Tränen hinunterzuschlucken, und Schritt für Schritt folgte er dem Pferd des Vaters.

Ardo wurde wegen Hochverrats sofort der Prozess gemacht und er wurde zum Tode verurteilt. Sie hatten es alle sehr eilig. Der Prozess wurde noch am Tag seiner Rückkehr abgehalten und die Hinrichtung für den nächsten Tag festgesetzt.

Eine Depesche mit der Nachricht wurde in die Hauptstadt geschickt, denn das bewahrte sie vor dem Eindruck, völlig gescheitert zu sein. Die Hexe hatten sie nicht gefasst. Das war nicht ihre Schuld. Aber sie hatten denjenigen festgenommen, der sie daran gehindert hatte.

Das Ergebnis war ein anderes, aber das Verdienst könnte fast so groß sein, wie wenn sie die kleine stumme Hexe gefangen hätten Jedenfalls traf sie keine Schuld. Wäre da nicht Ardo gewesen, der mit seinen Haarspaltereien immer wieder alles aufgehalten hatte, hätte die höllische Kreatur ihre Erdentage beendet. Es solle ihnen ja keiner einen Vorwurf machen.

Seine letzte Nacht verbrachte Ardo in der winzigen Zelle im Schloss des Verlorenen Wassers, wo er jahrelang seine Männer wegen unerheblichen Verfehlungen zu kleinen, fast liebevollen Strafen hatte einschließen lassen: zwei Tage Zellenhaft wegen Betrunkenheit, drei wegen Schlafens während des Wachdiensts.

Auf der anderen Seite des Gitters, unter einem riesigen Mond, der die dürre Ebene beschien, schluchzte sein Sohn.

»Es war meine Schuld«, sagte Gari weinend.

»Es ist die Schuld dessen, der mich hängen lässt. Es ist die Schuld dessen, der das Kommando übernommen hat. Es ist die Schuld dessen, der ihm das Kommando übergeben hat. Es ist die Schuld des Finsteren, Gari, der diese Falle ersonnen hat, damit wir hineintappen.«

»Du bist nicht hineingetappt.«

»Ich bin schon etwas älter, und ein bisschen was lernt man im Lauf des Lebens. Ich bin nicht hineingetappt, weil ich Dartred kenne. Im letzten Krieg im Norden haben wir miteinander gekämpft.«

»Ich hätte das verstehen müssen!«, sagte Gari weinend.

»Es war nicht leicht zu begreifen! Auch ich war mir nicht völlig sicher, vielleicht täusche ich mich, vielleicht sind sie durch einen Zauber wirklich bösartig geworden, er und die Prinzessin. Und dann ist es besser so, denn stark und loyal, wie du bist, müsstest du jetzt womöglich mit mir an den Galgen. Diese Wahnsinnigen töten sogar Kinder und du bist wenig mehr als ein Junge. Du bist jedoch in Sicherheit, und das ist das Wichtigste. Weil du mein Sohn bist, mein Sohn und der deiner Mutter, die sehr stolz auf dich wäre und die ich jetzt wiedersehen werde. Es ist das Wichtigste, weil du der letzte Soldat bist, den die Königin noch hat. Du musst am Leben bleiben und das Reich schützen. Und es ist wichtig, dass du überlebst, weil du ein vollkommener Soldat bist. Du triffst dein Ziel unfehlbar und bist unbesiegbar mit dem Schwert. Schon jetzt, da du kaum mehr als ein Junge bist, hast du den Mut und die Kraft eines Mannes. Flieh weit weg von hier. Geh, auf der Stelle. Jeder Moment, den du hierbleibst, erhöht die Gefahr. Ich bin mir sicher, jeden Augenblick können dich betreffende Befehle kommen, also geh fort. Außerdem will ich nicht, dass du mich am Galgen hängen siehst. Tu mir den Gefallen und bleib meiner Hinrichtung fern. Flieh jetzt. Erkunde das Reich Stück für

Stück, seine Hügel und seine undurchdringlichen Wälder. Sei Holzfäller und Jäger. Dabei kannst du mit der Axt und dem Bogen umgehen und fällst nicht auf. Halt dich fern von Soldaten, Kasernen und Schilderhäuschen. Wo immer du auf einen Bewaffneten triffst, mach einen Bogen um ihn. Vor fünfzehn Jahren haben wir einen schrecklichen Krieg geführt. Der Feind stand vor den Toren und war stärker als wir. Jetzt begreife ich, dass dieser Krieg herrlich war im Vergleich zu jetzt. Der Feind sitzt im Herzen des Reichs und vergiftet unsere Seelen. Brüder verraten die Brüder. Es wurde Befehl gegeben, ein Kind zu töten. Schreckliche Mächte sind am Werk. Du bist einer der letzten Verteidiger. Normale Menschen verfallen immer mehr der Korruption und der Grausamkeit. Die Königin ist bestimmt in Geiselhaft, und wer regiert, gehört dem Bösen an. Trau niemandem und werde jeden Tag stärker. Und nun, mein geliebter Sohn, geh, geh auf der Stelle. Im Namen der Liebe, die du mir schuldest, bitte ich dich, gehorche diesem meinem Befehl. Und rette dieses Reich. Bevor der Sonnenuntergang den morgigen Tag beschließt, werde ich meine Gemahlin wiedergefunden haben und ihr von deiner Tapferkeit berichten. Diese Tränen sollen die letzten sein. Geh jetzt, sofort. Antworte mir auch nicht. Geh.«

Gari antwortete nichts. Endlich hörte Ardo, wie sich sein Schluchzen entfernte. Er ließ sich auf den eisigen Zellenboden gleiten.

Aller Schrecken und alles Grauen des bevorstehenden Todes überkamen ihn. Er begann zu zittern, dann erholte er sich wieder.

Er war der Kommandant der Südbrigade und machte sich auf den Weg zu seiner Gemahlin. Er würde durch den Strang des Henkers dorthin gelangen und dort würde Licht sein.

Wie Ardo gehofft hatte, war der Galgen solide gebaut: Der Strang war lang und er würde tief fallen. Er würde nicht leiden. Es würde nur ein paar Augenblicke dauern.

»Willst du noch etwas sagen? Willst du um Vergebung bitten?«, fragte Baio.

»Würde mich das retten?«, fragte Ardo.

»Ich bin sicher, das nicht, aber es würde einen guten Eindruck machen. Es würde der Hinrichtung eine gewisse Eleganz verleihen. Vielleicht werde ich befördert, wenn ich dich dahin bringe, um Vergebung zu bitten. Das wäre eine schöne Geste von dir.«

»Du wurdest schon befördert, indem du am Leben bliebst. Eins nach dem anderen. Wenn man drei Stufen auf einmal nimmt, fällt man hin. Und du kannst sicher sein, früher oder später kommt der Tag, da wirst du nicht mehr so froh sein, in einem Heer wie diesem Erfolg gehabt zu haben. Oder man könnte dich zur Rechenschaft ziehen. Beschränk dich darauf zu überleben.«

»Also keine letzten Worte?«

»Nein, keine Bitte um Vergebung. Etwas zu sagen hätte ich allerdings schon.«

Ardo weitete den Brustkorb, straffte seine Schultern und sah die vor ihm aufgestellten Soldaten an, dann den unerträglichen kleinen Idioten mit seinem verdammten Muttermal.

»Vor zehn Jahren wurde mir ein Tausch vorgeschlagen und ich habe gefeilscht. Jetzt tut es mir sehr leid, denn das, was ich im Tausch bekam, war wesentlich mehr wert als vier Silbertaler, was ich im Tausch bekam, hat keinen Preis.«

Einige grinsten. Der Tor mit dem Muttermal lachte lauthals.

»Bereut Ihr, dass Ihr gefeilscht habt, um für etwas einen geringeren Preis zu zahlen?«, wollte er wissen. Er wollte sichergehen.

Ardo hatte nicht mehr genug Luft, um zu antworten. Die Angst hatte plötzlich zugenommen und seine Stimme würde unsicher sein. Er nickte bloß.

»Ich habe Euch immer für dumm gehalten«, sagte der Idiot gelassen.

Ardo nickte wieder.

»Ich komme, meine Gemahlin«, murmelte er so leise, dass die Stimme nicht zitterte und es niemand hörte, auch der Henker nicht. »Es tut mir leid, gefeilscht zu haben, weil ich deinen Wert herabgesetzt habe. Die Heiratsvermittlerin hatte recht. Ich habe dir nie eine Blume mitgebracht, jetzt schenke ich dir diese letzten Worte.«

Dann versetzte der Henker dem Fass, auf dem Ardo stand, einen Stoß, es gab einen schrecklichen Ruck im Hals, und der Kommandant der Südbrigade starb. Ein langes Schweigen senkte sich über das kleine Schloss herab.

9

Graue Tücher und Glöckchen

Gari verließ das Schloss des Verlorenen Wassers und ging in Richtung Norden. Sein Geist war leer. Er hatte all seine Tränen vergossen. Er schwor sich, dass es die letzten gewesen sein sollten.

Ein Soldat weinte nicht, niemals.

Er war Soldat.

Einer der letzten Verteidiger des Reichs der Sieben Gipfel, das der Herr der Finsternis von innen her angegriffen hatte.

Er würde nicht fallen.

Die Morgendämmerung erhellte die Welt, dann trat die Sonne hervor, sodass sich allmählich Schatten bildeten. Auf dem leicht abschüssigen und reinlich gefegten Pflaster im Hof des Schlosses des Verlorenen Wassers zeichnete sich in diesem Moment der Schatten des Körpers seines Vaters ab, des letzten Kommandanten der Südbrigade, der an einem Strick hing.

Ein Soldat weinte nicht. Niemals. Er musste sich das immer wieder vorsagen. Er hatte keinen Sack und keine

Wasserflasche. Aber seinen Bogen. Er erlegte zwei Zaunkönige und einen Raben, deren dürftiges Fleisch ihn nährte, zusammen mit dem Tau und ein paar Handvoll bitterer Beeren, deren Namen er nicht kannte.

Schritt für Schritt und die belebteren Straßen meidend, kehrte Gari nach Hause zurück.

Irgendwohin musste er ja gehen.

Das Dorf, in dem er geboren war, eine Reihe von weißen, kegelförmigen Häuschen, abwechselnd mit Schafställen, lag oben auf einem steinigen Hügel, der gelb war von trockenem Gras. Das Meckern der Schafe mischte sich unter das Gurren der Tauben. Am Fuß des Hügels, weitab von den Häusern, der winzige Friedhof. Gari betrat ihn und suchte das Grab seiner Mutter. Lang streifte er umher. Die kleinen hölzernen Grabmale waren von der Zeit verwittert und efeuüberwuchert, die eingravierten Namen ließen sich nur mit Mühe entziffern. Während er von einem Grab zum anderen ging, schreckte eine Stimme ihn auf.

»Deine Mutter liegt dort hinten unter dem Rosenstrauch.«

Gari drehte sich um und erblickte die Zwergin, die Heiratsvermittlerin. Auch wenn Jahre vergangen waren, erinnerte er sich an sie. Es war die Alte, die bei den wenigen Geburten als Hebamme wirkte, die noch weniger zahlreichen Hochzeiten vorbereitete, jede Art von Lebewesen heilte, ob Mann, Frau, Schaf, Lämmchen oder einen der großen Schäferhunde, mit ihren Tränken aus bitteren Kräutern heilte sie Wundrose und Furunkeln, Warzen und böse Träume. Sie hatte seine Mutter behandelt, die häufig krank war, oft hatte sie sie geheilt, aber zuletzt hatte sie es nicht mehr geschafft. Der Atem seiner Mutter war zum Stillstand gekommen, ihre Augen waren glasig geworden, und die alte Zwergin hatte sie ihr geschlossen. Er, Gari, war in Tränen ausgebrochen, hatte lang und anhaltend geweint, bis die Sterne am Himmel heraufzogen und er in Schlaf versank.

Gari kannte den Namen der kleinen grauen Frau nicht. Alle nannten sie nur *die Heiratsvermittlerin*. Wie früher war sie immer in graue Schleier gehüllt, mit Glöckchen daran, die sich bei jeder Bewegung rührten und die Luft mit ihrem silbrigen Geklingel erfüllten.

Gari lief zu dem hölzernen Grabstein, und mit den Fingern tastete er die Inschrift ab, die besagte:

ALTEA, GEMAHLIN VON ARDO, MUTTER VON GARI,
DIE EIN LEBEN DER ZÄRTLICHKEIT FÜHRTE

Er betrachtete den Grabstein und schluckte die Tränen hinunter. Ein Soldat weinte nicht, er weinte niemals. Die kleine graue Dame legte ihm eine Hand auf die Schulter. Die Glöckchen schwiegen.

»Wo ist dein Vater?«, fragte sie.

Gari schwieg. Wenn er den Mund aufmachte, würde er die Tränen nicht zurückhalten können.

»Wie ist das geschehen?«, fragte sie weiter.

Gari nahm seinen ganzen Mut zusammen.

»Gehängt«, brachte er heraus. »Verraten«, setzte er noch hinzu.

»Der Bruder verrät den Bruder. Der Finstere hat angegriffen«, schloss die alte Frau. «Komm, ich bereite dir ein Bad und mach dir Bohnensuppe. Du stinkst, dass du mir die Schafe scheu machst, und du bist so mager, dass sogar die Wölfe dich ausspucken würden.«

Nach vier Jahren des heroischen Soldatenlebens fand Gari sich im warmen Wasser wieder, ein kostbares kleines Stück Seife in der Hand. Die kleine graue Dame hatte dem Wasser Rosmarin, Hopfen und Kornblume zugesetzt und seine von den langen Tagen des Marsches schmerzenden Muskeln entspannten sich. Sogar seine Seele, die voller Grauen und Schmerz war, schien Erleichterung zu finden. Mit vielen Empfehlungen zog das graue Weiblein ihm saubere Kleider an, die alt wirkten, aber nicht verknittert waren, als ob sie von Generation zu Generation stets erneuert weitergereicht worden wären oder als ob sie aus einem Stoff gemacht wären, der den Kampf gegen die Zeit, den alles und alle verlieren, gewonnen hätte.

»Das ist Seide aus dem Süden, von jenseits des Meeres, wo das Land voll ist von Maulbeerbäumen und die Seidenraupen unbehelligt leben. Die Jacke ist schwer, weil sie aus einem so dichten Gewebe gemacht ist, dass es einen Pfeil abhalten kann. Gegen Schwert und Axt vermag es nichts, denen weichst du am besten aus, aber abgesehen davon kann die Jacke dir helfen.«

Gewaschen und neu eingekleidet, sah Gari sich vor einer enormen Portion Bohnensuppe mit Speck und Brot.

Mit zitternden Händen, sodass er kaum den Löffel halten konnte, stürzte er sich auf das Essen, um sich diese warme und nahrhafte Köstlichkeit einzuverleiben und damit die Leere zu füllen und den Hunger zu stillen, die ihn nun schon seit Tagen plagten. Als die Suppe aus war, gab ihm die Frau noch mehr und dann noch mehr.

Als er endlich satt war und gewiss, in Sicherheit zu sein, ging ihm das ganze Grauen dessen, was er erlebt hatte, mit aller Deutlichkeit auf, doch wieder konnte er sich beherrschen. Ein Soldat weinte nie. Dann plötzlich, wie der wolkenverhangene Himmel nach einem Gewitter, tat sich seine Seele auf. Seine Mutter war tot und sein Vater war wie ein Verräter getötet worden. Aber der Krieg war noch nicht verloren, und da war ein Heer, das kämpfte, ein Heer, dem er angehörte, wie Mariel, die Tochter von König Ari, wie Dartred, der den Norden gerettet hatte, wie sein Vater.

Er war Soldat. Er musste kämpfen.

Am Ende würden sie siegen.

10

Der siebte Turm

Endlich gelangten sie zum siebten der Verlorenen Türme. Er war unendlich viel höher als alle anderen und lag auf einem Gipfel, der majestätisch in die Höhe ragte und die Welt ringsum beherrschte. Für den Aufstieg brauchten sie sieben Tage. Es waren sieben sehr harte Tage, weil der Weg besonders schmal und von unendlich vielen Steinen bedeckt war. Auch Schlafen war außerordentlich unbequem, sogar für sie, die sie mittlerweile an Hartes und Spitzes gewohnt waren.

Und doch lag in diesem mörderischen Aufstieg eine ungewohnte Leichtigkeit. Die Brise, die sich am Abend erhob und ihren Schweiß trocknete, schien einen Duft mit sich zu führen, der gar nicht da sein konnte, Duft nach Gras und nach Wasser. Die Sterne standen riesengroß am Himmel.

Oberhalb des unwegsamen Pfads ragte hoch der Turm auf. An Tagen, an denen der Himmel nicht vom Dunst der Hitze verschleiert und nicht vom Sandsturm verdüstert war, konnte man von seiner Spitze aus das Meer sehen. Fassungslos starrte Hania auf diesen blauen Streifen, der in der Ferne in der Sonne glänzte. Sie spürte förmlich die Macht der Wellen, den Geruch, den sie haben mussten. In allem lag eine zugleich beunruhigende und wohltuende Kraft, da man vom Turm aus sowohl die Küste als auch das Reich der Sieben Gipfel sah. Es war daher kein Zufall, dass oben auf der Spitze die Reste eines Kohlebeckens zu sehen waren, in dem sich eine Storchenfamilie eingenistet hatte.

Bis vor ganz kurzer Zeit waren hier Feuer gemacht worden, um Zeichen zu geben, die von der südlichen Grenze des Reichs aus gesehen werden konnten und von dort aus bis ins Zentrum weitergeleitet wurden. So musste es gewesen sein, das erkannte man an der rußgeschwärzten Brüstung.

Dass dieser wichtige Stützpunkt aufgegeben und verlassen worden war, war ein schlimmes Zeichen. Niemand hatte überprüft, ob die Eremiten am Leben waren, niemand hatte sich an ihre Rolle als Wachposten erinnert. Es war verrückt, ein Beweis schlimmer Nachlässigkeit und unverantwortlichen Zutrauens in die Güte des Schicksals.

Als sie an der Spitze des Turms angekommen waren, lenkte ein Flügelschlagen ihre Blicke nach oben, und sie sahen die großen Vögel still in der Sonne.

Mariel erklärte, dass hier der Eremit gelebt hatte, der von allen als der heiligste angesehen wurde. Hania dachte, dass dies wahr sein musste. Im Schatz ihrer Kenntnisse kam der Turm nicht vor, wie ein schwarzes Loch aus nichts.

Das war der Mann, den ihr Vater am meisten gehasst oder vielleicht am meisten gefürchtet haben musste. Derjenige, der die meisten Kräfte gehabt haben musste. Hania hatte einen leichten Hoffnungsschimmer, dass er noch am Leben sein könnte, der aber sogleich erlosch. Der heilige Mann war tot.

Wie bei den anderen war der Garten vorsätzlich verwüstet worden, der Brunnen mit Steinen gefüllt, wie in den anderen Fällen von Leuten, die ihre Arbeit gründlich machten. Doch dann begannen die Unterschiede.

Der heilige Mann war kein Mann, sondern ein Zwerg. Vielleicht war es das, was ihn so stark gemacht hatte, was ihm eine Macht und eine Widerstandskraft verliehen hatte, die die anderen nicht hatten. Er hatte die verfluchte Meteoritennacht überlebt. Er war erst vor ganz kurzer Zeit ermordet worden, vor ein paar Tagen: Sein zertrümmerter Schädel ließ keinen Zweifel an der Todesursache.

Mariel ließ sich neben dem verwesenden Leichnam auf den Boden sinken und legte ihr Gesicht in die Hände.

»Herrin, haltet Euch dort fern, sonst gehen die Fliegen und Würmer auch auf Euch über«, sagte Dartred säuerlich. Vielleicht kam das von der Müdigkeit oder eher noch vom Gift des Bremsenstichs, er wurde jedenfalls immer ungeduldiger und pessimistischer.

»Sicher«, sagte Mariel und stand auf. »Er war der Größte, es ist ihm sogar gelungen, die Nacht der Meteore zu überstehen. Er ist vor ein paar Tagen getötet worden. Also ist uns jemand zuvorgekommen, hat die Türme der Eremiten, unserer möglichen Verbündeten, verwüstet und den letzten ermordet. Jemand geht uns voraus, vielleicht folgt uns auch jemand, gewiss hat der Finstere zahllose

Figuren auf diesem verfluchten Schachbrett, zu dem die Erde geworden ist. Noch vor wenigen Tagen hielt ich mich für unbesiegbar. Jetzt weiß ich, dass wir mitten in der Katastrophe stecken, also wappnet Euch mit Geduld, wenn mir manchmal die Tränen kommen.«

Sie war von keiner Bremse gestochen worden und wurde doch sarkastisch: Also war es die Müdigkeit.

Durch die Müdigkeit wurden sie pessimistisch.

Oder vielleicht war es nicht Müdigkeit, sondern Verzweiflung.

Hania musste nachdenken.

In dieser Situation war sie das einzig denkende Wesen. Die anderen waren nett und sympathisch. Falls sie nicht krepierten, indem sie von diesem verdammten Turm fielen, vor Hitze umkamen oder bei lebendigem Leib von Skorpionen gefressen wurden, würden sie viele hübsche Kinder haben, und diese Art von Aktivität würde ihnen besser anstehen als Nachdenken; man konnte nicht behaupten, Denken sei etwas, wofür sie besonders begabt waren. Sie konnten es, gewiss, wie eine Katze, die schwimmt: aus Notwendigkeit, widerwillig und auf jeden Fall mit dürftigem Ergebnis.

Hania betrachtete die Leiche des Zwergs. Es tat ihr leid: ein stumpfes, kaltes Gefühl, wie eine leere Glocke, die sich zwischen Brustkorb und Bauch aufspannte. Sie fragte sich, warum in aller Welt ihr das so leidtat. Das war nicht der erste Tote, den sie sah, und die anderen hatten sie nicht traurig gemacht. Der Tod hatte sie ganz einfach gestört, weil er eine Komplikation in ihrem Leben darstellte.

Zwerge gab es nicht viele. Einer weniger war jedenfalls ein Verlust.

Vielleicht war es das, aber da war noch etwas mehr. Sie hatte die Leichen der sechs heiligen Männer angesehen mit einem einzigen Gedanken, der oszillierte zwischen schmerzenden Füßen, dem Verlangen nach Kleidung, die nicht allzu sehr nach Schweiß stank, und der Enttäuschung über einen weiteren verdammten unnützen Aufstieg. Sie war jedenfalls die Tochter des Finsteren. Sie mochte auch beschlossen haben, für die Gerechtigkeit zu kämpfen, ihr Mitleid mit den Toten jedoch und Erbarmen mit den Leidenden hielten sich in engen Grenzen. Sie hatte als selbstverständlich vorausgesetzt, dass sie die Dinge durch Vernunft begriff statt durch echtes Gefühl.

An dem hier lag ihr etwas.

Sie musste nachdenken. Es lag ihr etwas an ihm, weil es da etwas zu verstehen gab. Seitdem sie ihren Vater besiegt hatte, seitdem sie Mariel gerettet hatte, hatte nicht nur alles Farbe angenommen, hatte die Welt aufgehört, bloßer Hintergrund zu sein, und hatte sich belebt, sondern es war auch so etwas wie eine Art Karte ihres Geistes aufgetaucht, die nicht mehr nur aus Himmelsrichtungen bestand, sondern aus Fühlen und Verstehen.

Seitdem sie angefangen hatte zu fühlen, kam zuerst das Fühlen und dann das Verstehen. Das war neu für sie, aber sie musste Vertrauen dazu fassen. Der Tod dieses Zwerges tat ihr leid, als ob er jemand gewesen wäre, den sie kannte, jemand, dem sie schon einmal begegnet war.

In Mariels Schwert lag ein grüner Zauber. Hania hatte

ihren Vater mit diesem Schwert besiegt, weil etwas Gutes und Mächtiges in ihm war, ein grüner Zauber, der mit den Zwergen zu tun hatte. Mit diesem Zwerg. Deshalb hatte sie dieses Gefühl.

Hania ging zu Mariel, zog vorsichtig ihr Schwert aus der Scheide, trat damit zu dem Zwerg und deutete mehrmals auf ihn und das Schwert.

Dartred sah sie fragend an, dann nickte er.

»Ja«, bestätigte er. »Dieses Schwert wurde von einem Zwerg gemacht. Er arbeitete in der Werkstatt meines Vaters. Dieses Schwert wie meine Axt verdanken sich seiner Kunstfertigkeit, es liegt darin die Kunst der Zwerge.«

Es war nicht nur das, da war noch etwas anderes. Mit diesem Schwert hatte Mariel den Finsteren aufgehalten. Dartred hatte mit dem seinen den Tiger erlegt, der eine Ausgeburt der Finsteren war.

Dartred trat zu dem Toten. Das Gesicht war entstellt, und er sah ihn lange an, während die Fliegen summten, rastlos und verdutzt, dass sie in der Luft bleiben mussten, wo es für sie nichts Interessantes gab, während die Leiche des Zwergs, Schweiß und gestocktes Blut, das Beste vom Besten, zwei Handbreit ungenutzt unter ihnen liegen blieben, vergeudet. Dartred sah die Hände des Toten an, nahm sie in die seinen, zeichnete mit den Fingern die Linien aus Narben und Schwielen nach: Da musste etwas sein, das er wiedererkannte.

»Ist es dieser Zwerg?«, fragte Mariel.

Dartred nickte, dann stand er auf und wich zurück, vielleicht wegen des Gestanks, vielleicht auch vor Grauen.

»Rastrid! Er hieß Rastrid. Er ist es. Er war es. Er war eine merkwürdige Persönlichkeit, niemals hätte ich gedacht, ihn hier zu finden. Er hatte überhaupt nichts Mystisches, er war die am wenigsten weihevolle Person, die ich je in meinem Leben getroffen habe. Dem Wein sprach er sehr gern zu. Dem Bier auch. Aber er war der beste Schmied aller Zeiten. Er hat in unsere Waffen – Eure, meine, die Eures Vaters – eine winzige Menge eines grünen Steins gelegt, gemäß uraltem Zwergenwissen, und das macht sie unbesiegbar.«

Etwas Grünes. Hania hatte es gespürt, etwas Grünes, Mächtiges, Frisches wie der Wind auf den Hügeln, warm wie die Sonne am Nachmittag. Das war nicht nur der Stein. Es war nicht nur Metallurgie, wenn auch in ihrer höchsten Form, was in den Schwertern lag. Es war die Magie der Zwerge, eine Magie bestehend aus ihrer Liebe zur Erde, zum Gras, zum Wasser und zum Himmel.

Der Zwerg war getötet, war massakriert worden. Irgendjemand zerstörte alles, was auf ihrer Seite war. Hania musste nachdenken. Dieser Satz ging ihr beständig im Kopf herum.

»Er war bei mir, als wir in den Bergen kämpften. Er war unverzichtbar für mich, für uns alle. Er reparierte unsere Rüstungen, schliff die Klingen unserer Schwerter, tröstete uns, wenn wir entmutigt waren.«

Eine unverzichtbare Person also. Hanias Geist geriet in Bewegung. Alles hatte einen Sinn. Der Zwerg, der Schmied, der siebte Eremit: Seine Waffe hatte Dartred beigestanden, er war es, der in die Klinge etwas getan hatte, was dem Finsteren standhielt. Er war einer von denen, die wussten, dass ein Krieg im Gange war, während die anderen das ignorierten und an eine Verkettung von zufälligen Missgeschicken glaubten.

Und jetzt war er tot: hatte sich abmurksen lassen wie ein Huhn, wie ein federloses Küken vom Fuchs, wie eine beliebige Fliege, die der Spinne ins Netz geht. Und doch war dieser Zwerg, wenn man es recht bedachte, das zweite Hindernis, auf das die Finsternis traf, während das erste der Mut des Geschlechts der Sieben Gipfel war. In gewissem Sinn war es der Zwerg gewesen, der den Sohn des Schmieds zum Ritter und Beschützer des Reichs gemacht hatte.

Die Kraft, die ihn getötet hatte, musste sehr mächtig sein, entweder durch rohe Gewalt oder die Fähigkeit zur Lüge. Aber der Zwergeremit war zu intelligent, als dass er das nicht vorausgesehen hätte. Er wusste, dass ein Krieg gegen den Finsteren im Gange war und er eine der Figuren im Spiel war. Oder vielleicht einer der Kommandanten. Er musste etwas hinterlassen haben, eine Botschaft, bevor er sich töten ließ, was auch den Besten widerfahren kann.

Hania deutete auf den Zwerg und dann auf Dartred. Von Augenblick zu Augenblick wurde ihr das Stummsein unerträglicher. Die zwei verstanden sie nicht. Sie war stumm und sie waren blöd. Die beiden Dinge verstärkten sich gegenseitig, und das Ergebnis war eine erbitterte Gereiztheit, die zur Hitze hinzukam, zu den schmerzenden Füßen, dem Gestank des Toten und dem verzehrenden Bedauern, dass er nicht mehr am Leben war.

Endlich kapierte Mariel.

»Sie will, dass Ihr von ihm erzählt.«

»Ich habe doch schon erzählt«, antwortete Dartred müde und mit dieser Erbitterung und Verachtung, die nun fast immer in seiner Stimme mitschwangen.

»Alles, was Euch einfällt«, drängte Mariel.

Dartred seufzte, zuckte mit den Schultern und fing noch einmal an. Er erzählte von Trinkgelagen, von Streit in der Werkstatt zwischen seinem Vater und dem Zwerg, von der Technik, Schwerter herzustellen, die er minutiös beschrieb, dann endlich erinnerte er sich an das Wesentliche, das Wichtigste von allem, er aber erinnerte sich zuletzt daran, weil die Menschen im Grunde dumm sind, und auch wenn Hania beschlossen hatte, auf ihrer Seite zu kämpfen, kam sie nicht darum herum, das festzustellen. Und das war ein Punkt zugunsten ihres Vaters.

»Als ich mit dem Tiger kämpfte, der Euren Vater getötet hat, da … da hörte ich seinen Gesang und den der anderen«, erinnerte sich Dartred. Seine Stimme war schleppend und unsicher. »Es ist komisch, aber dieser Gesang hat mir geholfen.«

Von wegen *komisch*.

Komisch war der Ausdruck, der auftauchte, wenn Dinge ausgesprochen wurden, die sie in ihrer Naivität nicht verstanden.

»Schon komisch, fast hatte man den Eindruck, der Klang uralter Worte wäre ein Gegenmittel gegen den Finsteren. Sicher, das mag abergläubisches Geschwätz von greisen Betschwestern und alten Jungfern sein …«

… während ihr ja alle solche Genies seid …

Und mit ihren Geniestreichen überließen sie die Welt der Finsternis. Der Herr der Finsternis fürchtete die alten Gesänge, und er fürchtete den Zwerg, der sie kannte.

Hania hob die Hand.

»Das ist wichtig«, übersetzte Mariel.

»Was? Wie der Tiger gestorben ist? Das habe ich doch schon erzählt. Warum muss ich mich wiederholen …«

»Der Gesang!«, erriet Mariel.

»Der Gesang? Warum?«

Weil es klar hätte sein sollen, dass es dieser Gesang war, der Dartred geholfen hatte, dass er folglich etwas war, das die Macht des Finsteren bannte. Wenn dieser Gesang dem Finsteren und seinen Geschöpfen zuwider war, dann war er nicht weniger wichtig als der grüne Stein in ihren Klingen. Außerdem, wenn der Zwerg etwas versteckt hatte, lagen die Hinweise darauf wahrscheinlich in etwas, was der Finstere hasste und was weder er noch seine Gefolgsleute wiederholen würden.

»Sicher! Weil es wichtig ist, dass auch wir diesen Gesang kennen. Vielleicht ist er nützlich. Wenn er eine Waffe gegen den Finsteren ist, sollten wir ihn auswendig lernen. Und vielleicht liegt darin ein Hinweis«, sagte Mariel.

Endlich. Mariel war die Intelligentere von beiden geworden. Oder besser, Dartred wurde immer dümmer und außerdem immer ängstlicher, missmutiger und unerträglicher. Man musste so bald wie möglich dieses Gift aus ihm rausbekommen.

Dartred versuchte sich zu erinnern.

Die Macht der Erde, des Wassers und der Barmherzigkeit,
mit dem unseren schlägt das Herz der Welt in Einigkeit.
Das Schwarz der Nacht hüte unsre Träume,
das Rot des Muts, damit Gerechtigkeit den Platz nicht räume,
das Weiß der Reinheit, Flächen von Schnee,
der Finsternis ergeben wir uns nie.
Im Himmel und in den Wassern laut erschallt der Klang,
Land taucht auf aus dem Dunkel durch unsren Gesang,
wird vereint sein im Licht. Das Ungeheuer besiegen wir.
Das Herz der Welt schlägt mit dem unsren hier.

»Ich weiß nicht, was das heißen soll.«

Erde, Wasser, Schwarz, Rot, Weiß, Himmel, Wasser, Erde, Licht. Man musste die Elemente zusammen sehen.

Erde kam zwei Mal vor.

Die Spitze des Turms. Von dort aus sah man sowohl das Meer als auch die Erde, sie war rußgeschwärzt vom Feuer, das dort früher rot geleuchtet hatte und jetzt das Weiß der Storchenflügel aufnahm. Man sah sowohl die Erdstriche im Norden als auch die im Süden, und es war der höchste Punkt in der ganzen Umgebung, von wo aus man als Erster die Morgensonne begrüßte und als Letzter die Sonne untergehen sah, und jetzt, da Hania genauer hinschaute, bemerkte sie, dass da eine Einkerbung war, um das Wasser aufzufangen, das sich nach den seltenen Regenfällen zu einer Art Tümpel ansammelte, in dem sich der Himmel spiegelte.

Hania deutete zur Turmspitze. Wenn der Zwerg etwas für sie hinterlassen hatte, musste es dort sein.

»Müssen wir da raufgehen? Und was zum Teufel hat die Turmspitze mit den Worten des Lieds zu tun?«, fragte Dartred mit großer Verwunderung, unendlicher Müdigkeit und der üblichen Verachtung in der Stimme. Hania nickte und er machte sich auf den Weg. Sie war stumm, und sie waren blöd, das war ein Punkt für ihren Vater, aber wenigstens waren sie guten Willens, und das war ein Punkt für sie.

Sie kletterten eine sehr steile Treppe hinauf. Hania bat im Geist freundlich die Störche, dass sie auffliegen mögen und das Kohlebecken frei machen: Unter einer dicken Schicht Asche und Vogelkot war dort ein Kästchen aus getriebenen Kupfer, schön wie ein Schrein, natürlich mit einem kräftigen Schloss daran.

Hania legte ihre Hand darauf und ein helles *Klank* ertönte in der Stille.

Sie gingen wieder hinunter, um den winzigen Tresor zu öffnen.

Die Nacht brach herein. Die Fliegen kamen zur Ruhe und es wurde kalt. Sie machten ein Feuer, um Wärme und Licht zu haben, dann erforschten sie mit langsamen Bewegungen das ungewöhnliche Behältnis. Darin waren eine Flasche und ein Pergament, das Mariel mit ihrer klaren Stimme vorzulesen begann:

Wenn Ihr dies lest, wer auch immer Ihr seid, bedeutet das, ich bin schon krepiert und wahrscheinlich keines natürlichen Todes gestorben, ich muss mich wie ein Idiot umbringen haben lassen. Einerseits ärgert mich das, andererseits gehe ich zu meinem Sohn, alles in allem habe ich die Nase voll davon, auf dieser Welt zu leben, die so akkurat aufgeteilt ist zwischen Bösewichten und Idioten. Ich hoffe nur, dass der Leser dieser Zeilen nicht der ersten Gruppe angehört, sonst is's Essig.

»Der Stil ist gleich geblieben«, bemerkte Dartred.

Hania begriff, warum es ihr so leidtat, den Zwerg nicht kennengelernt zu haben. Von allen Lebewesen, denen sie begegnet war, schien er geistig der Gesündeste.

Ich bin am Meer geboren, in den südlichen Reichen, und ich bin gestorben hier auf diesem verfluchten Turm, an der Spitze dieses Reichs in Form einer Pfanne, das alles ist, was vom Anstand der Welt übrig ist. Ich bin hierhergekommen, um die Himmelspforte zu bewachen, den Pass, der Zugang zum Tal bietet. Wer auch immer sich da nähern sollte, ich hätte ihn als Erster erblickt. Die Störche verscheucht man mit einem Fußtritt, und das Holz für das Kohlebecken ist trocken und liegt schön geschichtet unter der Asche, man braucht es nur anzuzünden. Ich bin hiergeblieben, um den Horizont abzusuchen und die Sterne zu beobachten. Aber der Angriff kam nicht aus dem Süden, sondern aus dem Inneren des Reichs und die Sterne haben es kundgetan. Wie mittlerweile sogar die Steine wissen, ist eine Frau aus dem Reich der Sieben Gipfel in der Nacht der Meteore vom Finsteren überfallen worden, und diejenigen, die den Himmel betrachteten, mussten sterben: Ein Gift ist durch die Augen in sie eingeströmt, ein düsterer Todeszauber. Die

Menschen sind unfähig, Wahrsagerei ist ihre Sache nicht. Auch die Metallverarbeitung nicht, wenn es danach geht, und doch bilden sie sich was ein auf ihre unreinen Legierungen und ihre krummen Weinstöcke, versteifen sich auf ihre tölpischen Wahrsagereien.

»Das ist ganz er«, betonte Dartred noch einmal.

Ich, der ich ein Zwerg bin, Herr der Metalle und der Sterne, habe diesen Himmel beobachtet, ohne daran zu sterben, und da ich lebendig und bei guter Gesundheit geblieben bin, konnte ich die Meteore bis zuletzt ansehen. Da war eine zweite Botschaft, die sich in den Schweifen verbarg. Das Licht bildete Figuren wie die alten Runen, und zuletzt, es war fast Morgen, bildeten die letzten Meteore, die plötzlich lang nach den anderen noch einmal auftauchten, die Worte ES WERDEN ZWEI SEIN. Zu diesem Zeitpunkt röchelten alle anderen Eremiten und Seher schon oder lagen bereits im Sterben, also habe ich als Einziger diese Botschaft gesehen. Es war eine Schnapsidee, das mit dem zweiten dämonischen Kind. Was einem so einfällt, wenn man nichts zu tun hat, wie wenn man auf den Markt geht, um Zwiebeln zu besorgen, und dann beschließt, auch noch Sardellen mitzunehmen. Es wird ein mickrig ausgestattetes Balg sein, das Kind wird einen normalen Körper haben, Durchschnittsbewusstsein und Durchschnittskenntnisse, keinerlei Kräfte. Außerordentlich wird einzig seine Bösartigkeit sein. Es werden also zwei Kinder sein, beide mit dem Bild des Meteors am Handgelenk, ein Junge und ein Mädchen. Wenn eins der

Kinder stirbt, bleibt das andere. Wenn keins der beiden dran glauben muss und sie das Erwachsenenalter erreichen – so der geheime Plan des Finsteren –, kann man eine schöne Hochzeit feiern, einen schönen Inzest, was uns gerade noch gefehlt hat, und der Finstere gründet sozusagen eine Familie. Wenn das geschieht, wird es das Ende sein. Alles, was wir bisher gesehen haben, wird im Vergleich ein blühender Garten gewesen sein.

In der Flasche ist natürlich Heiliges Wasser. Wenn derjenige, der dieses Kästchen findet, nicht den Mächten der Finsternis angehört, kann bei den gegenwärtigen und künftigen Zeiten eine Flasche Heiliges Wasser von Nutzen sein. Wenn er den Mächten der Finsternis angehört, kratzt er vielleicht ab, weil er daran gerochen hat, und damit wäre einer weniger, der uns auf die sogenannten Eier geht; wenn er nicht abkratzt, kriegt er wenigstens eine Kolik oder Pusteln, zumindest Schwielen und Flöhe. Wer weiß, vielleicht fällt ihm eine Hand ab. Zumindest Läuse und Würmer soll er kriegen. Dieses Heilige Wasser ist etwas Besonderes, ein weiteres von den Dingen, an die nur ein Zwerg herankommt.

Mariel hörte auf zu lesen. Sie sahen sich alle bestürzt an.

»Zwei? Zwei geschwängerte Frauen und zwei Kinder? Die Bäuerin und ihr Kind?«, murmelte Mariel.

Anhaltende Stille, unterbrochen nur von Grillengezirp.

»Ein scheinbar normales Kind, normal groß, normal hässlich, nicht wie Hania!«

Wieder Stille. Diesmal länger.

»Sicher, identische Dinge erkennt man als solche. Die beiden Kinder sind verschieden. Aber wie konnten wir nur so dumm sein?«, fragte Dartred. »Wir sind nicht einmal auf die Idee gekommen.«

Grillen, ein Specht und ein Käuzchen. Dann wieder Grillen und zuletzt eine Eule.

Wie hatten sie nur so dumm sein können?

Auch Hania fragte sich das. Alle, sie eingeschlossen, hatten an den Zufall geglaubt, hatten es für glaubwürdig gehalten, dass sich ein Kind im fraglichen Alter rein zufällig das Handgelenk verbrannte, wobei das Brandmal die Form eines Meteors hatte.

Die beiden waren darauf hereingefallen, weil sie gutmütig waren. Immer gut zu sein, war genauso wenig zielführend, wie immer böse zu sein. Und genauso dumm. Die Bäuerin und ihr Balg gerettet zu haben, war allerdings Teil derselben Logik, die Mariel dazu bewegte, sie, Hania, zu retten, also konnte sie das nicht heruntermachen. Aber sie selbst?

Genau das war der Punkt. Wie hatte sie das verkennen können? Das Kind war *eher hässlich?* Es musste *sehr* hässlich sein, wenn Mariel, die alles schönte, das festgestellt und ausgesprochen hatte. Warum wusste sie selbst das nicht? Hania suchte in ihrem Gedächtnis nach dem Bild des Kindes. Es war nicht da. Das Kind war fast immer in Windeln eingewickelt gewesen, aber sie hatte es genau gesehen. Und doch erinnerte sie sich nicht daran. Es war wie hinter einem Schleier, fast wie … die Bremse … oder die Ratte.

Endlich fand die Frage, die sie sich unentwegt stellte, nämlich wie der Finstere hatte überleben können, eine Antwort: Ein Teil seiner Seele hatte in dem anderen Kind überlebt und sich dort regeneriert.

»Es hätte genügt, wenn wir uns um unsere eigenen Angelegenheiten gekümmert hätten. Jemand anderer hätte sich ihrer angenommen. Jetzt ist alles klar«, sagte Dartred endlich in das Schweigen hinein.

»Es ist diese Wunde, die Eure Stirn entstellt, die Euch so reden lässt. Ich weiß, dass Ihr nicht so seid«, sagte Mariel bestimmt. »Wir haben das Richtige getan, das einzig Mögliche. Der Fehler war nicht, die Ermordung des Kindes verhindert zu haben, sondern nicht wachsam genug gewesen zu sein. Wir hätten die Frau aufhalten müssen, ihr nicht erlauben dürfen, mein Pferd und mein Schwert zu stehlen. Unsere Aufgabe war nicht, sie zu retten, sondern sie in unsere Obhut zu nehmen und sie vor allem unter unsere Kontrolle zu bringen. Ich frage mich, ob die Seele dieser Frau von Anfang an von Bosheit erfüllt war oder ob sie dem Einfluss des Kindes unterliegt. Vermutlich beides. Die Frau ist arm und nicht schön, das Leben hat es nicht gut mit ihr gemeint. Vermutlich waren in ihr da schon vorher Groll, Missgunst und Neid und darauf konnte der verderbliche Einfluss des Kindes aufbauen. Möglicherweise kontrolliert es nun schon ihren ganzen Geist.«

Lange Stille.

»Hat er noch mehr geschrieben?« fragte Dartred und wies mit dem Kinn auf das Papier.

Ich hätte Euch auch Bier dagelassen. Bei den gegenwärtigen Zeiten wäre das auch von Nutzen gewesen, aber ich habe es ausgetrunken. Wenn Ihr dies hier lest, heißt das, dass ich tot bin, also war es nur schicklich, mir meine voraussichtlich letzten Tage mit ein bisschen Bier zu versüßen. Bier ist gut, Bier ist schön, ein groß' Geschenk auf Erden hier.

»Er war ein großer Zwerg«, bemerkte Dartred.

»Wir könnten hier in diesem Turm bleiben«, sagte Mariel. »Wenn wir das Bewässerungssystem wiederinstandsetzen, könnten wir den Garten bestellen. Mit der Zeit beschaffen wir uns ein Huhn. Von hier aus kontrollieren wir den Pass und können das Reich schützen.«

»Auf der Rückseite des Blattes steht auch etwas geschrieben.«

Mariel drehte das Blatt um und las:

Wenn Ihr daran denkt, hier in diesem Turm zu bleiben, vergesst es. Der Turm ist eine Verteidigung für alle, ist aber in sich nicht zu verteidigen. Wenn die kleine Quelle oben blockiert und damit die Wasserzufuhr unterbrochen wird, ist es nur eine Frage der Zeit. Wenn Ihr dies lest, habe ich es nicht geschafft, mich an diesem Ort zu retten. Wer auch immer Ihr seid, auch Euch wird es nicht gelingen.

Hania nahm die Flasche und ging zu Dartred. Er verstand und streckte sich am Boden aus. Hania spürte die Flüssigkeit, die im ruhigen, dunklen Inneren der Glasflasche verwahrt war, sie spürte ihre Präsenz wie ein sehr leichtes

Vibrieren, etwas, was das Licht in der Luft veränderte und sich bis hin zu den Störchen ausdehnte, die sich mit ihrem sanften, langsamen Flügelschlag erhoben.

Es war nicht das erste Mal, dass Hania das Heilige Wasser berührte, aber noch nie hatte sie seine ganze Macht verspürt. Sie hob das Gefäß und neigte es, um es Dartreds Gesicht nahe zu bringen. Dabei bemerkte sie, dass auch etwas Festes darin enthalten war.

Langsam goss sie die Flüssigkeit aus, bis zur Neige. Sie benetzte das Gesicht des Kriegers und tränkte das Erdreich ringsum, zum Schluss blieb etwas Festes im Hals der Flasche stecken und kam dann mit dem letzten Schwall heraus. Hania konnte es auffangen, bevor es zu Boden fiel.

Es war ein kleiner grüner Stein. Hania brauchte keine Erklärungen, um zu wissen, worum es sich dabei handelte. Sie hielt den Stein in Händen und fühlte, wie Freude sie durchströmte. Sie konnte Blätter und Grashalme spüren, als ob sie ein Herz hätten, das im Gleichklang mit dem ihren schlug, es war, als ob die Sterne, die jetzt zu funkeln begannen, aus Gold wären. Dieselbe Kraft, die in den Schwertern lag, spürte sie nun in sich. Sie war seltsam leicht, wie schwebend.

»Meine Kraft ist wiedergekehrt«, murmelte Dartred. »Machtvoller denn je. Es ist, als ob der schwarze Schleier, der mich einhüllte, weg wäre. Es war ein Netz, das mich umschloss, etwas Ekelerregendes und Bitteres«, setzte er hinzu.

Hania zuckte zusammen. Einen Augenblick lang hatte

sie ihn vergessen, war eingetaucht in eine Welt aus Grün. *Etwas Ekelerregendes und Bitteres. Wie ein Netz. Wie ein schwarzer Schleier.* So hatte sie sich immer gefühlt vor diesem Zusammenstoß, den sie in ihrer Naivität als kleines Mädchen für den endgültigen Kampf gehalten hatte, dabei war es nur ein Scharmützel gewesen. Sie hatte den Finsteren jedoch wirklich besiegt, wenn auch nur in einem einzigen Kampf: Sie hatte Mariel gerettet und sich selbst aus dem Netz ekelerregender Bitternis befreit, das ihren Geist schon seit vor ihrer Geburt verdunkelt hatte.

Hania betrachtete Dartred. Wie sie kannte er dieses Gefühl. In gewisser Weise schuf das eine Verbindung zwischen ihnen, beide waren sie Geiseln der Finsternis gewesen. Hania sah Dartred unverwandt an, als sähe sie ihn zum ersten Mal. Sein Gesicht war gezeichnet von der Kerkerhaft: die gebrochene Nase, die ausgeschlagenen Zähne, doch auch so war es von herber Schönheit.

In den ironisch verbrämten, drastischen Worten hatte sie soeben einen der größten Gegner der Finsternis ihres Vaters erblickt.

Der Zwerg-Schmied, der in seinen Händen und in seiner Seele das archaische Herz der Welt trug, hatte Dartred und Mariel auserwählt. In gewisser Weise hatte er sie schon vereint, indem er Waffen mit identischem Kern in ihre Hände legte. Bei Mariel war das selbstverständlich. Aber wie hatte der Zwerg Dartred erkennen können? Es war klar, dass diese Wahl nicht zufällig sein konnte. Der Zwerg musste durch die Werkstatt des Schmieds gehen, wenn er in die Hände des letzten Königs der Menschen, die so zu heißen verdienten, ein Schwert legen wollte, das ihm zu siegen erlaubte, und im Sohn des Schmieds hatte er den zweiten erkannt, der dieser Waffe würdig war.

Dartreds Gesichtszüge hatten endlich ihre Würde und Harmonie wiedererlangt. Sein ganzes Wesen strahlte unendliche Kraft aus.

Der Groll, von dem er befallen gewesen war, war verflogen.

»Dieser Stein verleiht dem Heiligen Wasser Macht, ganz genauso wie dem Stahl unserer Schwerter«, sagte Mariel und beugte sich herab, um den grünen Stein auf Hanias Handfläche zu betrachten. »Er ist in unseren Waffen, Eurer und meiner. Aus diesem hier machen wir einen Anhänger, den Hania um den Hals tragen wird. Wenn sie größer ist und wir eine Schmiede finden, lassen wir auch für sie eine würdige Waffe machen. Wir müssen meiner Mutter, der Königin, Bescheid geben. Jetzt, auf der Stelle. Sie muss wissen, dass es da ein zweites Kind gibt. Sie soll wissen, dass ich am Leben bin und Hania auf unserer Seite steht. Sie muss sofort benachrichtigt werden.«

Sicher. Das musste unverzüglich geschehen.

Hania deutete auf das Storchennest. Die Störche waren zurückgekehrt und jetzt schliefen sie friedlich. Im Dunkel der Nacht sah man ihr weißes Gefieder.

»Können sie eine Nachricht überbringen?«, fragte Mariel.

Hania nickte. Sicher. Genau wie Tauben, und sie waren auch schneller als Tauben. Schöner. Leider auch dümmer. Da bestand immer die Gefahr, dass jemand sie herunterholte, um Gulasch aus ihnen zu machen, mit Nelken, Sternanis, Rosmarin, Salbei und frischen Kartoffeln, wenn es welche gab. Unter Hanias grenzenlosen Kenntnissen waren auch Bücher und Kochbücher, eine Schlamperei in der Bosheit des Finsteren, der sie ihr gelassen hatte, also vergessen hatte, ihr die Kenntnis der Kochkunst vorzuenthalten, wie er auch vergessen hatte, ihr die Freude an der Musik vorzuenthalten.

Sie suchte einen jungen Storch aus. Sie würde ihm Befehl geben, sehr hoch zu fliegen, außerhalb der Reichweite der Pfeile, verborgen im Wald zu rasten, sich nicht auf Kamine zu setzen und stark und wohlbehalten wiederzukommen.

Sie schuf im Geist des Vogels die Freude, einen Befehl auszuführen, und er flog los, gemächlich und heiteren Gemüts, den Geist erfüllt von Entschlossenheit und einer merkwürdigen Freude, die er nie zuvor gekannt hatte, einer Fröhlichkeit, die den Duft des Grases hatte, das goldene Glitzern des Morgentaus.

Der Storch brauchte seine Zeit, hinzukommen und wieder zurückzukehren. Sie verbrachten diese Wintertage mit klarem, blankem Himmel damit, morgens den Garten zu bestellen und nachmittags Pläne über Pläne zu schmieden.

Das war ihre letzte und einzige Zeit des Friedens, dieser lichtvolle und trockene Winter oben auf dem Turm zwischen Himmel und Erde, wo man auf der einen Seite das Meer, auf der anderen die hohen Gipfel des kleinen Reiches in Form einer Pfanne sah.

Sie hatten den Zwerg beerdigt, mit einer Zeremonie, in die sie all die Wehmut und Zärtlichkeit legten, die sie im Herzen trugen. Dartred hatte einen Stein ausgewählt und seinen Namen eingraviert, *Rastrid*. Hania hatte mit ein bisschen Magie nachgeholfen: Ein Efeuzweig war aufgetaucht und hatte sich um das R geschlungen. Das war schön. Der grüne Anhänger legte sich immer an die Stelle, wo der Brustkorb in den Hals übergeht und eine Vertiefung bildet. Hania griff oft danach. Das andauernde Gefühl absoluter Einsamkeit schien nachzulassen, wenn sie den Stein berührte. Es war Krieg und sie waren nicht allein. Da waren die Zwerge. Niemand dachte an sie, keiner rechnete mit ihnen, aber verstreut inmitten der Menschenwelt, ohne eigenes Land, das ihnen gehörte, ohne Grenzen, die sie schützen konnten, waren auch sie da, mit ihrem archaischen Wissen von der Erde und den Sternen.

11

Königin, Turm und Ritter

Dartred war wieder er selbst, endlich erlöst aus diesem Kokon von beständigem Ekel, stumpfer Verzweiflung und Verachtung für alles und jeden. Wenn man bedachte, dass Hania in diesem Gemisch aus Abscheu und Hass befangen gewesen war, sie daraus hervorgegangen war, so konnte er ermessen, wie großartig es war, dass sie dem Übel nicht erlegen war. Und Mariel, seine Prinzessin, seine Königin, musste er lieben und rühmen allezeit, dass ihr ein so aussichtsloses Unterfangen gelungen war.

In Erwartung der Rückkehr des Storches bildete sich zwischen ihnen eine stille und kostbare Alltäglichkeit heraus, bestehend aus normalen Dingen wie Unkrautjäten, Kohlernten und Putzen. Wie ein Wanderer, der in der Wüste endlich auf Wasser stößt, verspürte Dartred die unendliche Großartigkeit jeden Augenblicks, empfand absolute Dankbarkeit für jeden Sonnenstrahl, für jedes Kohlblatt, für den scharfen Geschmack der Zwiebel, für den Duft von Mariels Haut, für den langsamen Flügelschlag der Störche und für den raschen der Sperlinge.

»Was uns nicht umbringt, macht uns stark«, hatte seine Mutter gesagt. Der Herr der Finsternis hatte versucht, sowohl Mariel als auch ihn zu vernichten, doch indem er sie angriff, hatte er sie stärker gemacht, als sie je gewesen waren, als sie je hätten sein können.

Er schwor sich, dass er nie wieder auch nur einen einzigen Augenblick seines Lebens mit alberner Übellaunigkeit oder überflüssigem Unglücklichsein vergeuden würde. Er würde jeden Atemzug genießen, jeden Bissen, jeden Geruch, jeden Stern, der am Himmel leuchtete.

Und ohne diese Phase der Dunkelheit, nach der jeder Augenblick Leuchtkraft gewonnen hatte, hätte er niemals gewagt, an seine Prinzessin und sich selbst in den simplen und überaus süßen Begriffen von Mann und Frau zu denken. Er war der Knappe und sie die Prinzessin, aber sie waren auch Mann und Frau.

Rastrid, der Zwerg-Schmied, der Biertrinker und Eremit, hatte sie erwählt, indem er jedem von beiden eine Waffe gab, die die grüne Macht der Welt und des Lebens enthielt. Sie standen am Rand des Abgrunds, ein enormer Schlund, der im Begriff war, die Welt zu verschlingen. Sie waren nicht die Letzten und die Einzigen, die kämpften, aber gewiss waren sie dazu ausersehen, den Kampf anzuführen.

Also würde er, Sohn eines Schmieds, es wagen, um die Tochter von König Ari anzuhalten. Er beschloss, dass er sie in dem herrlichen Moment fragen würde, wenn die Sonne untergeht, die Dämmerung heraufzieht und die Sterne am Himmel leuchten, der im Osten schwarz ist, im Westen aber noch licht in purem Hellblau strahlt.

Zu dieser Stunde setzten sie beide sich bei dem kleinen Grabstein nieder und lauschten dem Atem der Wüste, der Kühle herantrug und den Ruf der Eulen.

Während Dartred nach Worten suchte und sich fragte, ob er niederknien sollte oder ob das eine lächerliche Geste wäre, brach Mariel das Schweigen.

»Das Mädchen braucht Geschwister. Sie muss einen gnadenlosen Kampf gegen den Finsteren und seinen verfluchten Sohn führen. Es ist notwendig, dass wir ein Paar werden und dann Eltern einer Familie von Starken, oder die Welt geht unter«, sagte sie trocken.

Dartred fragte sich, ob er für die Ehre danken sollte, beteuern, dass ihm klar war, dass er nicht würdig war, und ob er andeuten sollte, wie sehr er sie liebte.

»Ja, meine Herrin«, antwortete er schließlich. Sie war seine Königin, und er war ihr Knappe, das vereinfachte die Unterhaltung.

Sie standen auf, sahen sich an, dann berührten sich ihre Hände, vor dem Sternenhimmel und beim Grab des einzigen Priesters, der je ihren Weg gekreuzt hatte.

Das war ihre Trauung.

12

Die Reise des Storchs

Dartred und Mariel schliefen im Turm, Hania machte es sich lieber im Storchennest bequem. Sie mochte es, sich zwischen den großen, warmen Vogelleibern zusammenzurollen, sie mochte die Luft, sie mochte den Himmel, sie mochte diese zauberhafte Farbe, die er vor dem Morgengrauen annahm. Vor allem aber wollte sie die beiden in Frieden lassen, irgendwie fühlte sie, dass diese Zeit des Wartens die einzige Zeit des Friedens sein würde, die ihnen vergönnt war.

In ihren langen schlaflosen Nächten betrachtete sie die Sternbilder, erinnerte sich an ihre Namen, beobachtete den blassen Lauf des Mondes, bis ein kurzer, traumloser Schlaf sie überkam.

Der Winter war vorüber, als sich die weiten Flügel des Storchs vor dem Sternenhimmel abzeichneten und das arme Tier erschöpft neben ihr niedersank.

Um den Hals trug der Vogel eine Pergamentrolle und ein Säckchen aus blauem Samt. Durch das Gewicht war im Gefieder ein roter Striemen zurückgeblieben. Hania legte ihm die Hand auf den Kopf, um ihm zu danken und ihn für seine Mühen zu entschädigen, und währenddessen sah sie im Geist dieses Geschöpfes des Himmels die einzelnen Stationen seiner Reise genau aufgezeichnet.

Sie sah den Königspalast, viel heruntergekommener, als sie ihn in Erinnerung hatte, sie sah die verrosteten Angeln, die Kletterpflanzen und die Brombeersträucher, die die Wehrgänge überwucherten.

Sie hatte den Palast als Neugeborenes vor nicht einmal zwei Jahren gesehen, wie hatte es so verkommen können? Im großen gefiederten Kopf des Tiers war das Bild ihrer Großmutter, zusammengesunken, in Schwarz gekleidet, verschreckt. Sie spürte die Angst, mit der die alte Dame jemandem antwortete, der an die Tür klopfte, während sie sich mit dem Storch unterhielt, und sie äußerst ruppig fragte, mit wem zum Teufel sie da rede.

Ihre Großmutter schien mehr eine Gefangene als eine Königin, eine kleine Gestalt, eingesperrt in einem verkommenen Königspalast. Der Finstere musste mächtiger sein denn je. Das Reich der Sieben Gipfel war endlich gefallen. Schlamperei und Grausamkeit herrschten in schöner Eintracht. Sie und ihre Mutter hatten die Ungerechtigkeit korrupter Beamter gesehen und das blutige Chaos, das die Banditen auf ihrem Weg hinterließen. Die Kohlebecken, die mit ihrem Feuer Zeichen gaben und die Himmelspforte vor der Gefahr des Überfalls geschützt hatten, lagen vergessen in den nunmehr unbewohnten Türmen.

Lang blieb Hania sitzen und streichelte den Kopf des Storchs, um ihm zu danken. Er war tüchtig gewesen, er war schnell und hoch geflogen, er hatte diesen Brief und das Samtsäckchen sicher heimgebracht und in seinem Geist das Bild der verschreckten und eingesperrten Königin bewahrt. Als der Himmel sich endlich mit dieser besonderen Farbe überzog, die dem Sonnenaufgang vorausgeht, stieg Hania hinunter, um ihre Mutter und den Krieger zu wecken.

Das Säckchen enthielt Schmuck und Goldmünzen.

»Gut, dass wir keine Taube geschickt haben, das Gewicht wäre für sie zu viel gewesen«, sagte Dartred.

Mariel nahm das Pergament und las.

Meine geliebte Tochter,

Freude erfüllt mein Herz, dass ich Dich am Leben weiß, am Leben und in Sicherheit, fern von hier. Freude erfüllt mein Herz zu hören, dass Ihr das von Euch empfangene Kind auf den Weg des Lichts gebracht habt, auch tröstet es mich zu wissen, dass Ihr nicht allein seid, dass ein treuer Knappe an Eurer Seite ist. Unglücklicherweise ist die Nachricht, die verborgen hätte bleiben müssen, bekannt geworden. Ihr, meine geliebte Tochter, werdet überall gesucht, der Hass auf Euch wächst stündlich, jedes ganz normale Missgeschick, das den Lebenden zustößt, vom Hühnersterben bis zu bösen Träumen, wird dem schädlichen Einfluss Eures Kindes zugeschrieben und Eurer Entscheidung, es am Leben zu lassen. Ich danke Euch für die kostbaren Hinweise: Ich werde auf der Hut sein und all meine Kräfte einsetzen, um die Personen, die Ihr mir nennt, unschädlich zu machen. Aber dazu muss ich Euch außerhalb des Reiches wissen, um sicher und wirkungsvoll vorgehen zu können, meine Wahl treffen zu können, ohne womöglich der Einseitigkeit und der Parteinahme für Euch bezichtigt zu werden. Versteht Ihr, meine Tochter, wie fundamental wichtig es ist, dass Ihr fern seid, und solches Fernbleiben befehle ich Euch, mit meiner immer noch unbeschadeten Autorität als Mutter und Königin. Ich schicke Euch etwas Schmuck und ein paar Münzen, auf dass Ihr Gebrauch davon machen könnt, aber stets mit Vorsicht und Sparsamkeit, damit Ihr keine Aufmerksamkeit erregt. Ich schicke Euch nicht mehr, um dieses wunderbare Geschöpf, das mir Nachricht von Euch gebracht hat, nicht zu ermüden. Ade, geliebte Tochter, möge der Trost, Euch am Leben zu wissen, mich immer begleiten. Ich bitte Euch, schwört es mir. Ich werde keine Schwierigkeit haben, das Reich zu lenken, die zwei Personen zu verfolgen, die Ihr mir genannt habt, wenn Ihr Euch fernhaltet. Nicht in den Wüsten des Südens, nicht auf den Türmen, sondern außerhalb des Reichs. Würde Euch jemand innerhalb seiner Grenzen entdecken, würde meine gesamte Autorität zusammenbrechen.

Mariel unterbrach die Lektüre und zerdrückte eine Träne.

Fast war Hania froh, dass sie stumm war und so nicht entscheiden musste, ob sie etwas enthüllen oder verschweigen sollte.

Es war alles falsch. Die Königin hatte nicht berechnet, wie viel Gold der Storch transportieren konnte: Sie hatte das Wenige gegeben, was sie noch in ihrem Zimmer hatte, das zur Gefängniszelle geworden war. Die Königin war völlig machtlos. Der Finstere und seine Abgesandten waren schon eingetroffen und fachten die Empörung über die Prinzessin und die Furcht vor Hania an. Das war zu einem Wirbelsturm geworden, der alles über den Haufen gerissen hatte.

Der Königin blieb nur noch das Bestreben, ihre Tochter auf die einzig mögliche Art zu retten: indem sie sie fernhielt.

Und was schlimmer war: Hania blieb nicht einmal die Hoffnung auf den guten Willen derer, die gegen sie selbst ins Feld zogen. Die bis an die Zähne bewaffneten Soldaten, die das Tal der Sprudelnden Quellen abgesperrt hatten, während es zerstört wurde, ließen keinen Zweifel. Das war von jemandem veranlasst worden, der wusste, dass Hania gegen den Finsteren war, dass dieses Wasser ihnen in ihrem Kampf nützen würde.

Hania ließ ihre Hand lang über das Gefieder des Storchs gleiten, streichelte seinen Kopf, sodass jede Einzelheit, die seine Augen gesehen hatten, auftauchte. Sie sah die Felder, die karger waren als damals, als sie vorbeigekommen waren, sie hörte wütende Stimmen auf den Märkten, dann, als sie genauer hinsah, erblickte sie die Bäuerin und ihr Kind, den verfluchten Stiefbruder, sie hockten im Hof des Königspalasts am Boden, nach wie vor arm, abgerissen, eine elende Frau, das letzte Wesen, von dem man sich eine tödliche Attacke erwartete, gestikulierend sprach sie mit der Köchin und den anderen Frauen des Königspalasts, ihr Kind im Arm. Jetzt war es nicht mehr in Windeln, und im Geist des Storchs konnte Hania den Jungen gut sehen und sein kleines Gesicht anschauen, den Ausdruck ewiger Unzufriedenheit darin, den bitteren Mund. Wenn man es recht bedachte: so, wie auch sie gewesen war. Der Junge hatte aufgeschaut und war dem Blick des Storchs begegnet; einen Moment lang hatte sein Gesichtchen sich in Hass verzerrt. Dann hatte der Kleine sie erkannt, hatte ihre Macht in dem Storch erkannt. Sie waren entdeckt worden. Die Gefangenschaft der Königin würde noch verschärft werden. Der Feind war schon innerhalb der Mauern, war bis ins Innerste des standhaften kleinen Königreichs vorgedrungen. Hania fühlte, wie ihr Geist sich mit Bitterkeit erfüllte, ihre Seele unter diesem Blick zu einem Klumpen wurde. Sie nahm die Hand von dem warmen Kopf des Storchs, um sich von ihm zu lösen.

Sie waren zwei.

Der Finstere und sein verdammter Sohn.

Sie hatte zwei gegen sich.

Sie würde es nie schaffen.

Sie würden es nie schaffen.

Die Welt war am Ende.

Hania fragte sich, ob sie Bescheid geben sollte, dafür sorgen, dass Dartred und Mariel wussten, dass die Königin verzweifelt und eine Gefangene war, doch dann wurde ihr klar, dass die alte Königin die Wahrheit geschrieben hatte.

Die einzige Hoffnung, die Katastrophe abzuwenden, war ihre Flucht, aber das Geheimnis würde nicht gewahrt werden. Sie waren eine zu kleine Truppe, um sich Lügen zu erlauben.

Mariel setzte sich auf einen großen Stein und betrachtete von dort aus das, was man von ihrem Reich sah. Tränen liefen ihr über das schöne Gesicht.

Dartred kniete neben ihr nieder, und in diesem Augenblick bemerkte Hania das winzige Leben, das in einer dieser Nächte entstanden war und nun groß genug war, dass sie es fühlen konnte. Sie legte die Hand auf den grünen Anhänger, den sie um den Hals trug, und die Wahrnehmung wurde klar.

Ein Brüderchen, ein Junge, lag blind und glücklich in Mariels Schoß, gewiegt von ihren Schritten und ihrem Atem.

Ein Bruder. Sie beide würden dieselbe Frau Mutter nennen. Sohn der Prinzessin der Sieben Gipfel und ihres Knappen Dartred, Sohn des Schmieds, der schon einmal das Böse besiegt hatte.

Ein Brüderchen, das wie in einem Spiel der Symmetrien die Anwesenheit des anderen ausgleichen würde.

Wieder fühlte Hania, wie das gewohnte Gefühl der Einsamkeit zerbrach.

Das Brüderchen hatte der Finstere bestimmt nicht vorhergesehen.

»Zwei zu zwei«, formten ihre Lippen in absoluter Stille, ohne jeden Laut, gewiss, aber zum ersten Mal artikulierte ihr Mund die Silben.

Es stimmte nicht ganz. Sie waren nicht genau zwei zu zwei. Die anderen, das waren der Dämon und sein Erbe. Sie waren ein Mädchen und ein im Werden begriffenes Neugeborenes. Aber auch sie waren zwei. Und sie waren zusammen. Als sie den grünen Stein ihres Amuletts berührte, konnte sie das kleine Herz ihres Brüderchens rasch schlagen spüren. Und wenn sie es spürte, konnten ihre Lippen Silben formen. In ihrem ansonsten vollkommenen Körper fehlten die Stimmbänder, aber das Wort war ihr nicht mehr verschlossen. Der Zauber des Bösen war gebrochen.

Sie kniete nieder, legte eine Hand auf das Amulett und schrieb mit dem Finger in den Staub:

HAINIA

Nein, da war ein I zu viel.

HANIA

Mariel weinte, Dartred tröstete sie. In diesem stillen Weinen und der tiefen Stimme, die tröstete, lag alle Zärtlichkeit zwischen den beiden. Das kleine Herz des Brüderchens schlug im Rhythmus des ihren.

»Zwei zu zwei«, buchstabierte sie noch einmal. »Und die Welt ist noch nicht verloren.«

Dann schrieb sie noch mehr. Der Krieg ging weiter. Jetzt musste man kämpfen.

DIE KÖNIGIN MUTTER IST EINE GEFANGENE
DER JUNGE UND SEINE MUTTER SIND SCHON DORT

Das Weinen ihrer Mutter wurde heftiger, und Hania bemerkte, wie auch das Brüderchen davon traurig wurde.

Die Verzweiflung der Mutter würde ihn betrüben, würde ihn überwältigen, während er so klein war.

Das durfte nicht geschehen. Es durfte nicht geschehen, dass Mariel der Versuchung erlag, umzukehren, in die Falle zu tappen, etwas anderes zu tun, als das Brüderchen weit weg von hier zu bringen, in Sicherheit, ans Meer, nach Geno, der Haupt- und Hafenstadt des Reichs der Händler.

Sicher, die Wahrheit war ein kostbares Ding, wie Wasser in der Wüste oder wie Großzügigkeit, aber wie Wasser in der Wüste musste die Wahrheit tropfenweise genossen werden.

Sie musste Mariel schützen. Das war keine Lüge, sondern die elementare Weisheit eines Heerführers.

Sie mussten aus dem Reich fliehen.

Hinter dem siebten Turm lag die Grenze, gebildet von einer sehr tiefen Schlucht, die bis ins Erdinnere zu reichen schien und von einer alten und soliden Holzbrücke überwölbt wurde. Die Soldaten der Sieben Gipfel kontrollierten den ersten Abschnitt der Wüste auf der Höhe des Tals der Sprudelnden Quellen und die Soldaten des Reichs der Händler die Wüste jenseits des siebten Turms. Der Frieden zwischen den beiden Reichen dauerte nun fast schon zwei Jahrzehnte, und die Grenzwächter schoben eine ruhige Kugel, machten zum Zeitvertreib Jagd auf Fliegen.

Hania verwischte mit der Hand, was sie geschrieben hatte. Nur ihren Namen ließ sie stehen. Ihre Mutter sollte wissen, dass ihr, auch wenn sie nicht sprechen konnte, das Wort nicht mehr verschlossen war. Ein weiterer Zauber des Finsteren war gebrochen.

Der Herr der Finsternis konnte geschlagen werden.

13

Schmutziges Wasser und reines Wasser

Die kleine alte Frau behielt Gari den ganzen Winter bei sich. Das war keine vergeudete Zeit. Sie lehrte ihn den Gebrauch der Kräuter, wie man eine Wunde vernäht, wie man bei der Geburt eines Schafs mithilft, was genauso war wie bei einer Kuh, einer Ziege oder beim Menschen. Sie brachte ihm auch bei, wie man Bier braut, mit Hopfen von einem kleinen Acker hinter dem Friedhof, ein schwieriges Unterfangen, weil eine der Zutaten Wasser war und sie wenig davon hatten. Man musste ein paar Blütenblätter eines kleinen gelben Blümchens zusetzen, das auf den kahlen Hügeln wuchs, der gelbe Beifuß.

»Zusammen mit Hopfen und gleich welchem Wasser, auch dem aus Pfützen, braust du ein ganz großartiges Bier«, erklärte das kleine graue Weiblein.

Das Ergebnis war eine goldfarbene Flüssigkeit mit betörendem Duft.

»Achtung, das ist nur was für Zwerge. Ein Mensch bekommt davon einen Vollrausch, an den er sich nicht mehr erinnert und in dem er die verborgensten Geheimnisse seiner Seele ausplaudert«, fügte die alte Dame mit einem Klingeln ihrer Glöckchen hinzu.

Auch lernte Gari alles über die Geschichte des Reichs, die auf einer riesigen, in winziger Schrift beschrifteten Pergamentrolle aufgezeichnet war. Das alte graue Weiblein hielt sie unter ihrem Lager versteckt. Durch die Landkarten und Zeichnungen war er imstande, alles über das Reich der Sieben Gipfel und seine Grenzen zu erfahren, über die Straßen der Städte und sogar über die Anlage des Königspalasts und der größten Schlösser. Gari vervollkommnete seine Kenntnis der Schrift und der Astronomie. Beide Wissenschaften gehörten zum Gepäck eines Soldaten, aber nur in einer elementaren Form. Als ein feiner Nieselregen die Schafweiden grünen ließ und der Ginster gelb und die Kapern rosa blühten, nahm Gari seinen Abschied. Er war größer, gebildeter, besser ernährt, ebenso traurig, aber weniger verzweifelt als zu dem Zeitpunkt, als er hier ankam.

»Ich gehe in den Norden«, sagte er. »Ich muss zu verstehen suchen, was vor sich geht, etwas organisieren«, erklärte er. Die alte Dame hielt ihn nicht zurück. Ja, silbernes Geklingel von Glöckchen und ein Geflatter grauer Schleier begrüßten seine Entscheidung. Schließlich holte die Heiratsvermittlerin aus den verborgenen Tiefen ihrer Gewänder die größte Pergamentrolle hervor, die mit der Landkarte des Reichs, und ein Samtetui, blassblau wie die Farbe des Himmels vor Sonnenaufgang. Sie öffnete das Etui und zeigte Gari den Inhalt: ein grüner Stein, klein und rund, der die Seele des Frühlings in sich zu bergen schien, des Winds auf den Hügeln, der Lämmchen, die im Gras spielen. Duft von Luzerne, Klee, Rosmarin und Minze.

»Das ist das Herz der Welt, der heilige Stein des Volks der Zwerge. Im Feuer schmilzt er und verbindet sich mit dem Stahl. Wenn du dir eine Waffe machen lässt, gib ihn mit in die Legierung. Das Schwert wird stark sein in deiner Hand, jeder Hieb wird präzis und mächtig sein, die Klinge immer absolut scharf, in der Hand deiner Feinde dagegen wird es schwer und schwierig zu führen sein. Wenn du nach Norden gehst, such das Tal der Sprudelnden Quellen auf. Eine Flasche Heiliges Wasser ist immer nützlich mit sich zu führen. Träufelt man es auf Wunden, verheilen sie. Gibt man davon in die Suppe, mildert es die Verzweiflung«, sagte sie und gab ihm ein Fläschchen aus geschmirgeltem Glas mit einem bronzenen Verschluss in Form eines Schneckenhauses.

Gari nickte, endlich begriff er, warum seine Verzweiflung ihn nicht erdrückt hatte, warum die Suppe der Frau ihn stets aufgerichtet hatte.

»Das werde ich tun, Frau, und ich werde diesen Stein hüten wie meinen Augapfel. Ich würde gern etwas tun, um Euch meine Dankbarkeit zu erweisen.«

»Bleib am Leben und vernichte diesen Verdammten«, antwortete sie.

»Wie bitte?«, fragte Gari verwundert.

»Der Finstere ist ein Dämon, eine bösartige Kreatur, die sich am Bösen erfreut. Er existiert wirklich, ist keine bloße Idee. Und er kann bekämpft werden. Hier sind drei Taler, das ist nicht viel, aber mehr habe ich nicht. Der Weg nach Kaam ist die Karawanenroute, es wird dir nicht schwerfallen, jemand zu finden, der dir Brot verkauft.«

»Ich weiß Euren Namen nicht, Frau«, brachte Gari heraus.

»In der Tat, du kennst ihn nicht. Je weniger man weiß, desto weniger kann man ausplaudern. Die Kenntnis des Namens ist unverzichtbar für Fluch und Zauber. Besser, ich mach ihn nicht zu sehr bekannt«, erklärte die uralte Zwergin und holte aus einer der zahllosen Taschen in ihren Gewändern ein Stoffsäckchen hervor, das roch wie der Wind auf den Hügeln.

»Ein letztes Geschenk: gelber Beifuß. Eine Welt, in der noch Bier gebraut wird, kann nicht gänzlich verloren sein, und es lohnt sich, dafür zu kämpfen.«

Die Hände der kleinen alten Dame umschlossen die Garis, während sie ihm ihr letztes Geschenk übergab, dann machte der Junge sich auf den Weg.

Am Hügelsaum pflückte er Kapernblüten und Ginster, um sie auf den kleinen Grabstein der Mutter zu legen, und hoffte dabei von ganzem Herzen, dass jemand das Gleiche mit dem Grab seines Vaters tun möge, einer der Männer, die nie aufgehört hatten, ihn zu lieben, und wussten, dass nur er ihr Kommandant gewesen war.

Gari hielt sich in Richtung Norden. Auf seiner ersten Reise vom Schloss der Verlorenen Wasser bis zum Grab seiner Mutter war in Gari nichts gewesen außer Grauen und dem

Gedanken an sein vernichtetes Leben, an die Stimme seines Vaters, die er nie mehr hören würde, an den Geruch seiner Mutter, den er nur wenige Jahre lang gekannt hatte, an die Schritte, die er in den Staub einer Welt setzte, die ihn mit Füßen getreten und bis ins Innerste seiner Seele vernichtet hatte. Jetzt hingegen glitt seine Hand bei jedem Schritt über das Samtetui. Der Stein füllte seine grenzenlose Einsamkeit aus. Da war die kleine graue Frau, da waren Prinzessin Mariel, der Krieger und das Mädchen, das ihn hätte töten können und es nicht getan hatte.

Gari dachte an sie. Sie hatten sich ein paar Augenblicke lang im Tal der Sprudelnden Quellen gesehen. Sie hätte alle Ameisen und Skorpione der Welt auf ihn loslassen können, aber sie hatte es nicht getan. Und ihre Haare hatten die Farbe von Lindenblütenhonig und einen Moment lang war der Blick ihrer himmelblauen Augen dem seinen begegnet.

Nachts war der Himmel bedeckt von Sternen, deren Namen und Bahnen er kannte und die ihm den Weg wiesen, den er auf der Landkarte, die er bei sich hatte, mit akkuratem Federstrich einzeichnete. Auf dem kürzesten Weg gelangte er zum Tal der Sprudelnden Quellen.

Es waren nur wenige Monde vergangen, seitdem er es zuletzt gesehen hatte. Wäre er sich nicht absolut sicher gewesen, dass die Sterne und seine Karte ihn zum richtigen Ort geführt hatten, hätte er gedacht, er sei anderswo. Palmen und Bäume, alles war in einem abscheulichen Zustand der Verwahrlosung, die Bäche und Quellen hatten sich in einen einzigen stinkenden Sumpf verwandelt, einen widerwärtigen Morast. Mückenschwärme waren so dicht, dass sie das Tageslicht verdüsterten.

Überall waren Bewaffnete und verwehrten jedem den Zutritt: Es waren Angehörige der Garnison vom Schloss der Verlorenen Wasser. Gari hatte sich verändert, war gewachsen und hielt den Kopf stets gesenkt, damit man ihm nicht ins Gesicht schauen konnte. Keiner erkannte ihn.

Gari wartete, bis es Nacht war und die Garnison in einen zerstreuten Schlaf versank, dann huschte er bis zu den zentralen Quellen, in der Hoffnung, das Wasser dort möge rein sein. Mit eisigem Licht ging der Mond auf und half ihm.

Endlich kam er dorthin, wo das Wasser entsprang: Das langsame und ruhige Fließen begann an einem großen, zentralen Felsen. Als er keinen Zweifel mehr hatte, bildete er mit den Händen eine Schale und führte sie an den Mund.

Lang und bitter rann ihm der Schluck durch die Kehle und verbrannte sie. Das Grauen beim Anblick seines als Verräter gehängten Vaters kehrte wieder und gleichzeitig damit eine unendliche Verzweiflung über die eigene absolute Einsamkeit.

Das Heilige Wasser war vergiftet worden. Es hatte seine Heilkraft verloren und eine böse Macht angenommen. Gari griff nach seinem Stein, der ihm die Kraft gab, sich von dort wegzuschleppen.

Und während er sich fortbewegte, verfinsterten Wolken das Mondlicht, und er fand sich in einer Anhäufung von fauligem Zeug wieder. Die Soldaten hatten neue Kasernen gebaut, besonders hässliche und plumpe Gebäude, und dazu hatten sie Palmen und Bäume gefällt, deren Reste hier hingeworfen worden waren und nun vor sich hin moderten, mit ihren Ästen und quer liegenden Stämmen ein einziges dichtes Gestrüpp bildeten, wo Gari im immer schwächeren Licht nur mühsam vorankam.

Dann endlich riss der Himmel auf, rein und wunderschön kam der Mond wieder zum Vorschein. Das Gras war noch grün und sauber, zwischen dem Schilf funkelte das Wasser heller als der Mond. Da wurde Gari gewahr, dass hier alles lebendig war: das Gras, das Schilf, die gefällten Bäume.

Verborgen zwischen Steinen war hier die einzige Quelle mit sauberem Wasser, das glänzte, als ob der Mond bis hierher herabgestiegen wäre, als ob alles Glück der Welt sich hier ein Stelldichein gegeben hätte. Gari beugte sich vor und trank reichlich davon, er besprengte seine Kleider damit, dann füllte er das kleine Fläschchen, sodann huschte er davon, leicht wie ein Gespenst und glücklich wie eine Schildkröte im Frühling.

Bei Tagesanbruch befand er sich in Sicherheit auf der Anhöhe, die sich hinter dem Tal erhob. Von oben bemerkte er, dass dies Tal in Form eines Schneckenhauses angelegt war, ähnlich wie der Pfropfen auf seinem Fläschchen aus geschmirgeltem Glas, und der Mittelpunkt war genau dort, wo die kleine Quelle reines Wasser verströmte.

Gari betrachtete die Hellebardiere und empfand einen unbestimmten Widerwillen gegen sie, vor allem ihren Führer, einen kleinen Typen mit weißen Haaren, den er schon kannte und der ihm tiefen Abscheu einflößte. Während er ihn betrachtete, sah er im Geist den Körper seines gehängten Vaters, ein Bild, das er in Wirklichkeit nie gesehen hatte, und er war sich gewiss, dass der Mann an diesem verfluchten Tag nicht nur anwesend gewesen war, wie selbstverständlich, sondern dass er dabei auch eine entscheidende Rolle gespielt hatte.

Tags darauf brach er auf nach Kaam.

Der Frieden, den er im Herzen trug, seitdem er die graue Frau verlassen hatte, begleitete ihn erneut. Er war fast in Sichtweite der Stadtmauern aus roten Ziegeln, als ein Storch in Richtung Süden am Himmel vorüberflog. Er flog niedrig und trug eine Art Samtetui, das am Rücken und um den Hals befestigt war: Er transportierte etwas. Das war ungewöhnlich. Gewöhnlich benutzte man für Botschaften Tauben. Für eine so schwere Last war eine Taube jedoch zu klein, aber da war immer noch die Frage, wie man einen Storch dazu hatte bringen können, eine solche Aufgabe zu übernehmen.

Während er dem langsamen und majestätischen Flug des Vogels zusah, ergriff ihn eine merkwürdige Begeisterung, und er verstand deren Bedeutung. Der Storch mit seinem Etui gehörte zur selben Truppe wie er. Es herrschte Krieg, und er hatte die Fähigkeit erworben, sofort zu erkennen, wer Freund und wer Feind war.

14

Eine Stadt in Blau und Schwarz

Um nach Geno zu gelangen, der größten Stadt im Reich der Händler, gingen sie fast einen Mond lang in Richtung Süden. Es war Frühling geworden, und selbst dort blühte es, an diesen staubigen Orten, die von allem und allen verlassen schienen, auch vom Leben.

Die Wüste belebte sich immer mehr, schmückte sich mit blühenden Ginster- und Kapernsträuchern, die grün und gelb und rosa unter der sengenden Sonne leuchteten.

Es war ein verlassener Landstrich, bestehend aus rissiger, von der Sonne gebleichter Tonerde. In engeren Schluchten gab es wunderbarerweise Schatten, und ein kleines Wäldchen konnte dort gedeihen, dornige Sträucher unter die wenigen Bäume gemischt. Zwischen den Stämmen glitt hier und da der finstere Schatten eines Wolfs dahin und der schwarze und archaische eines Wildschweins. Das kreischende und eintönige Zirpen der Zikaden war beständig und überall zu hören in dieser herben und verlassenen Schönheit.

Hoch oben folgte ihnen in der Ferne der Storch. Der

Berg der Grauen Luft erhob sich vor ihnen. An seiner südlichen Flanke lag die Stadt Geno.

An der Nordseite des Berges lebten die Elenden. Sie siedelten auf der abschüssigen, trockenen Tonerde, wo Ginster und verwilderte Kapern gediehen und sich unzählige Höhlen öffneten, sodass sich zwei senkrechte Dörfer bildeten, eines auf der östlichen Seite der langen Talrinne, wo sie die Umrisse von Frauen und Kindern erkannten, das andere auf der entgegengesetzten Seite. Dies war das Dorf der Leprösen, die in abstoßend schmutzige Gewänder gehüllt einhergingen, es lag an einem der wenigen Flüsse, an dem Kletterpflanzen und kleine Obstgärten gediehen.

Mariel erklärte, dass es die armen Kranken beider Länder beherbergte. Hania wurde klar, dass sie das nicht wusste. Das Leprösenasyl fehlte auf den detaillierten Landkarten ihres Vaters, die ansonsten Schmuckstücke an Genauigkeit und Pedanterie waren, wie auch die Türme darauf fehlten, einschließlich des siebten, der schon allein wegen der schwindelerregenden Höhe der Felsspitze, auf welcher er stand, als geografische Besonderheit hätte verzeichnet sein müssen. Dass eine Ansammlung von Siechen und schauerlich Kranken ein Ort des Widerstands gegen die dunklen Kräfte sein könnte, erschien ihr unwahrscheinlich, aber sie zog die Möglichkeit in Erwägung.

Überall sah man Ziegen. Hania dachte, sie müssten der einzige Reichtum dieser verdorrten Gegend sein und zugleich der Grund für ihr anhaltendes Elend, weil sie das Gras ausrupften und damit alles Grün zunichtemachten. Die Erde trocknete immer mehr aus, wodurch der Ort für jede Form von Leben außer ihnen ungeeignet wurde. Die einzige Straße, die bis zu dieser Höhe heraufführte, war von Karren befahren, die mit Waren jeder Art hoch beladen waren und von Bewaffneten geschützt wurden, um Übeltäter und Bettler fernzuhalten.

Es waren Bewaffnete mit dem Wappen des Reichs der Händler, das einen Pflug und eine Weintraube zeigte.

Seit drei Monden waren sie außerhalb des Königreichs. Keiner suchte sie. Keiner kannte sie oder konnte sie erkennen. Es würde ein langes Exil sein.

Die Straße wand sich auf der dürren Seite bis zum Gipfel des Bergs der Grauen Luft hinauf, um sodann auf der südlichen Seite sehr steil zur Stadt hinunterzuführen, wo alles grün und mit Nuss- und Kastanienbäumen bedeckt war.

Über Geno wusste Hania alles. Es war die erste Stadt im Reich der Händler, wesentlich größer und bedeutender als die kleine Hauptstadt Vara.

Vara lag im Westen, ganz in Gelb, einschließlich des Königspalasts, gefällig schmiegte es sich in ein langes grünes Tal, das sachte zum Meer hin abfiel, wo zwischen schwindelerregend hohen Felsen nur ein kurzer Küstenabschnitt zugänglich war. Dort hatte man ein kleines Hafenbecken gebaut, das Vergnügungsdampfer, Lastkähne, kleinere Barken für Liebesfluchten und das königliche Schiff aufnehmen konnte. Dieses wurde am ersten Tag des Jahres für das Wasserfest eingesetzt: Dann wurden kiloweise Rosenblätter in die Wellen geworfen, um sich das Meer gewogen zu machen. Im Osten lag das Kahle Land, bestehend aus völlig unzugänglichen Klippen, undurchdringlichen Wäldern und ein paar verstreuten Fischerdörfern, wo man der löblichen Tätigkeit nachging, Fisch zu fangen und dann auf langen Birkenbrettern zum Trocknen auszulegen, was einen erbärmlichen Gestank verursachte und Schwärme von Fliegen anzog.

Geno dagegen war die Hauptstadt des Handels, des Austauschs, des Fischfangs und -handels, der Marktstände auf den Molen, der großen Lagerhäuser aus soliden Bohlen aus schwarzer Eiche.

Die Stadt war lang und schmal, eingeklemmt zwischen Meer und einer sehr hohen, senkrechten Wand, zur einen Hälfte auf der Erde gebaut, zur anderen auf dem Meer. Die eine Hälfte waren also finstere, hohe Steinhäuser, an die senkrechte Gebirgswand gelehnt, mit schmalen, kleinen vergitterten Fenstern, die andere Hälfte Pfahlbauten direkt auf dem Wasser, wohin der Platzmangel sie verwiesen hatte.

Der Berg der Grauen Luft ragte direkt hinter der Stadt steil in die Höhe und trennte sie von den dürren Landstrichen im Norden. Die Brise, die vom Meer herkam, brach sich dort und bescherte der steilen Südwand und der Stadt wiederkehrende Nieselregen, konnte aber nicht darüber aufsteigen. Im Norden fiel der Berg allmählich zu der unfruchtbaren Hochebene hin ab und ging dann über in die Wüste der Verlorenen Türme. Der Gipfel des Berges war stets in Nebel gehüllt, daher sein Name.

Unten im Wasser spiegelte sich in unendlichen vielen kleinen Kanälen glitzernd eine grausame und fröhliche Sonne; ein beständiger Wind hielt die Luft rein und setzte den Wellen Gischtkronen auf. Unzählige Fischkutter waren mit dicken Tauen an mächtigen Steinpollern festgemacht, die dicht mit Reliefs verziert waren, dazwischen rauflustige, magere Katzen. Ringsumher spielten und schrien inmitten von Gischtspritzern Kinder, doch über all dem Blau und Gold wehten unzählige düstere schwarze Fahnen.

»Das ist hier der Brauch«, erklärte Mariel, aus ihrem Wissen in Diplomatie und Weltkenntnis schöpfend. »Es ist üblich, an der höchsten Stelle des Hauses eine Fahne anzubringen, wenn jemand gestorben ist, und sie so lange dort zu lassen, bis die Sonne sie ausgebleicht und der Wind sie in Fetzen zerrissen hat. Eine freundliche Geste, um an seine Toten zu erinnern.«

Hania bemerkte, dass sie auch das wusste. Von dieser Stadt wusste sie wirklich alles.

Wenn sie diesbezüglich so genau informiert war, so deshalb, weil die Anwesenheit ihres Vaters hier mächtig war.

»Es mag eine freundliche Geste sein, aber es liegt etwas Trauriges und Finsteres darin«, erwiderte Dartred.

Es war etwas viel Schlimmeres.

Die Stadt wäre herrlich gewesen, am und auf dem Meer gelegen, beschienen von der Sonne und mit dem grünen Berg im Rücken, wäre sie nicht überall von diesen schwarzen Tüchern entstellt gewesen. Das war nicht nur beunruhigend. Es lag etwas Monströses in dieser in Schwarz gehüllten Stadt, die Blau mit Schwarz abwechselte, als ob sie zwei Seelen hätte, eine bestehend aus Licht, die andere aus

Dunkel. Es war eine Stadt von Lebenden, die die Fahne des Todes trugen, durchweht von Zeichen des Verlusts. Es war, als wäre der Verlust allgegenwärtig, um daran zu erinnern, dass jedes Leben nur vorübergehend und kein Verlass darauf ist.

Sie waren im Reich ihres Vaters. Das kleine Reich der Sieben Gipfel mit seiner bescheidenen Korruption, seinen seltenen Ausbrüchen von Gewalt hatte sie nicht auf das wahre Wesen der Welt vorbereitet. Diese Stoffbahnen waren Symbol für etwas anderes, Hania konnte nicht genau erkennen, was. Wenn sie sich darauf konzentrierte, vernahm sie ganz in der Ferne einen Ton, der sich unter das Rauschen der Wellen mischte, davon übertönt wurde und sich im Wehen des Windes verlor. Er war nur sehr schwer zu hören, und auch ihr gelang es kaum und nur momentweise, nur wenn sich ihre Augen ganz mit dem Schwarz dieser Fahnen füllten; aber er war da und erfüllte das Herz mit einem undurchdringlichen Schmerz, der den Geschmack von Sand und Staub hatte.

Hania kannte den Plan der Stadt bis ins kleinste Detail, wusste, wo die übelsten Kaschemmen lagen und wo ein gediegenes Gasthaus, das Fremde beherbergte und von einer mürrischen Witwe betrieben wurde, dort konnten sie unterkommen.

Sie wusste auch, wo die Soldaten untergebracht waren, von denen man sich besser fernhielt. Mariel war Prinzessin eines Reichs, gegen das die Bewohner von Geno gelegentlich verheerende Kriege geführt hatten. Sie könnten sie als willkommene Geiseln betrachten, im Hinblick auf einen nächsten Krieg. Sie blieben also lieber unerkannt, x-beliebige Leute, die sich irgendwie durchschlugen.

Die Witwe, die das Gasthaus betrieb, hieß Madame Tara, und sie betonte das *Madame* nachdrücklich. Sie war groß und hager, voll der abstoßendsten Antipathie, die sich in die Wendungen eines unerträglich redundanten Wortschwalls kleidete. In schwarze Schleier gehüllt, ließ sie nur selten ein bitteres Lächeln sehen, und eine tiefe senkrechte Falte zwischen den Augenbrauen ließ ihre Meinung über die Welt erkennen.

Madame Tara hatte einen der besten Pfahlbauten, voll kleiner Möbel, kleinem Nippes und kleiner Vorhänge.

Sie erklärte, sie sei Witwe eines Kapitäns, der kleine Geschäfte gemacht und damit kleine Summen verdient habe und in einem der schrecklichen Stürme umgekommen sei, die die Welt ab und zu heimsuchten, und die Fluten, die ihn verschlungen hatten, waren die einzige Sache von einem gewissen Ausmaß, die in ihrer Erzählung auftauchte. Madame Tara liebte das Wort »klein«, das überall herumtollte und herumsprang wie ein Kätzchen, das mit einem Wollknäuel spielt.

Die Stadt lebte vom Fischfang und von Märkten.

Im unteren Teil, zwischen Berg und Ufer, gab es einen Streifen bebautes Land, wo ein paar kümmerliche Aprikosenbäume sich abmühten, die wenigen Blüten, die dem Wind standhielten, in traurig salzige Früchte zu verwandeln. Es gab ein paar Reihen Karotten, Bohnen und

Kichererbsen und ein paar Felder, wo man versuchte, ein bisschen vom sehr teuren Mehl zu produzieren.

Überall hingegen herrschte der Kohl vor, in ordentlichen und prächtigen Reihen. Er kam in allen Gerichten vor, mit Garnelen, Sardinen und Brot, das in Geno selten und teuer war, mit Kichererbsen oder Bohnen oder mit gar nichts, je nach Finanzlage oder Geschicklichkeit im Diebstahl. Von jemandem, der eigenartig, heikel oder hochnäsig ist, wie die von den Sieben Gipfeln zum Beispiel, hieß es in der Stadt, das sei einer, *der keinen Kohl mag*.

Die Stadt hätte sehr reich sein können. Das Meer war fischreich, ab und zu erhoben sich allerdings Stürme, die Schiffe versenkten und die Pfahlbauten wegspülten. Die wurden dann aber stets wiederaufgebaut, genau an derselben Stelle in denselben Farben, mit ein paar schwarzen Bannern mehr, die im Wind flatterten und an diejenigen erinnerten, die zu langsam gewesen waren, nicht schnell genug gelaufen waren, um sich in Sicherheit zu bringen. Der Handel hätte blühen können, doch die Stadt wurde regelmäßig von Piraten heimgesucht, die erbarmungslos und mit absoluter Grausamkeit zuschlugen, Wasser und Erde rot von Blut zurückließen, weshalb dann weitere schwarze Fahnen gehisst wurden.

Der Gouverneur von Geno, ein gewisser Tirpro della Colonna, war ein müder alter Mann mit gelber Haut und Hängebauch, der nur seinen Frieden haben wollte und sich um nichts kümmerte als seinen großen bequemen Sessel und ein Schemelchen, auf dem er seine geschwollenen Füße absetzen konnte, ständig einen Humpen Bier in der Hand, was seiner schlechten Gesundheit schadete, ihm dagegen die Illusion bescherte, sie ein Weilchen vergessen zu können.

Die Männer fuhren auf den Schiffen aus und nicht immer kehrten sie zurück. Manchmal kamen sie in den Fluten um, manchmal verloren sie sich in fernen Häfen, wo andere Frauen und Kinder sie ablenkten. Dann wurde dort, wo sie zu Hause gewesen waren, die schwarze Fahne gehisst, und eine Frau begann sich als Witwe zu betrachten.

Es gab Heerscharen alleinstehender Frauen. Sie zogen ihre Kinder groß, was nicht einfach war, manchmal baten sie andere Männer um Hilfe, und die Kinder wurden mehr. Auch wenn der Ehemann verloren gegangen war, es wurden doch weiterhin Kinder geboren.

Geno war die Stadt der verlorenen Väter und der Kinder, die ohne Vater geboren wurden, Kinder elender Mütter, der fahrenden Händler und der Verwahrlosung. Viele von ihnen starben, weitere schwarze Fahnen kamen zu denen hinzu, die für die Schiffbrüchigen, die Opfer von Epidemien und Springfluten wehten.

»Hier sterben viele Kinder«, schloss Madame Tara, nachdem sie ihren erschöpften Gästen eine Schale mit knapp bemessener Suppe vorgesetzt und sie über die Bräuche der Stadt informiert hatte. »Oder vielleicht sterben sie überall, ja, sicher ist es so, aber hier sind die kleinen Frauen aus dem Volk überzeugt, dass mehr sterben. Deshalb gibt es so viele kleine schwarze Fahnen. Dann ist da auch der dumme Aberglaube von kleinen Betschwestern, der besagt, die Stadt sei bevölkert von ihren Gespenstern. Sie werden Kobolde, man nennt sie *Wasserkobolde,* und sie spielen ihre kleinen Streiche. Jedes Mal, wenn ein Schlüssel verschwindet, von dem man mit Bestimmtheit wusste, dass man ihn auf den Tisch gelegt hat, jedes Mal, wenn die Milch sauer wird, wenn die Kinder grundlos nachts weinen, sagt man, das sind die Kobolde, die ihre Streiche spielen. Das ist ein kleiner, unsinniger Aberglaube. Zum Glück können wir uns von diesen kleinen Albernheiten losmachen. Demnächst wird ein Dekret erlassen, das diesen kleinen Aberglauben verbietet.«

Hania sah nach oben, es war, als ob etwas ihren Blick mit einem bestimmten und zugleich höflichen Befehl nach oben gelenkt hätte, wie wenn die Mondsichel am Himmel erschien und es keinen Grund gab, den Blick zu erheben, es aber Anstrengung gekostet hätte, das nicht zu tun.

Oben unter den Dachsparren saßen drei kleine, durchsichtige Gestalten, die man anfangs nicht erkennen konnte, sie huschten hin und her im flackernden Licht von zwei dicken Talgkerzen, die den Raum erhellten und mit einem feinen, scharfen Rauch erfüllten, der langsam aufstieg.

Als sie genauer hinsah, konnte sie einen Moment lang erkennen, dass es zwei Jungen und ein Mädchen waren, die sie ansahen. Die Jungen waren halb nackt und hatten ein Tuch um die Hüften geschlungen, das Mädchen trug eine Tunika, und das offene Haar fiel ihr auf die Schultern. Die drei waren ernst und traurig.

Ihre Stimmen hallten in ihrem Kopf wider.

»Kleine Dame, Wesen aus Leben und Schatten, du, die du uns hören kannst, sei unsere Stimme, frag nach unseren Namen, die wir keine haben, du, die du uns sehen kannst, sag ihnen, dass wir da sind.«

»Ich habe keine Stimme. Ich habe keine Worte, kein Ton von mir kann gehört werden«, antwortete Hania. Es war das zweite Mal in ihrem Leben, dass sie sich an jemanden wenden konnte.

»Dann sieh uns an, kleine Dame, damit wir von deinem Blick gesehen werden. Wenn wir nicht von ihr, unserer Mutter, gesehen werden, dann wenigstens von dir.«

Hania verstand, warum das Wort »klein« wie eine Totenglocke in den Reden der Witwe ständig wiederkehrte, es war, als ob sie die drei Kleinen benennen müsste, die wie Schimmel unter den Dachsparren hockten, und sie schaute weiterhin nach oben, bis die Witwe sie fragte, ob sie nicht vielleicht eine kleine Idiotin sei. Sie machte dann ein paar Bemerkungen über ihre Stummheit, fragte, ob die Katze oder die Unhöflichkeit ihre Zunge verschluckt hätte.

Mariel erklärte, die Stummheit sei ihr nach einem schrecklichen Fieber in der Kindheit geblieben, eine Erklärung, die gut zu ihrem bizarren Verhalten passte und die Diskussion beendete.

Hania schaute auf ihre Schüssel und zählte drei Kohlblätter, zwei Bohnen, eine davon faul, drei Kichererbsen. Auf der blauen Holzwand zwischen zwei Fenstern, die in die dunkle Nacht hinausgingen, liefen Wanzen in einer langen Reihe nach oben, wo die drei Gespenster der namenlosen Kinder waren.

Ohne Zweifel, sie war im Reich ihres Vaters.

Das Haus der Witwe war indigoblau, hatte einen Bogengang, Zeichen vergangenen und vergessenen Glanzes. Davor war ein kleines, grün gestrichenes Boot festgemacht, das die Witwe nicht benutzte und Dartred nach kurzen Verhandlungen für eine Silber- und zwei Kupfermünzen kaufte.

An den ersten Tagen lieferte die Witwe auch ein paar spärliche Mahlzeiten, die sie zu horrenden Preisen verkaufte und unter anhaltenden, eintönigen Klagen auftrug, im Rhythmus eine Klage pro Atemzug.

Als ob die Willkür des Meeres nicht genug wäre, erzählte sie, tauchten mit nervtötender Regelmäßigkeit die schwarzen Segel der Piraten auf, und die Katastrophe begann. Die Soldaten waren nur wenige, die Stadt lag eingeklemmt zwischen dem Meer und der ganz grünen Steilwand, über die eine einzige Straße hinaufführte. Alle drei, vier Jahre, wenn es gut ging, fünf, tauchten die Segel auf. Sie drei hatten Glück: Die Piraten waren eben erst vorbeigekommen, also war es ein Augenblick der Ruhe, des Friedens, hätte man sagen können, des kleinen Friedens zwischen einem Überfall und dem nächsten. Wenn die Segel auftauchten, flüchteten alle nach oben und suchten dabei etwas mitzunehmen, aber nicht alles, denn wenn die Piraten sich nicht damit aufhielten, die Häuser leer zu räumen, den versteckten Schmuck zu suchen, Stück für Stück, würden sie sie verfolgen, und dann wären die Toten ohne Zahl. Wer nicht schnell genug war, wurde der Folter unterzogen, die die Piraten anwandten, um die Verstecke der Wertsachen zu erfahren oder um die Enttäuschung darüber, dass keine da waren, an irgendwem auszulassen.

Was mit den Frauen geschah, war leicht vorstellbar. Neun Monate später kamen die Kinder dieses Überfalls zur Welt und wurden von ihren Müttern ins Meer geworfen, damit sie untergingen zusammen mit der Erinnerung daran, wie sie gezeugt worden waren. Die Kinder der Piraten wurden nicht angenommen.

Frauen, die das nicht tun wollten, verließen die Stadt und lebten auf der anderen Seite des Grauen Bergs, zusammen mit den Ziegen und den Leprösen. Das war der Ort der Ausgestoßenen. Hania starrte die Witwe an, so unverwandt, dass dieser unbehaglich wurde.

Das war *ihre* Geschichte, ihre und die von Mariel. Es war ihr eigenes Schicksal, das da beschrieben wurde. Mütter wie ihre eigene, die sich das Leben zur Hölle machten, um nicht Kinder auszulöschen, deren Geburt nicht rechtmäßig war.

Jetzt erklärten sich die Trauerfahnen, jetzt wusste sie, wer die Kobolde waren. Jetzt verstand sie, was dieses leise Stöhnen war, das man andauernd hörte. Und vor allem wurde ihr immer klarer, dass hier eines der Reiche ihres Vaters lag.

Mariel und Dartred fanden ein Haus, das zum Verkauf stand. Es war das abgelegenste und isolierteste, und es hatte einen Bogengang zum Meer, wo sie das grüne Boot festmachten. Das Blau der Hauswände war so verblasst, dass es unter den Reflexen des Meeres verschwand. Es gab keine Kobolde. Mariel staffierte Hania als Jungen aus, als zusätzliche Vorsichtsmaßnahme, da im Reich der Sieben Gipfel alle wussten, dass sie ein Mädchen bekommen hatte, und früher oder später würde diese Nachricht auch hierhergelangen, durch einen redseligen Händler oder einen Fuhrmann auf der Suche nach jemandem, der ihm für den neuesten Klatsch etwas zu trinken spendierte. Die wussten von einem Mädchen, nicht von einem Jungen. Selbst der Blödeste konnte darauf kommen, dass ein Mädchen auch als Junge verkleidet sein konnte, als unverdächtiger, tauber Junge, aber Mariel war so begeistert von ihrer genialen Idee, dass sie nicht davon abzubringen war. Ihre Mutter schnitt Hania die wunderschönen blonden Haare ab, machte die Ärmel enger, damit sie nicht einmal zufällig hinaufrutschen konnten, und arbeitete ihren Rock zu einer Hose um. Das war ein absurdes und unbequemes Kleidungsstück, das sie hasste. Sich für taub auszugeben, war schwierig, man musste sich ständig darauf konzentrieren. Schließlich beschloss Hania, sich idiotisch zu stellen. Das war viel einfacher, man brauchte nur einen verlorenen Blick aufzusetzen und den Mund ein wenig offen stehen zu lassen, und niemand erwartete mehr, dass man etwas sagte. Das rückte sie auch noch weiter weg von der genialen dämonischen Kreatur, nach der alle suchten. Sie verlor freilich alle Beweglichkeit, sie verlor das Tanzen. Das musste sie verstecken. Sie musste dahinschlurfen. Sie fand das alles wieder, wenn keiner sie sah. Ihr blieb die Flöte. Es hieß, Menschen, die in allem anderen eingeschränkt sind, könnten in der Musik glänzen.

Oft saß sie auf dem Dach des Hauses, ein nicht allzu intelligentes Kind, das Flöte spielte und aufs Meer hinausschaute. Der Storch, ihr Storch, setzte sich neben sie und ließ sich Rücken und Hals streicheln. Durch den Storch sah sie die Welt. Dank seiner wusste sie, wann ein Schiff anlegen würde, wann eines in See stach. Der Storch flog oft oben über den Berg, also wusste Hania, wo die Hütten der Fischer lagen und die der Jäger, sie wusste, wo die Flüsse verliefen und in welchen Höhlen sich die Wildschweine verbargen.

Sie lernte die Dörfer der Ausgestoßenen kennen, das der Leprösen und das der Mütter mit den geretteten Kindern, die einander gegenüberlagen und in den Tuffstein gegraben waren. Voneinander getrennt wurden sie durch einen von einer erbarmungslosen Sonne getrockneten staubigen Streifen und ihre Bewohner lebten in Elend und von Almosen. Nur durch ein paar Sträucher und die Ziegen vorm Hungertod bewahrt, ließen die beiden Dörfer eine gewisse Freundlichkeit erkennen. Es war, als hätte ihr Vater, damit beschäftigt, blühendere Orte von anscheinend größerem Wert zu verderben, sie übersehen.

»Wir halten uns von allen anderen fern, wir leben vom

Fischfang«, erklärte Dartred erfreut von dieser Aussicht auf eine stille Alltäglichkeit. Mariel nickte, Hania auch.

An jedem sonnigen Morgen brachen sie und Dartred gemeinsam auf. Der erste Grund war natürlich, Fische zu fangen und sie auf dem Markt zu verkaufen. Hania befahl den kleinen Hirnen der Fische, sich fangen zu lassen, und sie gehorchten. Sie fingen eine angemessene Zahl, nicht zu wenige, um nicht Hungers zu sterben, aber auch nicht zu viele, um nicht den Verdacht zu erwecken, sie wären nicht durch bloßes Glück gefangen worden. Der zweite Grund war, Hania den Blicken und der Aufmerksamkeit zu entziehen, damit möglichst wenige Menschen sie bemerkten und sich fragten, warum sie nie etwas sagte und immer so still war. Etwas, das sie mit dem stummen Mädchen gemeinsam hatte, nach dem im Reich der Sieben Gipfel alle suchten.

Diese Tage mit Dartred waren durchwirkt von Blau und Stille. Hania hasste das Wasser nicht mehr, aber gewiss liebte sie es nicht, genauso wie es ihr mit Umarmungen erging.

Dartred verlangte, dass sie schwimmen lernen und sich im Fechten und Bogenschießen üben sollte, denn wie es für jemand, der nicht schwimmen kann, unsicher war, auf einem Boot zu leben, so war es unpraktisch, auf der Welt zu sein und nicht wenigstens eine, besser zwei Waffen zu beherrschen. Das war vernünftig.

Hania willigte ein, sich einen Gurt umlegen zu lassen und damit ins Wasser zu tauchen. Das war ein heroischer

Akt für sie. Die langen Monate vor ihrer Geburt hatte sie in Salzwasser zugebracht und die Erinnerung daran erfüllte sie noch jetzt mit Ekel. Auch das musste eine Gabe ihres Vaters gewesen sein, denn überraschenderweise umhüllte das kalte Meerwasser sie wie in einer Umarmung. Das erfüllte sie mit einem ihr fremden Gefühl, das sie sonst nur verspürte, wenn sie die Flöte in Händen hielt. Sie stellte fest, dass sie schwimmen konnte. Sie streifte den Gurt ab und tollte und planschte vergnügt zwischen Wasserspritzern in der Sonne umher. Unter ihren unendlichen Kenntnissen musste irgendwo auch der symmetrische und sinnvolle Bewegungsablauf sein, mit dem Frösche sich fortbewegten.

Im Boot gab es zwei Angeln, doch Hania erlegte ihre Beute mit Pfeil und Bogen. Um sich zu üben, hörte sie auf, die Hirne zu kontrollieren, das erschien ihr ritterlicher. Töten war immer noch eine Lust. Wenn der Pfeil ins weiche Fleisch des Tieres eindrang, verspürte Hania die ganze Macht, den Tod des Fisches in Händen zu haben, aber nach und nach lernte sie, nur mit einem einzigen Pfeil in die Kiemen zu zielen, sodass das Tier schnell starb. Der Ritter des Lichts tötete, aber er hatte keinen Spaß daran, wenigstens nicht zu sehr. Ihre Treffsicherheit wurde vollkommen. Sie erlegte Fische aus immer größerer Entfernung.

Dartred war mehr, als er schien – er war ein in Stein eingeschlossenes Stück Gold.

Ihr Vater hatte ihn anfänglich nicht wahrgenommen. Bis er den Tiger erlegte, der ein Abgesandter der Finsternis war, war er dem Finsteren unbekannt gewesen. Dagegen hatte ein Zwerg ihn als Knappen gewählt, dem er seine Kunst beibringen wollte, als Krieger mit Axt und Schwert zu kämpfen, damit er im Kampf seine Kraft mit der grünen Macht des Herzens der Welt vereinen konnte.

Woran erkennt man einen Krieger, einen echten Krieger? Woran hatte der Zwerg erkannt, dass ausgerechnet der Sohn des Schmieds der Stein sein würde, über den der Finstere straucheln würde, um sich dann im Schlamm zu wälzen? Hania kamen die Menschen alle gleich vor, der eine war größer, der andere weniger groß, sicher, der eine dicker und ein anderer mit Bart, aber in ihrem grenzenlosen Wissen, der Kenntnis der Namen von Sternkonstellationen und der unmittelbar nützlicheren der Namen der Fische, fehlte ihr ein Kriterium, wie man einen Ehrenmann von einem Gauner unterschied.

Dann ging der Tag zur Neige, und nachdem er sie zu Hause abgesetzt hatte, ging Dartred auf den Markt, immer allein, ein x-beliebiger Fischer, wahrscheinlich eifersüchtig wie ein Wildschwein, weil er seine Frau immer im Haus verborgen hielt, wo sie ein Kind hütete, das wohl ein wenig idiotisch war und das sie niemandem zeigen wollten. Geno hatte Wichtigeres zu tun, als sich um so unbedeutende Menschen zu kümmern. Diese Unbedeutendheit pflegte Dartred stets mit derselben unendlichen Sorgfalt wie ein Bauer seinen Obstgarten, indem er jede indiskrete Frage, jede Neugier an einer gleichförmigen, granitenen grauen Wand aus Langeweile abprallen ließ.

Der Sommer zog herauf und brachte Gewitter mit sich. Dann wurde es September und in einer ruhigen, sternklaren Nacht kam das Brüderchen auf die Welt. Hania nahm in der feuchten Luft den Geruch von Blut wahr und vernahm dann das Weinen des Brüderchens, dann hörte sie Mariels Stimme, die es beschwichtigte.

Sie erinnerte sich an ihre eigene Geburt, den Hass, den sie empfunden hatte, die Verachtung für alles und alle, so enorm wie die Angst. Sie erinnerte sich an das erschöpfte Gesicht ihrer Mutter, den ruhigen und verzweifelten Mut, womit sie der Welt entgegentrat und ihr das Leben rettete.

Jetzt war alles Zärtlichkeit und Frieden.

Sie fühlte das Verlangen des Brüderchens, mit dem es zur Mutter strebte. Hania stand auf und sah sich vorsichtig im Zimmer um. Im Schein der Lampe sah sie ihre Mutter und den Kleinen unter der Decke. Eine Hebamme warf still die wenigen blutigen Tücher in eine Wanne, und auch diese Geste war zärtlich und voller Wärme, dann stieß sie die Läden des kleinen Fensters auf, und das Zimmer war erfüllt von Sternenglanz und einer frischen Brise, im Fenster erschien Dartreds Kopf, der während der Geburt aus dem winzigen Haus verbannt worden war und unter dem Bogengang gewartet hatte. Hania hörte sein Lachen. Sie betrachtete den Kopf des Kindes, das jetzt in den Armen der Mutter lag, und spürte fast physisch sein Wohlsein, so mächtig war das Glücksgefühl, dort zu sein, wo es war.

Die Geburt war einfach gewesen, alles war gut gegangen, die Hebamme war eher gesprächig, und im Tausch für die Münzen, die die beiden ihr gegeben hatten, lieferte sie außer der Fürsorge für Mutter und Kind die neuesten Nachrichten aus dem Ort.

Ihr älterer Sohn war Händler, er brachte das Holz der schwarzen Eiche aus dem Reich der Sieben Gipfel. Scheinbar waren dort alle verrückt geworden, ausgerechnet sie, die immer so besonnen gewirkt und gemeint hatten, in der besten aller Welten zu leben.

Es hieß, die Prinzessin habe vom Herrn der Finsternis ein Kind bekommen. Wer weiß, wie sie darauf gekommen waren, ihr erschien das eher eine abwegige Idee, mit dem Finsteren ein Kind zu zeugen. Im Übrigen war klar, dass so etwas einer anständigen Frau eher Angst machen musste. Diese Prinzessinnen mochten ja wohl verschlafen sein, aber unter dem Rock doch eher munter. Wie auch immer, vor drei Jahren, in dieser höllischen Nacht, als die Meteore ins Meer gestürzt waren und es furchtbar aufgewühlt hatten, war Ihre Hoheit von den Sieben Gipfeln schwanger geworden, und neun Monate später kam sie mit einem Mädchen nieder, und jetzt machten alle Jagd auf Ihre Hoheit und ihr kleines Mädchen.

»Madame, was ist mit Euch? Ihr seid bleich wie ein Leichentuch«, fragte die Hebamme plötzlich.

»Ich bin beeindruckt von Eurer Geschichte«, brachte Mariel stammelnd hervor. »Ich bin sicher, dass sie falsch ist. Man erzählt sich vieles, wisst Ihr. Die Geschichten entstehen von selbst in den dunklen Winkeln der Küchen, wenn der Wind weht, und je mehr sie Angst machen, je verrückter sie sind, umso lieber werden sie erzählt!«

»Ich für mein Teil glaube, dass alles wahr ist! Sicher, es

ist schrecklich, vor allem für Euch, die Ihr eben ein Kind geboren habt! Aber keine Angst. Im Reich der Sieben Gipfel wird man sie früher oder später finden, diese idiotische Prinzessin und ihre Hexentochter. Eine stumme kleine Hexe ist nicht schwer zu erkennen. Außerdem muss sie am Handgelenk eine Art Brandmal haben, einen roten Flecken in Form der Meteore, die vor drei Jahren am Himmel erschienen sind. Die Kleine müsste zwei Jahre alt sein, aber sie sieht älter aus, und scheinbar ist sie schön. Nur ruhig, Madame, Ihr werdet sehen, man wird die kleine Hexe und ihre verdammte Mutter finden und aufhängen. Alle suchen nach ihnen. In allen Städten und Dörfern stehen die Galgen bereit, ein großer und ein kleiner. Das wird ein schönes Schauspiel. Wenn nicht heute, dann morgen, und wenn nicht morgen, dann übermorgen. Übrigens, Ihr habt eine ältere Tochter, stimmt's?«

»Einen Sohn. Er schläft«, beeilten Mariel und Dartred sich wie mit einer Stimme richtigzustellen, während Hania sich an die Wand drückte und ins Dunkel glitt.

Seit der Begegnung mit den Banditen hatte sie keine Angst mehr gehabt. Die Angst damals war wild und grausam gewesen, beschwichtigt vom Blut der Angreifer, die ihr Ziel nicht erreicht hatten, die jetzt war eisig und allumfassend, sie ging durch Mark und Bein. Sie wollte nicht sterben, sie wusste, was der Tod war.

Das Brüderchen weinte und beruhigte sich dann.

Im Morgengrauen ging die Hebamme endlich. Hania trat aus dem Schatten und ins Zimmer. Dartred und Mariel berieten mit leiser Stimme darüber, wie wahrscheinlich es war, dass die Hebamme bemerkt hatte, dass Hania stumm war, oder ob es möglich war, dass sie gedacht haben könnte, sie sei nur sehr schüchtern.

Als sie ins Zimmer trat, blickten beide sie an.

Hania sah auf die Flamme der Kerze. Das Morgenlicht kam beim Fenster herein, also gab sie im Geist der Kerze den Befehl zu erlöschen, aber es geschah nichts. Die Angst machte ihre Fähigkeiten zunichte. Ihr Vater war mächtiger denn je, und sie war ein stummes Mädchen, das ihr Todesurteil in einem Mal am Handgelenk trug. Die Angst wurde ein Mühlstein, ein eisiger Knoten im Bauch, so unerträglich, dass sie einen Moment lang dachte, nach dem Tod würde sie wenigstens keine Angst mehr haben.

»Wir bleiben immer zusammen. Wir zwei, du und der Kleine. Er heißt Rois, gefällt dir das? Wir hätten ihn Ari nennen wollen, wie deinen Großvater, aber man würde uns fragen, warum, und je weniger Aufmerksamkeit wir erregen, desto besser ist es. Sein Name fängt mit R an, zum Andenken an den Zwerg, und es sind zwei Buchstaben aus dem Namen deines Großvaters darin. Wir bleiben zusammen, immer, wir werden gemeinsam kämpfen, gemeinsam werden wir uns verstecken«, sagte Dartred.

Hania nickte.

Daran erkannte man den Krieger: an der Fähigkeit, sich nie zu ergeben, auch nicht angesichts der Katastrophe.

Sie waren vier Versprengte. Hania hätte nicht allzu viel darauf verwettet, dass sie am Leben bleiben könnten.

Mariel, Dartred und der Kleine würden allein wesentlich besser zurechtkommen.

Allein würden sie keinerlei Gefahr laufen.

Dieser Gedanke schoss Hania blitzartig durch den Kopf. Wieder setzten sie ihretwegen ihr Leben aufs Spiel.

Sie waren brave Leute, sie besaßen Pflichtgefühl. Sie gehörten der Ritterschaft an. Kinder werden immer verteidigt und sie war ein Kind. Wahrscheinlich war nicht alles Liebe, sondern eher Pflichtgefühl. Was auch immer es war, es war besser als nichts.

Hania wandte sich der Kerze zu und befahl ihr zu verlöschen.

Die kleine Flamme gehorchte.

15

Vater

Dartreds Leben war eine merkwürdige Mischung aus einem immensen Glücksgefühl, einer gewissen Verlegenheit und der absoluten Angst, dass dieses Gleichgewicht, auf dem alles beruhte, früher oder später zusammenbrechen könnte.

Jeder Augenblick seines Lebens war erfüllt von immenser Freude. Da waren Mariel, die er über alles liebte, und Hania, das Kind der Dunkelheit, das Schroffheit und Mut in sich vereinte und der Finsternis den Rücken gekehrt hatte, und nun auch sein Sohn, sein und Mariels Kind. Dartred betrachtete die kleinen Fäustchen, die Füßchen und das Köpfchen, das von einem goldenen Haarflaum bedeckt war.

Rois war eine Person, er hatte Augen, konnte Freude und Schmerz empfinden. Vor einem Jahr hatte es Rois noch gar nicht gegeben, er existierte an keinem Punkt des Universums, und jetzt war er hier bei ihnen mit seinem warmen und feuchten kleinen Körper und seinem Weinen, das leise in dem kleinen Haus widerhallte.

Ihm wurde schwindlig bei dem Gedanken, dass Rois

existierte, weil er und Mariel sich geliebt hatten, dass er ihrer beider Sohn war. Dieses Wort bestürzte ihn in seiner Großartigkeit. Er war der Vater von Rois, genauso wie König Ari der Vater von Mariel gewesen war.

Ari war Dartreds Kommandant gewesen, sein König, für den er sein Leben gegeben hätte und dessen Tod er gerächt hatte. Doch trotz alledem, wenn Ari sich je einen Gatten für seine Tochter ausgemalt hätte, wäre das bestimmt nicht einer wie Dartred gewesen. Rundheraus gesagt, dass seine Tochter, die Prinzessin, den Sohn eines Schmieds heiratete, war im Allgemeinen nicht der größte Wunsch eines Königs. Sicher, hatte man zu wählen zwischen Abstammung und Ehrenhaftigkeit, war Letzterer der Vorzug zu geben, aber ebenso sicher war auch, dass Ari jemand vorschwebte, der beides in sich vereinte. Aber so war es nun einmal, und er war hier in dieser Stadt mit der großartigen und schrecklichen Aufgabe, Mariel und die Kinder zu beschützen. Vielleicht wäre König Ari nicht allzu streng gewesen, vorausgesetzt, Dartred bewies einen Mut ohnegleichen im Beschützen von Mariel und den Kindern. Er durfte nicht versagen. Er durfte keinen Fehler machen.

Auch wenn er hier glücklich war, Dartred mochte Geno nicht so hundertprozentig. Nicht einmal der Glanz des Meeres, das Licht, die Möwen und das leise Schwappen, das sie in ihren Nächten begleitete, vermochten in ihm den Groll zu mindern, den er gegen diese Stadt hegte, die überaus reich hätte sein können und stattdessen im Elend lebte, die herrlich hätte sein können und stattdessen von ihren schwarzen Fahnen überschattet war.

Fisch zu verkaufen war eine schwierige und schmerzliche Angelegenheit. Es hätte extrem leicht sein und auch etwas Geld einbringen können, und man hätte gute Ware dafür geben können, aber für Geno war das zu einfach, denn hier hassten alle das Einfache.

Soglo, der Händler, war der Einzige, der einkaufen durfte, denn wenn es mehrere gegeben hätte, wäre Wettbewerb aufgekommen und hätte womöglich einen vernünftigen Preis für die Fischer erzielen können. Das Amt des Händlers war käuflich, das heißt, es wurde in den ersten Tagen des Frühlings in einer Art Versteigerung vom Gouverneur vergeben.

Der jeweilige Händler hatte also ein Jahr lang Zeit, das für den Erwerb des Amtes ausgegebene Gold wieder hereinzubringen, und die Fischer waren dazu bestimmt, ihm das zu ermöglichen.

Nicht einmal eine Sardine durfte direkt an einen Interessenten abgegeben werden, auch nicht geschenkt. Als Strafe stand darauf Beschlagnahmung des Fischerbootes und Zerschneiden der Netze. Das würde Unordnung schaffen, um die Worte des Gouverneurs zu gebrauchen, und Geno war eine ordentliche Stadt. Inmitten von Fliegenschwärmen und Scharen von zerlumpten Kindern hockten Frauen am Boden und machten sich die Innereien der Fische untereinander und den streunenden Katzen, Möwen und Ratten streitig.

Die Fischer mussten das Erscheinen von Soglo abwarten, manchmal bis zum Abend, manchmal bis zum nächsten Tag. In den heißen Sommermonaten konnte das ausreichen, damit der Fang seine Frische einbüßte und den Vorwurf, die Fischer verkauften Ware von schlechter Qualität, die er ständig erhob, bestätigte.

Dartred fing sehr viel, soviel er wollte, dank Hania. Das stellte sicher, dass sie ausreichend zu essen hatten, aber sie konnten nicht nur gebratenen Fisch essen, aus gebratenem Fisch konnten sie weder Kleidung noch Schuhe herstellen, also musste er an dieser schmählichen Transaktion teilnehmen. Er nahm seine Fische sehr großzügig aus, sodass ganze Filets an den Innereien hängen blieben, aber auch das durfte nur unter größter Vorsicht geschehen. Soglo war klein, hatte rötliches Haar, lachte unentwegt, räusperte sich ständig und sprang unter Witzen von einem Fuß auf den anderen, war aber verflucht wachsam. Wenn er plötzlich aufhörte zu lachen, presste er die Lippen zusammen und kniff die Augen zusammen, wie um genauer zu sehen, wo er zuschlagen musste, und Dartred durfte nicht durch übertriebene Kühnheit seine Aufmerksamkeit auf sich lenken, er durfte keinen Fehler machen, niemals.

Jahr für Jahr gelang es Soglo, das Amt des Aufkäufers wieder zu erlangen, genauso wie Ferruo, der groß und knochendürr war und nur wenige blonde Haare auf dem Kopf hatte.

Ferruo beaufsichtigte die Jagd. Sogar um eine Maus zu erlegen, musste man bei ihm seinen Obolus entrichten.

Dartred musste jeden Monat zu ihm gehen und das Recht auf Erlegen des Storchs kaufen, der auf seinem Haus wohnte, um zu verhindern, dass jemand anderer es erwarb.

Der Storch war ein weiteres heikles Problem. Hania versuchte oft, ihn wegzuschicken, aber sobald sie in ihren Gedanken mit anderem beschäftigt war, kam der Storch wieder. In einer Welt, wo man unsichtbar und anonym bleiben musste, war es eine Verrücktheit, einen Storch zu haben, der auf dem Dach des Hauses schlief, und dafür auch noch zu zahlen.

Dartred gab vor, einer merkwürdigen Religion anzugehören, die im Storch ein unschätzbares Glückssymbol erblickte. Er sei ihre einzige Hoffnung, die Tragödie des ersten Kindes, das stumm und idiotisch war, zu beheben, und er erklärte, dass seine Frau um der Gesundheit des Sohnes willen geschworen habe, nie aus dem Haus zu gehen.

Geno war eine merkwürdige Stadt und man liebte hier die Merkwürdigen. Die Geschichte gefiel. Dartreds Fische waren gut. Nie legte er sich mit der Obrigkeit an. Er hielt die Augen stets niedergeschlagen, wie es sich ziemte. Man ließ ihn in Ruhe.

In Geno musste alles an die eingesetzten Funktionäre verkauft werden, aber Handel in Naturalien war erlaubt, und da gab es ein paar wohlgesonnene Menschen: Margra, eine alte Frau, die Honig verkaufte; Martilo, der Schmied, der ihnen die Türangeln fürs Haus verkauft hatte und mit seinen drei Söhnen eine kleine Schmiede betrieb, die Dartred voller Wehmut betrachtete. Und schließlich war da Rollo, der Schreiner, der ihr auf Pfählen errichtetes Haus repariert hatte und regelmäßig kam, um nach dem Dach zu sehen. Dartred lohnte es ihm reichlich mit Fisch.

Nie kam es hingegen vor, dass er, Martilo und Rollo einen besonders kühlen Sommerabend genossen oder einen besonders klaren Winterhimmel mit einem Krug Bier feierten. Er war seltsam, er hatte einen Storch, der auf seinem Dach lebte, er hatte eine Frau und Kinder, die niemand näher kennengelernt hatte, er war ein Mann, mit dem man keinen Umgang wollte.

»Mein Herr«, murmelte Dartred, wenn er sicher war, dass ihn niemand hören konnte, an seinen König gerichtet. »Ich werde keinen Fehler machen, es wird mir gelingen. Sie sind sicher bei mir.«

Er würde Mariel, Rois und die kleine Hexe schützen, die aus dem Schoß seiner Gattin hervorgegangen war und deren Schönheit besaß sowie eine dunkle Macht, die sie tapfer im Zaum hielt. Hania, geboren aus der Finsternis, vielleicht war sie der Ritter des Lichts. Auch sie war ihm anvertraut.

Er durfte keinen Fehler machen, niemals.

16

Bruder

Rois war ein braves Kind. Manchmal dachte er darüber nach, ob er etwas anderes sein könnte als das, was er war, eben ein braves Kind. Um jemand zu sein.

Seine Mutter war die Prinzessin der Sieben Gipfel, das war das mythische Reich der weißen Tiger und schwarzen Eichen, wo Ehrbarkeit und Aufrichtigkeit herrschten. Man mied es augenblicklich jedoch besser aufgrund einer Reihe von katastrophalen Ereignissen, die alle im Zusammenhang mit dem Kampf zwischen Gut und Böse standen, an dem sich sein Geschlecht seit jeher mit der Waffe in der Hand und Mut im Herzen beteiligte.

Sein Vater war einer der Heerführer gewesen, der unvorhersehbarste und unerschrockenste. In diesem erbarmungslosen Krieg war er der Held gewesen, der Kommandant und Rächer unter anderem des Mordes an seinem Großvater.

Dann war da Hania, seine Schwester, Tochter aus dem Geschlecht der Sieben Gipfel und des Herrn der Finsternis, die die Macht der Finsternis besaß und sie mit der Macht des Lichts vereinte.

Seine Schwester war seine Kraft, sein Licht, aber auch ein Riese im Vergleich zu seiner Wenigkeit als kleineres und sehr viel weniger besonderes Kind.

Er war nur Rois, ein braves Kind, denn ein braves Kind zu sein, war immerhin schon etwas, und irgendetwas musste er ja sein, wo er doch immer das Gefühl hatte, niemand zu sein. Ein Schatten, etwas massiver als die Kobolde, die überall herumschwirrten, lästig und unnütz waren in ihrer schmerzlichen Unschlüssigkeit – die waren wirklich nichts.

Rois hatte keine Heimat. Er gehörte nicht zum Reich der Sieben Gipfel, das er im Leben nicht gesehen hatte, und er gehörte auch nicht zu Geno, da er auch Geno im Leben nicht gesehen hatte.

Er lebte in einem Haus auf Pfählen, dem abgelegensten am Ortsrand, weit von der Stadt entfernt, die er nur vom Dach oder der Terrasse aus sehen konnte. Auf dem Dach hockend, betrachtete er die Steinhäuser, die den Kern von Geno bildeten, der auf festem Grund ruhte, nicht auf Pfählen im Meer. Von dort erahnte er den Marktplatz, sah die Kinder auf den Molen und erriet die Regeln ihrer Spiele, die einen, bei denen man fangen musste, die anderen, bei denen man sich verstecken musste, während der Wind in seinem blonden Haar spielte.

Es war Rois verboten, mit dem Vater auf den Markt zu gehen, es war ihm verboten, mit anderen Kindern zu spielen, er durfte sich ihnen nicht einmal nähern, denn die geringste Vertraulichkeit würde unausweichlich zu Fragen und Kommentaren führen, *wie heißt deine Mutter, magst du Apfelküchlein, warum spielt dein Bruder nicht, er lächelt nicht und sagt kein Wort, er spielt Flöte neben einem Storch, magst du mitmachen, wer am weitesten pinkelt, warum geht deine Mutter nie aus dem Haus, kannst du schwimmen, spielst du lieber Fangen oder Verstecken, komisch, dass der einzige Storch in der Gegend sein Nest ausgerechnet auf deinem Haus gebaut hat, komisch, dass er nicht in den Süden zieht, es muss ihm bei euch sehr gut gefallen.*

In seiner ganzen einsamen Kindheit enthüllte Rois niemandem, dass er Apfelküchlein mochte, dass er schwimmen konnte, und er fand nie heraus, ob er weiter pinkeln konnte als die anderen oder nicht. Wenn er die Wahl hatte, fand er Versteckspielen lustiger, vielleicht weil er in gewisser Weise gewohnt war, sich unsichtbar zu machen.

Außerdem hatte er keine Wahl. Ihre ungewöhnliche Abstammung, das Königshaus der Sieben Gipfel verschwägert mit einem Dämon, würde ihnen weder Sympathien einbringen noch Wünsche für ein langes Leben; wenn sie also ein langes Leben erreichen wollten, war die einzige Lösung eiserne Zurückhaltung.

Der Pfahlbau, in dem sie lebten, unterschied sich von einer Gefängniszelle nur dadurch, dass er aufs Meer ging und weil sie selbst die Gefängniswärter waren. Für Rois war Fangen oder Versteckspielen ebenso unmöglich wie für einen in seiner Zelle festgeketteten Gefangenen, ab und zu Schmetterlinge fangen zu gehen.

In ihrer selbst gewählten Einsamkeit war es der Storch, der ihnen half, alle auf Distanz zu halten. Seine Anwesenheit auf ihrem Dach war absurd und die Familie wurde als merkwürdig abgestempelt. Mit ihnen zu tun zu haben, wäre so unehrenhaft gewesen, wie in aller Öffentlichkeit in der Nase zu bohren. Also wurden sie von allen gemieden wie Aussätzige, und man lachte über sie, wenn man sie von ferne sah.

Hania und Rois verstanden sich im Flug. Dieses unmittelbare und vollkommene Verständnis funktionierte aber nur zwischen ihnen beiden. Im Übrigen war die Verständigung eine mühselige Angelegenheit, die alle naslang missglückte.

Zum Glück gab es die Waffen.

Sein Vater hatte für ihn und Hania robuste und schwere Holzschwerter gezimmert, damit sie sich an das Gewicht eines echten Schwerts gewöhnten, und auf dem schwankenden Fischerboot lernte Rois die harmonischen und gnadenlosen Schritte des Zweikampfs.

Er liebte Geno.

Die Stadt hatte ihn immer zurückgewiesen und lachte ihn aus. Früher oder später jedoch würde er seinen Wert unter Beweis stellen, er würde sich für sie schlagen, und die Stadt würde ihn am Ende lieben.

Und dann würde auch er eine Heimat haben.

17

Schwester

Hania konnte ihren Bruder spüren.

Das Glück oder die Verzweiflung von Menschen waren ihr immer gleichgültig gewesen. Meist konnte sie sie nicht verstehen, und wenn doch, dann war das lediglich eine Information.

Wenn jemand einen Haufen Gold fand, war er froh; wenn er in einen Graben fiel, war er ärgerlich. Das war logisch, das konnte sie nachvollziehen. Mit dem kleinen Bruder war es anders. Hania nahm wahr, ob in seinem Weinen Hunger, Kälte oder Einsamkeit mitschwangen, sie spürte das tiefe Glück, wenn er in den Armen seiner Mutter lag.

Durch ihn konnte sie diese Lust erfahren. Sie hatte sie nie verspürt: Mit ausgesuchter Bosheit hatte ihr Vater ihren kleinen Körper mit Hass erfüllt, als sie ein Neugeborenes war, alles, von der Berührung ihrer Mutter bis hin zur Milch, hatte sie mit Widerwillen erfüllt. Sie war dem Hungertod nah gewesen, das Herz voller Verachtung für ihre Mutter, erfüllt von der Gewissheit, dass der Ekel, der sie schüttelte, nichts anderes war als deren Feindseligkeit.

Das Brüderchen dagegen war eine schillernde Blase puren Glücks. Und auch Mariel war glücklich, ihn zu wiegen, ihn zu berühren, ihn an ihrer Brust zu spüren. Wenn sie fern voneinander waren, strebten sie zueinander; wenn sie beisammen waren, war es die pure Wonne, die funkelte wie ein Sonnenstrahl auf dem Wasser. Das Brüderchen war der Sonnenstrahl, Mariel war das Wasser, das ihn vervielfachte, Hania dagegen war aus dem Schatten geboren, sie *war* Schatten, empfangen von einer verzweifelten und leidenden Mutter.

Doch nun spürte Hania gern das Glück des Brüderchens.

Die Tage gingen dahin, mit Dartred, ausgefüllt von Fischfang und Unterricht im Umgang mit Waffen, in der tosenden Stille des Meeres, von Wind und Wellen, ab und zu unterbrochen von seiner Stimme.

Am Abend kehrten er und das Mädchen zurück in das winzige Häuschen. Dartred ließ sie dort, während er auf den Markt ging. Hania kam heim zur Mutter und zum Brüderchen. Rois freute sich immer, sie wiederzusehen, er lächelte und bewegte die Hände.

Das war eine Form von Liebe und Zuneigung, die nichts mit dem Pflichtgefühl zu tun hatte, aus dem heraus Dartred und ihre Mutter sich um sie kümmerten. Der kleine Bruder freute sich ganz einfach, sie zu sehen, und er war außer sich vor Freude, wenn sie Flöte spielte. Um sein Lächeln zu erwidern, lächelte Hania. Sie lernte ein dummes Spiel: Sie bedeckte ihr Gesicht mit den Händen, sodass das Lächeln einen Moment lang aus dem Gesichtchen des Bruders wich und die Augenbrauen sich bekümmert zusammenzogen. Wenn sie die Hände wegnahm, brach er in glückliches Gelächter aus, das durch das ganze Haus schallte.

Es war nicht das erste Mal, dass Hania spielte. Die Definition des Wortes »Spiel« lautete: eine Aktivität, die ohne Zweck zum reinen Vergnügen stattfindet. Sie hatte als sehr kleines Kind gespielt, mit Fröschen und Mäusen. Es hatte ihr Vergnügen gemacht, sie ganz langsam sterben zu lassen, bevor sie sie aufaß. Ihre schmerzvolle Agonie verlieh ihr das Gefühl von Macht.

Katzen machten das mit Mäusen genauso, also musste es nichts so Außergewöhnliches sein, Vergnügen am Schmerz des anderen zu empfinden. Hier in Geno wurde man wegen einer Unzahl von Verfehlungen dem Henker übergeben.

Wenn sie den Bruder zum Lachen brachte, verspürte Hania ebenfalls Macht, das war jedoch eine geduldigere und komplexere Macht. Wehzutun war sehr viel einfacher, also war zum Lachen zu bringen eine größere Macht, wie die Macht der Musik.

Hania hätte gern eine Puppe gehabt. Das hätte ihr sehr gefallen. Es machte sie wütend, jedes kleine Gör hatte eine Puppe, nur sie nicht. Wie sie es hasste, als Junge verkleidet zu sein, so sehr hasste sie es, dass ihr die Haare, jedes Mal wenn sie länger wurden, wieder abgeschnitten wurden.

Sie wollte eine Puppe und würde es nie sagen, selbst wenn sie sprechen könnte, da um etwas zu bitten, unerträglich für sie war.

Obendrein war sie jetzt als Junge verkleidet und Jungs spielten gewöhnlich idiotische Spiele mit winzigen Wägen, Schiffchen und Pferdchen.

Durch die Geburt des kleinen Bruders war dieser Wunsch gleichsam in Erfüllung gegangen: Das Brüderchen war ihre Puppe. Manchmal erzählte Mariel kleine komische Geschichten, denen Hania auch lauschte, obwohl sie nicht von Krieg und Heldenmut handelten.

Eine Geschichte erzählte von einem kleinen Maulwurf in einem Karottenfeld, der den unterirdischen Widerstand gegen die Überfälle des Marders organsierte, sodass er und die Seinen es dann auch mit Wölfen aufnehmen konnten.

Es waren nette Geschichten, wie normale Kinder sie normalerweise gern hörten, solche, die nicht Kinder des Herrn der Finsternis sind, deren inneres Dunkel sie dazu bringt, alle Geschichten zu verabscheuen, in denen Zwerge, Feen und Zauberstäbe vorkommen, aber die hier missfiel ihr nicht, weil sie einen Kampf beschrieb, wenn auch in komischer Weise.

Hania begriff, dass Mariel versuchte, dem Sohn einige der unzähligen Kenntnisse beizubringen, von denen er bei ihrem isolierten Leben in einem Pfahlbau am Meer nichts wissen würde. Wölfe gab es in Pfahlbauten nicht, Maulwürfe ebenso wenig. Karotten ja, die wurden an Festtagen unter die Kohlsuppe gemischt. So war es gut, dass Rois wusste, dass Karotten in schön geraden Reihen aus grünen

Büscheln wuchsen, der orangefarbene Teil war unter der Erde, bei den Maulwürfen.

Unter dem Dach des Hauses sammelten sich die Kobolde: Die Anwesenheit eines Kleinkinds zog sie an wie Honig die Fliegen.

Ihre Streiche waren unerträglich. Die Milch brauchte nur eine Nacht draußen zu stehen, schon war sie sauer, alles, was nicht sorgfältig weggeräumt wurde, verschwand. Manchmal fing das Brüderchen mitten in der Nacht an zu weinen und dieses Weinen klang schmerzvoll und verzweifelt.

»Lasst meinen Bruder in Ruhe«, herrschte Hania sie im Geist an, und als Antwort fingen die Kobolde an zu weinen, ihre Stimmen klangen unharmonisch und wirr, ein Hintergrundgeräusch voll einer so feinen wie unbestimmten Angst.

Wenn sie Flöte spielte oder Mariel ein Wiegenlied sang, schwiegen sie endlich, und in den folgenden Stunden unterließen sie ihre Späße. Das Flötenspiel brachte den Jungen erst zum Lachen, dann wiegte es ihn in den Schlaf, bis die Kobolde ihn wieder zum Weinen brachten.

Ihr Haus war also immer mehr von Melodien erfüllt und immer mehr Kobolde siedelten sich darin an.

Endlich fand Hania heraus, weshalb die Stadt in regelmäßigen Abständen von Hochwasser heimgesucht wurde.

Es waren die Kobolde, die das alte Holz der Pfahlbauten und der Molen zum Ächzen brachten, die Sardinenschwärme vertrieben, sie waren es, die hohen Seegang verursachten.

Die Kobolde waren ihren Gefühlen ausgeliefert, sie konnten von Wut überwältigt werden, und wenn das geschah, vervielfachte sich die Wut, sprang von einem auf den anderen über, wurde riesig und türmte die Wellen auf, die die Stadt zerstörten.

Dann versanken die Kobolde im Schmerz über die Zerstörung, die sie selbst verursacht hatten, und daraus wurde der endlose Nieselregen, der die Stadt oft tagelang heimsuchte. Sicher, da war auch der Wind vom Meer, der auf den Grauen Berg stieß und die feuchte Wetterlage verursachte, aber das war nicht der einzige Grund, das waren auch sie, ihre Tränen.

Die Kobolde liebten die Flöte. In Geno gab es viele Musiker und daher auch viel Musik, aber Hanias Flöte mochten sie besonders. Nicht nur das, sie hatten auch ganz bestimmte Vorlieben, und damit sie brav still hielten und den Bruder in Ruhe ließen, verlangten sie eine Musik nach ihrem Geschmack. Hania musste die klaren Rhythmen, die sie liebte und die einen Bären zum Tanzen bringen konnten, aufgeben und langsame, merkwürdige Motive spielen, manchmal ohne erkennbare Melodie. Je melancholischer das Motiv war, umso zufriedener waren die Kobolde und ließen den Bruder und die Stadt in Ruhe. Es lag eine unendliche Traurigkeit in diesen Weisen, die einem ins Herz drang und sich dort festsetzte.

In der Stadt aus Blau und Schwarz driftete Hania immer mehr ins Schwarze. Dann kamen zum Glück drei Sonnentage und sie ließ die Kobolde zurück. Dann war sie bei Dartred, der ein Krieger und ein Ritter war, in einer Welt aus Licht und klar umrissenen Schatten, sie lernte den Umgang mit Waffen und atmete die frische Meeresluft. Die Kobolde folgten ihr nicht, sie blieben eingesperrt im feuchten Dunkel der Stadt. Doch dann löste ihre Traurigkeit den Regen aus, und Hania kehrte zurück zu ihnen und ihrem ständigen Gewimmer, das nur nachließ, wenn sie Flöte spielte. Wenn sie genug hatte von diesen herzzerreißenden Weisen, hockte sie sich auf den Boden und hielt sich die Ohren zu, um diese wirren, leisen Stimmen nicht mehr hören zu müssen und ihre Ruhe zu haben.

Von allen Häusern war ihres dem Hochwasser am meisten ausgesetzt. Die Möwen flogen auf, die Pelikane verschwanden, wer weiß wohin. Das Wasser schwappte bei den Fenstern herein und bedeckte den Boden. Manchmal schwamm ein Fisch zwischen den Tischbeinen herum. Gelegentlich spielten die Kobolde auf dem Wasser, während die Wellen in das kleine Haus schwappten, die durchsichtigen Wesen streiften und kitzelten. Nie verlor ihr Gezwitscher den jammernden Ton, aber wenigstens mischte sich ein Funken, wenn schon nicht Freude, so doch Vergnügen hinein.

Dartred und Mariel packten ihre Bündel, bereit, fortzugehen, wenn die Gefahr größer werden sollte, sie lauschten auf das Knarren des kleinen Hauses, aber sie schlossen sich nicht der Mehrheit an, die zur Sicherheit aufs Festland zog, denn das hätte bedeutet, Mutter und Tochter neugierigen Blicken auszusetzen. Der Ärmel an Hanias Jacke bräuchte nur ein bisschen nach oben zu rutschen, dann wäre die Katastrophe da gewesen. Überdies hätten sie, wenn sie flohen, ihr Hab und Gut zurücklassen müssen: eine Axt und zwei Schwerter vornehmer Machart, eins von beiden mit den königlichen Insignien, eher ungewöhnlich für eine Fischerfamilie.

Nach und nach beruhigte sich das Meer, der Winter ging vorbei, es wurde wieder Frühling. Zwischen Hania und den Kobolden gab es so etwas wie einen Pakt: hohe Wellen, große Angst und weiter nichts.

18

Die Stadt Kaam

Gari gelangte zur Stadt Kaam, die ihm mit ihren zyklopischen Mauern aus roten Ziegelstein schon von außen völlig fremd, dabei aber faszinierend und unglaublich schön vorkam. Er hatte sein Leben umgeben von dürren Sträuchern verbracht, auf verlassenen und öden Hügeln mit ein paar Schafen darauf.

Er hatte durchaus schon Menschen gesehen, deren Anzahl ihm groß erschienen war, aber das waren ausschließlich Männer in Rüstungen und militärischen Formationen gewesen, die sich alle gleich anzogen und bewegten.

In dieser Stadt nun hingegen vermischten sich auf den Straßen Männer und Frauen, Alte und Kinder, alle rempelten einander an, einige grüßten sich. Dann gab es welche, die still standen: an den Ecken hockende Bettler, neben ihrer Ware sitzende Händler und andere, die in Gruppen beieinanderstanden und sich angeregt unterhielten.

Kaam war am Rand der Wüste gelegen, daher gab es hier überall Wasser. Auf kleinen Plätzen im Schatten von Orangen- oder Zitronenbäumen plätscherten Brunnen.

Das Geräusch des Wassers begleitete einen auf Schritt und Tritt, ein frisches, kräftiges Geräusch. Merkwürdige Bauten aus sich übereinander erhebenden Bögen, zugewuchert von blühenden Kletterpflanzen, von blauen Glockenblumen und Efeu, spendeten der Stadt Schatten, die an einem steilen Hang lag, die Stadtmauern unten, das Zentrum ganz oben, mit engen, schattigen Gässchen, häufig unterbrochen von Stufen.

Gari durchstreifte die geschäftige Stadt und gelangte auf einen Marktplatz. Ein sehr starker Geruch lag in der Luft, den man nicht bestimmen konnte: nach Pferd, Schaf, Kohl, Mensch, noch einmal Kohl. Kohlsuppe, um genau zu sein. Eine junge Frau mit einem großen Kessel und einem Stapel Schüsseln verkaufte sie an die Passanten: Für einen Taler bekam man zwei Schöpflöffel Suppe und ein Stück Brot.

Der Geruch nach Suppe lag überall in der Luft, zusammen mit dem nach Brot. Gari roch auch Zwiebeln. Ein Alter mit einer Hakennase verkaufte sie geröstet auf einer Platte. Unter einem Schilfdach drehte ein Junge einen Bratspieß mit einer Ente daran, umringt von einer Schar erwartungsvoller Katzen.

Gari sog diese Gerüche auf, in denen ihm alles Glück der Erde zu liegen schien. Auf seinem Weg hatte er nichts jagen können außer ein paar schmächtigen Eidechsen und ein paar knochendürren Mäusen. Er versuchte nachzurechnen, wie viel Zeit vergangen war, seitdem er für den Kauf von Brot den letzten Rest der drei Taler der kleinen grauen Dame verbraucht hatte. Es war mehr als einen Tag her.

Angeregt von den Gerüchen, wurde der Hunger übermächtig. Der Junge fragte sich, ob es eine Arbeit gab, die er verrichten konnte, um etwas in den Magen zu bekommen, aber es fiel ihm nichts ein. Er fragte sich, ob es für einen Krieger infrage kam, um Almosen zu bitten, und er gab sich die Antwort selbst: Da Diebstahl ausgeschlossen war, blieben nicht viele Alternativen.

Gari stellte sich mitten auf den Markt, an die belebteste Stelle, mit der Idee, jeden Passanten um etwas zu bitten, und sei es auch nur eine Kleinigkeit, damit er seinen Hunger stillen konnte, aber die Stimme versagte ihm vor Schüchternheit, und alles, was er zuwege brachte, war eine kaum angedeutete Handbewegung.

Die Sonne stand mittlerweile senkrecht über seinem Kopf, als sich eine große, dunkle Gestalt neben ihm aufbaute. Es war ein großer, dicker Mann unbestimmbaren Alters, der sein Gesicht hinter einem Bart verbarg.

»Entschuldige, mein Junge, nur so aus Neugier, bittest du um Almosen?«

Gari nickte.

»Und deiner Ansicht nach macht man das so? Bekleidet mit einer Seidenweste, die Hand nur andeutungsweise ausgestreckt, um sich nicht bloßzustellen, nicht zuzugeben, dass man um etwas bittet, und vor allem um die nicht zu beschämen, die ihre Bitte offen und direkt vortragen? Deiner Meinung nach sind die Leute also froh, sich von etwas zu trennen, sagen wir von einer hübschen Eintalermünze, um sie einem wildfremden Typen zu geben, den sie nie vorher gesehen haben und für den sie keinerlei Gefühl der Zuneigung und des Interesses empfinden?«

»Mein Herr?«, fragte Gari, der beim ersten Satz den Faden verloren hatte. Aber der Mann gefiel ihm, er hatte vom ersten Augenblick an in ihm eine starke Sympathie ausgelöst.

»Glaubst du, die Leute da scheren sich was um dich?«, übersetzte der Koloss.

»Nun, mein Herr, diese Leute und ich, wir sind alle Menschen, und ich glaube, wenn es einem Menschen schlecht geht …«, versuchte Gari seine Vorstellung von menschlicher Freundlichkeit zusammenzufassen.

»Hast du viel eingenommen seit heute Morgen?«, fragte der Mann.

»Nichts, mein Herr«, gestand Gari.

»Das ist der Beweis. Die scheren sich nicht um dich. Siehst du, mein Junge, Betteln ist eine Kunst, eine Wissenschaft, denn sich von etwas zu trennen, das uns gehört, von einem Taler oder einem Stück Brot, ist schmerzlich. Also musst du ein umso größeres Vergnügen anbieten. Wenn du um Almosen bittest, schenkst du den Leuten Großzügigkeit, von der sie gar nicht wussten, dass sie sie besitzen.«

Der Mann ließ Gari stehen und ging zu der Frau, die die Suppe verkaufte, dabei schleifte er ein Bein auf erbärmliche Weise nach. Vor ihr brach er zusammen. Seine Hände zitterten.

»Werte Frau, der der Himmel den Glanz in den Augen und die Gabe der Güte verliehen hat, gestattet diesem Elenden, sich einen Moment lang an Eurem Lächeln zu erfreuen, sodass dieser Tag sich mit Frische erfülle wie eine kaum erblühte Rose. Nichts weiter will ich als Euer Lächeln«, sagte der Mann mit gebrochener Stimme.

Verdutzt sah die Frau ihn an, verdutzt, aber auch erfreut, dann gab sie ihm ein schönes Stück Brot.

»Dank für diese herrliche Speise, Dank für sie, die meinen Hunger stillen wird, Dank, weil Eure Hände sie berührt haben, das macht sie mir kostbar, sie wird Balsam sein für mein elendes Leben, in das Ihr Licht gebracht habt«, schloss der Mann und hinkte davon.

Als er zu Gari kam, machte er ihm ein Zeichen, zu folgen. Gemeinsam erreichten sie einen dunklen Winkel des Marktes unter einem alten Wetterdach, und dort, verborgen unter einem Haufen alter Körbe, führte eine Wendeltreppe hinab ins Kühle und Dunkle. Kaum waren sie außer Sichtweite der Leute, hörte der Mann auf zu zittern, richtete sich zu seiner vollen hünenhaften Größe auf und gab Gari das Stück Brot.

»Das ist das dritte seit heute Morgen, nimm du es. Aber siehst du, das Wichtige ist, dass die Frau zufrieden ist und ihre Zufriedenheit bis zum Abend anhalten wird. Hast du verstanden? Betteln heißt Freude schenken.«

Gari nickte. Das würde er nie können, so tun, als ob ihn das Wohlbefinden einer fremden Frau interessierte, und er wollte es auch nicht. Aber das Brot war gut, es duftete und war noch warm. Darin waren Nussstücke und Rosinen, wie kleine Gaben an einem guten Tag.

Wie Gari dank seines neuen Freundes entdeckte, gab es unter der Karawanenstadt Kaam aus Licht und Brunnengeplätscher eine zweite, verborgene Stadt aus unterirdischen Gängen, Höhlen und Lichtschächten, durch die Luft und Licht drangen.

Sie wurde bewohnt von Ratten, Deserteuren, Lumpenpack und Schmugglern. Und vor allem Bettlern. Der Koloss hieß Anan und erklärte Gari, das unterirdische Kaam sei in den Fels gebaut und von Menschenhand erweitert worden, es war riesig und angelegt wie eine Spirale, wie ein Schneckenhaus.

Es hatte der Wasserversorgung gedient, solange sie unterirdisch war und bevor sie durch die Aquädukte ersetzt wurde, jetzt beherbergte es all jene, die genug hatten vom grellen Licht und lieber ins laue Halbdunkel des Untergrunds abtauchten.

Betteln war ein wirkliches Geschäft, das von der *Gesellschaft des Guten Herzens* organisiert wurde, die aus Anan bestand und zwei weiteren großen Kerlen namens Enen und Inen und einer Frau, die Ara hieß und Anans Frau zu sein schien.

»Ihr habt alle ähnliche Namen«, bemerkte Gari höflich.

»Es sind alles falsche Namen«, antwortete Anan bereitwillig. »Das haben uns die Zwerge beigebracht. Je weniger dein Name bekannt ist, umso weniger kann er verflucht werden. Seitdem die Meteore aus Blut und Feuer am Himmel erschienen sind, heißt es, man muss aufpassen, weil das Reich des Bösen anbricht. Aber das wissen nur wir hier unten. Die oben leben weiter wie immer, überzeugt, dass der Unsinn, den die Boten an den Straßenecken verkünden, der Kern der Wahrheit ist.«

Im Untergrund gab es auch Zwerge. Es waren etwa zehn, verhältnismäßig viele also in einer Welt, in der sie immer seltener wurden. Einer von ihnen betrieb auch eine kleine Schmiede, im Feuer und unter Funkenregen bearbeitete er Eisen.

Rings um Anan, Enen, Inen und Ara versammelten sich abends Scharen von kindlichen Bettlern. Gari zählte siebzehn, alles Jungs, ein paar größer als er, ein paar kleiner, ein paar mehr oder weniger gleichaltrig. Ihre Namen waren die Zahlen von eins bis siebzehn und er wurde nun achtzehn.

Die siebzehn Kinder brachten Münzen mit, Brot, ein paar Äpfel, einen Kohlkopf, einen Bund Karotten, eine Knoblauchknolle, eine Rübe, die Innereien eines Kaninchens, die Füße und den Kamm eines Hahns, einen halben Blumenkohl.

Ara hatte einen großen Kessel auf ein Reisigfeuer gesetzt und alles in eine duftende Suppe verwandelt, und während die kochte, fingen Enen und Inen an, Geschichten zu erzählen. Die Abenteuer eines Kaninchens mit acht Geschwistern, die Füchse ärgerten. Die größeren Jungs lächelten bei den Pointen, die kleineren lachten fröhlich. Auch Gari ließ sich von diesen Stimmen einlullen, von der Vorstellung der Kaninchen, die den Füchsen die Fährten verwischten.

Während sie aßen, erklärte Anan Gari, wie notwendig eine Organisation war. Man brauchte einen Erwachsenen, um die Kinder zu beschützen, sie das vornehme Metier des Freudebringens, das heißt des Bettelns, zu lehren und sie nach einer gewissen Logik zu verteilen, um zu vermeiden, dass an einer Stelle zu viele waren und anderswo gar keiner.

»Hier sind sie in Sicherheit. Hier bist *du* in Sicherheit. Morgen bring ich dir etwas darüber bei, *wie* man bettelt.«

»Ich will das nicht«, sagte Gari. Sein Vater hätte das nicht gewollt. Er wollte es nicht. Die vier waren brave Leute, mit ihren Kindern waren sie in Sicherheit, die Idee des Freudebringens war lustig, aber er war Gari, der Sohn von Ardo, dem Kommandanten der Südbrigade, der als Strafe für seine Loyalität schmachvoll gehängt worden war. Er bettelte nicht.

»Ich kann jagen«, schlug Gari vor. »Ich treffe einen Spatzen auf fünfzig Schritt Entfernung.«

»Man schießt nicht auf Spatzen, niemals«, erwiderte Anan sanft. »Dann bettle lieber. Aber wenn du so gut im Bogenschießen bist, könnten wir vielleicht eine kleine Vorstellung organisieren, für die wir Eintritt verlangen. Bist du wirklich so gut? Bestens. Schlaf jetzt, es war ein langer Tag.«

Gari streckte sich auf einem Haufen sauberen Strohs aus. Kaam war eine warme Stadt, aber die nächtliche Kälte wurde in den unterirdischen Verliesen empfindlich. Bei einem der Luftschächte brannte daher in einem Kohlenbecken ein kleines Feuer, das unter den hohen Bögen großartige Schatten warf. Er hatte den Bauch voll mit Suppe und die Stimmen von Enen und Inen mit ihren Erzählungen von den Kaninchen wiegten ihn ein.

»Ich bin in Sicherheit, Vater. Dass die Erde Euch leicht sein möge in dieser Nacht«, murmelte er leise. Er ließ die Finger unter seiner Jacke über den verborgenen grünen Stein gleiten und schlief ein.

Am nächsten Tag verwandelte der Junge seine Fähigkeit als Bogenschütze in ein Gauklerkunststück. Anan stellte sich mit ihm an eine Ecke des Markts und machte den Ausrufer für ihn.

»Werft eine Münze in die Luft, meine Herrschaften, wenn mein Junge sie mit dem Pfeil trifft, gehört der Taler ihm. Mein Junge ist stumm, aber er ist ein großartiger Bogenschütze. Habt Mitleid mit diesem Kind des Lebens«, rief er.

Es hatte eine lange Diskussion gegeben: Gari wollte diese Lüge mit dem Stummsein nicht und auch kein Mitleid, aber Anan war unnachgiebig gewesen. Ein bisschen Mitleid musste man erregen, so waren die Leute weniger ungehalten darüber, einen Taler eingebüßt zu haben, so war das Leben. Nicht umsonst hießen sie *Gesellschaft des Guten Herzens*: Indem man die Menschen dazu brachte, etwas großzügig zu sein, machte man sie besser.

Die Vorführung kam sehr gut an. Er wurde immer geschickter mit dem Bogen, er lernte auch, auf dem Seil zu laufen, das sie quer über den Markt gespannt hatten. Traf er eine Münze, während er auf dem Seil stand, bekam er dafür zwei.

Oft verließen sie die Stadt, um ein paar Kaninchen oder Fasanen zu jagen, und dann gab es in ihren Verliesen ein Fest. Die unterirdische Stadt bestand aus verwinkelten Gängen, aber die Spiralform wurde von einer Hauptachse unterbrochen, dem *Decumanus,* der im Osten an den Stadtmauern endete, während er im Westen ins Freie führte.

Der Ausgang war schmal und lag inmitten einer Gruppe von Steinen im Schatten von Akazienbüschen verborgen, seine Existenz war Ergebnis grober Fahrlässigkeit, militärischer Schlamperei, denn von diesem Punkt aus konnte man in die Stadt hinein- und herausgelangen, ohne von den Wachen auf den Mauern gesehen zu werden.

»Wegen diesem Zugang könnte die Stadt fallen«, bemerkte Gari. Anan antwortete mit einer Handbewegung. Nachdem Anan darauf hingewiesen hatte, entdeckte Gari unzählige Männer und ein paar Zwerge, die die Umgebung und den Zugang kontrollierten.

»Wir haben die Grabungen gemacht und wir werden sie im Fall einer Belagerung zerstören. Keiner gelangt auf diesem Weg in die Stadt«, versicherte Anan.

Gari brachte auch den anderen Kindern den Gebrauch von Bogen und Schwert bei. In den unterirdischen Verliesen von Kaam bildete sich eine Art Schule heraus. Der Zwerg, der als Schmied arbeitete, machte ein paar grobe Schwerter, indem er in einem Kessel alte Küchenmesser, die sie zusammengekauft hatten, einschmolz. Dafür gelangte auch etwas von dem Geldfluss in seine Taschen, der die *Gesellschaft des Guten Herzens* mittlerweile ereilt hatte. Er brachte den Kindern auch Lesen und Schreiben bei, was Gari schon konnte, die anderen Kinder aber noch keineswegs. Mit großer Vorsicht, damit keiner ihn sah, wagte

Gari, ihm den grünen Stein zu zeigen, den die kleine Dame mit den grauen Schleiern und den Glöckchen ihm gegeben hatte. Begeistert sah der Zwerg ihn an, rieb ihn zwischen den Fingern, dann schüttelte er den Kopf.

»Für das da braucht man eine echte Esse, mein Junge, eine, die diesen Namen verdient, und einen ebenso würdigen Amboss. Hier in diesen Verliesen kann man kein Schwert mit grüner Seele herstellen. Der Stahl muss wieder und wieder gehärtet werden. Es heißt, in der Hauptstadt gebe es einen Schmied, der eine Klinge mit grüner Seele machen kann, aber ich weiß nicht einmal, ob er noch lebt.«

Garis Auftritte gingen weiter, abwechselnd mit Wettkämpfen im Bogenschießen, auf die die Zuschauer Wetten abschließen konnten und an denen auch andere Kinder teilnahmen. Zum Glück, denn Kaam, die reiche Karawanenstadt, wurde aus unerfindlichen Gründen immer ärmer.

Die Stimmen, die man auf dem Markt hören konnte, besagten, dass es in anderen Teilen des Reichs noch schlimmer war. Die Berge mit Äpfeln wurden immer kleiner, die in Schüsseln ausgegebene Suppe immer wässriger und dünner. Mit der *Gesellschaft des Guten Herzens* hätte es daher beinah ein böses Ende genommen, da die Herzen sich verhärteten, Wetten aber wurde immer beliebter. Die Leute nahmen teil, weil sie gewinnen wollten.

Zwei Jahre waren vergangen seit seiner Ankunft in Kaam, als etwas Neues geschah und sein Leben, das nun auf festem Boden zu stehen schien, wieder erschütterte.

Als Gari gerade auf dem Seil war und seine Nummer brachte, tauchte ein Ausrufer auf dem Marktplatz auf, ein seltenes Ereignis, das stets große Neugier und Interesse erregte. Auf der Stelle verlor der Junge sein Publikum, also ließ er sich vom Seil herab und trat auch näher zu dem Ausrufer hin. Anan folgte ihm.

Sie kamen als Letzte an und blieben am äußeren Rand der kleinen Menge stehen.

»Ab heute sind sämtliche Störche aus dem Königreich der Sieben Gipfel verbannt, wenn jemand einen sieht oder aufspürt, so lautet der Befehl, ihn umgehend zu erschlagen. Wir wissen, dass Störche bösartige Tiere sind. Wer einen – natürlich toten – Storch zum Gouverneurspalast bringt, wird mit einem ganzen Silbertaler belohnt und erhält obendrein – hört, hört – den Körper des Storchs, damit er ihn verspeisen kann, als Frikassee mit Nelken oder sonst wie nach seinem Geschmack zubereitet. Der Grund für diese Maßnahme ist, dass unsere Regentin in ihrer Weisheit die finsteren Pläne der Prinzessin Mariel aufgedeckt hat, die vor Jahren vom Unnennbaren ein stummes Kind gebar, und diese finsteren Pläne hängen zusammen mit Störchen.«

Gari blieb erstarrt stehen, Eiseskälte und Schrecken erfüllten sein Herz. Es war klar, dass all dies mit dem Storch zu tun hatte, den er am Himmel hatte fliegen sehen, niedrig und belastet mit etwas, das er um den Hals trug. Der

Storch war ein gutartiges Tier, soweit Gari wusste, und er ahnte, dass dem Aufruf etwas Dunkles und Bösartiges zugrunde lag.

»Aber ist der Junge mit dem Bogen nicht stumm?«, fragte jemand in der Menge.

»Er ist zu groß. Und dann, war es nicht ein Mädchen?«

»Wenn es ein Geschöpf des Dunklen ist, kann es als Junge oder als Mädchen erscheinen und auch älter.«

»Es ist etwas Abartiges daran, wie der mit dem Bogen schießt. Er ist zu gut. Es ist klar, dass er nicht menschlich ist.«

Gari und Anan, die zum Glück am Rand der Menge standen, huschten davon, verbargen sich im Halbdunkel und gelangten in ihre unterirdischen Gelasse. Dort waren Ara und zwei der Kinder, Drei und Acht, die an diesem Tag Fieber hatten und schweigend der Erzählung der beunruhigenden neuen Entwicklung lauschten.

Anan übergab Gari die Einnahmen des Tages und half ihm, seine Sachen zusammenzusuchen. Drei und Acht sagten, sie wollten mit ihm gehen, Anan und Ara erklärten ihnen, dass sie klein und krank seien und dass das gar nicht infrage käme, aber Gari freute sich sehr über diesen Wunsch. Anan begleitete ihn dann am Decumanus entlang bis zum Ausgang.

»Wohin gehst du?«, fragte er ihn.

»Nach Norden, in Richtung Hauptstadt«, antwortete der Junge vergnügt. »Den Süden kenne ich schon, versuchen wir mal was anderes.«

Im Grunde missfiel Gari das alles nicht. Wenn er es

schützen sollte, war es gut, dass er das ganze Reich kennenlernte. Ein Abschnitt seines Lebens ging zu Ende und ein neuer begann. Und dann waren im Norden die Berge der weißen Tiger, wo sein Vater gekämpft hatte, zusammen mit diesem Typen, der Dartred hieß, und dann gab es in der Hauptstadt vielleicht die richtige Schmiede für sein Schwert, womöglich würde er die Königin treffen und zu ihr sagen: »Hier bin ich, Herrin, wie mein Vater bin ich Euer Soldat.«

Ein Schritt nach dem anderen, ohne Unterlass, die Morgensonne zur Rechten, die Abendsonne zur Linken, nachts den Großen Wagen vor sich.

Sein Vater wäre stolz auf ihn gewesen.

Seine Mutter auch.

19

Schwarz und blau bis ins Herz

Mariel hatte das Gefühl, in einer Phase relativen Friedens zu leben, der sich allerding nur in schwankendem Gleichgewicht über einem Abgrund hielt. Die Händler, die das Holz der schwarzen Eichen brachten, erzählten, was in ihrem Reich geschah, das ihr Reich war und immer sein würde, was ihr Volk erlitt, das ihr Volk war und es immer bleiben würde. Elend und Willkür schossen überall ins Kraut. Mariel beschloss, jeden Augenblick dieses Friedens zu genießen, von dem sie wusste, dass er früher oder später zerbrechen würde.

Die Jahre vergingen, und sie lebten als eine normale Fischerfamilie, die in einem Pfahlbau zwischen Meer und Himmel lebte.

Abends schufen sie und Dartred in aller Ruhe und mit viel Geduld ein System von Zeichen, damit Hania sich verständlich machen konnte. Hania schrieb mit dem Finger ein Wort in die Asche des Kamins, und dann machte sie das Zeichen, das dafür stehen sollte. Sie hatten kein Pergament und waren ganz auf ihr Gedächtnis angewiesen, um die Entsprechungen zwischen Wort und Zeichen zu behalten. Zum Glück war Hanias Gedächtnis unfehlbar, und ein weiteres Glück war, dass Rois sich als außergewöhnlich begabt für diese Abfolge von Finger- und Handbewegungen erwies, die sie und Dartred ermüdend und wirr fanden, der Junge aber hatte riesigen Spaß daran. Während er sprechen lernte, erlernte er auch die Sprache der Zeichen. Er war ein außergewöhnlich aufmerksames und frühreifes Kind.

Rois wurde Hanias Sprachrohr. Die beiden ersannen auch eine besondere Folge von Zeichen, die nur sie kannten, die man sich aber aus der sie begleitenden Mimik erschließen konnte, es mussten Flüche sein, die Rois in eine gewählte und hochtrabende Sprache übersetzte, die er von seiner Mutter übernahm.

»Meine Schwester, Ihre Hoheit Hania von den Sieben Gipfeln, äußert ihr Missfallen über den unbeabsichtigten Sturz der Suppenschüssel mit daraus folgendem verhängnisvollen Zerbrechen.«

Da Rois, obwohl extrem frühreif und intelligent, noch keinen Zugang zur vornehmen Kunst des geschriebenen Worts gefunden hatte, fragte Mariel sich häufig, wie die beiden es anstellten, dass sie sich immer verstanden, unmittelbar und vollkommen, und es tauchte die beunruhigende Sorge in ihr auf, dass Hania Zugang zu seinem Geist gefunden haben könnte. So wie ihre Tochter das bei all den kleinen Tieren gemacht hatte, die ihr dann nützlich gewesen waren, angefangen von den Ratten bis zu dem großen Storch, der auf ihrem Dach sein Nest gebaut hatte.

Wenn Hania dasselbe mit Rois machte, mochte das nützlich sein, es war aber auch schauerlich. Es würde die extreme Frühreife des Jungen erklären, es würde aber auch bedeuten, dass sein Geist ständig kontrolliert und gelenkt wurde. Die Vorstellung bestürzte Mariel, die sich noch einmal fragte, ob sie etwas unternehmen müsse, und wenn ja, was. Sie war froh, dass Hania die meiste Zeit mit Dartred verbrachte, fern von ihr und Rois, und dann schämte sie sich für diese Gedanken.

Rois liebte Hania über die Maßen, schon als ganz kleines Kind stürzte er auf allen vieren auf sie zu, wenn sie hereinkam. Sollte der Dunkle Hania je vernichten, oder schlimmer noch, sie zurückerobern, würde diese besondere Verbindung zwischen ihnen auch Rois zugrunde richten.

Da war ein Schleier zwischen ihr und ihrer Tochter und er würde immer bestehen. Mariel war sich sicher gewesen, dass er gefallen war, als Hania ihren eigenen Vater angegriffen und geschlagen hatte, dasselbe war in der Wüste der Verlorenen Türme geschehen, vor allem im siebten Turm, wo so etwas wie eine Familie Form angenommen hatte. Doch jetzt entglitt Hania ihr von Tag zu Tag mehr. Diese Stadt, Geno, hatte etwas Verfluchtes. Wenn Rois nicht im selben Zimmer war, spielte Hania auf der Flöte seltsame Weisen von verzehrender Traurigkeit, oder sie hockte am Boden und hielt sich die Ohren zu. Sie wich ihrem Blick wieder aus. Sie lächelte nur, wenn das Brüderchen da war. Sie hatte nie viel gelächelt, aber jetzt war sie wieder ein kleiner Igel.

Zwischen den beiden Geschwistern gab es keinen Schleier, ihre Verbindung war total. Hania und Rois waren glücklich, wenn sie beisammen waren oder sich wiederfanden, Zeichen erarbeiteten oder zum Schein Duelle ausfochten.

Immer stärker wurde auch die Beziehung zwischen Hania und Dartred. Es war keine Vater-Tochter-Beziehung und hätte es nicht sein können, sondern eher eine zwischen Ritter und Knappe. Er unterrichtete das Mädchen, wie man auch ihn unterrichtet hatte, im Gebrauch der Waffen, des Schwerts und der Axt. Er brachte ihr auch Strategiegrundlagen bei, wie er sie aus den Erzählungen vom Ritter des Lichts gelernt hatte und wie er sie in dem schrecklichen Krieg der Zwei Winter angewandt hatte, als eine Handvoll Männer in unwegsamen Gebirgsregionen Horden von Barbaren zurückgeschlagen hatten und so das Land ihrer Väter, den Kopf ihrer Kinder und den Schoß ihrer Frauen gerettet hatten.

Als Rois schließlich sechs Jahre alt wurde, schloss er sich dem Vater und seiner fast neunjährigen älteren Schwester an, ging ihnen beim Fischfang zur Hand und ließ sich auch im Gebrauch von Waffen unterrichten.

Hania sah mittlerweile aus wie zwölf, wenn nicht noch älter, sodass es immer schwieriger sein würde, sie als Junge zu verkleiden.

Auch in der Stadt ging die Zeit weiter. Die Jahre verrannen ohne besondere Katastrophen. Es gab kein Hochwasser, das die Pfahlbauten und Leben in Gefahr gebracht hätte. Die Piraten ließen sich nicht blicken, sie hielten sich an fernen und unbekannten Gestaden auf und trieben dort ihr Unwesen.

Die alten Weiber auf dem Markt, denen keiner zuhörte, weil sie bloß abergläubischen Unsinn von sich gaben, sagten, der Herr der Finsternis lasse sie endlich in Ruhe, weil er sich anderswo austobe, anscheinend im Reich der Sieben Gipfel, das von einer Katastrophe nach der anderen heimgesucht wurde: Dauerregen ließ die Flüsse dort über die Ufer treten und Berghänge abrutschen; unbekannte und bösartige Fieberepidemien, die auf keinen der bekannten Heiltränke ansprachen, rafften die kleinsten Kinder hinweg, der Wahnsinn brachte alle gegen alle auf; Briganten machten die Straßen unsicher, Eifersucht und Unzufriedenheit unterhöhlten das Familienleben, Verbrechen aus den lächerlichsten Gründen häuften sich. Man sprach von nie da gewesener Willkür, von Zwistigkeiten und zuletzt von der Königin, die in Geiselhaft gehalten werde und nur mehr wie eine Dienerin wirke.

Diese Nachrichten waren so absurd, dass keiner daran glaubte. Keiner außer ihnen.

Als Rois acht Jahre alt wurde, bemerkte Mariel, dass sie erneut ein Kind erwartete. Sie sagte es Dartred nicht, behielt die Neuigkeit für sich, in einer Mischung aus Angst und Rührung, der sie keinen Namen zu geben wusste.

Das Ereignis verwirrte sie. Sie hatte sich fast damit abgefunden, keine weiteren Kinder zu bekommen. Die Jahre waren vergangen, und hätte sie Rois nicht mit absoluter Leichtigkeit empfangen, hätte sie vielleicht gedacht, nach Hania überhaupt keine Kinder mehr bekommen zu können.

Doch nun erwartete sie ihr drittes Kind. Sie und ihr Knappe, der auch ihr Gatte war, vereint in einer übergroßen Aufgabe, aber auch in unendlicher Liebe, würden in diesem neuen Wesen verschmelzen, das die Augen des einen und das Lächeln des anderen haben würde oder umgekehrt, das sie *Vater* und *Mutter* nennen würde, weinen, niesen und in der Nase bohren, dumme Streiche spielen würde. Ein kleines Kind, ein neues Kind.

Mariel war so glücklich, dass sie an dem Tag, an dem sie die Gewissheit hatte, beschloss, auf den Markt zu gehen. Jahrelang hatte sie das vermieden, hatte sich aus Vorsicht von allen und allem ferngehalten, doch mit der Zeit hatte die Vorsicht nachgelassen. Sie machte sich also auf den Weg, um Mehl und Öl zu kaufen, damit sie ihren Mann und ihre Kinder, wenn sie vom Fischfang zurückkamen, mit dem Duft von Fladenbrot mit Rosmarin empfangen konnte. Und dort, zwischen den Verkaufsständen für Sardinen und Kichererbsenmehl, traf sie Madame Tara.

Die alte Dame wirkte noch größer, hagerer und finsterer in ihren schwarzen Schleiern. Zwischen einer Klage und der nächsten fand sie noch die Zeit, von den neuesten Nachrichten zu erzählen, die ihr zu Ohren gekommen waren und die sie zusammen mit dem Duft von Mandarinen und dem scharfen Geruch von verfaultem Fisch zwischen den Marktständen verbreitete. Absurde und schreckliche Nachrichten, die die Händler aus dem Reich der Sieben Gipfel mitgebracht hatten.

Absurd war, dass im Reich ein regelrechter Krieg gegen Störche ausgebrochen war, eine Hetzjagd, die auf ihre völlige Vernichtung zielte. Sie wurden getötet wie Hühner; sicher, als Frikassee mit Nelken waren sie schmackhaft, doch seit jeher ließ man die Störche leben, sie brachten den Dörfern Glück, es hieß, sie förderten Geburten und Hochzeiten, sie waren eines der freundlichen Zeichen von Himmel und Erde zusammen.

Die schreckliche Nachricht war, dass die Prinzessin des Reichs vor Jahren ein dämonisches Wesen zur Welt gebracht hatte, ein Mädchen, das die Welt ins Dunkel stürzen wollte – mithilfe der Störche.

Madame Tara brachte ihre Bestürzung zum Ausdruck, konnte aber ein hämisches Lächeln nicht verhehlen. Es war ihr ein Vergnügen, die von den Sieben Gipfeln im Staub kriechen zu sehen.

»Im Übrigen«, sagte die alte Dame boshaft, »Ihr beachtet mich nicht, aber ich beobachte Euch. Ich weiß, wo Ihr wohnt, und ich habe gesehen, dass Ihr einen Storch auf dem Dach Eures Hauses habt. Schwer, das zu übersehen, schließlich ist es ein Storch, kein Spatz. Jetzt ist er alt und grau geworden, aber ohne jeden Zweifel ein Storch. Wie seltsam: Bei Euch zu Hause bringen sie sie um und Ihr habt einen auf dem Dach! Ein Zufall, sicher! Es heißt, Ihre Hoheit der Sieben Gipfel sei eine sehr schöne Frau, und das seid Ihr, sie habe ein stummes Mädchen zur Welt gebracht, und dass Eure Tochter nicht spricht, ist auch ein Zufall, zweifellos. Ganz zu schweigen von der Tatsache, dass Ihr sie als Jungen verkleidet habt. Ich freue mich, dass ich Euch getroffen habe, ich war drauf und dran, Euch einen dieser Tage einen Besuch abzustatten. So kann ich mir den Weg sparen.«

Und mit diesen Worten schritt Madame Tara von dannen.

Mariel war lang wie gelähmt, sprachlos. Sie war nicht einmal so geistesgegenwärtig, Geld anzubieten – sie hatte noch Schmuck von ihrer Mutter –, zu feilschen, etwas zu unternehmen.

Seit Jahren hatte sie diesen Augenblick erwartet, jetzt war er da. Sie hatte an etwas Fürchterliches, voller Wut mit den Blitzen eines Sommergewitters gedacht, dagegen kam es nun mit der Boshaftigkeit eines sauertöpfischen alten Weibes daher.

Mariel rannte nach Hause und dachte dabei an das kleine Leben, das sie in sich trug und das mitten im Sturm geboren werden würde, immer vorausgesetzt, dass sie selbst lang genug am Leben bliebe, um es zur Welt zu bringen.

Sie bereitete das Fladenbrot, das schlechteste in ihrem ganzen Leben, halb verbrannt, halb roh und ohne Salz, und als am Ende des Nachmittags die Sonne unterging und Dartred und die Kinder heimkamen, wartete sie ab, dass die Geschwister sich entfernten, sich mit der Flöte aufs Dach hockten, um Dartred die Wahrheit ins Ohr zu flüstern.

»Herrin, fürchtet Euch nicht, wenn sie uns vernichten wollte, hätte sie uns schon angezeigt. Sie will uns nur in der Hand haben, Ihr werdet sehen, wir finden eine Lösung …«, begann er.

»Das Flötenspiel hat aufgehört!«, unterbrach ihn Mariel.

»Das Flötenspiel hat aufgehört«, bestätigte er. »Sicher, es stimmt, Herrin. Ich weiß nicht, ob Fliegen ein Herz haben, aber wenn ja, dann ist Hania imstande, ihren Herzschlag zu hören. Wir müssen besser aufpassen, wenn wir miteinander reden«, sagte er und wollte sie holen gehen, aber er traf auf Rois.

»Hania ist davongelaufen«, sagte er.

Mariel war schon hinausgestürzt, um ihrer Tochter zu folgen, die wohl alles gehört hatte und nun zu Madame Tara ging, um die Rechnung zu begleichen.

Hania war in jedem Fall ein Kind der Finsternis: Mittlerweile hatte sie einen gewissen Gerechtigkeitssinn erworben, aber wahrscheinlich handelte es sich um einen extrem gewalttätigen und brutalen Gerechtigkeitssinn.

Madame Tara bedrohte ihrer aller Leben, vor allem das von Hania und Rois, ihr eventuelles Ableben würde viele und gefährliche Probleme lösen. Mariel musste Hania daran hindern, zu töten, zu werden wie ihr Vater.

Mariel war eine Prinzessin und sich bewusst, dass ihr Reich sich nur noch aufrecht hielt dank des letzten bisschen Gerechtigkeit, das noch darin herrschte. Sie wusste, dass das Leben nicht eitel Sonnenschein ist, und wenn in diesem Augenblick die Nachricht eingetroffen wäre, dass die Witwe ins Meer gefallen und ertrunken war oder dass

Skorpione sie aufgefressen hatten, hätte sie das als Segen betrachtet, aber die brutale Gerechtigkeit ihrer Tochter musste sie verhindern.

Als Mariel bei Madame Tara ankam, wetterte die Frau, unterbrochen von einem lästigen Husten, der aber immer stärker wurde.

Hania starrte die Frau einfach nur an. Das würde genügen, um sie sterben zu lassen. So hatte sie in ihrer frühesten Jugend schon Ratten und Frösche getötet: Sie befahl ihnen, nicht mehr zu atmen. Und auch ein großes Wesen wie ein erwachsener Mensch musste diesen Befehl ausführen.

Mariel zitterte vor Grauen.

»Hania, es war sehr gut, dass du damals damit aufgehört hast. Jetzt lass es auch heute bleiben und wir gehen«, befahl sie.

Voller Verachtung sah Hania sie an. Die Wut zerstörte alles in ihr, was Mariel und Dartred aufgebaut hatten.

In dem Augenblick, als das Mädchen sich ihr zuwandte, musste sie jedoch den Zugriff gelockert haben, und die Atmung der Witwe wurde wieder normal, allerdings brach sie gleich wieder in Husten aus.

Endlich kam Dartred.

»Ein Ritter tut so etwas nicht. Niemals. Ein Ritter kämpft nicht gegen Unbewaffnete. Niemals.«

Seine Stimme war ruhig und bestimmt, er war der Ritter, der seinen Knappen zurechtwies.

Dartred sah Hania an, die immer wütender wurde, aber Madame Tara atmete wieder.

»Sicher, sie kann unser Leben in Gefahr bringen. Sicher wäre es am einfachsten, sie zu töten. Das würde alles vereinfachen. Auch für die Prinzessin der Sieben Gipfel wäre es unendlich einfach gewesen, ein Neugeborenes zu töten. Aber ein Ritter tut so etwas nicht. Niemals. So ist das und damit basta. Und er verursacht auch nicht diesen kleinen lästigen Husten.«

Hania rührte sich nicht.

Leider bekam Madame Tara so viel Luft, dass sie sprechen konnte.

»Hab ich's doch gewusst: Sie ist eine Hexe. Sie ist eine Hexe, man muss sie aufhalten, man muss sie töten.«

»Aber sicher, die furchtbare Hexe der Heiserkeit. Schweigt still, albernes Weib«, befahl Mariel, die endlich wieder die Prinzessin der Sieben Gipfel war. »Meine Tochter ist keine Hexe, sie hat dunkle Kräfte, die sie einsetzt, um Gutes zu tun. Wäre sie eine Hexe, wärt Ihr schon längst tot. Sie ist Hania, Prinzessin von den Sieben Gipfeln, und wie ihr Großvater kennt sie die Regeln des Rittertums, sodass Ihr weiterhin im Besitz Eures unnützen und schädlichen Lebens seid. Dieses Leben wird Euch gelassen, also bitte ich Euch, schweigt, führt uns nicht in Versuchung und macht die Aufgabe noch schwieriger, denn Ihr müsst wissen, es wäre ein Leichtes, Euch zu vernichten, einfach, das Naheliegendste, aber wir tun es nicht, weil es falsch ist, falsch und basta, und wir tun keine falschen Dinge«, schloss sie eisig.

Diese schauerliche Alte würde ihr Leben und das ihrer Kinder in Gefahr bringen, aber keiner würde ihr ein Haar krümmen, denn sie töteten keine unerträglichen alten Weiber, niemals. Das bedeutete aber nicht, dass sie sich ihr dummes Gewäsch anhören mussten.

Endlich schwieg Madame Tara. Hania rührte sich immer noch nicht, dann raffte sie sich auf, riss den Anhänger aus grünem Stein vom Hals, ging auf die verängstigte Frau zu, fasste ihre eine Hand, legte den Stein hinein und schloss die Hand darum.

Die Alte sah sie verdutzt an, dann wurde sie bleich und verlor die Farbe, die sie eben wiedergewonnen hatte. Sie schaute nach oben und verharrte so, dann fiel sie zu Boden, kauerte sich zusammen, den Kopf in den Händen, und fing an zu weinen.

»Es war nicht meine Schuld, ich konnte nicht … hier ist das so üblich …«

Mariel fragte sich, was da vorging, und sah Dartred an, der ebenso verständnislos mit den Schultern zuckte. Hania wandte sich zu Mariel und Dartred und machte ein Zeichen, dass sie gehen konnten.

Sie gingen, das Schluchzen von Madame Tara im Ohr. Bei ihrem Haus angekommen, ließ Hania sich zu Boden gleiten, legte ihren Kopf zwischen die Hände und hielt sich die Ohren zu. So verweilte sie und reagierte verärgert und erbost auf die Bitten der beiden, sie solle ihnen doch wenigstens sagen, wie groß die Gefahr sei, in der sie schwebten.

Mitten in der Nacht, als sie ihre Sachen packten, um zu

fliehen, erschien Madame Tara, bleich wie ein Leintuch. Sie ließ sich versichern, dass Hania nichts tun würde, versicherte, dass sie ihrerseits auch nichts unternehmen würde, nichts sagen würde, sie würde, wenn sie ihnen auf der Straße begegnen sollte, die Richtung wechseln. Dann verschwand sie in der Nacht, mit all ihren Schleiern, die im Abendwind flatterten.

Langsam verrannen die Tage, Hania wurde immer verschlossener und abwesender. In diesem Herbst erhob sich das Meer mit einer Gewalt, die sie noch nie erlebt hatten.

Diesmal konnte es keine Zweifel geben, und sie nahmen ihre Bündel, das Schwert und die Axt, alles verborgen in einem riesigen Ballen, worin sich auch das Gerät für den Fischfang befand, und kletterten über die nassen und bewaldeten Abhänge des Bergs der Grauen Luft hinauf.

Aus Angst, entdeckt zu werden, hatten sie zu lang gewartet. Sie erreichten vor der Sturmflut gerade mal den Aufstieg über dem Niveau der Stadt.

Mariel starrte entsetzt auf die Stadt, die von riesigen Wellen gepeitscht wurde, die Spritzer gelangten bis zu ihnen.

Rois fing an zu weinen.

»Hania, ich bitte dich, sag ihnen, sie sollen aufhören, ich habe Angst, sag ihnen, sie sollen aufhören«, flehte er unter Schluchzen.

»Was ist hier los?«, fragte Mariel verwirrt.

Hania stand mit verschränkten Armen da, das Gesicht verschlossen wie ein Igel.

Rois war verzweifelt, beherrscht von einer totalen Angst, die nichts vom normalen Schrecken eines normalen Kindes hatte. Mariel schloss ihn in die Arme und drückte ihn an sich – und in dem Augenblick, da sich der Körper ihres Kindes dicht an ihren schmiegte, sah auch sie Tausende von durchsichtigen, kleinen Gestalten, die zwischen den Wellen hin und her huschten und diese aufpeitschten, ihre Höhe und Wucht vergrößerten.

Mariel drückte ihr Kind an sich. Rois' Verzweiflung hatte sich zu einem herzzerreißenden Jammern zusammengezogen.

»Hania, ich bitte dich.«

»Sind das Kobolde?«, fragte Mariel. »Also gibt es sie! Was wollen sie?«

»Sie sind wütend. Sie sind immer wütend«, antwortete Rois. Die Umarmung seiner Mutter hatte ihm Mut gemacht.

»Kann Hania sie beruhigen?«, fragte Mariel bestürzt.

Hania zuckte mit den Schultern, das wunderschöne Gesicht verschlossen.

»Hania, ich bitte dich«, bat Rois noch einmal.

Hania blieb lange still, in sich versunken. Dann schnaubte sie gereizt. Sie löste die Arme aus ihrer Verschränkung und wandte das Gesicht der Stadt zu.

Nacheinander kamen die Kobolde in Wolken auf sie zu und umkreisten sie wie ein wild gewordener Wespenschwarm. Mariel hatte das Gefühl, unter ihnen sei eine Art stummer Diskussion im Gange, dann verteilten sie sich wieder zwischen den Wellen, die langsam anfingen, sich zu beruhigen und zurückzuziehen.

Hania entfernte sich und setzte sich zwischen die Wurzeln einer riesigen Eiche.

»Was wollen die Kobolde? Was *sind* die Kobolde?«, fragte Mariel.

»Ein Grab. Sie wollen einen Namen und ein Grab. Sie wollen, dass Hania mit ihnen spricht. Sie sind tot, es sind die toten Kinder. Die Piraten nehmen die Frauen, und die Kinder, die dabei herauskommen, werfen die Frauen mit einem Stein um den Hals ins Wasser. Die Bucht ist voll davon. Deshalb gibt es so viele Fische. Dort werden sie zu Kobolden, und wenn sie wütend sind, entfesseln sie Sturmfluten, und wenn sie traurig sind, lassen sie den feinen Sprühregen kommen. Hania soll ihnen versprechen, dass sie früher oder später dafür sorgen wird. Sie wissen, dass sie das kann. Sie hat es mit Madame Tara gemacht, die drei Kobolde im Haus hat. Sie wollen einen Namen und ein Grab. Hania hat für diese drei gesprochen, jetzt muss sie auch für die anderen sprechen. Mit der Flöte hat sie sie in Schach gehalten, aber jetzt wollen sie mehr«, antwortete Rois, dann ließ er sich auf dem Boden absetzen und lief zu seiner Schwester.

»Die Kobolde existieren«, raunte Mariel Dartred zu. »Und unsere Kinder sehen sie.«

Es gab Dinge, die sie von Hania nicht wusste, die sie nicht einmal verstanden hatte. Ihre Tochter kämpfte in dieser verfluchten Stadt einen Kampf. Mithilfe ihres Bruders beschützte sie diese, ohne dass jemand es ahnte.

»Das ist noch eine Sache, mit der wir lernen müssen zurechtzukommen«, antwortete Dartred.

»Aber das ist doch schauderhaft, Rois sieht und hört sie. Unser Kind lebt wie am Rand der Totenwelt.«

»Herrin, Ihr habt vom Dämon ein Kind geboren, ein Mädchen, das dunkle Kräfte besitzt, die Welt bricht zusammen, die letzte Schlacht steht bevor. Entweder wir siegen oder wir sterben. Andere Möglichkeiten gibt es nicht. Unsere Kinder leben am Rand der Totenwelt. Alles, was wir tun können, ist zu hoffen, dass ihnen all das hilft, um den schrecklichen Krieg zu gewinnen, den sie zu bestehen haben.«

Langsam kehrten alle in ihre Häuser zurück. Sie waren vollgelaufen mit Wasser, die Betten und Herdstätten durchnässt, aber sie standen noch.

Hanias Familie legte sich in die Hängematten und versuchte zu schlafen. Als die regelmäßigen Atemzüge der Kinder ihnen verrieten, dass sie schliefen, beschloss Mariel, ihr Geheimnis preiszugeben.

»Ich erwarte ein Kind«, flüsterte sie.

»Ich weiß«, antwortete Dartred.

»Ihr wisst es?«

»Rois hat es mir gesagt und ihm haben es die Kobolde gesagt. Er weiß auch, dass es ein Mädchen ist. Und dass Hania überhaupt nicht erfreut ist«, erwiderte Dartred. Dann nahm er ihre Hand und hielt sie in seiner. Eine kleine Geste, die den Frost in ihrem Herzen ein wenig linderte. Lang saß sie mit weit geöffneten Augen im Dunkeln. Die Welt war voller Kobolde, das waren die Gespenster der toten Kinder. Sie würde ein Mädchen bekommen, das Hania bereits hasste. Diese verfluchte Stadt entfremdete ihr ihre Tochter immer mehr. Rois lebte in labilem Gleichgewicht zwischen zwei Welten, einen Teil seines Geistes teilte er mit einer Schwester, die ihre dunklen Seiten hatte.

Aber sie waren am Leben.

Und Dartred war bei ihr.

Die Wellen wurden immer schwächer. Um Mitternacht beruhigte sich das Meer. Endlich verfiel Mariel in einen unruhigen Schlaf.

20

Im Herzen des Reichs, im Herzen der Geschichte

Gari zog immer weiter in den Norden hinauf. Die Einsamkeit bedrückte ihn bei jedem Schritt. Hätte er nicht den grünen Stein in der rechten Hand und das Fläschchen aus geschmirgeltem Glas in der linken gehabt, hätte er es nicht ausgehalten, wäre zusammengebrochen und zurückgekehrt zu den Bettlern im Untergrund oder zu der kleinen Zwergin inmitten ihrer Schafe, irgendwohin, wo es eine menschliche Stimme gab.

Auf diesen langen Wegen gab es keine außer der seinen. Oft sprach er mit sich selbst, noch öfter sprach er zu dem Stein, was dessen wohltätige Kraft zu verstärken schien und ihn oft mit Zärtlichkeit erfüllte und ihm merkwürdige Tagträume voller Grün bescherte.

Anan mit seinem Sarkasmus fehlte ihm, Enen und Inen mit ihren Geschichten, Ara mit ihren Suppen, und die Kinder fehlten ihm, vor allem Eins, Vier und Acht, die gleichaltrig mit ihm waren und denen er die Kunst des Bogenschießens beigebracht hatte.

Der Pass der Himmelspforte war von außergewöhnlicher Schönheit, die Gari tief berührte, wie ihn auch die grünen Wälder berührten, wo das Murmeln der Bächlein seine Schritte begleitete. Noch mehr rührte ihn der Reichtum an Eichhörnchen, Fasanen, Wachteln und Kaninchen und ab und zu der schwarze Schatten eines Wildschweins. Doch selbst an den entlegensten und unzugänglichsten Stellen erschienen auf Holz gemalt oder sogar in Stein gemeißelt Hinweistafeln, die erklärten, dass das Erlegen jedweder Beute Wilderei sei, ein schweres Verbrechen gegen das Volk und die Regentin, und unausweichlich mit der größten Strenge geahndet werde. Sogar der Besitz eines Bogens, einer Schleuder, jedweden Zubehörs, um eine Falle zu bauen, oder, Gott verhüte, der Besitz einer Falle würden als unverzeihliche Vergehen betrachtet.

Gari hasste es, Regeln zu übertreten, immerhin war er Sohn eines Mannes, dessen Aufgabe es gewesen war, die Achtung vor diesen aufrechtzuerhalten, aber auf den Bogen verzichtete er nicht. Er beschränkte sich darauf, ihn auseinanderzunehmen und ihn, nachdem er die Sehne entfernt hatte, zum Schein als Stock zu benutzen. Die Pfeile reduzierte er auf drei, die er sorgfältig in seiner Hose versteckte und an den Beinen festband.

Er verbrauchte alle Münzen, die Anan ihm gegeben hatte, und lief halb tot vor Hunger in Wäldern herum, in denen es von Essbarem nur so wimmelte.

Gari hatte den Pass schon überschritten, als es ihm zu bunt wurde.

Ein riesengroßer Hase baute sich vor ihm auf und begann Gras abzurupfen, mit so nervtötender Langsamkeit, dass es wie eine Einladung wirkte. Ganz langsam und die Tatsache nutzend, dass er entgegen der Windrichtung stand, setzte Gari den Bogen zusammen, legte den Pfeil ein und zielte. Ein perfekter Blattschuss.

Ein perfekter Braten, den er über einem Reisigfeuer briet, das seine erfrorenen Füße wärmte und seine Einsamkeit linderte. Die Füße blieben eher kalt, aber die Einsamkeit verging. Der Bratengeruch erhob sich verführerisch über diese verhungerte Gegend, stieg einsam auf wie ein senkrechtes Bächlein bis zum Himmel und verwehte dann.

Ein Mann trat auf Gari zu, ein trauriger, völlig verängstigter Wanderer, der von einem Bein aufs andere hüpfte und sich dabei umsah, um rechtzeitig eventuelle Waldhüter zu sehen, und der ihm im Tausch für die Hinterbeine des Tiers ein Säckchen Salz schenkte und Informationen über das Königreich, das immer ärmer wurde, lächerlich arm, denn der Boden war nach wie vor fruchtbar und die Wälder voller Reichtum.

Es war die Schuld der Menschen, die dumm geworden waren, von einer abgrundtiefen, totalen Dummheit, wie man sie nie zuvor gesehen hatte.

Gari dachte an seinen Vater, der zum Tod durch den Strick verurteilt worden war, und er ahnte, dass es nicht leicht war, Böses zu tun, ohne dass es erkannt wurde: Man musste es als Dummheit tarnen.

Das Reich der Sieben Gipfel zu durchqueren war mühsam und sehr traurig. Sein Bogen bewahrte Gari vor Hunger und verschaffte ihm auch Neuigkeiten und Gesellschaft. Allen war klar, wie schlecht die Dinge liefen, aber keiner hatte den Mut, die Schlüsse daraus zu ziehen.

Das Böse existierte und die Regentin war mit ihm im Bunde. Überall Kinder in Lumpen, die um Almosen bettelten. An jeder Ecke standen traurige und gewalttätige Männer und würfelten. Alles war sehr teuer und schwer zu bekommen, mit Ausnahme eines sehr schlechten Biers, *Bier der Regentin* genannt, das überall in Strömen floss und in den Tavernen oder an den Straßenecken ausgeschenkt wurde.

Eine arme alte Frau, der Gari eine herrliche Forelle überließ, die er mit einem fantastischen Schuss von der Höhe eines sehr steilen Felsens aus erlegt hatte, in den das Verbot jedweder Art von Fischfang eingraviert war, erzählte ihm die absurdeste und verrückteste Tatsache. Während die Männer beim Würfelspiel an den Straßenecken verrohten, angefüllt mit dem schlechten Bier, waren in der Hauptstadt die Barbaren aus dem Norden als Söldner angestellt worden. Sie füllten nun die Hauptstadt mit ihren blonden Mähnen und kehligen Lauten. Die alte Frau war geflohen, hatte das kleine Häuschen, das seit jeher ihres war, und den Friedhof, wo all ihre Lieben begraben lagen, zurückgelassen und war in Richtung Süden gezogen, nur weit weg von diesem Wahnsinn.

»Sie haben die Füchse zu Wächtern des Hühnerstalls

gemacht«, kommentierte die Alte. »Im Krieg der Zwei Winter haben sie gegen unsere Leute gekämpft, und jetzt lässt man sie herein und bewaffnet sie.«

Gari nickte. Das war idiotisch. So groß sie auch sein mag, hat die Dummheit doch Grenzen. Das hier war klarer Vernichtungswille.

»Mein Vater hat in diesem Krieg gekämpft, oben im Norden«, ließ Gari sich entlocken.

»Dann hat er zusammen mit Dartred, dem Kühnen, gekämpft«, bestätigte die Alte. »Dartred hat den Tiger erlegt, der Sire Ari getötet hatte, und jetzt beschützt er die Prinzessin Mariel, heißt es. Wenn es stimmt, dann beschützt er uns abermals. Er ist Sohn eines Schmieds. Seine Brüder sind noch in der Hauptstadt, und sie haben ein Gasthaus, *Herberge zum Amboss* heißt es.«

Gari senkte den Kopf, damit man das Aufblitzen von Kraft darin nicht sah. Es war eine schwierige Welt, besser, man ging sparsam mit Informationen um, aber in seinem Geist wiederholten sich die Wörter *Schmied*, *Amboss*, *Brüder*. Vielleicht hatte er seine Schmiede gefunden.

Je näher er der Hauptstadt kam, umso vorsichtiger wurde Gari. Er jagte nur nachts, orientierte sich am Rascheln. Auf Anraten eines anderen Wilddiebs, mit dem er das Salz teilte, lernte er, die Beute unter einer dünnen Erdschicht zu begraben und das Feuer darüber anzuzünden. So briet das Fleisch wohl langsamer und wurde voller Erde, die dann zwischen den Zähnen knirschte, aber es roch nicht, und wenn zufällig der Falsche vorbeikam, würde er nichts sehen als einen Jungen, der neben seinem Feuerchen schlief.

Gari kam an einem eiskalten Tag am Ende des Herbsts in Dovor an, eiskalter Wind wirbelte den Schnee herum. Er ging durch die schmutzigen Straßen, die Zeichen ehemaligen Glanzes bewahrten, er sah riesige Soldaten, die an den Straßenecken herumstanden und in einer unbekannten Sprache redeten.

Angst erfasste ihn. Er wagte nicht, um Auskunft zu fragen, und begann die Stadt Zoll für Zoll abzulaufen, auf der Suche nach der *Herberge zum Amboss*, wobei er sicher war, dass er sie finden würde, wenn es sie gab. Er fand weder diese noch sonst eine Herberge, nur üble Kaschemmen, wo gewürfelt und das schauderhafte Bier getrunken wurde, die so seltsame und beunruhigende Namen trugen wie *Herberge zur Maus, zum Frosch, zur Krähe.*

Man konnte erahnen, dass die Namen auf das Fleisch anspielten, das aufgetragen wurde.

Die Vorstellung, er könne gefangen genommen und geschlagen werden, schnürte ihm die Kehle zu. Gari wagte nicht, irgendetwas zu jagen. Er versuchte es mit ein paar kläglichen Gauklernummern, aber ohne Bogen hatten die keinen Wert, und vor allem da es keine Geldmünze zu treffen galt, gab es keinen Grund, warum jemand sich von einem Taler oder einem Krug miserablen Biers trennen sollte, um ihn zu bezahlen. Um Almosen zu bitten, wäre vergebliche Mühe gewesen, ganz abgesehen von der überwältigenden Konkurrenz.

Endlich, als er zum dritten Mal durch eine besonders abgelegene und verlassene Gasse kam, bemerkte Gari ein halb von Efeu überwuchertes Schild. Er schob die Ranken beiseite und sah, dass das Schild auf eine nach unten führende Treppe wies und anzeigte, dass es dort etwas zu essen gab.

Die Inschrift war verziert mit einem Zeichen, das an den Verschluss des kleinen Fläschchens aus geschmirgeltem Glas erinnerte, seinen zweiten Schatz:

TAVERNE ZUR GESCHMORTEN SCHNECKE

Darunter in winzigen schiefen Buchstaben:

Angekommen an diesem Ort
Musst nicht hungrig bleiben du
Bleibst kein leerer Schlauch
Ordentliches Essen erwartet dich
Setz dich nur nieder
Singt Freude dir in der Brust.

Es war die winzigste und unauffälligste Inschrift, die je eine Herberge angezeigt hat, doch die Anfangsbuchstaben des Versleins bildeten ein Wort: Amboss

Das Herz schlug Gari bis zum Hals, als er die Stufen hinunterstieg, und schließlich kam er in eine Stube, die zur Hälfte von einem Kohlehaufen eingenommen wurde, mit einem riesigen Kamin und ein paar schiefen Tischen und etwas angeschlagenem Geschirr darauf. Zwei Männer, die an einem der Tische saßen, wandten den Kopf zu ihm um. Sie waren kräftig, braun gebrannt und hatten beide einen Bart.

»Seid ihr die Brüder von Dartred, dem Kühnen?«, wagte Gari zu fragen.

»Mein Junge, hast du eine Schule besucht, wo man lernt, gefährlichen Blödsinn zu reden, oder ist das bei dir angeboren?«, antwortete der Jüngere der beiden.

Gari spürte, wie er wieder Mut schöpfte. Seine Einsamkeit war zu Ende. Er hatte sie gefunden. Die Verzweiflung, die er tapfer im Zaun gehalten hatte, Schritt für Schritt und Tag für Tag, konnte sich endlich verflüchtigen. Der Kamin war so groß, dass er auch eine Esse sein konnte, der Raum war so gut wie angefüllt mit Kohle, und unter den rauchgeschwärzten Bögen im Kamin waren vier Türen, die offenbar als Fluchtwege dienten. Er hatte eine Zufluchtsstätte gefunden.

Gari ließ sich auf den Boden fallen. Seine Finger tasteten nach dem grünen Stein. Bei der Berührung frohlockte er. Er war am rechten Ort bei den richtigen Menschen. Er zeigte den Stein.

»Könnt ihr mir ein Schwert machen, das diesen Stein enthält? Ihr könnt das, nicht wahr? Dieser riesige Kamin und all diese Kohle sind dazu da, nicht wahr? Das ist eine Schmiede und ihr seid die Brüder von Dartred, dem Kühnen. Ich heiße Gari.«

Die beiden schwiegen ein Weilchen, die Blicke unverwandt auf den Stein gerichtet.

Dann sprach wieder der Jüngere: »Wie zum Teufel hast

du es angestellt, dass du noch am Leben bist? Leute, die viel fähiger sind als du und ihren Mund zu halten wissen, die nicht einmal sagen, ob es regnet oder schneit, sind am Galgen gelandet oder an den Wachtürmen aufgehängt worden, und die Geier fressen das, was von ihrem Gesicht übrig bleibt, und du bist am Leben!«

»Ich habe eine gewisse Fähigkeit, wenn ich jemanden vor mir habe, verstehe ich sofort, auf welcher Seite er steht.«

»Eine schöne Fähigkeit, aber lern, vorsichtiger zu sein. Alle, selbst die Besten, können unter der Folter nachgeben. Wie dem auch sei, wir sind Dartreds Brüder, Tori und Ripi, und wir wissen nicht, ob wir imstande sind, ein Schwert mit diesem Stein darin zu machen, dazu bräuchte man einen Zwerg. Der Schmied war Dartred. Wir haben noch den Amboss, und das hier könnte eine Schmiede werden, aber bisher war es eine Herberge. Außerdem braucht man, um ein Schwert zu machen, Eisen von guter Qualität, und das haben wir nicht, und man braucht dazu Zeit, viel Zeit, in der dieser Ort keine Herberge mehr wäre, sondern eine Esse, und das kommt gar nicht infrage, denn eine Herberge zu betreiben, ist erlaubt, als Schmied zu arbeiten, ist verboten, wer weiß, warum. Wir würden ein böses Ende nehmen, würden dem Henker in die Hände fallen. Er wohnt am Ende der Gasse. Er ist ganz wild auf Bier. Wir verkaufen kein Bier, so kommt er hier nicht herein, denn wir wünschen diese Bekanntschaft nicht zu vertiefen. Willst du einen Teller geschmorte Schnecken? Sie zu sammeln, ist noch erlaubt, mit Petersilie und Knoblauch sind sie besser als Huhn. Wahrscheinlich. Aber wer erinnert sich denn noch daran, wie Huhn schmeckt?«

21

Mutter, Tochter, Schwester

Das zweite Mädchen wurde geboren, sie gaben ihm den Namen Roa.

Am Anfang empfand Hania eine heftige, eine dämonische Eifersucht, die ständige Versuchung, sie zu quälen, ihren Geist zu zwingen, wie sie es mit den Ratten und Fröschen getan hatte, als sie lernte zu töten, oder ganz einfach der Wiege einen Tritt zu versetzen. Die Kleine würde mit der Nase und dem Gesicht auf dem Boden aufschlagen, das wäre wundervoll, noch besser als der Wind in Hanias Gesicht, wenn sie am Meer war.

Sie tat es nie, träumte nur davon, musste aber ihre gesamte Kraft aufwenden, um sich zurückzuhalten und aufs Fantasieren zu beschränken.

Die Stärke ihres Hasses verwirrte Hania. Aber es gelang ihr, ihn zu zügeln. Ihre Zerstörungswut würde sie für die stattliche Zahl ihrer Feinde aufheben, sie konnte es sich auch sparen, ein Neugeborenes mit Füßen zu treten. Nicht durch Angriffe auf die Wehrlosen und Schwachen rettete man die Ehre und erwies seine Tüchtigkeit.

Das Schlimmste war: Hania spürte, dass ihre Kräfte schwanden, eine nach der anderen, und das bedeutete, dass die der Finsternis zunahmen. Sie war zu Madame Tara gegangen in der festen Absicht, sie zu ersticken, es war ihr lediglich gelungen, ihr einen Husten anzuhängen. Sie war die Hexe der Heiserkeit. In Balladen würde es über sie heißen: die schreckliche Hexenmeisterin des Hustens, den ihre Feinde mit einem Sud aus Mohn und Eukalyptus bekämpfen mussten. Mit etwas Übung würde sie vielleicht einen wirklich schrecklichen Zauber ausüben können: Warzen oder schlimme Träume verursachen. Hania hatte die Fähigkeit besessen, Dinge so sehr zu erhitzen, bis sie brannten. Sie stellte fest, dass sie mit Mühe einen Grashalm erwärmen konnte, bis es einem Marienkäfer unbehaglich wurde. Die Heere der Marienkäfer würden also vor ihr zittern. Den anderen wäre das ziemlich egal.

Sie hatte geglaubt, sehr stark und ein guter Ritter zu sein, jemand, der nicht in Versuchung käme, Unschuldige zu töten. Sie war ein als Junge verkleidetes, stummes Mädchen, verfolgt von den Kobolden, das aus ganzer Seele ein Neugeborenes hasste und dem es nicht gelungen war, eine alte Frau zu töten, schlicht aus Unfähigkeit. Die Mächte in ihr waren schwächer geworden, im Ausgleich dazu wuchs und gedieh in ihr eine dunkle Wurzel, die sie meinte ausgerissen zu haben an jenem Tag, als sie ihrem Vater gegenübergetreten war und ihn besiegt hatte, was aber scheinbar nur ein Scharmützel gewesen war in dem Krieg, den sie jetzt im Begriff war zu verlieren.

Vielleicht weil Rois ein Junge war und damit eher

Dartred ähnlich, aber sein Dasein auf der Welt war ihr seit jeher wie ein Glück erschienen, das eines Verbündeten oder wenigstens eines möglichen Knappen.

Roa dagegen war ein Mädchen, also eher Mariel ähnlich, die Beziehung zu Mariel aber war alles in allem nie ganz störungsfrei gewesen, nicht ganz klar. Vom Groll der frühen Jahre war eine Spur geblieben. Oder weil Roa mehr ihr selbst, Hania, ähnelte und sich daraus eine Rivalität ergab.

Zuletzt kam Hania in den Sinn, dass der Entstehungsort eine Rolle spielen konnte. Rois war damals in einem Turm gezeugt worden, in dem die Anwesenheit eines guten Geists noch spürbar war, während Geno ganz ihrem finsteren Vater gehörte, wenn es auch noch nicht zum Reich der Verdammnis gehörte.

Instinktiv griff sich Hania an den Hals, um den grünen Stein zu berühren, aber er war nicht mehr da: Sie hatte ihn Madame Tara gegeben. Das war eine schöne Idee gewesen, hatte die Alte für immer zum Schweigen gebracht, aber jetzt hatte Hania ihn nicht mehr. Der Stein fehlte ihr verdammt sehr.

Dass ihre Seele wie eine Fahne im Wind flatterte wegen eines Stückchens Materie wie einem Anhänger, bestürzte sie. Sie war Hania, die stumme Hexe, der Schrecken der Marienkäfer, Herrin der Heiserkeit, die ein Neugeborenes hasste.

Mit der Zeit schwächte sich Hanias Hass auf Roa ab, es blieb nur ein dumpfer Groll, der jedoch wieder aufflackerte, als Mariel der Kleinen im Alter von sechs Monaten eine kleine Puppe machte, eine absolut idiotische Idee, die nur einer Idiotin wie ihr in den Sinn kommen konnte.

Roa war ein durchschnittliches Mädchen, ausgestattet mit der durchschnittlichen, also an sich schon mangelhaften menschlichen Intelligenz, noch weiter verringert durch ihr Alter, weshalb es klar war, dass sie nicht imstande war, eine Puppe von einem toten Fisch zu unterscheiden.

Hania war in Versuchung, das Spielzeug ins Meer zu werfen, nachdem sie ihm einen Stein an den reizenden Rock aus rosa Stoff gehängt hatte, doch dann verzichtete sie darauf, denn das wäre doch wirklich kindisch gewesen, also ihrer unwürdig. Zudem erinnerte es sie verdammt an die ins Meer geworfenen Kinder, die nun Kobolde waren. Es bestand dann die Gefahr, dass so eine Geste deren Wut entfachen könnte, mit einer neuen Sturmflut, oder schlimmer noch, mit ununterbrochenem Jammern, einem ständigen Gewimmer, das tagelang anhalten konnte. Zudem gefiel es Hania nicht. Ein Ritter tat nichts heimlich und warf nicht das Spielzeug von Kindern weg, auch wenn sie verabscheuungswürdig und abscheulich waren.

Seitdem Roa die Puppe hatte, bekam Hania immer häufiger wegen jeder Kleinigkeit Wutausbrüche, und der Widerwille gegen Mariel kehrte zurück.

Wenn ihre Mutter Roa stillte, musste Hania heroische Anstrengungen unternehmen, damit sie der Kleinen nicht die Kehle zudrückte, sie zum Husten brachte: Vielleicht würde sie ersticken und das Problem hätte sich von selbst erledigt.

Als Roa ein Jahr alt war, wurde sie endlich entwöhnt. Zu blöd, um Laufen zu lernen, kroch sie weiterhin am Boden herum, wobei sie die Puppe überallhin mitschleifte, und da sie sie in der Hand hielt, die zum Laufen diente, war sie unglaublich schmutzig geworden.

Hania wäre nicht auf allen vieren herumgekrochen und hätte die Puppe sauber gehalten.

Die Kobolde setzten ihr weiterhin zu, und sie hasste die Weisen immer mehr, mit denen sie besänftigt werden mussten.

Alles glitt ins Schwarze ab, da war etwas in Geno, das einen hinunterzog, wie schwere Körper, wenn man sie ins Meer wirft, wie der Körper eines kleinen, mit einem großen Stein beschwerten Kindes, um nur ein Beispiel zu nennen, oder einer kleinen, mit einem kleinen Stein beschwerten Puppe.

Vielleicht als Ausgleich zu der Puppe für Roa kam Dartred, der entschieden der Intelligentere von den beiden war, auf die Idee, Hania und Rois ein Schachbrett mit Figuren zu schenken, die er auf einem kleinen Markt für nützliche kleine Dinge erstanden hatte. So ein Spiel konnte einen aufheitern, wenn die Sturmflut Tage dauerte und der Regen aufs Dach trommelte.

Hania kannte natürlich alle Regeln und alle möglichen Schachzüge und stets schlug sie Rois mit der größten Leichtigkeit. Aber auch so war das Spiel nützlich. Sie musste die größten Anstrengungen unternehmen, um die Farbe zu wechseln, auch mit den weißen Figuren zu spielen und nicht immer die schwarzen zu verlangen. Und dann lernte sie in gewisser Weise Bewunderung für die Beharrlichkeit des Bruders, der tapfer weiterspielte, auch wenn er wusste, dass er verlieren würde.

Es war Frühling und der lang anhaltende, wenn auch gefährdete Frieden fand ein Ende.

Das Unheil traf Mariel wie der Blitz in einer Sommernacht und machte die Illusion zunichte, dass es Frieden und Zärtlichkeit geben könne. Die Nachricht erreichte sie durch einen Knochenhändler, den Dartred auf dem Markt traf, wo er Köder kaufen wollte. Die Knochen waren die Überreste der Tiere, die im Reich der Sieben Gipfel geschlachtet wurden, und sie eigneten sich gut als Köder. Sie gelangten auf ganz besonders unappetitlichen Karren ans Meer, die von einem dichten Fliegenschwarm und einem unerträglichen Gestank umgeben waren. Früher waren sie in einer langen, ununterbrochenen Reihe gekommen, jetzt kamen sie seltener, weil das Vieh, wie das Glück, im Reich der Sieben Gipfel im Abnehmen begriffen war. Wie es hieß, wurde eine Herde aus drei mageren Kühen als unvorstellbarer Reichtum betrachtet, ein Stall voll Hühner als märchenhafter Luxus.

Dartred lief nach Hause, um die Nachricht zu überbringen. *Die Königin des Reichs der Sieben Gipfel war wegen Hochverrats und Begünstigung des Bösen zum Tode verurteilt worden. Das Urteil würde in einem Monat vollstreckt werden, als Todesart war der Scheiterhaufen vorgesehen, sodass die Welt ein für alle Mal von ihrer Anwesenheit gereinigt wurde.* Mariels Mutter würde also auf die schmerzhafteste Weise sterben müssen, die in der ganzen Geschichte des kleinen Königreichs nie angewandt worden war. Das Reich der Sieben Gipfel war in Aufruhr vor Empörung, und überall brachen Revolten aus, die brutal erstickt wurden.

Bleich wie ein Leintuch sank Mariel zu Boden.

»Ich gehe hin«, sagte Dartred. »Sicher ist das eine Falle, es ist klar, dass dies eine Falle ist. Sie lassen sich so lange Zeit, weil sie sicher sind, dass wir kommen und versuchen werden, es zu verhindern. Sie erwarten Euch, nicht mich. Ich weiß nicht, was, aber irgendetwas werde ich bestimmt ausrichten können. Irgendetwas werde ich tun. Im schlimmsten Fall, wenn ich sie nicht retten kann, kann ich sie mit einem Pfeil töten. Eure Mutter wird nicht durch das Feuer sterben. Das schwöre ich Euch.«

Mariel blieb lang am Boden sitzen, stumm. Dann sagte sie: »Sicher ist das eine Falle, und sie greifen zu diesem Mittel, weil ihre Macht wankt. Überall gibt es Revolten, heißt es. Kleine Gruppen begehren auf, es sind verzweifelte Tumulte, die zum Scheitern verurteilt sind, weil sie spontan und lokal sind, aber wenn ich da wäre, könnte es gelingen, dem Regime den Stoß zu versetzen.«

»Die Leute hassen Euch, sie sind jahrelang gegen Euch aufgehetzt worden.«

»Das haben Euch die wenigen Händler erzählt, mit denen Ihr ein paar Worte wechseln konntet. Hierzulande hasst man das Reich der Sieben Gipfel, es ist eine Art Gewohnheit, das Schlechteste davon zu erzählen oder es zu erfinden, wenn es nicht genug davon gibt. Wenn ich mitkäme, könnten wir das Reich zurückerobern.«

»Es ist eine Falle. Sie wollen Euch. Wenn Ihr mitkämt, könnten sie Euch töten, und Eure Kinder wären Waisen«, erwiderte Dartred.

Mariel war aufgestanden und durchmaß den kleinen Raum mit großen Schritten.

»Ich weiß, aber die Nachricht vom Leiden meines Reiches betrübt mich in der Seele, und jetzt kommt das Grauen des Todes hinzu, den man meiner Mutter bereiten will. Ich bin mir gewiss, dass sich alles lösen lässt, jetzt, in kürzester Zeit, sodass meine Kinder endlich in Sicherheit leben können und mein Reich Frieden, Wohlstand, Gerechtigkeit und Güte wiederfindet. Fünfzig Männer würden genügen, um den Palast einzunehmen, vielleicht auch weniger. Ich kenne die geheimen Gänge und Verliese. Ich habe noch den Generalschlüssel für alle Schlösser. Bestimmt sind einige Männer mir nach wie vor treu ergeben, und wenn nicht mir, so meinem Vater. Ich kenne alle Zugangswege, ich bin seine Erbin. Ich weiß, dass Ihr recht habt. Die Vorstellung, meine Kinder zu verlassen, ist mir unerträglich, sie als Waisen zurückzulassen noch mehr. Aber wenn ich dabei bin, ist es ein Leichtes, den Palast einzunehmen, und das würde genügen, um das Reich zurückzuerobern. Wir retten meine Mutter und mein Volk. Wir wissen alle, dass ein Angriff des Finsteren unmittelbar bevorsteht. Also soll das Reich der Sieben Gipfel in die Lage versetzt werden zu kämpfen, geeint unter der Königin. Die Zeiten der Finsternis sind vorbei, die Zeit des Exils ist zu Ende.«

»Herrin, Ihr kommt nicht mit. Ich erlaube Euch nicht, dieses Risiko einzugehen.«

»Herr, ich bin Eure Gemahlin und bin glücklich darüber, aber ich bin und bleibe Mariel von den Sieben Gipfeln und brauche niemandes Erlaubnis«, antwortete sie.

»Ihr kommt nicht mit«, sagte Dartred.

Hania beschloss einzugreifen, bevor ihre Mutter sich in eine ausweglose Situation hineinmanövrierte, mit dem erschwerenden Umstand, dass sie ihr, Hania, die Verantwortung für ihre kleine Schwester aufbürden würde.

Sie zeigte nach oben an die Decke und dann nach Norden, die Richtung, in der das Reich der Sieben Gipfel lag.

»Den Storch schicken?«, fragte Dartred.

»Er kann nachschauen, was vor sich geht, und Hania kann es durch seine Augen sehen. Er braucht nur wenige Tage«, übersetzte Rois.

»Das ist purer Zeitverlust. Was auch immer der Storch sehen mag, die Situation bleibt unverändert. Ich werde gehen, weil die Königin bei lebendigem Leib verbrannt werden soll und jemand versuchen muss, das zu verhindern. Und Ihr bleibt hier, weil Ihr die Mutter von drei Kindern seid, wovon das jüngste nicht einmal ein Jahr alt ist. Außerdem machen sie im Reich Jagd auf Störche, weil sie wissen, dass sie von uns kommen. Das arme Tier wird als Frikassee mit Nelken enden, und die Leute werden wissen, dass wir sie ausspionieren. Und dann tut es mir auch für ihn leid, es hat mich ein Vermögen gekostet, ihn zu retten, und es täte mir leid, ihn im Kochtopf enden zu sehen.«

»Hania wird den Storch schicken und ihm raten, sehr hoch zu fliegen, oberhalb jeder Bedrohung«, befahl Mariel. »Wenn er keine Aufstände sieht, wenn er nur eine Welt voller Ungerechtigkeit sieht, dann geht Ihr allein. Wenn er etwas anderes sieht, wenn es eine Möglichkeit gibt, mein Reich zu heilen und zu retten, dann gehen wir gemeinsam.«

Damit waren wenigstens die Diskussionen beendet. Der Storch würde wiederkehren mit nichts im Kopf. Wenn man ihn zu Frikassee verarbeitete, würde er sich wenigstens den Tod durch Altersschwäche ersparen. Ihre Mutter würde weiterhin für Roa Mutter spielen. Dartred würde vielleicht ums Leben kommen, oder er würde zurückkehren, Hania hoffte sehr auf seine Rückkehr, aber wenn nicht, wäre das auch nicht so schlimm, denn so ist nun einmal das Leben, und man musste sich damit abfinden.

Der Storch erhob sich zum Flug, und alle fingen an, den Himmel abzusuchen und die Tage zu zählen, alle außer Roa und ihrer dummen Puppe.

Eine Woche später brach Dartred auf, er ging davon aus, dass der Storch sein Leben eingebüßt hatte, was schade war, aber so ging das nun einmal zu in der Welt, und wenn er rechtzeitig kommen wollte, durfte er nicht länger warten. Er verabschiedete sich von Hania, indem er ihr eine Hand auf die Schulter legte und sie lang ansah.

»Sei du immer ein Ritter«, sagte er zu ihr.

Von seinen Kindern verabschiedete er sich mit einer Umarmung.

»Auf dass ich immer so stolz sein kann auf dich, wie ich es immer war«, sagte er zu Rois. Die Kleine hielt er lang im Arm, dann kniete er vor Mariel nieder.

»Meine Herrin und Gattin, mir fehlen die Worte, um Euch zu sagen, wie sehr jeder Augenblick Eurer Gegenwart eine Ehre für mich war und wie unwürdig ich mich ihrer fühle. Ich werde Eure Mutter retten und all meine Kraft und meinen ganzen Mut dafür aufwenden. Ade, meine Herrin. Ich werde alles daransetzen, heil wiederzukommen und Euer Lächeln wiedersehen zu können.«

Rois fing an zu weinen, Mariel auch. Schließlich ging Dartred. Er nahm seine Axt mit. Wenn er ums Leben kam, würden sie auch die Axt verlieren, eine der besonderen Waffen mit dem besonderen Stein der Zwerge darin. Eine Katastrophe. Hania musste zugeben, dass es ein Geniestreich gewesen war, die Verbrennung der Königin gebührend frühzeitig anzukündigen. Wenn das eine Idee ihres anderen Bruders war, musste sie anerkennen, dass er strategische Fähigkeiten besaß.

Am Tag nach Dartreds Aufbruch kam endlich der Storch zurück. Hania hatte ihn sich schon als Frikassee vorgestellt und entdeckte bei seinem Anblick eine gewisse Freude in sich.

Das große Tier war erschöpft, es setzte sich in sein Nest

auf dem Hausdach, Hania ging zu ihm, gefolgt von Rois. Nach ihnen kam Mariel mit der kleinen Roa auf dem Arm. Das Haus lag in der Sonne, vom Meer her wehte eine Brise, es war ruhig und glänzte unter ihnen.

Hania legte eine Hand auf den Kopf des Storchs. Sie sah das Reich noch trauriger und elender als beim letzten Mal.

Das Tal der Sprudelnden Quellen war nur noch Schlamm und Sand, alles war besudelt, alles vertrocknet, auch der Granatapfelbaum, den sie hatte sprießen lassen in dem Moment, als sie glaubte, die Finsternis besiegt und die Welt befreit zu haben. Weiter im Norden überall Zeichen der Zerstörung. Bauernhöfe waren verwüstet, Menschen gehängt worden.

Große Schilder benannten überall das Verbrechen: für Prinzessin Mariel gekämpft zu haben. Je näher man an die Hauptstadt kam, desto mehr wurden es.

Das Reich der Sieben Gipfel war ein Ort geworden, wo die Leichname der Gehängten in der Sonne verwesten und im Wind schaukelten.

»Da sind niedergebrannte Gehöfte, durch den Galgen dezimierte Städte, sie wurden bestraft, weil sie Euren Namen in Erinnerung gerufen haben«, flüsterte Rois.

Mariel nickte, biss die Lippen zusammen, dann stand sie auf und blieb so stehen, ihr Schal flatterte im Wind, das Meer lag glänzend unter ihnen.

»Ich muss euch verlassen, meine geliebten Kinder. Ich bin Mariel von den Sieben Gipfeln und mein Volk braucht mich. Es liegt eine schreckliche Verantwortung im Königsein. Es ist eine Last, die einem immer bleibt, auch wenn man unbekannt und im Exil ist. Ich habe meinem Vater geschworen, dass ich sein Erbe übernehmen würde. Meine geliebten Kinder, euch zu verlassen zerreißt mir das Herz, aber ich muss gehen, ich habe keine andere Wahl.«

Tags darauf brach Mariel auf. Sie trug ihr Schwert bei sich. Sie umarmte Rois und hielt ihn lange fest, dann war Roa dran. Es war klar, dass sie ihre ganze Kraft aufwandte, um die Tränen zurückzuhalten. Endlich stand sie vor Hania.

»Ich wage nicht, dich zu umarmen, nicht weil ich es nicht mit ganzer Macht wollte, sondern weil ich gelernt habe, wie sehr dich das irritiert. Seit zwölf Jahren bin ich deine Mutter, und noch immer weiß ich nicht, wie ich dich berühren kann, ohne dass es dir unangenehm ist. Aber ich kann meine Liebe zu dir in Worten ausdrücken. *Ich liebe dich, meine Erstgeborene. Deiner Kraft und deinem Mut vertraue ich meine Kinder an.* Als ich entdeckte, dass ich dich im Leib trug, hielt ich es für das größte Unglück, jetzt weiß ich, dass es eine hohe Ehre war. Ich habe meine Liebe zu dir in meiner Seele verborgen gehalten, aber deshalb sollst du nicht denken, sie sei geringer als die zu deinen Geschwistern. Hania, du bist der Ritter des Lichts. Du besitzt eine Macht, die niemand bei dir vermutet, nicht einmal du selbst, du besitzt eine Kraft, die unendlich sein kann, und bist für diesen Krieg vorherbestimmt. Ade, geliebte Tochter.«

Mariel wischte sich mit dem Ärmel die Tränen aus dem Gesicht und lächelte tapfer.

»Meine geliebten Kinder, es wird alles gut gehen. Den nächsten Winter werdet ihr zu Hause verbringen, nicht eingesperrt in dieses Haus auf Pfählen, in der ständigen Angst, erkannt und verfolgt zu werden. Ich kann das nicht zulassen, jetzt, da ich weiß, dass der Sieg nahe ist, zum Greifen nahe, dass mein Volk im Aufstand gegen Anmaßung und Barbarei auf meiner Seite ist. Im Königspalast, der euch gehört, werdet ihr am Feuer sitzen und Kastanien essen, zusammen mit eurer Großmutter, die nicht getötet wird und die ihr kennenlernen werdet. Ihr werdet den Schnee kennenlernen, die riesigen Wälder aus Schwarzeichen, die großen weißen Tiger, die nur in unseren Bergen leben. Einer von ihnen, der schrecklichste, hat euren Großvater getötet, aber euer Vater hat ihn erlegt. Ihr werdet eure Geschichte und die eures Königreichs kennenlernen.«

Mariel drehte sich um und lief davon, um nicht wieder in Tränen auszubrechen.

Hania dachte, wenn sie nicht wiederkam, würden sie auch das Schwert verlieren.

Wenn sie erfolgreich war, wenn sie zurückkehren konnten, wäre sie die Kobolde los.

Jedenfalls kannte sie die ganze Geschichte schon, die der Welt und die des Königreichs.

Roa fing an zu weinen. Rois tröstete sie. Zum Glück war er gut darin.

22

Dame und Läufer

Mariel brach auf mit gebrochenem Herzen und voller Hoffnung. Sie biss die Zähne zusammen. Sie ertrug den Schmerz, der ihr beim Weinen der Kleinen das Herz zerriss, sie biss sich auf die Lippen, bis die Unterlippe blutete, und machte nicht kehrt.

Sie hatte ihre Kinder zurückgelassen, um für sie zu kämpfen, damit sie ein menschenwürdiges Leben führen konnten, nicht wie Mäuse in einem Mäuseloch.

Sie hatte ihre Kinder zurückgelassen, aber um für sie den Sieg zu erringen.

Während sie mit großen Schritten die grünen Abhänge des Bergs der Grauen Luft hinaufstieg, hellte sich ihr Gemüt auf. Sie würde es schaffen. Die Dunkelheit hatte ein Ende. Gepeinigt von der schlechten Regierung, würde ihr Volk seinen Mut und sein Zutrauen wiedergewinnen. Sie musste in den Kampf ziehen, sie musste ihr Reich retten, sodass ihre Kinder einen sicheren Ort hatten, wo sie sein konnten.

Sie würden nicht länger dem Klatsch eines Händlers ausgeliefert sein, den bösen Absichten einer widrigen Alten, die sie in jedem Augenblick dem Tod ausliefern konnte. Eine maßlose Fröhlichkeit brach sich in Mariel Bahn. Nach Jahren, in denen sie einer kleinlichen, alltäglichen, ständigen Angst ausgeliefert gewesen war, zog sie nun in den Kampf. Das Schwert trug sie auf den Rücken geschnallt, eingehüllt in eine Reihe kompliziert gefalteter Tücher, darüber einen Tragkorb mit Wäsche zum Wechseln, einem großen weißen Tuch und einer Art Glocke, bestehend aus zwei Löffeln, die mit einem Schöpflöffel zusammengebunden waren, und etwas Brot. Sie würde sich als Aussätzige verkleiden. Man würde die Hunde auf sie hetzen, die Menschen würde sie aber nicht zu fürchten haben.

Das Gewicht des Schwertes zu spüren, war pures Glück. Ihr Vater hatte es ihr gegeben, es war von Dartreds Vater geschmiedet worden, mit der Macht von einem der Zwerge, vielleicht dem mächtigsten, ihre Hände würden sein Heft umschließen, damit die Gerechtigkeit wiederhergestellt wurde.

Sie zog in den Kampf.

Sie würde siegen.

Mariel erreichte den Gipfel des Bergs, als die Sonne schon hoch stand. Sie blickte auf das Blau des Meeres, den klaren Horizont, tief fliegende Möwen und hoch droben den langsamen und majestätischen Flug der Falken.

Sie zog in den Kampf.

Sie würde siegen.

Ihre Kinder würden glücklich und in Sicherheit leben.

Ihr Volk ebenso.

Sie hüllte sich in das weiße Tuch und band es in der

Taille mit einem Strick zusammen, nachdem sie eine einzige Öffnung für die Augen hineingeschnitten hatte, und kehrte dem Meer den Rücken.

Mariel ging sieben Tage lang, ständig in Richtung Norden. Auf der Straße, wo immer seltener die Karren der Händler fuhren, hielt manchmal jemand an, um ihr ein Almosen zu geben. Sie hatte nie jemanden um etwas gebeten, und diese Großzügigkeit war ihr peinlich, als würde sie einen Diebstahl begehen, doch wagte sie nicht, die Gaben zurückzuweisen, aus Angst, sie könne Verdacht erregen. Ein Junge gab ihr die Hälfte seines Fladenbrots und lief davon. Ein alter Mann überließ ihr einen Krug sauberen Wassers, den sie behalten konnte, als Beweis dafür, dass es Freundlichkeit und Großzügigkeit unter den Menschen noch gab. Es stimmte also nicht, dass das Leben lediglich darin bestand, sich vor Hass in Sicherheit zu bringen und vor Verdächtigungen zu schützen. Auch wenn ihr Herz unter der Abwesenheit ihrer Kinder litt, hatte Mariel doch das Gefühl, wiedergeboren zu sein, wieder ihre Rolle als Prinzessin und Tochter von König Ari einzunehmen, die man gelehrt hatte, vor nichts Angst zu haben.

Aber dieses Vor-nichts-Angst-zu-Haben hatte sie immer mit äußeren Feinden in Verbindung gebracht, die mit Morgenstern, Schwert und Pfeilen bewaffnet waren. Nicht mit der Angst, wie sehr ihr jüngstes Kind weinen würde, während sie es nicht trösten konnte, wie groß die anderen zwei in ihrer Abwesenheit werden würden.

Sie war versucht, kehrtzumachen, zurückzugehen, aber dann überlegte sie, dass das kleine Haus auf Pfählen nicht das Haus ihrer Kinder war, sondern ihr Gefängnis. Ein Haus kann man verlassen, wann man Lust hat, man kann durch die Straßen streifen, mit anderen Kindern spielen, raufen, sich versöhnen, Zitronen stehlen, die über die Mauer des Gouverneursgartens herüberhängen. Ihren Kindern war es beschieden, eingesperrt zu leben, verborgen vor den Blicken der Welt, in Erwartung des Fehlers, der sie zum Tode verurteilen würde.

Sie hatte keine Wahl. Sie zog in den Kampf, für ihre Mutter, für ihre Kinder, für ihr Volk. Jeder dieser Gründe für sich genommen war die Unternehmung wert, zusammengenommen wurden sie zu einer absolut unausweichlichen Pflicht.

Jahrelang hatte sie eingesperrt in einem kleinen Raum gelebt, hatte allenfalls gewagt, aufs Dach zu steigen, um das Meer zu sehen. Ihr Körper brauchte ein paar Tage, um wieder zu Kräften zu kommen, die Fähigkeit wiederzufinden, lang ununterbrochen zu gehen. Und mit der Kraft kam die Freude wieder, die es ihr immer bereitet hatte, zu gehen, die Steine zu betrachten, das Gras, einen Fuchs oder eine Ziege zu sehen. Jahrelang war sie umgeben vom Meer gewesen, jetzt entdeckte sie den Geruch der Erde wieder.

Rasch brachte Mariel den dürren Landstrich hinter sich, der zwischen dem Leprösenasyl und dem Dorf der Mütter verlief, denn hier war ihre Verkleidung gefährlich, die Leprösen konnten sich ermuntert fühlen, sie aufzuhalten. Sie rationierte das Fladenbrot und das Wasser im Krug. Sie brauchte einen Mond, um die Wüste der Verlorenen Türme zu erreichen, und lange, heiße und frische Tage, um sie zu durchqueren. Es war Winter, die beste Jahreszeit.

Beim Tal der Sprudelnden Quellen traf sie auf Dartred. Der Ort war vollkommen verwüstet. Rois hatte es bereits gewusst, nachdem Hania im Geist des Storchs gelesen hatte, aber es gab keine Worte, um diese Reihen skelettartiger Bäumchen und völlig vertrockneter kleiner Palmen zu schildern, den schmutzigen Schlamm, in den sich die einst blauen Teiche verwandelt hatte, und die verschwundenen Sprudelnden Quellen.

Das Ganze war umstanden von einer dicht gedrängten Reihe von Soldaten, nicht einmal ein Kaninchen hätte sich da hindurchzwängen können, und auch Dartred war das nicht gelungen. Alles hier war Verwüstung, Schmutz, Verwahrlosung. Die Quelle roch nach Fäulnis und Verwesung. Irgendwo musste es Kadaver geben, denn über dieser Ödnis kreisten in der Höhe langsam die Geier.

Mariel war gerade rechtzeitig gekommen. Ihr Knappe stand zwischen zwei Bewaffneten, das Gesicht war voller Blutergüsse, und sie waren dabei, ihn zu hängen.

Es war klar, dass er haltgemacht hatte in der Hoffnung, etwas Heiliges Wasser mitzunehmen. Wenn ihm das gelungen wäre, hätte er damit eine fabelhafte Waffe gehabt. Als Dieb war er nie besonders gut gewesen, dafür gelang es ihm, sich erwischen und festnehmen zu lassen. Mariel rechnete kurz nach: Das wäre das dritte Mal, dass sie ihm das Leben rettete. Hinkend näherte sie sich den Soldaten.

»Ein bisschen Heiliges Wasser für eine arme alte Kranke«, rief sie mit schriller Stimme, die Dartred aber sofort erkannte. Er hob kurz den Kopf und fixierte sie einen Augenblick, dann sah er die Soldaten an, die ihn mitschleiften und von ihr abgelenkt waren.

»Das Zeug hilft nichts gegen Krankheiten und gegen Lepra schon gar nicht, also verschwinde, bevor wir dich umbringen«, schrie der Anführer, ein älterer Mann mit dem müden Gesicht dessen, der auf der Welt mehr gesehen hat, als er wollte.

»Meine Krankheit sitzt in der Seele, sie plagt meinen Geist wie Krähen im Winterwind, wenn die Wolken so niedrig hängen, dass man fast die Erinnerung daran verliert, dass es einen klaren Himmel geben kann. Die Verzweiflung über meine Krankheit hat meinem Geist die Heiterkeit geraubt, er verzehrt sich nun im Hass auf den Himmel und die Welt. Das Heilige Wasser könnte das heilen und ich würde meinem Tod heiter und gelassen entgegensehen. Und außerdem, werte Herren und tapfere Krieger, wie wollt ihr meinem elenden Leben ein Ende setzen? Erwürgen könnt ihr mich nicht, denn meinen Körper zu berühren bringt den Tod. Ihr könntet auf die Treffsicherheit eines guten Bogenschützen setzen, doch was wollt ihr dann mit meinem verseuchten Blut anfangen, das die Erde tränkt und verflucht, vor allem aber mit meinen sterblichen Überresten, die nach meinem Ableben nur noch mehr Schaden anrichten können? Wisst ihr nicht, dass vom Körper eines Leprösen, der auf gewaltsame Weise getötet wurde und dessen Blut die Erde tränkt, üble Dämpfe aufsteigen, die den vergiften, der sie einatmet, sodass auch er unter verheerenden Schmerzen und mit grausamer Langsamkeit ins Reich des Todes hinübergeht, so wie ich? So habe ich die Krankheit bekommen. Mein geliebter Vater tötete mit einem Pfeil einen Leprösen, der an unserer Tür betteln kam, und wir alle haben uns angesteckt. Begeht nicht denselben schrecklichen Fehler. Und dann, tapfere Krieger, wie wollt ihr meinen Leichnam beiseiteräumen? Wer von euch wird meine von verseuchtem Blut getränkten Verbände berühren und sich davon anstecken lassen?«

Es entbrannte eine heftige Diskussion. Dass es ansteckend war, ihren Körper zu berühren, war bekannt. Noch nicht gehört hatte man dagegen, dass die Ausdünstungen eines verletzten Leprösen die Krankheit übertagen konnten, denn das hatte Mariel soeben erfunden. Aber die Lepra verbreitete solchen Schrecken, dass niemand Wert darauf legte, die Wahrhaftigkeit dieser Information zu überprüfen. Sie trat näher an die Soldaten heran.

Endlich beschloss der Alte, der alle hier befehligte, einzugreifen.

Er zeigte auf Dartred.

»He, du, schaff sie weg, und dein Leben soll verschont bleiben. Nimm sie mit und ich lass dich gehen. Idioten, die das Zeug hier rauben wollen, in der Meinung, es sei etwas wert, gibt es zuhauf. Auch wenn ich einen weniger aufhänge, meinen Sold bekomme ich sowieso. Für Lepröse, die es wagen, ihren Fuß in unser Land zu setzen, gilt die Todesstrafe, aber die soll wer anderer verhängen. Ich habe schon diese lächerlichen Sümpfe hier verteidigt. Soll ein anderer Kamerad das übernehmen, so verdient auch er sich seinen Sold.«

Sie banden Dartred die Hände los und er ließ sich den Befehl nicht zweimal sagen. Mit entschlossener und böser Miene schoss er auf Mariel los. Sie machte ein paar halbherzige Versuche, sich dem Zugriff zu entziehen, lief mit spitzen Schreien im Zickzack, dem machte Dartred ein Ende, indem er sie bei einem Arm packte und wegschleifte.

»Sie haben mir die Axt abgenommen«, flüsterte er, als sie in einiger Entfernung waren. »Ihr habt eine Verrücktheit begangen, unsere Kinder allein zu lassen und hierherzukommen.«

»Ich habe Euch das Leben gerettet.«

»Durch einen Glücksfall. Wenn Euer Trick nicht verfangen hätte, was hättet Ihr getan?«

»Nichts, ich hätte Euch sterben lassen und wäre selbst nachsehen gegangen, ob man etwas für die Königin, meine Mutter, tun kann, da der einzige Helfer, den ich schicken konnte, sich hat festnehmen lassen. Doch ich hätte Euren Tod beweint, und das ist doch ein schöner Zug. Und verschwendet nicht Eure Zeit mit Danksagungen, gern geschehen, es war mir ein Vergnügen. Es tut mir leid um Eure Axt. Es ist ein herber Schlag, seine Waffen zu verlieren, sei es, weil man sie so nicht mehr hat, sei es, weil nun der Feind sie hat. Wir haben nur noch mein Schwert, das Schwert meines Vaters. Das Eure und Eure Axt sind schon in Händen der Feinde«, entgegnete sie ruhig.

Sie war auf dem Weg zum Sieg. Alles glückte ihr.

»Ich bin der Ritter des Lichts, Vater, Ihr könnt stolz auf mich sein«, murmelte sie bei sich unter dem Tuch.

Sobald sie sicher waren, außer Sichtweite zu sein, entledigte Mariel sich des Tuchs und der komischen Glocke und warf alles in einen Graben. Jemand würde diese Gegenstände finden und sie dann wieder ihrer häuslichen Bestimmung zuführen, für die sie gemacht waren. Für die Leprösen galt die Todesstrafe, wie es schien, und mit Dartred an ihrer Seite bestand keine Notwendigkeit mehr, sich zu verstecken. Durch ihr Land zu gehen, mit offenem Gesicht, das Schwert über der Schulter, ihren Gatten, der auch ihr Knappe war, neben sich, erfüllte Mariel mit solcher Freude, dass sogar der Schmerz über die zurückgelassenen Kinder sich etwas abschwächte. Sie wiederholte sich, dass sie in Sicherheit waren. Hanias Kraft und Rois' Besonnenheit würden die Kleine schützen.

Gemeinsam setzten sie ihren Weg fort. Im Reich herrschten allenthalben Vernachlässigung, Verwüstung, Wahnsinn und Elend. Die Bewässerungskanäle hatten den Mangel an Wartung nicht überstanden. Einst fruchtbare Felder hatten sich in Sümpfe verwandelt oder in kahle gelbe Grasflächen. Die Holzbrücken waren manchmal so abgenutzt, dass sie zu betreten einer Mutprobe gleichkam. Dafür wurden alle von Soldaten bewacht, die für die Überquerung einen Obolus verlangten.

Sie nächtigten in elenden Gasthöfen und mussten feststellen, dass man für einen Teller wässriger und schaler Gemüsesuppe einen Obolus entrichten musste, ebenso wie für jedes Stück Brot, das man auf dem Markt erstand, für jedes gepflückte Stück Obst, für jeden Kohlkopf aus einem Garten, auch wenn man der Eigentümer dieser Pflanzen war, und sogar für Kastanien und Pilze, die immer alle in den Wäldern gesammelt hatten, wurde jetzt ein Entgelt verlangt.

Überall an den Wänden Aushänge, die schreckliche Strafen bis hin zum Tod durch Erhängen ankündigten für diejenigen, die versuchen sollten, die Bezahlung zu umgehen, klarerweise der Grund für den Niedergang des Reichs.

»Sie haben keinen Preis für die Luft festgelegt, die man atmet«, bemerkte Mariel.

Das Einzige, was nicht mit einem Obolus belegt war, der den Preis verdoppelte oder verdreifachte, war eine Art schwärzliches Bier, ein tödliches Gesöff, das den Namen *Bier der Regentin* trug. Es wurde überall sehr billig verkauft, war bitter und sauer und brannte in der Kehle und in den Eingeweiden. Es genügte sehr wenig davon, um einen traurigen Rausch auszulösen, der nicht in Schlaf überging und im Mund tagelang einen bitteren Gallegeschmack zurückließ.

»Ein echtes Geschenk für das Volk, fast so gut wie die Würfel, nein vielleicht noch besser«, bemerkte Mariel.

»Die beiden Gaben ergänzen sich gegenseitig. Die Würfel führen zur Verzweiflung, und das Bier könnte sie vergessen machen, aber während sie trinken, spielen sie noch mehr«, sagte Dartred. Nichts war dem Zufall überlassen in dem Reich, das nun unter einem Fluch stand.

23

Ein Ort der Verwahrlosung

Endlich gelangten sie ins Zentrum des kleinen Reichs, sein Herz.

Mariel war wieder zu Hause.

Was einst ihr Schloss gewesen war, erhob sich auf einem steilen Hügel genau in der Mitte des kreisförmigen Tals, welches das Reich ausmachte. Es bestand aus einem zentralen Bau und einer eigenartigen Befestigungsmauer, die wie ein Schneckenhaus spiralförmig angelegt war. Dank einer Reihe von Toren aus Holz und Eisen konnte man so den Zugang in abgeschlossene, konzentrische Abschnitte unterteilen, was der Verteidigung gegen Belagerung oder Angriff diente.

Unten lag die Hauptstadt Dovor am gleichnamigen Fluss, über den zwei große Steinbrücken führten, eine im Osten und eine im Westen. Die Stadt bestand aus einem hübsch angeordneten Ensemble von Holzhäusern.

Das verwendete Holz war das der schwarzen Eiche, widerstandsfähig gegen Feuer und wasserundurchlässig. Seine dunkle Farbe trat in den Schindeln, an den Rahmen der schmalen Fenster und den großen Toren besonders hervor. Die bunten Farben, die einst die Häuser geziert hatten, waren verschwunden, es blieben davon nur unregelmäßige, verblichene Flecken, die das Aussehen der Stadt der Haut eines hässlichen wilden Tiers ähnlich machte, bestimmt nicht des Tigers, vielleicht einer Hyäne. Die Stadt hüllte sich in Düsternis, Krähenschwärme zogen langsam zwischen den Dächern hin und her, die Tauben waren vertrieben worden.

Die Taubentürme waren leer. Alles war entsetzlich verwahrlost und heruntergekommen. Überall waren Soldaten, aber zum Glück hatten sie nur gelangweilte und unwirsche Blicke für sie übrig, dann kehrten sie wieder zum Würfelspiel zurück.

Überall in der kleinen Hauptstadt wurde gewürfelt, an jeder Ecke: eine zügellose Leidenschaft, die alle erfasst hatte, auch die alten Weiblein, die auf dem Markt Äpfel verkauften, selbst die Kinder, die auf andere Spiele wie Fangen oder Verstecken verzichteten zugunsten dieses Wahnsinns.

»Wir suchen meine Brüder Tori und Ripi. Sie haben eine Herberge. Sie werden uns helfen, uns verstecken und etwas Anständiges zu essen geben. Wer weiß, vielleicht ein Huhn. Mit einem halben Krug Bier dazu, von dem echten«, sagte Dartred,

Mit zerstreuter Miene fragte er ein paar Passanten, ob sie ihm sagen könnten, wo die *Herberge zum Amboss* wäre, zwei huschten erschrocken davon, der dritte wandte sich zu ihm um und packte ihn voll eines zudringlichen Interesses am Arm.

Mariel spürte, wie Abscheu sie überkam, und las ihn auch in Dartreds Gesicht, aber jetzt war es zu spät. Sie waren unvorsichtig gewesen. Mit einer heftigen Bewegung machte Dartred sich los, erfand etwas von einer Erinnerung an eine frühere Reise vor zehn Jahren und ging schnell mit ihr davon.

Die Ausrufer an den Straßenecken gaben ihre Botschaften mit einer Beredtheit bekannt, die eines besseren Zwecks würdig gewesen wäre. Alle unterstrichen sie, dass Elend und Verwahrlosung des Reichs ausschließlich das Ergebnis der verhassten Verschwörung der Prinzessin Mariel und ihrer Mutter sei, die in Gemeinschaft mit den Mächten der Finsternis aus purer Bosheit oder vielleicht aus Dummheit zugelassen hatten, das ein dämonisches Kind geboren werden konnte, was das Reich dem bösen Zauber ausgeliefert hatte.

Was Prinzessin Mariel anging, so hoffte man ihrer noch habhaft zu werden, unterdessen hatte man ihre Mutter der Justiz übergeben, so war schon einmal ein erster Schritt getan, nicht ausreichend und nicht umfassend, sicher, um das Reich in seinem alten Glanz wiederherzustellen, doch immerhin ein Beweis des guten Willens gegen das Böse.

Da nicht klar war, in welchem Umfang die alte Königin an der Verschwörung beteiligt war, würde man sie, um sicherzugehen, verbrennen. Die Erde sollte nicht mit ihrem Leichnam vergiftet werden, sie war ohnehin schon belastet genug. Die Verbrennung würde in neun Tagen stattfinden und die neue Regentin würde an der Zeremonie teilnehmen.

Fürs Volk würde es karamellisierte Äpfel geben, zu einem herabgesetzten Preis, weil der Obolus ausnahmsweise nicht erhoben würde, und das wunderbare Schauspiel eines Gauklers, der Hunde tanzen ließ.

Viele der Ausrufer hatten echte schauspielerische Fähigkeiten, und jedes Mal, wenn sie Mariel oder ihre Mutter beim Namen nannten, setzten sie ein durch und durch böses Grinsen auf, um sie noch hassenswerter zu machen, und Schreie des Abscheus erhoben sich aus der Menge.

Mariel sah ihnen fasziniert zu, wie hypnotisiert, mit angehaltenem Atem.

»Auf einer Bühne würden sie sich wirklich gut machen. Wie ist es möglich, dass sie mich so sehr hassen, wenn es im übrigen Land in meinem Namen Aufstände gibt?«

»Vielleicht die Nähe zur korrupten Macht, die jetzt im Schloss residiert oder …« Dartred unterbrach sich. Zum ersten Mal in ihrem ganzen Leben sah sie Angst in seinen Augen. »Ihr seid in Gefahr, weg von hier«, zischte er und zog sie an einem Arm in eine dunkle Seitengasse. »Die Schilder, die wir gesehen haben, zeigten alle nach oben. Sie sind so gemacht, damit sie von einem Storch gesehen werden können.«

»Aber wie ist das möglich? Das ergibt überhaupt keinen Sinn! Wie konnten sie das wissen?«

»Sie wissen es. Sie haben alle Störche getötet, Madame Tara hat es Euch gesagt, weil sie wissen, dass Hania durch ihre Augen sehen kann. Sie müssen unseren Storch beim ersten Mal gesehen haben, als er uns die Nachricht brachte. Aber sie haben ihn auf seiner letzten Reise nicht getötet. Sie haben ihn erwartet. Herrin, wisst Ihr, mit wem wir es zu tun haben? Die Mächte der Finsternis, die auf ihrer Seite stehen, haben verstanden und entsprechend gehandelt. Es ist eine Falle, sie haben uns erwartet, sie haben *Euch* erwartet.«

In der dunklen Gasse wurde es noch dunkler. Mariel wandte den Kopf.

Eine Gruppe Soldaten versperrte den Zugang.

Sie waren in eine Sackgasse geraten.

»Was machen wir?«, fragte Dartred.

Sie hatte noch ihr Schwert, aber das waren ihre Soldaten, Diener ihres Landes.

Sie hielt ihn zurück. Sie wandte sich den Männern zu und schlug den Schleier zurück, der ihr Gesicht verborgen hatte.

»Ich bin Mariel, die Tochter von König Ari, Prinzessin dieses Reichs. Ich bin in mein Land zurückgekehrt, um es nie mehr zu verlassen, um meine Rolle wieder einzunehmen, um meine Mutter von den grauenhaften Verdächtigungen zu befreien, die ihre Unschuld beflecken, und vor der schrecklichen Hinrichtung, die sie erwartet, zu bewahren, um meinem Volk, das jetzt von Elend und Verzweiflung geplagt wird, seine Würde wiederzugeben. Daher bitte und befehle ich euch: Seid ihr der erste Kern meiner Armee, mit der ich das Reich zurückerobern werde, seid ihr meine ersten Statthalter.«

Sie wartete ab, und wieder war sie sicher, dass alles gut gehen würde. Die Schilder hatten nicht nur nach oben gezeigt, sondern auch ein bisschen nach vorn, sie hatten sie so aufgestellt, damit man sie vom Himmel aus sah, um seine Milde anzurufen. Jetzt war sie zurückgekommen. Es würde alles gut werden.

»Ich nix versten, du jetzt halt«, brüllten die Soldaten, die den Zugang zur Gasse versperrten.

»Das sind die Barbaren aus dem Norden«, rief Dartred. »Im Krieg haben wir sie zurückgeworfen und jetzt gehören sie zu unserem Heer.«

Er zog das Schwert, das Mariel am Rücken trug, und dann stellte er sich zwischen die Soldaten und Mariel, um sie zu schützen. Eine Wolke von Pfeilen traf ihn und streckte ihn nieder. Die Soldaten waren sofort bei ihm, hoben ihn hoch und schleiften ihn weg.

Dartred hinterließ eine Blutspur, auf die sich bald die Fliegen stürzen würden.

Mariel dachte noch, dass der Herr der Finsternis, König der Zerstörung und des Todes, in gewissem Sinn Herr der Fliegen war.

Man schleppte Mariel in eine kleine Zelle direkt unter dem Dach des Hauptturms, wo es nie Zellen gegeben hatte. Sie war klein, unglaublich schmutzig, es stank darin, obwohl das hoch gelegene Fenster nur vergittert war. Die Tür war von außen mit einem Riegel verschlossen.

Da war noch das alte, von Rastrid, dem Zwerg, geschmiedete Schloss, durch lange Nichtbenutzung verrostet. Sie versuchte den wunderschönen Schlüssel hineinzustecken, den sie seit jeher verborgen in einer Innentasche ihrer Jacke bei sich trug: Es ließ sich ohne Weiteres öffnen. Mit dem Riegel auf der anderen Seite war das freilich unnütz. Sicher, sie hätte sich in der Zelle verbarrikadieren können, sodass, wer hereinkommen wollte, die Tür hätte einrennen müssen, aber das wäre ein sinnloses Bravourstück gewesen.

Der Schlüssel war unnütz, doch er war schön, und sie wollte nicht, dass er verloren ging. Zudem war es wahrscheinlich, dass Sympathisanten mit ihrer Sache, vielleicht sogar ihre eigenen Kinder, dort drin landen würden.

Kämpfen, immer, auch wenn die Schlacht verloren scheint, wider alle Vernunft, immer. Das war die Regel der Ritter, denn wer für die Gerechtigkeit kämpft, ergibt sich nie. Weil kämpfen immer besser ist, als auf einem verdreckten Boden zu hocken und auf den Henker zu warten.

Wo konnte sie den Schlüssel lassen? Unter größter Anstrengung kletterte sie bis zu dem Fensterchen hinauf, fand dort, wo der Gitterstab im Mauerwerk verankert war, eine kleine Einbuchtung und steckte dort den Schlüssel hinein. Wer in einer Zelle eingesperrt ist, schaut früher oder später aus dem einzigen Fenster, das er hat, während es keinem der Kerkermeister in den Sinn kommen würde, da hinaufzuklettern, mit einem Fuß auf einem Mauervorsprung zu balancieren, in Gefahr hinunterzufallen. Von dort oben konnte sie den Platz unter freiem Himmel sehen.

Mariel blieb etliche Tage in der Zelle mit einem halben Teller Gemüsesuppe am Tag und sonst nichts. Man reichte ihn ihr durch die Luke in der Tür. Sie musste ihr Geschäft auf dem Boden verrichten, auf dem sie lebte, eine weitere

Schikane, die sie mehr erniedrigte als das spärliche Essen, aber es war der Gedanke an ihre Kinder, der sie in jedem Augenblick quälte.

Mariel konnte sich kaum mehr auf den Beinen halten, als sich die Eisentür öffnete und die Bäuerin eintrat, die andere Frau, die eine dämonische Schwangerschaft ausgetragen hatte. Sie war sauberer und schicklicher gekleidet als beim letzten Mal, als sie sich begegneten, aber immer noch ärmlich, wie eine Dienerin, mit drei Schals übereinander, wie jemand, der sich vor der Kälte schützen will und keine andere Möglichkeit hat, als mehrere Lagen übereinanderzuziehen.

»So begegnen wir uns wieder«, sagte sie. »Wie du siehst, war es Schicksal, dass ich dein Schwert hatte. Wenn du weggeblieben wärst und im Verborgenen, wärst du jetzt am Leben, so aber wirst du sterben.«

»Wir haben dein Leben und das deines Sohnes gerettet und dafür unser eigenes Leben aufs Spiel gesetzt«, rief Mariel ihr in Erinnerung.

»Das war schlecht«, folgerte die Bäuerin seelenruhig. »Dumm. Aber jetzt weißt du, dass du gut bist, und deswegen bist du zufrieden. Morgen hängen wir dich, aber vor der Küche, damit dich keiner sieht und womöglich rächen kommt. Aber du weißt, dass du gut warst, und bist zufrieden.«

Mariel nickte.

Eine einfache Mitteilung.

»Dartred? Mein Gatte? Könnt Ihr mir Nachricht von ihm geben?«

»In der Zelle nebenan. Er hat eine Menge Pfeile abbekommen, aber er hält was aus. Wir haben ihn gepflegt, morgen hängen wir euch, und du wirst sehen, er kommt auf seinen eigenen zwei Beinen zum Galgen. Vielleicht sage ich dem Henker, er soll ihm helfen.«

Mariel nickte noch einmal. Sie würde dieser Kreatur weder Angst noch Schmerz zeigen und ihr auch keine Gelegenheit bieten, weitere dumme Antworten auf unnütze Fragen zu geben. Sie würde sie nicht nach einem Prozess fragen oder darüber aufklären, wie gefährlich es war, den Kämpfern des Nordens zu erlauben, im eigenen Land Soldaten zu sein, weil klar war, dass es keinen Prozess geben würde und dass diese Kreatur für das Reich der Sieben Gipfel nur Hass übrig hatte.

»Wärt Ihr so freundlich, mir Nachricht von meiner Mutter zu geben?«

»Wir verbrennen sie nicht: Sie ist letztes Jahr von selbst gestorben, ein langer Winter, weißt du, ziemlich kalt. Kein Feuer im Kamin und offene Fenster müssen ihr geschadet haben. Oder wir haben vergessen, ihr zu essen zu geben. Wir haben sie in die Kellergewölbe geschafft, dort ist es kühler, und zum Glück war sie nur Haut und Knochen. Ein bisschen was haben die Ratten gefressen, aber etwas ist noch übrig. Sie zu verbrennen, wäre gefährlich gewesen. Da ist immer wer, der den Helden spielen will. Jetzt sagen wir, sie ist tot, und so sind alle zufrieden, die, die sie tot wollten, und die, die sie nicht verbrennen wollten. Alle zufrieden. Ich bin eine große Königin. Gibt's sonst noch etwas, was du wissen willst?«

»Euer Sohn?«

»Hässlich und normal. Er spricht. Deins ist die Hexe.«

»Er hat aber das Mal am Handgelenk.«

»Nein, nicht mehr. Eine schreckliche Sache, das arme Kind. Deine Mutter hatte eine Axt in der Hand, um mich zu töten, sie ist gestolpert und hat dem Kind den Arm abgehackt. Was für eine böse Frau! Deswegen haben wir sie in eine Zelle gesperrt. Wenn ich es bedenke, war es genau die hier.«

Mariel taumelte vor Abscheu. Sie tat so, als würde sie sich gegen die Wand lehnen, damit man es nicht bemerkte. Diese Frau hatte ihr eigenes Kind verstümmelt. Die Vorstellung von diesem abgehackten Arm, dem vergossenen Blut, dem Weinen des Kindes erfüllte ihren Geist, zusammen mit Mitleid für dieses Wesen, dessen Namen sie nicht kannte, dem sie das Leben gerettet hatte.

»Ein abgehackter Arm und jetzt bin ich hier die Königin. Dein Schwert gehört mir, dein Reich ist meines, ich schlafe in deinem Bett. Auf dem Thron sind jetzt Königin Joffa und ihr Sohn Robo. Das wird in den Büchern so geschrieben, ich kann nicht lesen, aber mein Name steht da schon drin.«

Sie lachte. Neid, Vergeltung, blanke Dummheit, ein gerüttelt Maß an Bosheit, die in Zeiten der Not gewöhnlich und alltäglich gewesen sein mussten, hatten hier fast epische Ausmaße erreicht.

Mariel war merkwürdig gelassen. Sie hatte Hania nicht getötet. Sie hatte Mitleid gehabt mit der Bäuerin und ihrem Sohn, Joffa und Robo hießen sie.

Sie war Erbin eines würdigen Geschlechts, das dem Tod mutig ins Auge blickte.

»Man muss den Helmbusch rein erhalten«, hatte ihr Vater gesagt.

Der weiße Helmbusch war durch Generationen hindurch das Wahrzeichen ihrer Familie gewesen. Seit ein paar Jahrzehnten war er aus ihrem Wappen verschwunden und durch den weißen Tiger ersetzt worden, aber die Erinnerung daran blieb.

Und wieder empfand sie Mitleid mit diesem Kind, das von der eigenen Mutter verstümmelt worden war. Mariel erinnerte sich an einen Fuhrmann, der ihr von Müttern erzählt hatte, die ihre Kinder blenden, damit sie als Bettler Geld verdienen können. Joffa flößte ihr denselben Abscheu und Robo dasselbe Mitleid ein wie damals diese Mütter und ihre Kinder.

Sie würden sich nicht halten können. Die Söldner, die sie angestellt hatten, damit sie das Volk unterdrückten und ausplünderten, würden ihnen früher oder später im Schlaf die Kehle durchschneiden. Oder auch im Wachen. Eher früher als später.

Der Herr der Finsternis schlug seine Feinde, das war erwiesen, aber er dürfte nicht sonderlich loyal gegenüber denen sein, die ihm dienten.

»Gibt es sonst noch etwas, was du wissen willst, Mariel der Sieben Gipfel, schöne, hohe Tochter eines Königs, die du das Schwert zu führen weißt und schreiben kannst? Wenn du mich fragst, gebe ich dir Auskunft.«

»Noch etwas«, sagte Mariel. Das sollte keine Beleidigung

sein, sondern ganz einfach eine Bitte aus Neugier. »Da Ihr nun Königin seid, könntet Ihr Euch da nicht ein bisschen besser kleiden? Ein dunkles Kleid, grün oder blau, mit einem breiten Gürtel würde Euch schlanker machen, ein Schleier aus weißer Spitze auf dem Haar würde dem Gesicht mehr Licht geben.«

Joffa wurde rot, dann bleich. Hass entstellte ihr verkrampftes Gesicht und die zusammengekniffenen Lippen noch mehr.

»Du sagst, ich bin hässlich? Zu hässlich für eine Königin? Das Volk mag eine ärmlich gekleidete Königin, auch weil wir hier aus Seide Putzlumpen gemacht haben. Wenn ich keine Seide trage, sehen sie, dass ich arm bin und denken, dass ich gut bin, während die Könige von früher schlecht waren und sich reich kleideten. Und wenn sie mich so arm sehen, dann wissen die Leute, dass es nichts zu hoffen gibt, und sie bleiben ruhig.«

Mariel nickte. Irgendwie war das genial, das musste sie zugeben. Aber auch sie war nicht von gestern. Und Joffas elender, verzehrender Neid, der Antrieb für ihre ganze Bosheit, der Wille, sich an ihre Stelle zu setzen, konnten für sie zur Falle werden.

»Auch mit bescheidenen Kleidern tragt stets etwas Helles ums Gesicht und der Rock sollte dunkler sein als das Mieder. Außerdem könntet Ihr ein Beispiel der Bescheidenheit geben, indem Ihr nur einen Schal tragt. Zwei oder drei übereinander könnten den Eindruck erwecken, es gehe nicht ums Warmhalten, sondern handle sich um Verschwendung. Es ist wirklich dumm zu meinen, es mache auf das Volk Eindruck, wenn man ihm Verschwendung vorführt. Man sieht, dass Ihr nie regiert habt, nie eine Schule besucht habt, um die Kunst des Regierens zu erlernen. Ich bin gestürzt, als ich versuchte, einer Mutter und ihrem Kind das Leben zu retten, Ihr stürzt über das Abc. Wisst Ihr, was das Abc ist, meine Liebe? Nicht einmal das wisst Ihr? Das sieht man. Gewiss, das sieht man. Auch hier in den Verliesen. Wisst Ihr, dass es den Rost fördert, wenn man sie nicht sauber hält? Die Gefängniswärter könnten Euch ein Lied von Verschwendung singen. Warum die Zellen mit einem Schloss und einer Kette verschließen? Das ist die Idee einer Frau, die nichts vom Regieren versteht. Aus diesen Ketten vor den Zellentüren könnte man etwas anderes machen. Man hängt eine Metallkugel an ein Stück Kette und schon hat man eine Waffe zum Kämpfen. Stattdessen bleiben diese Ketten unnütz vor den Türen hängen, die schon durch ein Schloss gesichert sind! Alle werden sich von Königin Joffa erzählen, dass sie von einem Schloss gesicherte Türen durch Ketten verschließen lässt und drei Schals übereinanderträgt, während es arme Frauen gibt, die nicht einmal einen haben! Meine Liebe, gewiss lacht man über Euch. Vorerst nur die, die sich auskennen, die Schmiede und die Gefängniswärter, aber wer weiß, es könnte sich herumsprechen!«

Hasserfüllt sah Joffa sie mit zusammengekniffenen Lippen an, dann ging sie endlich hinaus. In der elenden Zelle schien es heller zu werden.

24

Kommandant einer verlorenen Schlacht

Zum dritten Mal in seinem Leben kauerte Dartred auf dem eiskalten und stinkenden Boden einer Zelle und wartete darauf, gehängt zu werden. Das war eine Erfahrung, die in einem anständigen Leben nicht vorkommen sollte, und sie wurde noch bitterer dadurch, dass sie ihm zu wiederholten Malen zustieß. Diesmal würde niemand kommen, um ihn zu retten, und was schlimmer war, diesmal würde Mariel mit ihm sterben.

Und er hatte nicht einmal die Gewissheit, ihr Leben beschützt und sie in Sicherheit gebracht zu haben. »Es kommt immer noch schlimmer«, pflegte sein Vater zu sagen und wiederholte es ständig. Wenn Dartred es jetzt bedachte, dürfte das der Satz gewesen sein, den er am häufigsten zu hören bekommen hatte.

Er musste anerkennen, dass alles, was sein Vater sagte, die Wahrheit enthielt, und zwar nackt, ungeschminkt und unmittelbar einleuchtend. Um zu Stahl zu werden, musste ein Schwert durchs Feuer gehen; wurde der Schmiedevorgang mittendrin unterbrochen, kam nur Murks dabei heraus, und alles wurde immer noch schlimmer.

Dartred war in eine Falle getappt, eine Falle, in die auch seine Prinzessin und Gemahlin gegangen war. Der Köder war gut gewählt, das musste er anerkennen. Er würde getötet werden und dabei obendrein noch die Sorge und die Angst haben, seine Kinder in einer Welt von Wölfen zurückzulassen, und das war der letzte Pinselstrich, das Schlimmste.

Die Soldaten, die ihn gefangen genommen hatten, waren Barbaren aus dem Norden, die Speerspitze der Zerstörung, die Aristokratie des wahnwitzigen Hasses.

Die jungen Männer im Reich hatten nichts Besseres zu tun, als Hungers zu sterben oder auf ihren vier Buchstaben zu sitzen und zu würfeln.

Hätte man Soldaten anwerben wollen, so war das Angebot reich: große und kleine Kerle, intelligente und strohdumme, blonde, rot- oder schwarzhaarige, man hatte nur die Qual der Wahl.

Und doch ließ man zu, dass die schlimmsten Feinde des Reichs bis an die Zähne bewaffnet unter ihnen lebten. Dartred dachte an all die Männer, die im Kampf gegen sie gefallen waren, um sie draußen zu halten, an all das Blut, den Schmerz, und jetzt waren sie da, in Waffen, spielten die Herren über sein wehrloses Volk, nahmen schon seine Stelle ein, und es war klar, früher oder später würde der Zeitpunkt kommen für einen erneuten Krieg, eine erneute Invasion.

Und diesmal wäre er nicht da, um die Grenzen zu

schützen. Diesmal würde es für die Invasoren ein Leichtes sein, das Reich der Sieben Gipfel zu vernichten, ein Kinderspiel mit dem Volk der Sieben Gipfel, das unbewaffnet war, hilflos ausgeliefert den Invasoren in Uniform, die vorsorglich schon in jeder Stadt stationiert waren.

Der einzige erbärmliche Trost war, dass sie zuallererst denen, die sie regierten, die Kehle durchschneiden würden, angefangen von der falschen armen Königin, die am Leben war, weil er und Mariel sie gerettet hatten.

Und während schon Verzweiflung Dartred übermannen wollte, machte sich in dieser Niedergeschlagenheit fein und beharrlich der rote Faden der Hoffnung bemerkbar.

Die Worte waren Rois, Roa und natürlich Hania. Er ließ sie in einer grausamen Welt als Waisen zurück, doch ebenso wahr war, dass es sie gab und sie am Leben waren: Jeder von ihnen war ein Sieg.

Dartred erinnerte sich an die Nacht, als er den Tiger erlegt hatte, einen riesigen, männlichen Tiger, der seinerseits seinen König Ari getötet hatte, ein Tier, das – jetzt verstand er es – ein Abgesandter der Finsternis war. Also konnte die Finsternis besiegt werden.

»Ari, mein Herr«, murmelte er im Dunkel seiner Zelle. »Mit unendlicher Scham wende ich mich an Euch, weil es mir nicht gelungen ist, Eure Tochter zu retten, meine Gemahlin und Königin, die mit mir auf die Richtstätte schreiten wird, und ihr Tod lastet auf meiner Seele wie ein Mühlstein. Ihr Tod lässt die Welt verwaist zurück, und sie hinterlässt die drei Personen als Waisen, die ich am meisten liebe auf der Welt und die Ihr sicher noch mehr lieben würdet, wenn nicht bösartige Grausamkeit Euer Leben vorzeitig beendet hätte. Mit unendlichem Stolz kann ich Euch aber gleichzeitig sagen, dass ich Euer Knappe war, dass ich zum Ritter geworden bin und meine Nachfolger, Eure Erben, Rois, Hania und Roa, ausgebildet habe.«

Dartred unterbrach sich, weil ihm die Stimme versagte. Tränen standen ihm in den Augen, als er diese Namen nannte, aber er schluckte sie hinunter.

Die Kleine würde er nicht ausbilden. Er würde sie nicht im Schwertkampf unterrichten, und Mariel würde ihr nicht beibringen, wie man Kekse mit Rosinen backt oder welche ohne. Die Kleine würde ohne sie aufwachsen, die Erinnerung an ihre Eltern würde sich in einem unbestimmten Gefühl von Leere und Verlassenheit verlieren. Immer vorausgesetzt, dass ihr zartes Leben nicht vorzeitig ausgelöscht wurde. Dartred verscheuchte den Gedanken. Das würde nicht geschehen.

»Eure älteren Enkel sind Euer würdig, Herr. Hania hat die Kühnheit und den Mut, tagtäglich der Finsternis zu trotzen, die sie hervorgebracht hat, und Rois ist so weise und kann sie auf dieser Seite der Welt halten. Ihr würdet Gefallen an Euren Enkeln finden, Herr, auch an der Kleinen. Sie kann fast schon laufen und lernt, *Mama* zu sagen«, wieder unterbrach sich Dartred. Er würde nicht hören, wie sie das Wort *Papa* sagte. »Sie lernt *Mama* sagen, und ihre Geschwister werden sie beschützen, vor allen und allem schützen, und sie wird groß werden, auch ohne die Erinnerung an uns, sie wird es schaffen.«

Wieder unterbrach sich Dartred. Er holte tief Luft.

»Gut, mein Herr, es ist Krieg, immer derselbe, der zwischen der Finsternis und dem Leben. In ihrer Anmaßung, selbst Schöpfer zu sein, haben die Mächte der Finsternis ihren größten Feind hervorgebracht: Hania. Sie wird sie aufhalten, Herr, Hania wird alle retten. Ich weiß nicht wie, Herr, aber indem Eure Tochter das andere verfluchte Kind rettete, hat sie die Welt gerettet. Ich habe Eure Tochter Mariel nicht retten können, Herr, und dafür bitte ich Euch um Verzeihung. Es kommt immer noch schlimmer, und ich habe die Schlacht um das Leben Eurer Tochter verloren, aber den Krieg werden wir gewinnen, Herr. Ich weiß nicht wie, aber ich bin sicher, es gibt einen Weg, Eure ritterlichen Enkel werden ihn finden und ihn bis zum Ende gehen.«

Dartred legte sein Gesicht in die Hände und verharrte lange so. Dann aber stand er auf, kletterte trotz der frischen und schlecht versorgten Wunden an kleinen Mauervorsprüngen hinauf bis zu dem Fenster mit dem Gitter davor, das zum Glück so groß war, dass man eine Hand hindurchstrecken konnte.

25

Zusammen

Mühsam zog Mariel sich hoch bis zu dem vergitterten Fenster. Unten auf dem kleinen Platz bettelte eine Alte um Almosen. Sie war die Einzige, die ihre Zeit für etwas nutzte. Alle anderen vergeudeten sie, die einen auf den Stufen herumlungernd, die anderen an eine Hausmauer gelehnt.

Mariel wünschte aus ganzer Kraft, eine von diesen Lampen zu besitzen, wie sie in Märchen vorkommen: ein magischer Gegenstand, aus dem der Geist hervorkommen würde, der Wunder wirken kann. Sie würde ihn bitten, dass er ihr die Zeit geben möge, die alle anderen in Langeweile sinnlos verplemperten.

Sie wünschte von ganzem Herzen, etwas von der Zeit zu haben, die die Hausfrauen auf dem Markt mit bösem Tratsch über Kinder, Ehemänner und das Leben insgesamt hinbrachten. Sie hätte die Zeit haben wollen, die die Männer, um sich über ihr Leben zu trösten, bei Bier oder Würfelspiel vertaten. Sie hätte wenigstens die Zeit haben wollen, die sie selbst mit Jammern und Klagen zugebracht hatte. Alles zusammen hätte das ein Jährchen, vielleicht ein Jahrzehnt oder vielleicht drei ergeben, die Zeit, um ihre Kinder heranwachsen zu sehen, Roa, die Kleine mit dem runden Mondgesicht, Rois, den Weisen, und sie, Hania, ihre Älteste, das Kind der Finsternis, das dem Dunkel nicht nachgegeben hatte.

Die Kleine lernte gerade *Mama* sagen und sie würde es nun zu niemandem mehr sagen können. Sie würde heranwachsen, ohne dass sie ihr Lächeln und Lebendigsein beibringen konnte. Ihre Kleine, wie würde sie je verstehen, warum sie verlassen worden war, wie sollte sie je wissen, wie sehr sie geliebt worden war? Wie sehr sie sie liebte!

Hania blieb jetzt allein, sie war zwölf Jahre alt. Mariel ließ sie zurück mit der Aufgabe, ihre Geschwister und die Welt zu schützen. Der Dunkle war an allen Fronten im Vormarsch. Mehr denn je waren sie zwei, Mariel und Dartred, nötig, waren die Hoffnung, die einzigen zwei, die die Gerechtigkeit retten konnten, und sie würden sterben.

Aber da war Hania.

Mariel dachte an ihre Mutter, die an Schmerz, Kälte und Entbehrungen gestorben war, und sie bemerkte, wie sehr sie sie vermisst hatte. Wie sehr es ihr gefehlt hatte, ihr von Rois und Roa zu erzählen. Wenigstens hatte sie von Hania erfahren, dass sie vor dem Dunkel in Sicherheit war, dass Dartred bei ihr war und sie schützte.

Mariel streckte die Hand durch das Gitter hinaus und schob sie so weit wie möglich zur Zelle ihres Gemahls. Sie wusste, dass er dort war, und endlich berührten sich ihre Hände.

»Wie geht es Euch?«, fragte sie. »Euren Wunden?«

»Mit etwas Hilfe werde ich mich bis zum Galgen schleppen können, keine Angst, ich werde Euch kein Schande machen, im Augenblick bin ich Euer einziger Kämpfer«, antwortete Dartred. »Habt keine Angst«, sagte er weiter. »Es wird alles gut gehen. Der Tod wird schnell kommen. Wir fallen in die Tiefe, mit einem einzigen Ruck. Sie waren so freundlich und haben sich auf den Galgen beschränkt und dann werden wir für immer zusammen sein. Wir werden Eure und meine Eltern treffen, die hoffentlich nicht empört sind über unsere ungewöhnliche Verbindung. Wir werden den Zwerg wiedersehen, im Grunde war er es, der uns getraut hat.«

»Unsere Kinder«, setzte sie an.

»Unsere Kinder haben Hania. Zusammen mit Hania werden unsere Kinder den Dunklen aufhalten. Denkt daran, Herrin: Am Ende wird alles gut, und wenn jetzt noch nicht alles gut ist, so deshalb, weil wir noch nicht am Ende sind. Herrin, wenn der Dunkle existiert – das haben wir noch nie bedacht –, dann existiert auch das Licht, meine Herrin, meine Prinzessin und Gemahlin, fürchtet Euch nicht, auf dass nicht Angst Euer Herz verenge. Hingegen habt die Gewissheit, dass, wer dafür gekämpft hat, dass die Zärtlichkeit über die Barbarei triumphiert, die Wahrheit über die Lüge, dass der stets dem siegreichen Heer angehörte. Unsere Kinder werden siegen, meine Herrin, und deshalb sterben wir heute als Sieger, und es werden alle Toten als Sieger auferstehen, denn es ist uns bestimmt zu siegen, dem Dunklen ist bestimmt, zu unterliegen. Meine Herrin, ich bitte Euch, lächelt mir zu, auch wenn ich Euer Gesicht nicht sehen kann, schenkt mir als letzte Gnade Euer Lächeln. Ich kann Euch nicht sehen, aber ich höre aus Euren Worten, ob Ihr lächelt, also lächelt, bitte. Wir haben die Liebe gekannt, wir haben unbesiegbare Kinder in die Welt gesetzt, wie könnten wir dem Henker nicht unser Lächeln schenken, wie könnten wir ihm nicht zu verstehen geben, dass er den Kampf, uns in Verzweiflung zu stürzen, verloren hat?«

Mit tränenüberströmtem Gesicht gelang es Mariel zu lächeln.

Die Nacht brach herein und ein riesiger Mond ergoss sein reines Licht über die Welt. Mariel hielt ihre Hand, so lang sie konnte, in der Berührung mit der Dartreds, bis die unendliche Müdigkeit ihrer unterernährten Glieder sie zu Boden zwang. Der Henker würde am nächsten Morgen kommen, sie hatte wenig Zeit und wusste es.

Sie hörte ein Geräusch hinter sich, zu leise, als dass es von einem Menschen hätte sein können. Langsam drehte sie sich um. Der Herr der Finsternis stand vor ihr. Er war aus Dunkelheit gemacht und stand im Dunkeln und doch sah sie ihn.

»Endlich hab ich dich, endlich«, zischte der Schatten. Er war riesig, füllte die ganze winzige Zelle aus. Er überragte sie. Mariel verspürte einen merkwürdigen Jubel. Sie hatte überhaupt keine Angst mehr, sie hatte ihre Tränen schon alle geweint. Jetzt gefiel es ihr geradezu, ihn herausfordern zu können. Sie war Teil des siegreichen Heers.

»Meines Wissens bin ich nie am Nachmittag mit Euch spazieren gegangen noch habe ich je einen Becher Wein mit Euch geteilt, also habt die Güte, wenn Ihr Euch an mich wendet, dies in gesetzten Worten zu tun und Euch nicht lächerlich zu machen. Ich bin Mariel von den Sieben Gipfeln.«

Der Schatten wankte. Sarkasmus reizte ihn. Der Vorwurf, lächerlich zu sein, war Gift für ihn, genauso wie für Joffa.

»Du weißt nicht, wer ich wirklich bin«, zischte er.

»Nicht doch, ich weiß es ganz genau: ein schäbiger kleiner Dämon bist du, erfüllt von Neid auf die Welt, der nicht imstande wäre, auch nur einen Stein oder einen Klumpen Schlamm zu erschaffen. Du bist es, der nicht weiß, wer ich bin, du hast ja keine Vorstellung davon!«

»Und wer glaubst du denn zu sein? Ein Weib, das zusammen mit ihrem zerlumpten Kerl hingerichtet wird. Ich kann machen, dass du vor Schmerzen schreist, ich kann diese Zelle in Brand setzen, sodass du verbrennst.«

»Armer kleiner, alberner Dämon, du kannst meinen Körper verbrennen. Mein Körper wird sterben, entweder morgen durch den Henker oder hier drin von deiner Hand. Ich habe keine Wahl, ich muss sterben. Ein Punkt für dich, das gebe ich zu, aber ich kann mich dafür entscheiden, ohne Angst zu sterben, ohne Bedauern, ohne Gewissensbisse und auch ohne Groll. Ich habe ein großartiges Leben gehabt, Dämon, habe den Mann bekommen, den ich wollte, ich habe einen Kampf gekämpft, von dem ich weiß, dass er siegreich ist. Du willst mir Angst machen? Da hast du verloren, Dämon, du bist ein elender, armer Stümper. Körper verspüren Schmerz und Angst, und alles, was du kannst, ist, die Körper zu quälen. Ich habe es dir gesagt, Dämon, du weißt nicht, wer ich bin.«

Der Dunkle wankte, wurde kleiner und schrumpfte zusammen. Hania hatte recht. Er ertrug keinen Hohn.

»Und wer willst du denn sein, elendes Weib?«

»Soll ich es dir wirklich sagen? Bist du sicher, dass du es ertragen kannst? Ich bin die Tochter des Königs, der dich aufgehalten hat, Gemahlin des Kriegers, der dir die Stirn geboten und dich schon einmal besiegt hat, vor allem aber bin ich Mutter derjenigen, die dich besiegen, dich vernichten wird, ich bin die Mutter deiner eigenen Tochter, und sie ist der größte Ritter in meinem Heer. Hania gehört mir, Dämon, sie ist meine Tochter. Sie wird für die Welt kämpfen und sie beschützen, wird deine Heerscharen vernichten, sie wird dich vernichten. Ich weiß nicht, was sie mit dir machen wird, vielleicht verschließt sie dich in einer Flasche, wie in alten Märchen erzählt wird, oder sie verwandelt dich in eine Handvoll Staub im Krater eines Vulkans, ich habe keine Ahnung, wie man Dämonen besiegt, aber ich weiß, dass Hania dazu imstande ist, schon einmal hat sie es fast geschafft, und da war sie ein kleines Mädchen.«

Der Dämon wankte. Mariel hatte ins Schwarze getroffen.

»Ich werde deine Kinder umbringen«, zischte der Dunkle. »Ich weiß nicht, wie du es angestellt hast, noch einmal zu empfangen, ich hatte deinen Schoß verflucht, aber ich werde diesem Irrtum des Schicksals, dass deine Kinder am Leben sind, ein Ende bereiten. Und Hania werde ich vernichten!«

Wie ein eiskaltes Schwert fuhr es Mariel durch die Seele bei der Vorstellung vom Tod ihrer Kinder, sie hörte die Stimme von Rois, sah das Gesicht der Kleinen und Hanias furchtlosen Blick und erholte sich sofort wieder. Sie lachte.

»Sie sind es, die dich zerstören werden. Diese Kinder sind hervorgegangen aus der Verbindung von mir und meinem Gemahl, wir haben uns geliebt und haben uns in unseren Kindern vereint, die seine und meine Kraft haben. Und dann ist da Hania, meine Tochter, die du geschaffen hast, auf dass sie in Hass und Schmerz lebe, die aber andere Wege kennengelernt hat. Weil ich sie ihr gewiesen habe, weil der, den du einen zerlumpten Kerl nennst, sie ihr gezeigt hat. Du hast meinen Vater getötet, du hast meine Mutter an Entbehrungen sterben lassen, du lässt mich ermorden, und doch werden wir dich besiegen. Meine Kinder sind es, die dich vernichten werden.«

Sie war sich vollkommen sicher, ganz einfach weil es auf der Hand lag, dass das Licht das Dunkel besiegt, Freundlichkeit die Barbarei. Am Ende würden sie siegen.

Sie hatte gesiegt. Sie sah sich um.

Der Dämon war aus der Zelle verschwunden.

Unglaubliche Freude erfasste sie. Die Worte, die sie gesagt hatte, hallten in ihr nach: Sie würden siegen, einen Sieg nach dem anderen, würden sie die Welt zurückerobern.

26

Mit einem einzigen Ruck

Im Morgengrauen wurde sie geholt. Ihre Zelle wurde zuerst aufgeschlossen und gleich darauf die von Dartred. Sie würden zusammen gehängt werden. Mariel hatte befürchtet, allein sterben zu müssen, fern von ihm, doch würde ihr Mann bei ihr sein. Sie lächelte ihm zu.

Die Galgen waren in einem der Höfe des Königspalasts errichtet worden, dem hinter der Küche, wo sie von Dartred die Kunst des Schwertfechtens gelernt hatte. Ein fahler Himmel ohne Sonne beleuchtete ein Bild der Trostlosigkeit.

Die Kletterrose war abgehackt worden. Alles war schmutzig, neben der Küche verrottete in einem Haufen etwas, darüber Schwärme von Fliegen. In der Küchentür standen zwei Köchinnen, um dem Schauspiel beizuwohnen. Mariel betrachtete ihre ausdruckslosen und verschlossenen Gesichter. Sie kannte sie nicht, aber sie würden alles sehen und außerhalb des Königspalasts von ihren letzten Augenblicken berichten. Durch Joffas Nachlässigkeit konnte es geschehen, dass ihr Volk von ihrem

Tod erfuhr, obwohl sie die Hinrichtung in einen verborgenen Innenhof verlegt hatte. Also würde ihr Tod nicht umsonst sein. Von dort, wo sie war, hörte man den fernen Lärm von Hammerschlägen, und sie begriff, dass die Schmiede dabei waren, die Ketten von den Zellentüren abzumontieren, diese also fortan nur von Schlössern gesichert sein würden, die alle durch den in der Zelle versteckten Schlüssel geöffnet werden konnten.

Dartred gelang es, ihre Hand zu berühren.

»Wir sind zu unseren Ursprüngen zurückgekehrt, Herrin«, flüsterte er.

Sie lächelte ihm zu.

»Wir sind hier drin in diesem Loch, weil sie es nicht wagen, uns vor dem Volk zu hängen. Offenbar hätte es eine Revolte gegeben«, entgegnete Mariel. »Sie wissen, dass sie stürzen werden, deshalb hängen sie uns hinter der Küche. Was sie geschrieben haben, um uns die Falle zu stellen, die unser Verderben war, dass es Aufstände in meinem Namen gebe, war eine Lüge, die jedoch dabei ist, Wirklichkeit zu werden. Ihr Sturz hat schon begonnen.«

Sie fragte sich, warum Hinrichtungen immer zu unangenehmen Tageszeiten stattfanden. Die letzte Nacht des Lebens sollte man gut und tief schlafen und die letzte Mahlzeit sollte reichlich sein. Sie beklagte sich darüber beim Henker, einem großen Mann mit Ledermaske vor dem Gesicht, den sie meinte zu kennen und der sie entsetzt ansah.

»Am Tag der Hinrichtung wenigstens ein Stück gutes Brot mit Butter müsste Vorschrift sein, stets vorausgesetzt, dass ihr noch Butter habt. Die Küche scheint recht dürftig ausgestattet, der Backofen kalt, es liegt kein Duft nach frischem Brot in der Luft. Es ist traurig, hier bei Euch gehängt zu werden.«

»Habt Ihr keine Angst, Herrin?«, wagte der Henker, sie zu fragen. Im Unterschied zu allen Soldaten, die sie umstanden, war er kein Barbar. Er war einer aus dem Volk, einer ihrer Untertanen, der ihre Worte aufnehmen und ihre Geschichte erzählen konnte. Noch ein Fehler, den Joffa gemacht hatte.

»Ich bin deine Königin, durch Willkür und Ungerechtigkeit zum Tode verurteilt. Ich habe keine Angst vor dem Tod. Und ich verzeihe dir, weil ich verstehe, dass du keine Wahl hast und Auflehnung dich dein Leben und das deiner Lieben kosten würde. Ich bin deine Königin und verzeihe dir, doch dafür sollst du mir schwören, dass du diese meine Worte meinem Volk überbringst und dass du, wenn der Moment gekommen ist, kämpfen wirst.«

Der Henker stammelte etwas, dann bat er um Verzeihung. Er bot ihnen die Augenbinde an, doch sowohl sie als auch Dartred verzichteten darauf.

»Ich habe den langen Strick genommen, es wird mit einem einzigen Ruck gehen«, flüsterte der Henker. Mariel dankte ihm mit einem Blick.

In dem Satz lag Mitgefühl, das einzige, das noch möglich war, und es brachte Mariel aus dem Gleichgewicht, zerstörte die absolute Ruhe, die sie zur Schau trug. Plötzlich überfiel sie die Angst, sie erlebte den Schrecken der Maus in der Falle. Sie schloss die Augen, um nicht den

Strick anzuschauen, weil sie nicht anfangen wollte zu weinen, und zugleich kamen ihr ihre drei Kinder in den Sinn, die ohne sie heranwachsen würden, stets vorausgesetzt, es gelang ihnen, am Leben zu bleiben. Und das war gar nicht selbstverständlich, vor allem jetzt, da sie und Dartred nicht mehr da waren, um sie zu beschützen. Das ganze Ausmaß der Katastrophe stand ihr vor Augen und die Verzweiflung übermannte sie.

Dartred strich ihr über die Hand, was nicht leicht war, da ihnen die Hände auf den Rücken gebunden waren.

»Es wird alles gut. Hania wird sie beschützen und die Welt zurückerobern«, erinnerte er sie.

Mariel nickte und öffnete die Augen wieder.

»Ade, mein Liebster«, verabschiedete sie sich von ihm.

Es war das erste Mal, dass sie ihn so nannte. Es würde auch das letzte Mal sein.

»Auf Wiedersehen«, antwortete er.

Wie der Henker vorausgesehen hatte, war es ein einziger Ruck.

27

Die Soldaten der Prinzessin

Gari richtete sich in der kleinen Herberge ein. Sie war reinlich und elend, sodass sie sich nicht wesentlich von allem Übrigen im Königreich abhob. Aufgetragen wurden in angeschlagenen Schüsseln nur die immer gleiche Suppe aus Knoblauch und Schnecken und frisches Quellwasser in ebenso angeschlagenen Krügen. Dazu gab es kleine runde Brötchen, und das war's.

Die Tatsache, dass hier nur Wasser ausgeschenkt wurde anstelle des Biers, das es sonst überall gab, hatte die Kundschaft auf wenige ausgewählte Freunde reduziert. Nur diejenigen, die begriffen hatten, wie schädlich dieses Bier sowohl für die Seele als auch für den Geist war, fanden den Weg über die steile alte Treppe hierher.

Unter den Gästen waren etliche Kämpfer aus dem Krieg der Zwei Winter, und vor den Schüsseln mit geschmorten Schnecken kam die Rede immer wieder auf die Patrouillen der Barbaren – wie viele und wo sie waren, wann sie Wachablösung hatten –, davon, wie das Reich immer mehr herunterkam mit einer elenden und verrückten

Regentin, die die Königin als Geisel hielt. Sogar die Schnecken waren immer schwerer zu finden, und der Tag, an dem man auch den Knoblauch rationierte, wäre das Ende des Reichs.

Abend für Abend wurden diese Reden gehalten, die an der Welt nichts änderten. Aber irgendwann, wenn die Nacht schon hereingebrochen war und die Scheite im Kamin langsam erloschen, trösteten sich die Männer über ihre Überflüssigkeit mit Erzählungen von dem Krieg, den es da gegeben hatte, mit fantastischen Erzählungen von Schlachten, die nie stattgefunden hatten. Die Erinnerungen der Überlebenden verflochten sich mit den Erzählungen einer alten Sage, der Sage vom Ritter des Lichts.

Die Erinnerungen und Erzählungen waren bruchstückhaft und hatten keine Logik. Es waren Erzählungen voll einer verzehrenden Nostalgie. Waffen waren verboten. Jede Bluttat, einschließlich der von den betrunkenen barbarischen Kriegern begangenen, wurde von den Ausrufern monatelang drei Mal am Tag wiederholt und aufgebauscht. Um zu vermeiden, dass die Bevölkerung Opfer von Gewalttaten wurde, hatte man alle Waffen verboten, sämtliche Schwerter eingezogen, alle Hellebarden im Palast gesammelt. Küchenmesser waren nur erlaubt, wenn sie nicht länger als zwei Spannen waren.

Gari hatte ein ausgezeichnetes Gedächtnis und war Experte für militärische Strategien. Er war der Einzige, der bemerkte, dass die Befehle, die Dartred gegeben hatte und die verzweifelt erscheinende Situationen gerettet hatten, sich an den Taten des Ritters des Lichts orientierten – eine nicht leicht herzustellende Verbindung, weil die Episoden an zwei verschiedenen, oft Monate auseinanderliegenden Abenden erzählt wurden.

Als er die Feinde in die Bergwerke gelockt hatte, um sie mit Schwärmen von Insekten lahmzulegen, als er sie im Schlamm hatte versinken lassen. All diese Taten waren inspiriert am Epos vom Ritter des Lichts. Gari verstand etwas von Strategie, er hatte sie in geliehenen Handbüchern studiert, und er erkannte, dass die Geschichten vom Ritter an deren Kapiteln orientiert waren. Kapitel 1: *Erkenne das Gelände*; Kapitel 3: *Mach das Gelände zu deinem Verbündeten*; Kapitel 8: *Mach die Tiere zu deinen Verbündeten* und so weiter.

Dem Anschein nach veränderte Garis Ankunft nichts am Ablauf des Tages, der Junge wurde aufgenommen und zu Diensten verpflichtet mit der strikten und oft wiederholten Auflage, den Mund zu halten.

War die Nacht hereingebrochen und hatte ihren dunkelsten Punkt erreicht, wurde das, was übrig geblieben war – ein Teller Suppe, ein paar kleine runde Brötchen, ein Krug sauberen Wassers, das auch ein immer selteneres Gut wurde –, an eine Schar bettelnder Kinder verteilt, die diese Herberge als eine der wenigen Stellen in der Stadt ausgemacht hatten, wo sie etwas bekamen.

Gari übernahm die Verteilung. Während die Kinder aßen, begann er neben einigen selbstverständlichen Ermahnungen (immer ausführlich Danke schön sagen, nie zu zweit in einer Straße stehen) Geschichten vom Ritter des

Lichts zu erzählen. Die Kinder saßen mit offenem Mund da, fast so glücklich wie über das Brot, und dann glitten sie in den Schlaf, an die warme Hausmauer der Herberge gelehnt, im Schutz des Vordachs bei den Kohlenbecken, die Gari aufgestellt hatte.

In dieser düsteren Stadt, in der es immer schwieriger wurde, etwas zu erbetteln, begannen die Kinder nach und nach, anfänglich vielleicht, um sich selbst Gesellschaft zu leisten, auf den Straßen die Geschichten vom Ritter des Lichts zu erzählen. Der Erfolg übertraf alle Erwartungen. Auf den Straßen herrschte mehr Hunger nach diesen Geschichten als Hunger nach Brot. Die Erinnerung an frühere Größe, das Bewusstsein, dass es Mut geben konnte und er jedenfalls eine Dimension des Menschseins war, kehrten wieder. Damit sie die Geschichten zu Ende erzählten, bekamen sie den einen oder anderen Kupferpfennig hingeworfen.

Begabtere Kinder erzählten die Geschichten, indem sie mit der Stimme die einzelnen Personen nachahmten. Oder sie setzten sich in Grüppchen zusammen und erzählten sie mit verteilten Rollen. Kleine Holzschwerter und Schilde aus alten Topfdeckeln, die mittlerweile vom Gebrauch und vom Rost durchlöchert waren, erhöhten die Spannung der Erzählungen. Die barbarischen Soldaten sahen sie zerstreut an, ohne etwas zu unternehmen. Sie waren Kinder. Das an die Bevölkerung erlassene Verbot, Waffen zu tragen und zu benutzen, wurde nicht verletzt. Sie gingen weiter.

Langsam und unaufhaltsam wie eine Eiche, die in einer Mauerritze aus einer Eichel sprießt, kehrte der Mut der

Menschen wieder und regte sich. Dann ging jeder nach Hause zurück in seine elende Gegenwart, und der Mut verblasste erneut, aber es blieb die Erinnerung daran. Die Ausrufer, die an den Ecken der Plätze immer wieder wiederholten, wie gut die Regentin war im Gegensatz zur boshaften alten Königin, redeten bald für sich allein, weil niemand mehr da war, der ihnen zuhörte.

Gari war seit sechs Monaten in der Stadt, als eine Nachricht, von allen Ausrufern hinausposaunt, die Stadt erschütterte, die aber immer noch in ihrer verängstigten Trägheit verharrte: Die Königin Mutter war zum Tode verurteilt worden und das Urteil würde demnächst vollstreckt werden. Während sich noch alle von dem Schock erholten und voll trauriger Resignation wünschten, dass dieser Tod verdient sein möge, weil sie ja doch nicht imstande wären, ihn zu verhindern, gelangte eine zweite, aberwitzige Nachricht in die Herberge, nur hinter vorgehaltener Hand geflüstert, insgeheim aus dem Königspalast entschlüpft, gegen den Willen der verdammten Regentin, die alles vermochte, aber zum Glück blöd war, das machte ihre Tyrannei brüchig.

»Dartred und Prinzessin Mariel sind in die Hauptstadt gekommen, sie waren hier, sie sind durch diese Stadt gekommen, und wir haben nichts davon gewusst. Sie sind vor zwei Tagen festgenommen und gestern gehängt worden«, sagte Ripi, der jüngere der Brüder, der so schnell die Treppe heruntergestürmt kam, dass er einen Korb mit

Knoblauchknollen umwarf, die nun überall herumkullerten. »Eine der Küchenmägde hat es mit angesehen und ihrer Schwester erzählt, die die Frau des Kohlenhändlers ist, und jetzt weiß ich es auch.«

Tori rührte sich nicht und schwieg. Dann ließ er sich langsam auf einen Stuhl sinken und legte den Kopf in die Hände.

Gari ließ sich zu Boden gleiten. In seinem Kopf ging alles durcheinander.

Es war alles aus. Es gab keine Rettung mehr. Der Schmerz über den Tod seiner Mutter, über die Hinrichtung seines Vaters explodierte in seinem Kopf ohne jede Aussicht auf Trost. Es gab keine Hoffnung auf Rettung. Es gab keine Lösung. Die Verzweiflung war so dicht, dass sie schmerzhaft wurde. Sein Brustkorb hob und senkte sich in einer gewaltsamen Bewegung, ein Schluchzen ohne Tränen. Seine Hände wanderten zu seinen heiligen Gegenständen: dem grünen Stein in der rechten, dem Fläschchen aus geschmirgeltem Glas in der linken Hand, und unglaublicherweise hellte das seine Stimmung auf.

»Das ist nicht wahr«, sagte er.

Die beiden Brüder wandten den Kopf zu ihm.

»Weil wir das nicht wollen, heißt es noch lange nicht, dass es nicht wahr ist«, sagte der ältere sanft. »Die Wirklichkeit zu verleugnen, ist der einfachste Weg, um nicht zu leiden, aber auch der verkehrteste.«

»Es ist nicht wahr, es ist nicht wahr und damit Schluss. Ich weiß es«, sagte Gari ruhig. »Ich weiß es. Ich weiß die Dinge. Sonst wäre ich nicht bis hierher gekommen«

Tori und Ripi schwiegen lang.

»Man hat sie gehängt. Und das ist im Verborgenen geschehen, damit man es nicht erfährt. Die Köchin hat es gesehen«, sagte Tori nach wie vor sanft.

»Die Hinrichtung ist ein Bluff. Sie müssen das absichtlich gemacht haben, damit die Köchin es sieht. Sie wissen ganz genau, dass, wenn eine Küchenmagd etwas sieht, tags darauf die ganze Stadt es weiß.«

»Möglich, dass sie die Hinrichtung nicht vor dem Volk gemacht haben, um Aufruhr zu vermeiden, aber in Gegenwart einer Küchenmagd, die es allen erzählt. Warum sagst du, das sei ein Bluff?«

Gari überlegte.

»Sie haben sie nicht wirklich gehängt, weil sie ihnen lebendig nützlicher sind. Sie haben es bekannt gemacht, weil sie so alle Hoffnung vernichten, jeden Kampfgeist zerstören, aber sie können nicht so blöd gewesen sein, das wirklich zu tun. Hania ist eine Hexe, ich weiß das. Ich habe sie gesehen. Sie kann den Insekten befehlen, durch ihren Blick kann sie Steine bewegen. Ich gebe euch mein Wort, sie kann ein Heer aufhalten, ich habe es gesehen. Wer gegen Hania kämpfen will, wird nicht so blöd sein, auf die besten Geiseln zu verzichten, die sie schützen will.«

»Das ist nicht dumm«, bemerkte Tori nach langem Schweigen.

Gari holte das Bierkraut, das ihm die kleine graue Frau gegeben hatte, aus der Tasche.

»Das hat mir eine Angehörige des Volks der Zwerge gegeben. Mit diesem Kraut macht man das beste Bier der

Welt. Ein goldfarbenes Bier, stark und gut, das einen einschläfert und sehr redselig macht«, sagte Gari.

Die beiden Brüder sahen sich lange an, dann gab der ältere sich einen Ruck und nahm das Kraut.

28

Die geretteten Kinder

In Geno brach die Hölle los. Plötzlich wussten alle, dass dieses Hexenmädchen bei ihnen war, die Tochter der verrückten und grausamen Prinzessin von den Sieben Gipfeln. Zum Glück für alle herrschte nun aber in dem kleinen Königreich eine neue und gute Königin, eine Frau aus dem Volk, die sich bescheiden kleidete, aufgrund ihrer grenzenlosen Demut, die nur ihrer unerschütterlichen Ehrenhaftigkeit gleichkam. In ihrer Güte lagen ihr auch die Bewohner der Küstenstadt, obwohl einst Feinde, am Herzen, sie ließ ehemalige Unstimmigkeiten Vergangenheit sein und sandte freigiebig Gesandte über Gesandte nach Geno, um die Stadt vor der schrecklichen Gefahr zu warnen, in der alles, was da lebte, schwebte, seien es nun Männer oder Frauen, Kinder, Hunde, Katzen oder Kühe, Schweine, Hühner, Tauben, Doraden oder Seezungen, Garnelen oder Endivien, genießbare oder ungenießbare Kräuter. Denn scheinbar war es so, dass nur Ratten, Skorpione, Unkraut und giftige Pilze gedeihen konnten, solang eine Hexe ihre Herrschaft ausübte.

Die Herrscherin der Sieben Gipfel gab auch an, wie man das Haus der kleinen, aber tödlichen Hexe erkennen konnte, das war nicht schwer: Seit Jahren nistete auf seinem Dach ein Storch. Und wie das oft so ist, wenn eine Neuigkeit überall herausgeschrien und publik gemacht wird, wurde allen deren eherne Logik klar: Ein Storch, der ruhig auf dem Dach eines Hauses lebte, auf die Freude verzichtete, mit anderen seinesgleichen in den Süden zu ziehen, sich daran gewöhnte, Fisch zu fressen wie irgendeine Möwe und neben einem Jungen hockte, der Flöte spielte, war nur dank der Macht des Dunklen denkbar. Dass man ein Mädchen als Jungen verkleiden konnte, war nicht unmöglich, dass die Hexe älter aussah, als sie war, wurde allgemein behauptet, dass sie stumm war, war erwiesen, und schließlich stellten alle einmütig fest, dass niemand je die Stimme des Jungen mit der Flöte gehört hatte und dass niemand ihn je auf den Straßen der Stadt gesehen hatte. Jahrelang hatten sie neben dem kleinen Häuschen am Meer gelebt, ohne zu bemerken, wie viel Schlechtes und welch böser Zauber davon ausging.

Es wurde festgesetzt, dass von diesem Tag an alle Einwohner der Stadt beweisen mussten, dass sie über die Gabe des Worts verfügten. Das war die zweite Maßnahme. Als Erstes musste man das Haus des Storchs zerstören und alle, die darin lebten, sodass es keine Zweifel oder Missverständnisse geben konnte. Und weil eine Hexe eine Hexe ist und man nie vorsichtig genug sein kann, beschlossen sie, entsprechende Vorsichtsmaßnahmen zu treffen. Sie würden nachts in das Haus gehen, um alle zu überraschen, die Hexe und wer immer beschlossen hatte, mit ihr zu leben: Familienangehörige, Bekannte, etwaige Tiere zum Schutz oder zur Gesellschaft, Vettern jedweden Grades. Und wer mit einer Hexe zusammenlebte und dazu beitrug, sie verborgen zu halten, war unausweichlich ein Komplize und daher schuldig, eine Feststellung von so schlagender Wahrheit, dass jeder Gedanke an einen Prozess abwegig und verantwortungslos schien. Sie würden selbst hingehen, sie, die Bürger der Stadt, auch weil Geno nicht viele Soldaten hatte. Sie brauchten zwei Tage, um sich mit Heugabeln, Sensen, Seilen, Fackeln, Sicheln und ein paar guten Messern auszurüsten.

Sie begnügten sich mit Sensen und Sicheln, weil in Geno, seit sie nur so wenige Soldaten hatten, eine bedenkliche Nachlässigkeit im Tragen von und im Umgang mit Waffen eingerissen war. Früher hatten sie ein Heer gehabt, auch ein recht stattliches. Aber das Heer war eine sinnlose Versuchung. Als sie eines hatten, hatten sie versucht, das Reich der Sieben Gipfel einzunehmen, das zwar klein war, aber immer siegreich. Also waren sie es überdrüssig geworden, immer geschlagen zu werden, und hatten beschlossen, das Geld für das Heer für bessere Zwecke zu verwenden. Sie hatten sich auf eine winzige Truppe wirklich sehr ausgesuchter Soldaten beschränkt, die aus löblichem Sinn für Sparsamkeit nicht beritten waren, sondern zu Fuß gingen. Und in Geno war man zufrieden so.

Wohin das eingesparte Geld geflossen war, wo es spurlos verschwunden war, hatte man nie wirklich verstanden, aber alle mussten zugeben, dass kein Heer zu haben eine gewisse Leichtigkeit verlieh, eine Art unbeschwerten Glaubens an das Wohlwollen der Welt.

Ein Gutteil Gold ging an die südlichen Reiche, an die östlichen und die im Westen, damit sie stillhielten und ruhig Handel trieben. Da blieben noch die Piraten, die sich jedoch nur ab und zu blicken ließen, und wenn sie kamen, blieben sie nicht lang und verschwanden wieder.

Seit jeher erklärte der Gouverneur, wie gefährlich es war, bewaffnet zu sein, ein Militär zu haben, eine Provokation für die Piraten, die, wenn sie auf Widerstand stießen, kämpfen würden wie die Löwen, die Stadt zerstören, brandschatzen würden, was bisher noch nie geschehen war, weil es da eine Art ungeschriebene Abmachung gab. Geno verteidigte sich nicht und blieb unbehelligt. Warum aus bloßer Kriegstreiberei eine so schöne Übereinkunft stören? So kamen sie mit ein paar ehrenhaften Vergewaltigungen davon, womit eine Stadt am Meer rechnen musste, ein paar kleine Diebstähle, was der offensichtliche Nachteil davon war, wenn man etwas besaß.

Die Kobolde warnten Hania mit einem ohrenbetäubenden, schrillen Kreischen, das sie irritierte und das so lästig wie unnütz war, weil die Gerüchte so oft und so laut wiederholt worden waren, dass auch Hania sie vernommen hatte.

Die Katastrophe war also da und unterbrach ihren schrecklichen Alltag, der aus schlecht zubereitetem Fisch und der ständigen Notwendigkeit bestand, Roa abzuputzen, ihrem ständigen Gewimmer und der Stimme von

Rois, der sie in einem unerträglich süßlichen Ton zu trösten versuchte.

Sie gingen mitten in der Nacht fort, als die Welt und die kleine Roa in Schlaf versunken waren. Unter ihren Mänteln versteckt nahmen sie Bogen und Pfeile mit, die einzigen verbliebenen Waffen, und ein bisschen Brot, das sie in ihren Quersäcken hatten.

Der Storch hatte den Befehl, ihnen vorauszufliegen und sie oben am Gipfel des Bergs der Grauen Luft zu erwarten.

Kundschafter waren die Kobolde, sie lotsten sie über Molen und Kais, sodass sie Orten auswichen, wo noch jemand nicht schlief.

Sie erreichten Madame Taras Haus. Die Witwe war wach und erwartete sie auf der Veranda.

»Die Kobolde haben mir Bescheid gegeben, dass Ihr in Gefahr seid und zu mir kommen würdet. Ich bin erstaunt. Tätet Ihr nicht besser daran, aus dieser kleinen, verfluchten Stadt zu fliehen, wo man Euch verfolgt? Ich weiß, dass Ihr allein seid. Ich weiß nicht, welche Aufgabe die Prinzessin, Eure Mutter, und ihr Gatte erfüllen, aber ich weiß, dass Eure Lage so gefährlich ist, wie sich nur denken lässt.«

Hania brauchte einen Moment, um ihr Erstaunen zu überwinden. Die alte Schachtel war nicht nur freundlich geworden, sondern war auch imstande zu denken. Um den Hals trug sie den grünen Stein, der ihrer gewesen war und Hania fehlte, aber dieser Stein würde bleiben, wo er war. Sie brauchte Madame Tara gesund an Geist und Seele, der Stein war also notwendig.

Hania legte die schlafende kleine Roa der alten Dame in den Arm.

Verwirrung malte sich auf dem langen, knochigen Gesicht, dann hellte es sich auf. Die Augen weiteten sich und zum ersten Mal öffnete sich der Mund zu einem Lächeln. Die Frau umschloss den kleinen, weichen Körper des schlafenden Kindes fest mit ihren Armen.

»Ich? Wollt Ihr, dass ich mich ihrer annehme?«

»Bei Euch ist sie sicherer«, antwortete Rois. »Auch wenn es uns das Herz bricht, uns von ihr zu trennen.«

In seinem Fall stimmte das sicher. Rois war bestürzt bei dem Gedanken, sich von seinem Schwesterchen zu trennen. Hania war eher froh darüber. Bestimmt würde die alte Dame Mariels Begeisterung und ihr Geschick im Saubermachen und Füttern der Kleinen teilen. Hania wäre von beiden Aufgaben befreit und alle könnten zufrieden sein.

Die drei Kobolde, die seit jeher bei Madame Tara wohnten, begannen alle miteinander zu kreischen.

»Nein, hier ist es nicht sicher«, sagte die Frau, als sie die Warnungen verstanden hatte. »Viele haben die Kleine gesehen und wissen, dass sie zu Eurer Familie gehört. Sie werden das Kind erkennen, und bei der Angst und dem Schrecken, die herrschen, werden sie es umbringen. Wohin wollt Ihr fliehen?«

»Zu den Leprösen. Dort wird man uns nicht suchen. Meine Schwester kann die Ansteckung vermeiden, für sich und für mich. Aber das ist kein Ort für die Kleine«, antwortete Rois.

»Ich komme mit. Lasst mir die Zeit, ein Bündel zu packen, und ich komme sofort. Ihr geht in das Lager der Leprösen, ich in das andere der Mütter der geretteten Kinder. Vor Jahren hätte auch ich zu ihrer Schar gehören sollen, aber es ist nie zu spät, das Richtige zu tun. Ich tue es jetzt.«

Die Idee war perfekt. Madame Tara war perfekt. Dieser Stein hatte Wunder gewirkt.

»Das ist eine wunderbare Idee, so sind wir nicht zu weit auseinander und können uns ab und zu sehen«, frohlockte Rois.

Sicher, auch das war eine Idee. Ab und zu würden sie Roa besuchen gehen, alle zwei Jahre, vielleicht alle drei, nicht öfter als alle vier Jahre.

Kurz vor Morgengrauen machten sie sich im Dunkeln auf den Weg, beschützt von den Kobolden, die ihre Schritte lenkten, sodass sie unbemerkt blieben.

Während der Morgen sein Licht über die Erde ausgoss, stiegen sie den Berg der Grauen Luft hinauf und erreichten am Nachmittag seine kahlen Hänge.

Sie schliefen unter freiem Himmel, verzehrten ihre wenigen Vorräte, und nach zwei Tagesmärschen kamen sie ans Ziel.

Roa begann sich an Madame Tara zu gewöhnen, die sie abwechselnd mit Hania trug. Mehr als ein Sichgewöhnen war es wohl Resignation. Seitdem Mariel fortgegangen war, drehte die Kleine beim kleinsten Geräusch den Kopf, einen Augenblick lang in der Hoffnung, es wäre ihre

Mutter, ein Lächeln auf den Lippen und in den Augen, das dann in Enttäuschung erlosch. Sie trennten sich, als Roa schlief. Madame Tara ging auf ihr Ziel zu, und sie war fast angekommen, als eine Schar Kinder ihr entgegenlief und sie festlich begrüßte, dann kamen die Frauen.

Alle waren in Lumpen, alle waren froh. Ihre Stimmen drangen bis zu ihnen herüber. Auch die Stimme von Madame Tara erschallte laut und fröhlich. Dann wandten sich alle zu ihnen um, Frauen und Kinder winkten lang und verschwanden dann in den Höhlen, die von blühenden Kapernsträuchern gesäumt waren.

»Wir haben das Richtige getan. Roa ist in Sicherheit. Auch wenn man uns findet, wird man sie hier nicht suchen«, sagte Rois, wie um sich selbst zu überzeugen. Hania wusste schon, dass sie das Einzige getan hatten, was sie tun konnten. Sie nickte. Sie war sie los. Keine stinkenden Windeln mehr wechseln.

Rois fing an zu weinen.

»Sie fehlt mir schon. Es war, als wäre unsere Mutter bei uns. Sie zu versorgen, war wunderschön.«

In diesem Augenblick tauchte der Storch auf, der sie endlich wiedergefunden hatte, und Hania konnte sich die Antwort sparen.

Sie machten sich auf zum Lager der Leprakranken, dem einzig möglichen Ort für sie. Dort würden die heldenhaften Menschen, die Jagd auf sie machten, sie nicht suchen.

Hania rieb Rois mit einer Salbe aus Alraunwurzel, Arnika und Speichel ein, die ihm ermöglichen würde, zahllose Pestilenzen unbeschadet zu überstehen und auch ein Leben lang im Leprösenasyl zu bleiben, ohne angesteckt zu werden. Sie wusste, dass sie selbst von Natur aus gegen jegliche Krankheit immun war, außer der des Getötetwerdens, davor musste sie sich hüten.

Sie näherten sich langsam unter der glühenden Sonne, durchschritten jene drei Steinkreise, die als Eingang zu dem Ort dienten. Der Storch folgte ihnen in der Höhe, langsam und in weiten Schleifen.

Schon auf den ersten Blick war klar, wie außerordentlich schön das Leprösenasyl war, ein Ort der Ordnung und der Sanftheit. Vor dem Eingang waren drei Halbkreise aus großen Steinen, sodass eine Art Absperrung entstand. Als sie den dritten hinter sich gelassen hatten, lösten sich von dem Tuffgestein drei Gestalten in Lumpen, die die Farbe des Steins angenommen hatten, sodass sie kaum erkennbar waren, solang sie sich nicht bewegten. Es waren zwei Männer und ein Zwerg.

Der Zwerg war am schlechtesten dran von den dreien, er stützte sich auf einen großen, knorrigen Stock und ging etwas vor den anderen, die ihm wie zwei Knappen folgten.

Die drei, offenbar die Ältesten des Orts, empfingen sie mit großen weißen Tüchern, die Körper und Gesicht bedeckten, um ihnen nicht den Anblick der Zeichen der Krankheit zuzumuten, die sie verwüstet hatte.

»Ihr habt den dritten Kreis durchschritten, danach gibt es kein Zurück, aber ihr habt noch nichts angerührt. Zeigt uns die Anzeichen der Krankheit oder geht, solang noch

Zeit dafür ist und euch die Freiheit der Welt noch offensteht«, sagte der Zwerg, der der Anführer schien, zu ihrer Begrüßung.

Hania fühlte, wie ihr Herz sich weitete. Sie war an einem guten Ort angekommen, endlich begriff sie das seltsame Gefühl von Frieden, das sie hier empfangen hatte, und sie erinnerte sich auch, wo sie es schon einmal verspürt hatte.

Rois erklärte, dass dies der einzige Ort sei, wo ihr Leben nicht in Gefahr sei.

»An jedem anderen Ort als diesem werden wir gejagt werden. Hier hingegen sind wir sicher. Meine Schwester ist von Natur aus gefeit gegen jede Ansteckung und sie hat mich mit entsprechenden Salben geschützt. Wir können ohne jede Gefahr bei euch leben«, versicherte er. Der Zwerg sah sie lang mit seinen eindringlichen Augen an.

»Ihr seid die Kinder von Prinzessin Mariel«, sagte er dann. »Die Tochter der Finsternis, die in der Nacht der Meteore angekündigt wurde, ist hier, und sie steht nicht auf der Seite der dunklen Mächte. Und bei ihr ist ein Bruder, der für sie kämpft. Ein Bruder. Unsere flehentlichen Gebete sind erhört worden! Die Welt ist noch nicht verloren und es gibt Hoffnung auf Rettung. Ihr seid also dazu ausersehen, gegen die Mächte der Finsternis zu kämpfen. Seid willkommen. Das Wenige, was wir euch bieten können, bieten wir mit Freuden.«

Hania ihrerseits betrachtete den Zwerg lang, und sie brauchte einige Zeit, um den Sinn der Worte zu verstehen, so unglaublich unerwartet, so unerhört ungewöhnlich waren sie. Jemand hatte sie erkannt und fürchtete sie nicht, ja nahm sie mit Freuden auf.

Irgendwie war da etwas Bekanntes, dann erinnerte sie sich an den Turm mit den Störchen. Das Gefühl war dasselbe: ein Ort, der abweisend schien, aber überaus sanft war, der verlassen schien, aber eine archaische Kraft barg, das Bewusstsein, dass ein Krieg im Gange war und wie die Fronten verliefen.

»Wir nehmen Euch auf und werden Euch schützen, soweit es uns möglich ist. Eure Identität muss auch hier drin verborgen bleiben. Krank werden ist ein Unglück, das entweder in die Verzweiflung treibt oder zur Weisheit führt, aber das bedeutet nicht, dass alle Bewohner hier in der Lage sind, zu begreifen, wer Ihr seid und welche Bedeutung Ihr für das Gleichgewicht der Welt habt. Wir werden ihnen erklären, dass Ihr eine Heilerin seid, ich bin sicher, dass Ihr diese Eigenschaft besitzt und diesem Namen Ehre machen werdet. Dies ist ein Ort der Reinheit, und wenn das nicht so wäre, wäre es eine Stätte des Grauens. Die Lepra ist eine langwierige Krankheit, die allen die Gelegenheit gibt, den Weg zur Weisheit zu finden, der manchmal durch die Verdammnis führt. Es ist ein verschlungener Weg, und zahlreich sind diejenigen, die ihn ganz durchlaufen müssen, bevor sie das Ziel erreichen. Doch das Geschenk, das man am Ende der Krankheit findet, ist außergewöhnlich, und wir müssen all unsere Kräfte einsetzen, um dorthin zu gelangen.«

Das Leprösenasyl war eine Welt der Stille, wo sehr wenig gesprochen wurde und man sich nie berührte. Hania dachte, dass es der ideale Ort für sie sein könnte. Die Hässlichkeit der Leprösen störte sie nicht. In der Tat hatte sie einen sehr elementaren Schönheitssinn, das wusste sie. Alle Abweichungen von der Symmetrie des menschlichen Gesichts oder der Hände, Abweichungen, die jeden anderen irritierten, waren für sie interessante Linien, wie es die Krümmungen einer Wurzel sein konnten oder die Flecken eines Steins. Außerdem sammelten sich auf den Wunden Fliegen, und deren schillernde Flügel hatten sie seit jeher fasziniert, wie die gewundenen Bewegungen ihrer Larven.

Der grauenhafte Anblick dieses bei lebendigem Leib verfaulenden Fleisches hielt alle andern fern, während Hania durch das vollständige Fehlen von spontanem Mitgefühl imstande war, ohne jede Beeinträchtigung inmitten dieser Monstrositäten zu leben. Die Leprösen waren ihr alle unendlich dankbar dafür, dass sie keinen Abscheu empfand, ohne zu begreifen, dass es sich dabei in Wirklichkeit um absolute Gleichgültigkeit gegenüber ihrem Leiden handelte. Hanias Ruhe wirkte sich auch auf Rois aus, der Abscheu und Grauen durch eine entgegengesetzte Taktik in Schach hielt, indem er nämlich den Mann, die Frau oder das Kind zu sehen suchte, nicht das verfaulende Stück Fleisch und nicht die Fliegen.

Hania fühlte sich immer wohler in dieser Welt aus von der Sonne gebleichtem Tuffstein, wo sich in verborgenen, winzigen, feuchten Schlünden reines Wasser dahinschlängelte, dessen Geplätscher die Schritte der Menschen begleitete; sie waren überwuchert von Kapern- und Ginsterbüschen, die im Frühjahr blühten und das Grün hellrot und gelb sprenkelten.

Über all das erhoben sich senkrechte Felsen mit geheimnisvollen Ruinen darauf, mit eingestürzten Bögen, alten Reliefs, die man nur sehen konnte, nachdem man den inneren Schutzwall überwunden hatte. Diese Landschaft, in der sich das Weiß des Tuffsteins mit dem Grün der Kapern- und Ginsterbüsche abwechselte, erinnerte sie an den siebten Turm, der das Reich der Sieben Gipfel im Süden abschloss.

Durch seine Weichheit erlaubte der Tuffstein dem Wasser der Bäche und der Kraft des Menschen seit jeher, ihn auszuhöhlen. Jahrtausendelang hatten ihn Wasser und Wind zu einer Architektur von Türmen und Mauern, Gässchen, kleinen Plätzen, Bögen und Höhlen geformt. Eine Myriade von Höhlen, eine Unzahl von Grotten, unendlich viele Felsklüfte waren durch die Kraft von Hacken und Schaufeln erweitert worden, miteinander verbunden, mit Nischen und Belüftungsschächten versehen worden.

Die Höhlen waren ausgeräumt worden, sodass sich Räume bildeten, die sich mit Fenstern nach außen öffneten, sie bestanden aus perforiertem Tuffstein und wirkten wie etwas zwischen Bienenwaben und einem Stück Spitze. In Kanälen gelangte das Wasser von den Flüssen direkt zum Eingang der Grotten, Abwasserkanäle transportierten es ab, nachdem es gebraucht worden war. Riesige Zisternen boten Schutz bei Trockenheit. Generation um Generation waren Reliefs hinzugefügt worden, Basreliefs, Säulen,

Kapitelle, verziert mit realen und fantastischen Tier- und Blumenmustern.

Überall herrschte die Ziege, Königin der leeren Horizonte, Herrscherin der dürren Landstriche. Die Ziegen gehörten allen und niemandem. Sie lieferten Fleisch, Häute, aus denen man Betten baute, Knochen für kleinere Werkzeuge und vor allem Milch, mit der die Neugeborenen ernährt werden konnten, wenn eine Mutter die Geburt ihres Kindes nicht überlebte oder zu krank war, um es zu stillen.

Die Neugeborenen kamen alle gesund zur Welt, und ihr Weinen mischte sich unter das Gezwitscher der Spatzen und das Gurren der Tauben und brachte einen Augenblick der Freude in diese Welt des Todes.

Und sie blieben auch gesund, was der Regel widersprach, wonach jeder, der in einem Leprösenasyl lebte, früher oder später krank wird.

An milden Abenden wurden Lagerfeuer angezündet, und zum Klang von Trommeln, Flöten, Mandolinen und Geigen, begleitet von Gesängen, die immer vom Schicksal handelten, wurde getanzt. Tänze mit komplexen Choreografien, die Kreistänze um die Feuer, Pirouetten und Zickzackbewegungen einschlossen, die Körper in Harmonie mit den Tanzschritten.

Wenn die Dunkelheit vollkommen war, wurde mit Fackeln in der Hand getanzt; manchmal waren es die Damen, die die Fackeln hielten, manchmal die Kavaliere, manchmal wanderten die Fackeln von den einen zu den anderen.

Harmonisch zeichnete sich die Bewegung der Fackeln

im Dunkeln ab. Es gab keinerlei Berührung zwischen den Körpern. Bisweilen fiel eine Fackel zu Boden, gehalten von Händen, an denen die Finger fehlten, und das Geschick bestand darin, weiterzutanzen, ohne die Harmonie der Bewegungen zu durchbrechen.

Von der Höhe ihrer Grotte aus sahen Hania und Rois mit wachsender Faszination zu. Sie begriffen, dass eines der zahlreichen Systeme, womit hier Ordnung durchgesetzt wurde, in der Angst der Teilnehmer bestand, womöglich von den Tänzen ausgeschlossen zu werden.

Das Schicksal führte uns hierher,
eine Hand, die vielleicht streng ist oder freundlich,
auf dass unser Gesang sich an den Himmel wende
und ans Meer, an die aufgetauchten Gefilde
und an die untergegangenen,
damit ihre Stimme einfalle in den Lobpreis.

Von außen betrachtet, konnte das Leprösenasyl den Eindruck erwecken, als sei es der letzte Ort, von dem aus sich Lobgesang erheben könne, doch kam man ihm erst einmal nah, sah man, wie sehr es mit Freude verquickt war.

Hania übte ihre Kunst als Heilerin aus. Es gefiel ihr zu verstehen, welche unter den möglichen Behandlungsarten die geeignetste war, es war eine Art Rätsel, wie den schnellsten Weg zu finden, dem König Schach zu bieten.

Nachts, wenn alles still war und der Sternenhimmel unerbittlich über der dürren Erde stand, lief Hania barfuß, mit Körper und Geist auf der Suche nach den giftigen und den heilenden Pflanzen, was oft dieselben waren, nur in unterschiedlicher Dosierung angewandt. Vor allem aber war da die Alraunwurzel, die Königin aller Mittel in einer richtigen Behandlung ist, nicht bloß ein Tränklein für die Leichtgläubigen und die Unvorsichtigen.

Zu Hanias unbegrenzten Kenntnissen gehörte auch die Chirurgie, die Kunst, kranke Teile aus dem Körper herauszuschneiden oder verletzte Teile wieder zusammenzunähen, was wirklich eine der unterhaltsamsten Tätigkeiten war, die ihr auf ihrem Weg begegnet waren. Man musste das tote Gewebe herausschneiden und das lebendige ganz lassen und dabei so wenig Blut wie möglich vergießen. Hania unterwies Rois in der Sache, es wäre ihr nicht schön vorgekommen, ihn nicht an dem Vergnügen teilhaben zu lassen.

Mittels großer Zeichnungen im Sand erklärte sie ihm auch das System von Arterien, Venen und Sehnen, das, was man möglichst intakt, unversehrt lassen musste.

Rois lernte geduldig.

29

Waisen

Dartred und Mariel kamen nicht wieder, weder im nächsten Monat noch im darauffolgenden.

Hania fragte sich, ob sie Rois davon in Kenntnis setzen sollte, dass sie Waisen waren. Sie beschloss, es wäre besser, erst Sicherheit zu haben, auch wenn sie wusste, wie gefährlich das war, und so schickte sie noch einmal den Storch los.

Der Vogel war im Lauf eines Mondes plötzlich gealtert, sein Federkleid war ganz grau. Hania streichelte ihn lang und zärtlich zum Abschied. Dieser war gefühlvoller als der von ihrer Mutter. Es war klar, dass ihr eigenartiger Geist zu Tieren eine umfassendere und weniger heikle Beziehung eingehen konnte als zu Menschen, und unter den Menschen war die problematischste Beziehung die zu ihrer Mutter.

Nur Rois stellte eine Ausnahme von dieser Regel dar. Vielleicht weil sein kindlicher Geist Hania eine Macht einräumte, die andere als unerträgliche Einmischung empfunden hätten, und doch war Rois ihrer Macht nie ausgeliefert gewesen. Er war ganz einfach imstande, sie mehr anzunehmen als andere. In gewisser Weise wusste er schon im Vorhinein, was seine Schwester gerade empfand, und mit erstaunlicher Geschwindigkeit hatte er die Gebärdensprache erlernt. Manchmal ereignete sich das Wunder: Ein halber oder auch ein ganzer Satz ging von einem Geist in den anderen über, und Hania trat heraus aus der Stummheit, die ihr wie ein bleiernes Tuch auferlegt war.

Was sie für Rois empfand, nannte man wohl »gernhaben«. Etwas Ähnliches empfand sie auch für Dartred. Und in gewisser Weise hatte sie den Tod des Zwerges Rastrid bedauert. Die Tatsache, dass sie ihn nicht gekannt hatte, also weder seine Anwesenheit noch seine Reden hatte ertragen müssen, hatte dieses Bedauern echter gemacht.

»Gernhaben« hieß »Ich will dein Wohl«. »Ich liebe dich« hieß »Ich will nicht deinen Tod«. In diesem Sinn liebte sie die anderen ein bisschen, zumindest einige. Sie wollte ihren Tod nicht, aber in Wirklichkeit war das eine Mischung aus Pflichtgefühl und Nachahmung des Ritters des Lichts.

Rois war das Kind von Dartred und Mariel. Rastrid würde ihn mögen. Sie musste Rois schützen. Die Pflicht war immerhin etwas, sie war nicht zu verachten. Sie gab einem Halt und Orientierung, sie verlieh den Dingen Sinn. Wenn die Zeit keinen Sinn hatte, spielte man Schach, das heißt, man erfand eine Schlacht und eine Pflicht zu siegen.

Sie musste spielen wie auf dem Schachbrett.

Sie durfte auch nicht *einen* falschen Zug tun, wenn sie am Leben bleiben und Rois am Leben erhalten wollte.

Der Storch erhob sich zum Flug. Es war frühmorgens, der magische Moment unmittelbar vor Sonnenaufgang, wenn der Himmel im Osten sich rosa und golden färbt und eine leichte Brise die Atmosphäre mit dem Duft nach trockenen Gräsern erfüllt. Diesmal konzentrierte sich Hania mit ihrer ganzen Kraft auf den Geist des Vogels, die Anstrengung ermüdete sie, und so verfolgte sie seinen ganzen langen Flug, der zwei Tage und zwei Nächte dauerte.

Sie hockte reglos im Schatten eines riesigen Felsens, reagierte nicht, wenn man sie ansprach, ohne etwas zu essen, fast ohne zu trinken, denn wenn sie sich ablenken ließe, würde sie diese Verbindung verlieren, die mit zunehmender Distanz immer einsamer wurde.

Durch die Augen des geflügelten Wesens sah Hania die Hochebene von Geno, die in die Wüste der Verlorenen Türme überging, die immer verlorener wirkten und in einem unglaublichen Zustand der Vernachlässigung das Reich der Sieben Gipfel jedem auslieferte, der sich die Mühe machen wollte, es zu erobern.

Der Storch blieb eine Nacht auf seinem Turm, dem höchsten und südlichsten, dann flog er weiter bis zum Tal der Sprudelnden Quellen. Hania hatte ihm den Befehl gegeben, hoch zu fliegen, außerhalb der Reichweite jedweden Pfeils, aber der alte Storch war wirklich sehr alt, und er hatte mittlerweile Angst vor der Höhe, und sie hatte die Armbrüste nicht einkalkuliert, als sie ihm den Befehl gab.

Sie hatte ihm gesagt, außer der Reichweite der Pfeile zu fliegen, hatte sich im Geist die richtige Höhe vorgestellt, damit der Vogel das in seinem Geist nachvollziehen konnte, aber die Armbrüste hatten eine größere Reichweite, und die Höhe war nicht ausreichend.

Der Storch wurde getroffen und fiel durch die Luft wirbelnd zu Boden. Einen Moment lang sah er noch die Armbrustschützen, die merkwürdig groß und alle blond waren und mit den Armbrüsten offenbar auf ihn gewartet hatten. Der vorherige Flug des Storchs war nicht unbemerkt geblieben und jetzt waren sie auf der Hut.

Sehr wahrscheinlich war das Ganze eine Falle, und das bedeutete, dass Mariel und Dartred gefallen waren, wie der Storch gefallen war. Hania spürte den Schmerz des Pfeils im Hals und die Luft, in der die Flügel vergeblich schlugen, dann spürte sie nichts mehr, weil der Storch tot war.

Es verging ein weiterer Mond, und endlich traf in den Straßen von Geno und auf seinen Molen, die bevölkert waren von Männern, die Netze flickten, und von Frauen, die Sardinen verkauften, von Händlern überbracht die freudige Nachricht ein, dass Prinzessin Mariel und dieser zerlumpte Typ, den sie geheiratet hatte, gehängt worden waren. Sie waren insgeheim gehängt worden, es wussten jedoch alle, weil die Köchinnen es gesehen hatten und die Nachricht sich schneller herumgesprochen hatte, als wenn sie von Ausrufern bekannt gemacht worden wäre. Damit müsste der böse Zauber abnehmen, beendet aber würde er erst, wenn auch die stumme Hexe getötet wurde.

Einige Händler sagten es den Soldaten, und einer von

diesen trug sie auch in die Gemeinschaft der Leprösen, sodass die Nachricht sich auch hier verbreitete und schließlich zu Rois gelangte, der sie zuerst vernahm. Er überbrachte sie Hania, mit zitternder Stimme und voller Hoffnung, offenkundig in der Erwartung, dass sie dem mit irgendeiner Handbewegung widersprechen würde, dass der Storch ihr erlaubt hatte, Mariel und Dartred zu sehen, oder die Mäuse, die Möwen, die Falken oder die Marienkäfer, irgendwer.

Rois blieb lang vor ihr stehen, in der Hoffnung, dass sie sagen würde, Vater und Mutter seien noch am Leben, falsche Gerüchte könnten entstehen und sich verbreiten und dabei überall anstoßen wie Kaulquappen in einer zu kleinen Pfütze.

Hania schwieg, in sich verschlossen, den Kopf gesenkt, die Arme verschränkt, denn da gab es nichts zu tun und nichts zu sagen.

Rois fing an zu weinen. Ein langes, stilles Weinen, das die ganze Nacht hindurch anhielt.

Am folgenden Tag kamen zusammen mit einer frischen Brise vom Meer, die über den Berg der Grauen Luft herüberwehte, die Fuhrmänner, die einmal im Monat Fisch, Zwiebeln, Kohl und Bohnen zu ihnen brachten. Sie erzählten von den Feierlichkeiten in der Stadt wegen den Nachrichten aus dem benachbarten Reich. Nicht, dass ihnen am Schicksal des Reichs der Sieben Gipfel wirklich etwas gelegen wäre, aber jedes Unglück irgendeines Nachbarn erfüllte sie tendenziell mit Freude. Außerdem handelte es sich um eine Nachricht, die die ganze Welt erfreute. Der böse Zauber würde schwinden, die Felder würden wieder fruchtbar, der Wein würde besser, und hässliche Mädchen würden einen Mann finden. Mit dem Tod der Prinzessin von den Sieben Gipfeln war der erste Schritt getan, damit eine Welt des Wohlstands und der Gerechtigkeit entstehen konnte, um nie wieder zu enden. Was ihre dämonische Tochter anging, so hatte die Prinzessin bei ihrer Ehre geschworen, sie sei tot, ja, sie habe sich in eine goldene Rauchwolke aufgelöst, nachdem sie in einen Teich mit Heiligem Wasser gefallen war.

Einige glaubten daran, andere nicht. Um festzustellen, wer recht hatte, wurde beschlossen, sich an das Unglück zu halten: Wenn es weiterhin herrschte, so hieß das, die kleine Hexe war noch unterwegs, und man musste sie suchen, um sie zu töten.

Das Unglück herrschte wie nie zuvor, also musste die kleine Hexe irgendwo sein. Die Einwohner von Geno waren gut beraten, sich Mühe zu geben, zu kontrollieren, ob sie sich womöglich noch hier aufhielt, sonst würden Pest, Leid und übelste Verwüstung über ihr unbedachtes Haupt hereinbrechen wie Schneefall übers Gebirge.

Die Suchaktionen würden genauer und gründlicher sein und vor allem würden sie sich über das gesamte Gebiet von Geno erstrecken: die Abhänge des Bergs der Grauen Luft, das Tal des Leprösenasyls und der geretteten Kinder, die lang gestreckten Seitentäler mit Weinbergen und kleinen Dörfern, die große dürre Ebene bis zur Wüste der Verlorenen Türme.

Der Zwerg kam zu ihnen.

»Ich bitte Euch, geht fort. Die Gefahr ist enorm, zu groß. Mittlerweile wissen alle, dass Prinzessin Mariel und ihr Knappe, wenn es denn nicht ihr Gatte ist, aus Geno kamen, wo sie sich jahrelang verborgen hielten. Gerüchte über einen Jungen, der aber ein verkleidetes Mädchen sein könnte, wunderschön ist und nicht sprechen kann, haben sich überall herumgesprochen. Einige Händler haben vor ein paar Monden einen Storch bemerkt, vielleicht der erste seit Jahren, der über dem Leprösenasyl flog. Alle wissen von Euch. Man wird Euch hier suchen kommen, und beim geringsten Verdacht, den sie schöpfen, besteht die Gefahr, dass unsere Zufluchtsstätte angegriffen wird. Das Einzige, was uns schützt, ist die Angst vor der Ansteckung, aber es gehört nicht viel dazu, ein Leprösenasyl zu schließen. Es genügt ein Bündel trockenes Holz und die Sache ist erledigt. Gegen Feuer vermögen wir nichts. Ich bitte Euch, geht fort, für immer und auf der Stelle. Ihr geht und unsere Segenswünsche sind mit Euch. Ich weiß, dass die Mutter und der Vater, die ihr verloren habt, gute Menschen waren, mit der Gabe und dem Mut, das Böse zu bekämpfen. Wir werden ihrer gemeinsam mit unseren Toten gedenken, als Schutzgötter der Welt. Und jetzt bitte ich Euch, geht, gesegnet seien Eure Schritte, wohin auch immer Ihr sie lenkt, und gesegnet seien Eure Hände.«

30

Geschwister

Am selben Abend noch kamen, unsichtbar in der Dunkelheit der Nacht, die Schiffe der Piraten in die Küstenstadt, und die Hölle brach los. Es waren so viele wie nie zuvor, nicht zwei oder drei wie üblich, sondern eine riesige, unbesiegbare Flotte.

Hania und Rois hatten das Leprösenasyl am Tag zuvor verlassen und befanden sich noch auf der Hochebene. Von dort aus, wo sie waren, konnten sie nicht sehen, was vorging, und auch nicht die verzweifelten Schreie hören.

Der nächtliche Überfall in der Dunkelheit führte dazu, dass die Stadt komplett eingenommen wurde. Diesmal gab es keinen Strom von Flüchtlingen, der sich über den Berg der Grauen Luft hinaufzog, um sich in Sicherheit zu bringen.

Die Kobolde kamen in Schwärmen und Scharen zu ihnen und erzählten ihnen unter Weinen und Zähneknirschen von dem Grauen, das in der Stadt geschah, baten um Hilfe und mahnten die in der Vergangenheit versprochene Unterstützung an.

Hania kam mit sich überein, dass es an der Zeit war zu gehen. Die Kobolde würden ihnen ein Weilchen folgen, dann würden sie in ihre Schlupfwinkel zurückkehren, und sie wäre sie los.

Im Übrigen begriff sie bei dieser Gelegenheit, weshalb der Berg der Grauen Luft diesen Namen trug. Noch nie hatte sie auch nur einen Schatten von Nebel an ihm gesehen: Wenn aber die Kobolde alle miteinander darüber tanzten, brachten sie den Eindruck eines Schleiers hervor, der das Licht grau werden ließ.

»Wir müssen etwas unternehmen«, sagte Rois. »Die Kleine ist in Sicherheit. Madame Tara ist in Sicherheit. Jetzt können wir gehen und etwas unternehmen«, bekräftigte Rois.

Sicher: fortgehen. Das waren nicht ihre Angelegenheiten, und was sie auf gar keinen Fall tun sollten, war, nach Geno hinunterzugehen, das hätte die Zahl der Opfer nur unnötig um zwei erhöht. So etwas kam nicht infrage, scheinbar gab es schon Opfer genug.

Roa war in Sicherheit, Madame Tara würde sie hüten wie ihren Augapfel. Sie würde mit Freude, Hingabe und Geduld für sie sorgen und Hania war das Problem los. Sie brauchte sich nicht um die Kleine zu kümmern, sich auch nicht ständig anzustrengen – denn eine Anstrengung war das allemal –, der Versuchung zu widerstehen, sie mit Füßen zu treten. Zwei Fliegen mit einer Klappe, hätte man sagen können. Jetzt musste sie nur gemeinsam mit Rois fliehen und Schwierigkeiten meiden.

Das Leben war auf einmal einfach geworden, und angesichts seiner Neigung, sich immer wieder zu verkomplizieren, würde Hania all ihren guten Willen daransetzen, es so einfach wie möglich zu halten: ein bisschen Jagd, ein bisschen Fischfang, vielleicht ein Gärtlein, um darin zwei Reihen von irgendwas zu ziehen, ein Hühnerstall, der nirgendwo fehlen durfte, denn der Hühnerstall war die Essenz des Lebenswerten und brachte Eier hervor.

Hania würde für das Überleben von Rois sorgen, dem Sohn von Mariel und Dartred, Enkel des mythischen Königs Ari, und damit war ihr Beitrag zur Welt und zu ihrer Familie erschöpft.

Die Welt war verloren, na schön. Sie war nicht imstande, sie wiederherzustellen. Offenbar war es die Bestimmung der Welt, sich zu verlieren, und gegen das Schicksal vermag man nichts, hieß es in den Gesängen der Leprösen. Offenbar waren sie wahr.

Sie mussten nach Norden gehen, denn das Reich der Sieben Gipfel war der letzte Ort, von dem man vermutete, dass sie dorthin zögen. Im Süden waren die Piraten, im Osten und Westen schreckliche Reiche von furchtbaren Barbaren. Die Richtung war also vorgegeben: die Hauptstadt hinter sich lassen und sich in den höchsten Gebirgen einrichten, in Gesellschaft von Murmeltieren und weißen Tigern, wenn es die noch gab.

Neben einem Gang durch den Garten und einem durch den Hühnerstall würden sie die edle Kunst der Jagd ausüben. Sie würden Murmeltiere essen und die Felle der Tiger erobern. Wenn es keine mehr gab, auch schön, dann würden sie eben ohne Murmeltiere und Tiger auskommen und sich mit Eichhörnchen und Wildschweinen begnügen – Genügsamkeit, in der weise Menschen sich immer üben, weil es ja nichts bringt, das Leben mit Füßen zu treten, wenn es nun einmal dürftig sein will.

»Sicher, du und ich. Da sind nur wir zwei. Du bist eine Hexe, stimmt's? Weil du eine Hexe bist, suchen uns alle, und weil du eine Hexe bist, sind mein Vater und meine Mutter getötet worden. Im Übrigen, wie sieht der Plan aus? Wir fliehen und fliehen immer weiter? Die Finsternis ist überall, wird immer dichter und grausamer, und nur ein Dummkopf kann glauben, dass man sich für immer verstecken kann. Wohin wir auch gehen, früher oder später kommen jene, die uns suchen, denn hinter und in ihnen ist die Finsternis, sie ist überall – und wir müssen sie bekämpfen. Das hat mein Vater gesagt«, bemerkte Rois.

Er sprach langsam, wählte seine Worte mit Bedacht, man musste anerkennen, für einen Bengel seines Alters hatte er ein beträchtliches Sprachvermögen, Einfluss seiner Mutter und vielleicht auch des Geists seiner Schwester.

Hania war sehr verärgert über den Gebrauch des Worts *Dummkopf*. Die Rollen waren klar verteilt, sie war das Genie und ihr Bruder das Entlein, und dass dieses Verhältnis umgekehrt oder auch nur angetastet werden könnte, war undenkbar.

Die beiden hatten nie gestritten, aber für alles im Leben gibt es ein erstes Mal, und auch das konnte eine interessante Erfahrung sein. Hania war drauf und dran, Rois zu sagen, dass sein Vater Sohn eines Schmieds war und sich wie ein neugeborenes Kätzchen hatte töten lassen, einer der dümmsten und vorhersehbarsten Tode in der unseligen Geschichte ihrer lächerlichen Familie, aber ihre Hände bewegten sich nicht, und ihr Gedanke blieb bei ihr, gelangte nicht zum Bruder. Es gab unendliche viele Begriffe, die in der elementaren, knappen Gebärdensprache keine adäquate Darstellung gefunden hatten, da die Möglichkeiten, mit der Bewegung von zehn Fingern etwas auszudrücken, unendlich viel beschränkter sind als die mit sechsundzwanzig Buchstaben.

Sie hüllte sich in Schweigen und verschwieg auch ihre Frustration über diese nicht gesagten Worte und ihre Unfähigkeit, sie auszudrücken.

Zusammenfassend hätte sie sagen können: »Dein Vater ist ein Idiot, in der Tat ist er gestorben wie ein Idiot.« Aber da war zweimal das Wort *Idiot*, und das war nicht elegant, außerdem musste man das Zeichen für *Idiot* mit der linken Hand machen, Ringfinger und kleinen Finger nach der einen Seite, Mittel- und Zeigefinger nach der anderen Seite abspreizen, eine schwierige Bewegung, die ihr nicht gut gelang.

Hania seufzte. Sie hatte keine Lust zu sagen, Dartred sei ein Idiot gewesen. Von allen Menschen, denen sie begegnet war, außer Rois, war sie ihm am meisten verbunden gewesen. Er war nicht ihr Vater, aber er war Rois' Vater, und es war wahrscheinlich, dass ihr Bruder, wenn sie ihm sagte, sein Vater habe sich wie ein Idiot benommen, noch trauriger geworden wäre, als er ohnedies schon war, und wenn er sehr traurig war, wurde er lästig und quengelig.

Und dann war das richtige Wort auch nicht *Idiot,* sondern *unbedacht,* für das sie nie ein Zeichen festgelegt hatten. Man konnte die Worte nicht beliebig austauschen.

Rois sprach weiter. Man musste zugeben, diejenigen, die die Gabe der Rede besaßen, nutzten sie auch. Vielleicht hatten sie Angst, die Worte könnten wie ein Bach im Sommer austrocknen, wenn sie still waren, und dem anderen, insbesondere ihr, Zeit zum Nachdenken gaben.

Rois redete und redete. Er war ein gutes Kind, sicher, bestimmt gab es Schlimmeres auf der Welt, aber er redete. Sehr viel.

Ihn zum Bruder zu haben, war einfacher gewesen, als sich Mariel, Dartred, ein paar Nachbarn, die Möwen und der Storch, mit dem auch er ab und zu sprach, an seinem Geplapper beteiligten. Jetzt war da nur sie. Sie war ein Geschöpf der Stille, wie der Fisch eins des Wassers. Es hätte klar sein sollen, man hätte es ahnen sollen, dass weder die Fische noch sie lang außerhalb ihres angestammten Elements sein konnten, ohne Schaden zu nehmen.

Sie schadete ihr, diese kleine weinerliche Stimme, die summte wie Fliegen über einem Leichnam, und wenn sie hätte wählen können, hätte sie bei Weitem die Fliegen vorgezogen.

»Hania, Schwester, du bist eine Hexe, du bist Tochter des Herrn der Finsternis, der Niederlage und der Schmerzen. Deshalb mussten mein Vater und meine Mutter sterben, weil sie sich gegen den Finsteren auflehnten und wegen der Angst, die alle vor deinen Kräften haben. Könntest du jetzt nicht eine dieser verdammten Kräfte hervorholen und etwas tun? Du kannst Schlösser öffnen, den Fischen und den Vögeln Befehle geben und auch den Ratten, Wespen und Kakerlaken. Greifen wir die Piraten an. Gib allen Befehl, anzugreifen, die Vögel werden ihnen die Augen aushacken, die Fische werden an Bord springen und sie zu Fall bringen. Wir öffnen die Schlösser und befreien alle«, jammerte Rois.

»Warum?«, Hanias Hände unterbrachen ihn mit dieser Frage. »Jene, die wir befreien würden, hätten deine Mutter umgebracht, wenn sie sie entdeckt hätten, und sie hätten auch mich umgebracht. Und dich auch. Und Roa«, schloss sie wutentbrannt. »Ich kann nicht die Ratten, Fische und Möwen losschicken, für mich einen Krieg zu gewinnen. Das ist es, worauf mein Vater nur wartet, dass ich eingreife, mich gegen seine Macht stemme, die enorm ist, während meine Kräfte gering sind. Ich bewege Ratten, er bewegt Heere. Wir würden uns umbringen lassen. Für wen? Wofür?«

»Und was ändert es, wenn wir am Leben bleiben?« Rois war hartnäckig. Rois ließ nicht locker, das tat er nie. »Leben, dauernd auf der Flucht, wozu soll das gut sein? Und dann sind es Menschen. Es ist nicht ihre Schuld, wenn sie schlecht über uns dachten, wenn sie glaubten, wir wären der Feind, sie sind betrogen worden. Der Herr der Finsternis ist der Herr des Betrugs. Er war es, der meinen Vater und meine Mutter umgebracht hat, der mich und dich umbringen wird. Ebenso gut können wir im

Kampf sterben. Immerhin sind wir die Fürsten der Sieben Gipfel, wir sind die letzten Ritter, die auf Erden verblieben sind. Früher oder später wird er uns finden. Früher oder später wirst du eins dieser merkwürdigen Dinge tun, die nur du kannst, und er wird uns finden. Einmal hast du ihn besiegt, meine Mutter hat mir das erzählt, das hat sie am Leben erhalten. Ich weiß nicht, wie du das gemacht hast, auch meine Mutter hat es nie begriffen, aber sie war sich sicher, dass du ihn aus dem Konzept gebracht und erreicht hast, dass er sich dumm fühlte. Seine Macht nimmt zu oder ab, je nachdem wie die Dinge für ihn laufen. Du kannst ihn aufhalten. Ja genau … wenn er sich gedemütigt fühlte, verliert seine Macht an Kraft und Farbe, schwindet. Ich weiß nicht, was geschehen ist, aber ich weiß, dass es da einen Moment gab, Mama hat es mir erzählt, in dem er so niedergeschmettert war, dass er wie tot schien. Hania, du hast ihn beinah getötet. Und du warst ein kleines Mädchen. Hania, er hat meinen Vater und unsere Mutter getötet. Sie waren mein Vater und meine Mutter, wenn du es nicht ihnen zuliebe tun willst, dann tu es für mich. Dort unten haben die Piraten Männer getötet und Frauen und Kinder in ihre Gewalt gebracht. Wir müssen hingehen. Da sind nur wir, Hania. Ich bitte dich, Hania, halt ihn auf. Ich bitte dich, Hania, lass uns kämpfen.«

Hania dachte nach.

Zum ersten Mal seit Jahren war die Erinnerung an diesen fernen Augenblick in ihr lebendig, als sie ihren Vater aus dem Konzept gebracht und die dunkle Macht sich verflüchtigt hatte wie die Samen von Pusteblumen im warmen Sommerwind.

Sie hatte das fast vergessen.

Die Worte ihres Bruders hatten aufgehört, an ihr abzugleiten wie Wasser über einen Stein, und hatten angefangen, in sie einzudringen.

Von Mariel hatte Rois immer als von *Mama* oder *meiner Mutter* gesprochen. Nur einmal hatte er *unsere Mutter* gesagt. Rein theoretisch war Mariel auch ihre Mutter, deshalb war sie ja Hania von den Sieben Gipfeln. Auch wenn Mariel in ihrem Kopf nie ihre Mutter gewesen war, sie hatte immer nur unter ihrem Vornamen an sie gedacht oder mit wenig schmeichelhaften Umschreibungen wie *die blöde Kuh* oder *Ihre Hoheit die Gans*.

Zwischen ihnen hatte es nie ein absolutes Einvernehmen gegeben, wie es zwischen ihr und Rois, vor allem aber zwischen Mariel und Roa bestand. Sie, Rois und Roa, waren Mariels eigentliche Kinder, Kinder, die sie von einem Mann empfangen hatte, den sie liebte. Zu Roa war die Beziehung noch spezieller, weil Roa weiblich war wie Mariel. Roa war nicht gezwungen worden, sich als Junge zu verkleiden, und sie hatte eine Puppe bekommen. Es lag etwas in der Art, wie Mariel Rois und Roa ansah, was es in der Art, wie Mariel sie ansah, nicht gab und niemals geben konnte. Das hatte Hania mit Wut erfüllt.

In dem berühmten Dialog, in dem sie ihren Vater in die Knie zwang, hatte sie den Ausdruck *meine Mutter* benutzt.

War es das gewesen, was ihr Kraft gegeben hatte?

Die Anerkennung der Beziehung zu Mariel durchtrennte die Beziehung zu ihrem Vater. Das hatte seine Logik.

Hania hatte das vergessen. Der Geist macht dumme Sachen, zum Beispiel Vergessen. Sie hatte ihre Mutter vergessen.

»Mutter«, sie wiederholte das Wort bei sich. »Mutter. Meine Mutter.«

»Mama«, versuchte sie mit der stummen Bewegung der Lippen zu sagen, und es gelang ihr, wenn auch mit Mühe.

»Nimm«, sagte Rois und streckte ihr eine Hand entgegen. Auf der Handfläche lag ein großer grüner Stein an einem Goldfaden.

»Den hat mir der Zwerg gegeben. Er weiß, dass der Dunkle existiert. Er sagt, er kann besiegt werden. Die Einzige, die ihn aufhalten kann, bist du. Er hat gesagt, den soll ich dir geben. Er hat gesagt, du kannst fallen, aber du bist die einzige Hoffnung, die wir haben. Und in der Tat bist du, seitdem du deinen Stein Madame Tara gegeben hast, noch düsterer geworden, als du im Zusammenleben mit den Kobolden schon geworden warst. Mein Vater hat mir gesagt, etwas von diesem Stein war in seiner Axt und in Mamas Schwert. Jetzt haben wir auch diese Waffen nicht mehr. Aber wir haben noch diesen Stein hier.«

Hania nahm den Stein. Die Erinnerung daran, wie sie für ihre Mutter gekämpft und ihren Vater besiegt hatte, wurde klar und deutlich. Jahrelang hatte sie das vergessen.

Hania war erschüttert von ihrer Dummheit, vom Ausmaß ihres Vergessens.

Der grüne Stein vom Volk der Zwerge hatte ihr wieder Kraft verliehen, aber sie hatte ihn weggegeben, und die Welt war erneut grau und schmutzig geworden. Die Vorstellung, von einem Stein abhängig zu sein, von einer halben Schale voll Heiligen Wassers, empörte sie. Sie wollte es verleugnen, es war demütigend, und doch war es so. Auch die Vorstellung, durch das Gewicht der Kobolde ins Dunkle abgeglitten zu sein, war ärgerlich. Sie war sie, stand über allem. Aber nein: Aus dem Schatten geboren und nach dem Licht strebend, war sie verflucht zerbrechlich, sie brauchte Hilfe. Allein konnte sie es nicht schaffen. Das war schmachvoll, aber es war die Wirklichkeit.

Der Stein war wichtig. Er war Materie. Etwas, was ihr Vater, der Dunkle, verachtete. Ihr Vater war Geist, konkrete Wirklichkeit war er nicht imstande zu schaffen, also fand er sie lächerlich. Die Zwerge, die dem Leben verbunden waren, der Macht jedes sprießenden Grashalms, der Schönheit jedes Kiesels, sie wussten, dass die Kraft von dorther kam. Sie hatten die Materie gesucht, die am meisten davon enthielt, und dieser hatten sie ihre Macht hinzugefügt, ihren allerzartesten Zauber, bestehend aus der Farbe des Windes über den Hügeln, der Weinberge und der Felder mit frisch keimendem Weizen, der Maulbeerbäume, dem Duft von Heu.

Sie war Hania und war aus der Dunkelheit geboren. Dieser Stein enthielt das Grün, das ihrer Seele fehlte.

31

Krieger

Hania hielt den Stein weiterhin in der Hand. Und die Welt veränderte sich. Es änderte sich das Gefühl für den Himmel, der Geruch der Erde, es änderte sich das Gefühl für Rois an ihrer Seite, der wieder zum Bruder wurde, nicht mehr nur ein nützlicher Knappe war.

Bruder. Das Wort hatte eine umwerfende Macht für sie.

Es gab Zauber und er ging durch die Materie. Das Heilige Wasser, der grüne Stein enthielten eine Zauberkraft, die gegen Dunkelheit und Finsternis wirkte.

Es war, wie nach Hause zu kommen, es war, als wenn die Sonne hinter einer Wolke hervortritt, es war, wie von einem geschlossenen Ort auf die Mole hinauszutreten. Sie hatte ihr Zuhause auf dem siebten Turm gehabt und im Leprösenasyl. Das waren zwei Orte so voll von positiven Kräften, dass ihre kleine Seele dort hatte wachsen können.

In der von Finsternis erfüllten Stadt Geno war ihre Seele geschrumpft, war zu einem Würmchen geworden, das sich zwischen den Felsen von Gleichgültigkeit, Verdruss und Ekel vor allem und jedem wand. Im Grunde eine Vorwegnahme des Todes.

Hania umschloss den Stein mit ganzer Kraft. Die Welt nahm wieder Farbe an und sie wurde empfänglich für Schmerz. Es war, wie aus einer harten, dunklen Schale herauszutreten.

»Hania«, sagte Rois zu ihr. »Der Zwerg hat gesagt, um einen Ork zu bekämpfen, braucht man einen Ork, um die Dunkelheit aufzuhalten, braucht man Dunkelheit – nur du kannst das vollbringen. Dieser Stein bewirkt nichts bei solchen, die vollständig verloren sind, er wirkt bei denen, die schon einen Samen in sich tragen, und aus dem Samen wird ein Baum.«

Sicher: Nur sie, Tochter von Mariel, mit gespaltener, aber tapferer Seele, würde in die Fußstapfen ihrer Mutter treten, kämpfen, immer kämpfen, auch wenn die Schlacht verloren schien, wenn alles unnütz schien.

»Mutter«, wiederholten ihre Lippen.

Mariel war tot. Sie war getötet worden. Sie würde sie nicht mehr wiedersehen.

Diese Worte klangen in ihrem Kopf, als hätte sie sie zum ersten Mal gehört.

Sie überdachte ihre Geschichte. *Mutter*. Das Wort hallte weiter in ihrem Kopf. *Mariel. Mutter*. Dein Geruch, die Farbe deiner Haare. Nie mehr. Hania setzte sich auf den Boden, die Hände vorm Gesicht, den Stein gegen die heiße Wange gedrückt, der Stein war kühl. *Mutter. Mariel*. Nie mehr.

Endlich kam der Schmerz. Ihre Mutter war getötet worden. In eine schreckliche Falle gelockt, in die sie gegangen war, weil es für einen Ritter keinen anderen Weg gab, ihre Mutter war getötet worden.

Ihr Gemahl war mit ihr getötet worden.

Zwei Ritter, die beiden letzten. Die einzigen zwei Ritter auf der Welt waren ermordet worden.

Sie hatte ihre Mutter verloren und den Einzigen, der je ihr Meister hätte sein können.

Endlich erreichte die Ungeheuerlichkeit dessen, was geschehen war, ihre Seele, die neugeboren und von Schmerz überwältigt wurde. Der Tod des Storchs hatte sie mehr berührt als der Tod Mariels, weil sie immer tiefer in den Abgrund geglitten war, hinab in die Dunkelheit, deren erste Stufe die Gleichgültigkeit für Mariels Tod war.

Mariel war tot. Sie würde nie mehr da sein.

Sie hatte sich nicht einmal von ihr verabschiedet. Sie hatte zugesehen, wie sie aufbrach, genervt von Roas Weinen und besorgt, dass ihr Schwert verloren gehen könnte. In gewisser Weise war sie es gewesen, die Mariel in den Tod getrieben hatte, indem sie die Reise des Storchs empfahl. Hania sah die erste Reise des Storchs noch einmal vor sich, suchte in der Erinnerung danach und betrachtete sie ausgiebig, verweilte bei jedem Detail, allen Gehängten, allen verbrannten Mauern und Balken, all den großen Schildern, die erklärten, die Gehängten hätten Prinzessin Mariel gehuldigt. Die Schilder waren – jetzt bemerkte sie es endlich – alle nach oben gerichtet.

Ihr dunkler Bruder wusste von dem Storch, im Reich der Sieben Gipfel waren die Störche vor Zeiten ausgerottet worden. Und doch war der Storch auf seiner vorletzten Reise, die er ohne klare Befehle und Vorsichtsmaßnahmen unternommen hatte, ohne jeden Schaden geflogen und mit den Nachrichten zurückgekehrt, die dann zum Tod ihrer Mutter führen sollten.

Kein Pfeil hatte ihn getroffen, er war aber plötzlich gealtert, hatte seine Kraft verloren, sein weißes Gefieder wurde grau. Als ob er verzaubert worden wäre.

Ihr Bruder hatte die Falle gestellt und sie war hineingetappt. Sie, Hania, das Genie, diejenige, die alles wusste, war eine Figur in dem grausamen Spiel geworden, das Mariel und Dartred vernichtet hatte. Und sie hatte ihre Mutter in den Tod geschickt, ihre Mama, ihre Mutter. Die Mutter von Rois. Die Mutter der kleinen Roa, die jetzt in einem staubigen Dorf lebte, in der Obhut einer traurigen Alten, sie, die Tochter von Mariel und Dartred. Hania sah das Gesichtchen der Kleinen vor sich, bemerkte, dass sie Mariel glich. Sie sah sie mit der Puppe in Händen, die alles war, was von ihrer Mutter blieb.

Das Gesicht in den Händen, am Boden kauernd, den Stein an der Wange, fühlte Hania Wut und Zorn in sich aufsteigen. Kindesliebe war nicht ihre Sache, Trauer um den Tod eines anderen kannte sie erst seit Kurzem, Wut und Zorn lagen ihr mehr. Die Wut war ihre Berufung, ihre Leidenschaft, sie war ihr Reich.

Tränen des Schmerzes und des Zorns liefen ihr über die Wangen und netzten den Stein. Die Tränen verwirrten und verblüfften sie, weil es die ersten waren, die sie vergoss, und sie nie gedacht hätte, dazu imstande zu sein. Immer wieder wiederholte sie die beiden Namen *Mariel* und *Dartred*, und der Schmerz kehrte wieder, überwältigend, der Schmerz eines Kindes, dessen Mutter umgebracht wurde, während sie eine heroische Tat beging. Und der Zorn wurde riesig. Er wurde unendlich.

Sie hatten Dartred und Mariel ermordet.

Sie würde sie in Stücke hauen oder beim Versuch dazu umkommen.

Sie würde mit den Piraten anfangen. Um in Übung zu kommen. Wenn sie, nachdem sie Geno ausgelöscht hatten, den Berg hinaufstiegen, würden sie auf die beiden Dörfer stoßen, und in dem, das nicht durch die Angst vor Ansteckung geschützt war, lebte Roa.

Hania war nicht imstande gewesen, sie zu lieben, so würde sie sie wenigstens schützen.

Die Piraten würde sie in Stücke hauen, oder sie würde beim Versuch dazu umkommen, und wenn sie bei dem Versuch nicht starb, wäre das eine willkommene Übung dafür, jene in Stücke zu hauen, die danach kamen: die Mörder ihrer Mutter und deren Gemahls.

Hania empfand heftige Freude daran, auf der Welt zu sein, sie sah das Blau des Himmels und das Weiß der Möwen. Und gleichzeitig hörte sie aus der Ferne die schrecklichen Schreie der Frauen in der gepeinigten Stadt. Sie trocknete ihre Tränen und stand auf, den Stein weiterhin von der Hand umschlossen. Er war größer als der, den sie gehabt hatte, mit goldenen Einsprengseln im Inneren, die an die Oberfläche traten und sie aufrauten.

Sie nickte.

»Gehen wir?«, fragte Rois erfreut.

Hania nickte noch einmal.

Sie gingen.

Im Grunde hatte der Bengel recht, es war viel besser, für etwas zu sterben, als für nichts zu leben und sich von einem Versteck zum anderen zu schleppen. Und ihr Vater Dartred, der Krieger, war vielleicht gar nicht so unbedacht gewesen: Wahrscheinlich hatte er gewusst, dass er in den Tod ging, es war ganz einfach eins von den Dingen, die man nicht vermeiden konnte.

Sie hatten nicht anders gekonnt, als der Königin zu Hilfe zu eilen, wie sie sie, Hania, nicht hatten töten können. Das war Teil jenes Minimums an Anstand, ohne den ihr dunkler Vater den Krieg gewinnen wollte.

Doch er würde ihn verlieren.

Das musste man zugeben: Mit seinem Mut, für etwas zu sterben, glich Rois seinem Vater.

Allerdings war nicht gesagt, dass sie sterben würden. Ja es war nicht einmal so sehr wahrscheinlich. Der Schmerz, der Gedanke an ihre Mutter potenzierten Hanias Kräfte.

Hania lauschte noch auf die leisen, fernen Klagen der Frauen und spürte, wie ihr ohnehin schon maßloser Zorn ins Riesenhafte wuchs.

Sie war im Vollbesitz ihrer Kräfte, all derjenigen, die sie besessen hatte, als sie ihren Vater besiegte. Sie war wieder imstande, die Dinge zu bewegen, Schlösser aufzuschließen, etwas glühend heiß oder eiskalt zu machen. Sie fragte sich, ob es bei den Piraten Sitte war, ein Testament zu machen, für den Fall, dass sie nicht in ihre Häuschen zurückkehrten, denn sie war Hania, Tochter der Finsternis und Erbin des Reichs der Sieben Gipfel, und die Piraten, die ihren Weg kreuzten, würden es niemandem mehr erzählen können.

Hania hielt inne: Sie holte den grünen Stein aus ihrer Tasche, löste ihn von dem Goldkettchen, an dem er befestigt war, und sah ihn lang und aufmerksam an.

Wenn sie ihn betrachtete, sah sie Mariels Gesicht wieder, sah es im Geist ganz genau, als ob sie sich eben verabschiedet hätten, und ein paar Augenblicke lang sah sie Roas rundes Gesichtchen wieder, vielleicht weil sie der Mama glich, vielleicht weil sie unglaublicherweise anfing, ihr zu fehlen.

Wenn sie ihr im Haus begegnet war, hatte die Kleine sie angelächelt, das war aber nichts Persönliches, sie lächelte jeden an, sie hätte auch ein Wildschwein angelächelt, wenn sie eins im Haus gehabt hätten. Dieses Lächeln war jedenfalls nett und manchmal fehlte es ihr.

Als Hania den Stein genauer ansah, entdeckte sie, dass das Gold in seinem Inneren eine präzise Form hatte: Es lief rundum und teilte den Stein in zwei Hälften.

Vorsichtig legte sie ihn auf einen harten Felsen, dann nahm sie einen großen Stein und schlug mit all ihrer Kraft damit auf den grünen Stein.

Mit einem erstickten Schrei lief Rois davon.

Einen Moment lang lachte Hania. Der Stein war in zwei Hälften auseinandergebrochen. Die Goldschicht bedeckte die Bruchstelle der beiden Hälften, die vollkommen symmetrisch waren. Hania hielt die eine Hälfte in der Hand und gab die andere ihrem Bruder.

»Ich spüre deine Gedanken«, sagte Rois.

Gut, antwortete sie im Geist. *Während wir die Bösen bekämpfen oder mit den Idioten streiten, damit sie aufhören, Idioten zu sein, und uns helfen, können wir mit den Händen keine Zeichen machen. Du musst meine Stimme sein, und du musst eine mächtige Stimme sein, denn jetzt ziehen wir in den Krieg und führen die Menschen in den Tod. Einige Menschen werden durch unseren Befehl sterben und in unserem Befehl töten. Du und ich, wir beide gemeinsam sind der letzte Ritter, der in einer verzweifelten Welt übrig ist.*

»Entweder wir halten diesen Stein in der Hand oder ein Schwert«, wandte er ein.

Männer waren interessant, aber manchmal auch ein bisschen beschränkt: brave Leute wie Rois und Dartred, ohne Zweifel, aber da fehlte immer ein Stückchen praktischer Verstand. Hania riss ein Stück von ihrem Ärmel ab, zerriss es in zwei Hälften und machte zwei Binden daraus, womit sie das Herz der Welt an ihrer rechten Hand festband und an der des Bruders. Sobald sie ein Schwert in die Hand bekamen, würde die Waffe im Kontakt mit diesem besonderen Amulett sein. Es würde dadurch nicht die Kraft der Schwerter von Dartred und Mariel bekommen, würde aber doch mächtig sein.

»Haben wir einen Plan?«, wollte Rois wissen.

»Wir gehen hin und befreien die Frauen und hauen all diejenigen in Stücke, die sich uns in den Weg stellen«, antwortete sie.

»Haben wir einen Plan B, falls mit dem ersten etwas nicht klappt?«, fragte Rois zweifelnd.

»Das brauchen wir nicht. Es wird wunderbar klappen«, versicherte Hania ihm.

Sie wandte sich zu ihm um und sah ihn an, dann beugte sie sich zur Erde, legte beide Hände auf den Boden und richtete sich wieder auf. Langsam spross ein winziges Bäumchen aus dem Boden und an seiner Spitze bildete sich rot und rund ein Granatapfel. Hania pflückte ihn und reichte ihn dem Bruder, der ihn freudestrahlend ansah.

»Mama hat mir das erzählt und ich konnte es nicht glauben. Also stimmt es! Dann sind deine Kräfte nicht immer gleich, sie können enorm sein oder klein!«

Hania nickte. Wie Meereswellen: etwas, was ein Segelschiff zum Kentern bringen oder eine Schaumkrone von ein paar Zentimetern sein kann. Und wenn sich diejenigen, die das Meer immer mit Schaumkronen von ein paar Zentimetern gesehen haben, mitten im Sturm wiederfinden, schauen sie sich verdutzt um und fragen, wie es kommen kann, dass sich diese lustigen kleinen Wellen in eine schreckliche und tödliche Gewalt verwandelt haben.

Sie liefen nach Geno hinunter, und als sie ankamen, war fast Sonnenuntergang.

Das ruhige, graue Meer war bedeckt von Leichen – ein Fest für Wolfsbarsche und Thunfische, und in ein paar Monaten würde die Zahl der Krebse zunehmen. Zahllose Schiffe mit den schwarzen Segeln lagen an den Kais wie dicke, aufgeblähte Ausgeburten des Todes. Das Schwarz ihrer Segel verband sich mit dem Schwarz der Fahnen von Geno, sodass das Licht des Sonnenuntergangs, seine Widerspiegelung auf dem Meer davon getrübt war.

Diesmal handelte es sich um eine regelrechte Invasion. Die Piraten hatten eine Falle errichtet. Sie hatten an den Hängen des Bergs Wachen postiert.

Die Piraten waren absolut in der Überzahl.

Das war nicht der übliche Streifzug, es sah so aus, als wollten sie Geno für immer einnehmen, aber das war eine merkwürdige Idee, und Hania befasste sich nicht weiter damit.

Bogen und Köcher unter den Mänteln versteckt, glitten sie und Rois unsichtbar und lautlos im Schatten der Bäume dahin und kamen schließlich ins Herz der Stadt, unten, wo die Molen und die Kais waren, mit großen Lagerräumen aus rohem Pinienholz, um die Waren darin zu lagern, und kleineren Steinbauten mit Holzintarsien, wo die Geschäfte abgeschlossen wurden.

Hania kannte die Topografie der Stadt dank der erhabenen Vision des Storchs und sie kannte auch ihre verborgenen Winkel dank der vergrämten, sentimentalen und ängstlichen Vision der Kobolde.

Sie ließ ihre Blicke an den Häuserecken entlangschweifen, an den Fassaden, um die Punkte auszumachen, wo es möglich wäre, einen Hinterhalt zu legen oder in einen zu geraten, über die Plätze, wo sich Soldaten versammeln konnten, durch die geraden Straßen, durch die ein Pfeil fliegen konnte.

Alle Häuser trugen Zeichen der Plünderung: eingetretene Türen, beschmierte Wände, auf der Schwelle liegen gelassene Kadaver. Von vielen Dächern stieg der Rauch kleinerer Brände auf, die sich zwischen den Steinhäusern glücklicherweise nicht ausbreiteten. Einzig der Gouverneurspalast stand unversehrt und mächtig an seinem Platz, mit der niedrigen Einfassungsmauer, über die Bäume voller Orangen und Zitronen herüberhingen.

Auf seinem Dach wehte die schwarze Flagge der Piraten, ein völlig schwarzes Stück Stoff, wie die, die seit eh und je über Geno wehten.

32

Eine Stadt voller Schmerz und Schatten

Rois war verschreckt und euphorisch. Noch nie in seinem Leben hatte er so viel Angst gehabt, und in gewisser Weise war es auch das erste Mal, dass er aufhörte, welche zu haben. Seit jeher hatte er Angst gehabt, dass man sie früher oder später entdecken würde, seit jeher war er still und leise gewesen. Rois hatte immer alle und alles gemieden, sein Herzschlag beschleunigte sich und pochte ihm in den Ohren, wenn jemand einfach nur in ihre Richtung schaute. Mit dieser Angst war es nun vorbei. Es blieb die enorme Angst, getötet zu werden, aber jetzt brauchte er sich nicht mehr wie ein Mäuschen im Loch zu verkriechen. Er würde mit offenem Visier kämpfen, wie sein Vater, wie sein Großvater, wie der Ritter des Lichts, wie er es immer geträumt hatte. Er war Rois von den Sieben Gipfeln.

»Du musst ihnen sagen, wer ich bin«, erklärte Hania, während sie dahingingen. »Verwende meinen Namen, sie sollen meine Macht kennenlernen. Ich bin Hania, geboren aus der Finsternis, Enkelin von Sire Ari, Tochter von Mariel, Erbin der Sieben Gipfel.«

»Prinzessin der Sieben Gipfel?«

»Nein, geboren aus der Finsternis, Enkelin von Ari, Tochter von Mariel, Erbin der Sieben Gipfel.«

Einen Moment lang spürte Rois, wie die Angst wuchs, sodass sie den Mut überwog, der kleiner wurde und sich duckte wie ein Maulwurf im Karottenfeld.

Diesen Namen *von den Sieben Gipfeln* hatte man immer verborgen halten müssen, hatte ihn so tief vergraben müssen, dass man sicher sein konnte, er würde nie wieder auftauchen. Es war der Name des Reichs, das Geno unzählige Male im Krieg besiegt hatte.

Sicher, den Krieg hatten die Bewohner von Geno angezettelt, aber es blieb eine unüberwindliche Animosität zurück, trotz des Schwarzeichenhandels, und dann war da diese Geschichte mit der Finsternis, mit der man sich besser keiner Verwandtschaft rühmte, schon gar keiner direkten. Ja, Verwandtschaften leugnete man am besten ganz, auch dann, wenn die Evidenz sich nicht von der Hand weisen ließ, denn sonst kamen Fackeln, Sicheln und Mistgabeln ins Spiel.

Er brauchte jedoch nicht lange, und ihm wurde klar, dass Hania recht hatte, und der Maulwurf wuchs und wurde, wenn nicht gerade ein Wolf, so doch wenigstens ein Marder. Sie konnten nicht zu zweit eine Schlacht schlagen. Sie mussten die Menschen von Geno überzeugen, ein Heer zu bilden, und das musste an jemanden glauben, von dem die Wahrscheinlichkeit bestand, dass er es schaffen konnte. Ein starker Führer. Wenn er eher düster wirkte, sei's drum, ja, das konnte ein Punkt zu seinen Gunsten sein. Ein aufgrund seiner dunklen Mächte gefürchteter Führer war besser als ein als Junge verkleidetes Mädchen und sein kleiner Bruder.

Die Finsternis hielt sie in ihrem Bann und Sire Ari hatte sie zwei Mal geschlagen. Hania, geboren aus der Finsternis, Erbin der Sieben Gipfel, war tatsächlich der einzig mögliche Führer.

Hania zog die Jacke aus schwerem, indigoblauem Samt aus, die sie immer trug. Ohne die sah man, auch wenn ihr das Haar bis zur Schulter reichte und sie Hosen trug, dass sie eine Frau war.

Schluss mit der Verkleidung.

Vorsichtig betraten Hania und Rois die Stadt.

Sie gingen durch Straßen, in denen in Pfützen gestocktes Blut stand.

Die Stadt war eine Gefahr. Hania war sehr stark, sie hatte ihre Macht vervielfacht, aber auch ein Krieger mit dunklen Kräften konnte von einem Pfeil getroffen werden oder dem Angriff durch eine Überzahl erliegen. Und ein unerfahrener Krieger in seinem Gefolge, wie er, Rois, könnte in so kleine Stückchen zerhauen werden, dass man sie als Köder für Barben oder Brassen verwenden könnte.

Schmerz herrschte in der Stadt, und es war gefährlich, hindurchzugehen.

Die Straßen waren verlassen, doch überall hörte man in

der Ferne Weinen, erstickt und schwer zu lokalisieren. An den Molen festgemacht lagen riesige Schiffe mit gerafften schwarzen Segeln.

Alle anderen Schiffe, Boote, Fischkutter, große Handelsschiffe, waren systematisch den Flammen übergeben worden und ihre rauchgeschwärzten Rümpfe schaukelten halb versunken im Wasser.

Auf den Molen war keine Menschenseele, nicht die am Boden kauernden Frauen, keine Männer mehr, die Netze flickten.

Eine düstere Stille wurde nur unterbrochen vom beständigen Schlagen einer Tür, die offen geblieben war, und von diesem fernen Laut des Schmerzes.

Bewaffnete Männer brachen brüllend aus dem stillen Schatten hervor und versperrten ihnen den Weg. Es waren vier, nicht besonders groß oder besonders Furcht einflößend, vier Durchschnittsvisagen, aschblonde Mähnen, sonnenverbrannte Gesichter, vier x-beliebige Typen, die aus Zerstreutheit oder Unaufmerksamkeit Piraten geworden sein mussten, aus einer unbedachten Entscheidung, und die ebenso gut wie Piraten Bauer oder Schreiner hätten sein können.

»Ach, wie nett«, sagte derjenige, der ihr Anführer sein musste. »Ein Schwälbchen und ein kleiner Bengel. Das Schwälbchen ist wirklich allerliebst, der Bengel ist nichts Besonderes, aber er wächst ja noch. Wir suchten genau euch, wisst ihr das? Und wollt ihr wissen, warum?«

Hania schüttelte den Kopf.

»Meine Schwester beauftragt mich, euch mitzuteilen,

dass sie kein Interesse daran hat, die Gründe für eure erlauchten Taten zu erfahren«, übersetzte Rois.

Die vier waren sprachlos. Sie hätten sich mehr Pathos erwartet, eine gute Dosis Schrecken, mehr Einschüchterung. Schreckensschreie und eine etwas weniger elaborierte Sprache.

»Gut, ich sage es dir trotzdem«, fauchte mit einem erzwungenen Grinsen der Anführer der vier. »Wir sind diejenigen, die ihr Piraten nennt. Bei uns zu Hause heißen wir allerdings Helden der Meere. Wir sind hier, um Sklaven zu machen. Wisst ihr, unser Reich muss aufgebaut werden, Stein für Stein, unsere Herrscher wollen unterhalten sein. Wir brauchen willige Sklaven und sehr hübsche Schwälbchen. Ihr beide kommt da gerade recht.«

Rois war erleichtert. Sie hatten einen Wert auf dem Sklavenmarkt. Also wurde der Pfeilschuss von hinten weniger wahrscheinlich. Der andere Vorteil war, dass dies Leute waren, die gern redeten. In den Unterrichtsstunden im Zweikampf hatte sein Vater ihm immer gesagt, dass man im Kampf nicht spricht. Die hier dürften diese Regel nicht kennen. Sich wichtigtun, Angst einflößen musste ihnen großen Spaß machen, sie verschenkten völlig das Moment der Überrumpelung und ließen ihnen dadurch alle Zeit, die schwachen Punkte auszumachen, zu begreifen, wo und mit welcher Wucht man zuschlagen musste.

Hania antwortete mit einer unwilligen Geste.

Für die Piraten war die ganze Szene offenbar absurd, wie auch das Fehlen von Angst absurd war, und deshalb waren sie einen Moment lang verdutzt, aber keinem von ihnen kam in den Sinn, dass es, wenn die anderen so wenig erschrocken waren, wahrscheinlich oder zumindest möglich war, dass sie verdammt viel stärker waren, als sie schienen.

»Meine Schwester dankt für Euer Angebot, an dem sie kein Interesse hat, und für die Aufmerksamkeit, die Ihr uns geschenkt habt und die sie Euch bittet, anderswohin zu lenken.«

»Verfluchte kleine Hündin …«, setzte der Anführer der vier an und zog sein Schwert. Wie der Rest des Satzes hätte lauten sollen, erfuhr man nicht.

Hania wandte sich zu ihm und streckte die Hand aus, sie streckte sie einfach zur Seite, und das Schwert, das der zweite Pirat an seiner Seite trug, sprang aus der Scheide, und der Griff endete in ihrer Hand. Das war der schwache Punkt der vier: Ihre Schwerter waren nicht befestigt. Hania packte das Schwert und mit einer blitzschnellen Bewegung durchbohrte sie den Anführer von vorn bis hinten. Der hatte nicht einmal die Zeit, sein Schwert zu ziehen und den Stoß abzuwehren. Er schnappte nach Luft. Er fiel auf die Knie und führte die Hand an die Wunde, wie um die Seele und das ausströmende Blut zurückzuhalten, das gelang ihm nicht, und er sackte in sich zusammen.

»Meine Schwester Hania, Erbin des Reichs der Sieben Gipfel, ist ärgerlich über Euch«, erklärte Rois. Man brauchte nichts mehr verborgen zu halten. »Und das verurteilt Euch zum Tode.« Sie sollten es ruhig wissen. Vielleicht hatten sie jemanden, den sie um Verzeihung bitten wollten, jemanden, an den sie denken wollten.

Hania tötete die verbliebenen drei einen nach dem anderen. Sie waren groß, sie war blitzschnell, und ihr Arm hatte eine Kraft, die aus der Finsternis kam.

Rois fühlte Ekel in sich aufsteigen und schluckte ihn hinunter. Das war nicht angebracht, sie waren im Krieg. So führte man Krieg. Sein Vater war Krieger gewesen, wie sein Großvater und seine Mutter. Und auch er würde einer werden. So führte man Krieg.

Hania stützte sich auf das Schwert und umschloss fest den grünen Stein, während sie die Toten betrachtete. Rois verstand: Sie brauchte das, um im Gleichgewicht zu bleiben, um angesichts dieser Leichname keine Freude zu empfinden oder wenigstens nicht zu sehr.

Hania beugte sich über die Toten und entwaffnete sie, zog ihnen auch die Panzer aus gekochten Lederstückchen aus, die mit rostigem und schmuddeligem Eisendraht zusammengehalten waren. Sie waren an sich schon schmutzig und ekelerregend, und die Tatsache, dass sie blutgetränkt waren, machte sie noch widerwärtiger. Hania zog einen davon an, dann wandte sie sich zu ihm und legte Rois ebenfalls einen an.

Dann wählte sie die zwei besten Schwerter aus, sie gab ihm eins und behielt das andere, und in dem Moment drang das Wehklagen der Frauen zu ihnen. Es war eine ferne und verzweifelte Klage, sie verlor sich in der Luft, in der Nebel aufzog, sie ging unter in Stille, zum Schweigen gebracht von wütenden Stimmen. Das Gefängnis war im Gouverneurspalast. Jetzt war das klar.

Rois fühlte, wie sich die Wut in Kraft verwandelte. Er zurrte den Panzer fest: Dass er schmutzig war, war bedeutungslos, er konnte ihn schützen, während er kämpfte, um die Frauen zu befreien, er konnte ihm erlauben, eine Minute länger zu kämpfen, einen ihrer Kerkermeister zu töten, um eine mehr von ihnen zu befreien. Weil ihre Klage Gerechtigkeit verlangte, nach Rache schrie.

Er wiederholte sich zwanghaft, dass er Rois war, Sohn von Dartred und Mariel, Enkel des letzten Königs der Sieben Gipfel, jüngerer Bruder von Hania, die die dunkle Macht der Finsternis der menschlichen Gerechtigkeit hinzugefügt hatte.

Rois umschloss mit der Hand den elenden Griff, bestehend aus Lederbändern, die um das Heft gewickelt waren. Das Leder war getränkt von Schweiß und Blut, und er hielt es voller Freude, weil es eine Waffe war, seine Waffe, mit der er Gerechtigkeit in diese Welt voller schwarzer Segel und Fahnen bringen würde, die sich schaurig vom Blau des Himmels abhoben.

Hania durchsuchte die Taschen der Toten noch weiter: Sie nahm Münzen, Schlüssel, eine halb volle Flasche an sich. Alle Gegenstände waren blutverschmiert. Sie selbst war blutbesudelt. Wie sein Vater an den blauen Tagen der militärischen Unterweisung erklärt hatte, nur die Bogenschützen konnten rein aus einem Kampf hervorgehen. Wer sich mit der blanken Waffe schlug, würde das Blut der getöteten Gegner an sich tragen, einen Teil von ihnen, wie der Geliebte den Duft des Körpers der Geliebten an sich trägt. Der Krieg war eine schreckliche Form der Intimität, aus der man unmöglich rein hervorgehen konnte. Einen Krieg führte man nicht, ohne einen Teil Grausamkeit von den Grausamen zu lernen, etwas Gewalttätigkeit von den Gewalttätigen.

Rois half Hania, die vier Leichname ins Meer zu werfen, in der Hoffnung, dass sie sich unter die anderen mengten. Er war jetzt weder verschreckt noch euphorisch. Er war ein Ritter und würde bis ans Ende gehen. Denn das war eines der Gesetze der Ritterschaft.

33

Eine Stadt voller Schmerz und Hoffnung

Hania konnte nicht die Ratten einsetzen, um zu erfahren, was in der Stadt vorging, auch nicht die Möwen, die mit ihrem Flug sehr hilfreich gewesen wären. Wie sie besaß der Herr der Finsternis die Fähigkeit, den Geist von Tieren zu kontrollieren, und er wartete nur darauf, dass sie sich bemerkbar machte, um sie zu lokalisieren. Ein einzelnes Tier konnte seiner Aufmerksamkeit entgehen, wie ihm vielleicht der Storch entgangen war, wenigstens am Anfang, aber eine Masse von Tieren wäre für den Geist des Finsteren bemerkbar gewesen, sie würden ihm Hanias genauen Standort enthüllen.

Aber sie hatten die Kobolde.

Ihr Vater war außerordentlich gerissen und außerordentlich dumm. Gerissenheit und Intelligenz sind nicht dasselbe. Intelligenz besteht darin zu verstehen, was das Ziel ist, wohin man gehen muss. Gerissenheit ist die Fähigkeit, Abkürzungen zu finden. Er hatte nicht mit den Kobolden gerechnet.

Die Kobolde waren aber sehr kleine Kinder, sie waren als Neugeborene getötet worden, mit ihrer Intelligenz und ihrem Verstand war es also nicht weit her. Noch unfähiger und irrationaler als Roa, waren sie ganz und gar dem Gefühl des Augenblicks ausgeliefert: Wenn sie wütend waren, vergaßen sie alles und peitschten die Wellen auf, wenn sie einen Schmetterling sahen, liefen sie ihm nach. Da sie körperlos waren, sabberten sie jedoch nicht, und es war auch nicht nötig, sie abzuputzen, damit sie nicht nach ihren Exkrementen stanken.

Sicher, Ratten wären etwas anderes gewesen. Ratten kamen überallhin, führten jedweden Befehl aus, zu Flötenspiel konnten sie tanzen, sie waren mit scharfen Zähnen bewaffnet, und man konnte sie auch essen.

Ratten waren vollkommen, und in ihrer Vollkommenheit stach die Großartigkeit der Wasserratte mit ihren mörderischen Zähnen noch besonders hervor, doch man musste mit dem kämpfen, was man hatte, nicht mit dem, was zur Verfügung zu haben schön gewesen wäre.

Die Kobolde waren immerhin etwas und es waren sehr viele. Als Hania ihrem unzusammenhängenden Geplapper und ihrem schmerzlichen und herzzerreißenden Gejammer lauschte, vermittelte ihr das auch nicht die geringste Idee, wo die gekidnappten Frauen waren, aber sie erfuhr, dass die Männer in eine Höhle geflohen waren, dass die Piraten in den Lagerhäusern auf den Kais saßen, schwer, aber schlecht bewaffnet waren, vor allem mit wenigen Bögen.

Mit unendlicher Geduld konnte Hania die Kobolde dazu bringen, in den Palast des Gouverneurs zu gehen.

Das war ein Ort, den sie nicht mochten, zu dem keiner von ihnen gehörte und den sie als besonders kalt und feindlich empfanden.

Endlich kamen ein paar zurück mit den Bildern von Tausenden, in den unterirdischen Verliesen eingesperrten Frauen und mit dem undeutlichen Bild des Aufsehers, Tipro della Colonna. Hania hatte gedacht, zu diesem Zeitpunkt wäre er schon ein an einem Balken baumelnder Kadaver, hingegen war er gut genährt und munter, saß an einem mit Intarsien verzierten Eichentisch und unterhielt sich mit dem Anführer der Piraten, einem riesigen, blonden Kerl, dessen nackte Arme voller Tätowierungen waren.

Geno war also verschachert worden. Es war immer verschachert worden, das war klar, aber diesmal war der Preis höher und der Schaden endgültig.

»Gehen wir und sammeln die Männer, die für und mit uns kämpfen werden«, teilte Hania ihrem Bruder mit.

»Wie kannst du sicher sein, dass sie für uns kämpfen werden?«, fragte Rois. Das war nicht der Zweifel eines widerstrebenden Untergebenen, sondern die ehrliche Bitte um Aufklärung seitens des lernwilligen Schülers.

»Wir sagen ihnen die Wahrheit«, antwortete Hania.

Auch wenn Rois ihre Stimme vernehmen konnte, machte sie das Zeichen: ein einziges für das Wort *Wahrheit,* rechte Hand mit abgespreizten Fingern nach oben, damit es keine Zweifel geben konnte. Das Zeichen war unmissverständlich.

»Welche? Es gibt viele Wahrheiten. Dass ein Apfel größer ist als eine Kirsche, ist eine. Dass gesund zu sein besser ist, als tot, verletzt oder verstümmelt zu sein, auch das ist eine, sie ist unanfechtbar, und genau das ist die Wahrheit, die sie in ihren Löchern festhält.«

»Die Wahrheit ist, dass sie Feiglinge sind, sie halten sich für klug, aber sie sind feige, und das musst du ihnen sagen. Ihre Feigheit hat die Stadt den Wölfen in die Hand gegeben, hat ihre Frauen zu Mörderinnen an den eigenen Kindern gemacht, hat sie zu Schlächtern ihrer Stadt gemacht.«

Sie waren stark, sicher und vollkommen, der einzig mögliche Kommandant: die stumme Hexe und ihr sehr junger Bruder, der ihr seine Stimme lieh.

»Nein, das werden wir nicht sagen«, entgegnete Rois. »Wir werden ihnen sagen, dass sie Krieger sein können, Helden werden können. Das ist die Aufgabe eines Kommandanten.«

Sie kletterten zwischen den Bäumen hinauf, ließen die Wachposten der Piraten hinter sich, und geführt von den Kobolden fanden sie schließlich die Grotte, die hinter einer doppelten Reihe von Weiden und Holundersträuchern vollkommen verborgen war und die unauffindbar gewesen wäre, wenn die Kobolde nicht ihre Schritte gelenkt hätten.

Es gab keine Wege dorthin, sie mussten sich zwischen niedrigen Myrtesträuchern und wildem Fenchel hindurchschlängeln, und nur mit viel Anstrengung konnten sie ein paar Spuren erkennen von jemandem, der unter größter Vorsicht hier vorbeigekommen sein musste.

Die Höhle war riesig. Hinter einem kleinen Eingang öffneten sich märchenhafte Säle, beleuchtet von Fackeln, in deren Licht die Stalaktiten leichte, schwankende Schatten an die rosa und grauen Wände warfen. Hunderte Männer drängten sich in einer winzigen Grotte, sie hielten dieselben Sensen und Mistgabeln, die sie versucht hatten, gegen Hania einzusetzen.

Sie sah sie an und versuchte bekannte Gesichter unter ihnen auszumachen. Martilo, der Schmied, der gekommen war, um die Türangeln in ihrem Haus zu reparieren, und Rollo, der Schreiner, der an ihrem Haus das Dach erneuert hatte.

Sie war ihnen nie im Leben begegnet, weil sie sich verborgen gehalten hatte, während sie das Haus, in dem sie Schutz gefunden hatte, richteten. Martilo war mit seinen drei Söhnen da. Sie wusste, dass sie gute Menschen waren, alle miteinander waren sie gewohnt, mit Hammer und Axt zu arbeiten, keiner von ihnen schien damit ein Problem zu haben, einen Ochsen zu umfassen.

Anfangs wurden Hania und Rois fast mit Freude empfangen, weil ihre Schritte Schrecken erregt hatten, und zu entdecken, dass es nicht die Piraten waren, war tröstlich, aber als einer sie wiedererkannte, brach allgemeine Wut aus.

Es kam zum Aufstand gegen Hania.

»Du bist die Hexe. Du bist an allem schuld. Alles, was geschieht, ist dein böser Zauber.«

»Wenn meine Schwester Hania, geboren aus der Finsternis, Erbin der Sieben Gipfel, dich mit einem Zauber belegt hätte, wärst du jetzt blind und hättest nur noch ein Bein. Alles, was geschieht, machen die Piraten. Aber heute werdet ihr kämpfen, heute werdet ihr euer Geschick wenden.«

»Wenn wir euch getötet hätten, wäre das nicht passiert. Wenn wir euch jetzt töten, kommt alles wieder in Ordnung.«

»Meine Schwester Hania, geboren aus der Finsternis, Erbin der Sieben Gipfel, ist der einzige Heerführer, den ihr habt, und sie ist gekommen, euch zu retten.«

»Heerführer? Gegen welchen Schrank bist denn du gerannt, du Rotznase? Die von den Sieben Gipfeln können uns mal. Ihr seid verwandt? Welche Ehre! Und die da, die aussieht wie ein Junge und gleichzeitig wie ein Mädchen, ist die stumme Hexe. Übrigens ist sie sehr schön, wir liefern sie den Piraten aus, und alles kommt in Ordnung.«

Hania öffnete die Hand und streckte den Arm aus, eine ruhige, kaum angedeutete Geste. Die Hippe des Mannes, der gesprochen hatte, löste sich von der Truhe, auf die er sie gestützt hatte, und flog in ihre Hand.

»Meine Schwester Hania, geboren aus der Finsternis, Erbin der Sieben Gipfeln, zählt zu den zahllosen Tugenden, die sie besitzt, nicht die Duldsamkeit gegenüber Dummheit. Sie bittet euch daher zu schweigen, denn die eng gezogenen Grenzen ihrer ohnedies beschränkten Geduld sind erreicht und bald überschritten.«

»Was soll das denn heißen?«, fragte jemand.

»Dass sie dich, wenn du nicht still bist, in Stücke haut. Sie ist eine Hexe, oder?«, versuchte sich ein anderer.

Rois konnte weitersprechen.

»Die Wahrheit ist, dass es eure Feigheit war, die diese Stadt zerstört hat, weder Piraten noch Sturmfluten. Zur Feigheit haben euch unwürdige Kommandanten verleitet, aber heute ist der Tag eurer Befreiung da.«

Ein leises Murren erhob sich in der Menge. Rois ließ sich nicht aus der Ruhe bringen und fuhr gelassen fort.

»Ihr seid hier, während die Körper eurer Frauen und Kinder geschändet werden, und ihr wartet auf den Augenblick, da die Reihe an euch ist, ermordet zu werden. Ihr seid hier und hofft, dass die Piraten, nachdem sie verübt haben, was sie wollten, wieder abziehen und euch lebendig hier zurücklassen, wie es all die anderen Male war. Ein ungeschriebener Pakt zwischen euch. Dieser Pakt funktioniert nicht mehr. Die Piraten sind in sehr viel größerer Zahl gekommen als in der Vergangenheit, denn sie sind gekommen, um zu bleiben. Ihr müsst ein Heer bilden. Und kämpfen. Und siegen. Für euch. Für eure Frauen. Wisst ihr, woher die Springfluten kommen, die regelmäßig eure Ufer heimsuchen?«

»Böser Zauber …«

»Missgeschick …«

»Man hat uns verhext …«

»Diese Fluten sind verursacht durch die Wut der kleinen Geister, die ihr Kobolde nennt.«

Rois konnte nicht weitersprechen, Hohngelächter übertönte ihn.

»Junge, willst du uns erzählen, dass dich der Storch gebracht hat? Der, den ihr auf dem Dach hattet?«

»Das ist Aberglauben von alten Jungfern und alten Weibern!«

Wussten die alten Frauen vom Finsteren? Waren sie also vielleicht intelligenter als die Männer und wurden im Alter noch klüger, wenn sie die Einzigen waren, die die Wahrheit erahnt hatten, dass es nämlich einen Kampf gab zwischen Gut und Böse? Und dass das Böse ein unauslöschliches Zeichen in der Welt zurückließ, eine Spur von gestocktem Blut, woran sich die Fliegen gütlich taten. Der Herr des Frevels war der Herr des gestockten Bluts an den Leichen, der Herr der Fliegen.

Rois seufzte.

»Warum wolltet ihr meine Schwester töten?«, fragte er ruhig mit leicht singender Stimme, wie man sie Kinder gegenüber anschlägt.

»Weil sie eine Hexe ist!«, antwortete einer.

»Sehr gut. Und warum ist sie eine Hexe?«

»Weil sie Tochter des Finsteren ist!«, antworteten viele.

»Ausgezeichnet! Da seht ihr es, wenn ihr euch Mühe gebt, findet ihr die Dinge ja heraus!«, bestätigte Rois zufrieden, dann wurde er plötzlich wieder ernst. »Und der Finstere war also kein Aberglaube von alten Weiblein, wenn ihr aus Angst vor ihm bereit wart, eine Familie auszulöschen. Ihr glaubt, dass meine Schwester eine Hexe ist, also wisst ihr, dass es den Finsteren gibt und er der Welt den Krieg erklärt hat. Und da Hania seine Tochter ist, ist sie die Einzige, die ihm die Stirn bieten kann. Habt ihr wirklich geglaubt, dass dies Verbrechen, das eure Stadt in Abständen begeht – die Feigheit, die Schuldigen nicht zu bekämpfen und die Unschuldigen zu töten –, nicht ihre Spuren hinterlassen würde? Jedes getötete unschuldige Kind ist ein kleiner Geist, und alle miteinander bilden sie den grauen Schleier, der über der Stadt liegt an Tagen, an denen keine Brise ihn zerstreut. Und wenn die Angst dieser Wesen zunimmt, wühlen sie das Meer auf und zerstören alles, was sich ihnen in den Weg stellt. Ihr selbst seid die Urheber eures Unglücks. Diesmal ist der Angriff total. Die Piraten sind viel zahlreicher gekommen, und sie haben die Straßen besetzt, die aus der Stadt hinausführen. Ihr sitzt hier in der Falle. Das ist nicht der übliche kleine Streifzug. Geno wird erobert und besetzt werden, von hier wird der zigste Krieg gegen das Reich der Sieben Gipfel seinen Ausgang nehmen, aber diesmal werdet nicht ihr ihn führen, weil ihr dann schon tot seid. Habt ihr vielleicht geglaubt, ihr könnt euch retten, indem ihr euch versteckt? Dann müsst ihr eine verborgene Gabe zum Märchenerzählen haben und eine noch märchenhaftere Gabe, an diese Märchen zu glauben. Den Räuber, den Piraten, den Wolf gibt es seit jeher und wird es immer geben. Es ist der Mensch, der sein Haus mit der Macht seines Mutes schützen muss!«

»Das ist nicht wahr! Sie sind mehr, haben alle Straßen besetzt, ja, aber sie werden nicht bleiben. Wenn sie bleiben würden, müssten sie früher oder später arbeiten, Kartoffeln klauben, einen Baum fällen. Sie sind Piraten. Wir bleiben schön brav und friedlich hier sitzen und in ein paar Tagen ziehen sie ab. Dann holen wir unsere Frauen zurück, vielleicht ein bisschen ramponiert, aber lebendig. Wenn in neun Monaten etwas zur Welt kommt, werfen wir es ins Meer, zur Erinnerung hissen wir schwarze Fahnen auf dem Dach, und das ist in Ordnung so«, sagte einer mit einem quadratischen Gesicht, der ziemlich weit hinten stand.

Doch indessen hatte sich unvermerkt ein gewisses Schamgefühl in die Versammelten geschlichen. Leises Murren wogte hin und her, wurde aber nicht stark genug, als dass der Ruf »Wir wollen kämpfen!« laut geworden wäre.

Da brach der Tumult los. Die Kobolde in der Höhle wurden wütend. Sie waren gekommen, um für die Menschen zu kämpfen, voll guten Willens und der Bereitschaft zur Zusammenarbeit, aber sie waren eben Neugeborene und ihren Gefühlen total ausgeliefert. Die Kobolde verloren die Besinnung, als sie ihr Leiden geleugnet sahen. In einem dichten Schwarm flogen sie aus der Höhle, und ihre Wut ballte sich zu schwarzen Wolken, prasselndem Regen, Blitz und Donner und vor allem zu riesigen Wellen, die über die verlassene Mole hereinbrachen, die armseligen Reste der verbrannten Boote zerschmetterten und die großen Segelschiffe der Piraten mit aller Wucht gegen die Hafenkais schleuderten. Die Masten zerbrachen, die Schiffsrümpfe neigten sich gefährlich und barsten.

All dies geschah in kürzester Zeit. Dann flaute diese unglaubliche Wut ab, wie sie gekommen war, und die Kobolde ließen sich zwischen den Schiffsresten nieder und jammerten. Die großen Segelschiffe der Piraten mit ihren blanken Messingbeschlägen und den schwarzen Segeln gingen langsam unter, die Masten oder das, was davon übrig war, bohrten sich in den flachen Grund des Hafenbeckens oder ragten schief in die Höhe, bildeten verrückte geometrische Formen vor dem stillen, grauen Himmel.

Als das Wetter aufgeklart hatte, kamen die Menschen aus ihrer Höhle und besahen sich die Katastrophe.

Die Kobolde waren viel besser gewesen als Ratten, Hania hatte sie unterschätzt. Den Ratten wäre es nicht gelungen, binnen einer Stunde eine so geniale Zerstörung anzurichten.

Jetzt standen die Menschen endlich mit dem Rücken zur Wand. Die Piraten konnten nicht mehr fort. Wenn die Menschen kämpften, würden sie womöglich getötet, aber wenn sie nicht kämpften, würden sie früher oder später genauso getötet, in jedem Fall würden auch sie Nahrung für die Krebse in der Bucht. Da konnte man ebenso gut in den Kampf ziehen.

Durch die Heftigkeit ihrer Verzweiflung hatten die Kobolde die Situation vereinfacht. Mut war die einzige Möglichkeit geblieben. Hania wusste das zu schätzen. Sie hasste Komplikationen und liebte die einfachen Dinge.

Ein leises, schmerzliches Wimmern ließ sich aus der Menge vernehmen.

»Sie sind stärker als wir, die Schlacht ist verloren.«

»Wir sind Kaufleute und Fischer, keine Soldaten oder Lanzenträger.«

»Sicher, es war Aufgabe der Lanzenträger, uns zu schützen. Sie haben sich alle feige abschlachten lassen.«

»Der Gouverneur, der die Stadt verteidigen sollte, ist wer weiß wohin geflohen.«

Der Gouverneur war nirgendwohin geflohen. Er saß dort, wo er hingehörte, er saß in seinem Haus vor gutem Wein in zwei Bechern. Ihm gegenüber saß genauso bequem der Anführer der Piraten.

»Keine Schlacht ist verloren, wenn auch nur ein Krieger noch am Leben ist«, begann Rois. »Und ihr seid wesentlich mehr als einer, und heute werdet ihr kämpfen, und wenn es nötig ist, morgen wieder und dann noch einmal. Und ihr werdet siegen. Und selbst wenn es unnütz sein sollte, ihr werdet kämpfen. Ein Ritter kämpft immer, auch wenn die Schlacht verloren ist, weil nicht zu kämpfen ihn aus der Gemeinschaft der Menschen ausschließen würde. Findet ihr es nicht ehrbarer, im Kampf zu sterben? Auch wenn ihr dem Tod entrinnt, was macht ihr aus einem Leben, in dem ihr die Schreie eurer Frauen und Kinder gehört habt und nicht eingeschritten seid? Es wird bloß eine unendliche Aneinanderreihung von unnützen Tagen sein, die im Staub enden. Und dann, seid ihr so sicher, dass die Schlacht verloren ist? Hania ist ein Geschöpf der Finsternis, und nur die Finsternis kann die Finsternis aufhalten, sie besitzt die Macht, sich dem Bösen entgegenzustellen. Ihr seid bewaffnet und habt einen Führer. Der jedoch verlangt seinen Preis. Bei jedem Überfall durch die Piraten ist davon ein Zeichen im Schoß eurer Frauen zurückgeblieben, Kinder sind geboren und sogleich getötet worden, und jetzt ist diese Stadt mit den schwarzen Fahnen voll mit ihren Geistern, die ihr Kobolde nennt und die ein Grab und einen Namen verlangen. Ein Grab und einen Namen. Also schwört jetzt bei allem, was euch heilig ist, dass ihr die Kinder, die in neun Monaten zur Welt kommen werden, als legitime Kinder anerkennen werdet. Und jetzt schwört, dass ihr gemeinsam mit uns unter Einsatz all eurer Kräfte kämpfen werdet, mit dem Mut, den ihr nie gehabt habt und der euch nie beigebracht worden ist, der aber in den Menschen aufkeimt, sobald Würde und Ehrgefühl sich regen. Kommt und erobert die Ehre dieser verfluchten Stadt zurück.«

Ihr Bruder vereinte das diplomatische Geschick ihrer Mutter mit dem Sarkasmus seines Vaters. Das war kein Zufall, wurde Hania klar. Sie hatten es ihm bewusst beigebracht, weil sie wussten, dass er ihre Stimme sein würde.

Mariel und Dartred hatten ein Paar Krieger geschaffen. Sie konnten siegreich sein.

Langes Schweigen. Dann sagte einer der Männer:

»Ist gut, ich glaube ja nicht, dass wir siegen können, aber wenn schon tot, dann möchte ich doch vorher den Spaß haben, einen von diesen Hunden abzumurksen. Ich komme mit.«

Es war einer der Söhne von Martilo, der kräftigste, wahrscheinlich der älteste. Einen Augenblick später schüttelte der Vater den Kopf, knurrte seine Einwilligung und machte den anderen beiden Söhnen Zeichen aufzubrechen.

Dann war die Reihe an Rollo, dem Schreiner, der eine

Axt hatte, langsam ließ er den Stiel durch die Finger gleiten und sprach dazu einen Schwur.

»Sie haben recht. Jetzt ziehen wir los und kämpfen, und nie mehr soll es geschehen, dass sie über uns herfallen wie Wölfe über die Schafe. Jetzt gilt es Wölfe gegen Wölfe. Wir benutzen Äxte, Hacken und Schaufeln.«

»Wir haben zugelassen, dass diese Dinge geschahen. Jetzt kämpfen wir. Nur Mut, Männer, man kann nicht immer fehlerfrei sein, aber man kann beschließen, keine Angst zu haben«, sagte Martilo.

Einer nach dem anderen gaben die Männer ihre Entscheidung kund, zu leben oder vielleicht als Helden zu sterben, auf keinen Fall aber als Feiglinge. Anfangs waren die Stimmen leise, wurden aber nach und nach lauter.

Da war eine Gruppe Bauern, bewaffnet mit ihren Hacken. In einer echten Schlacht war das keine bedeutende Waffe, aber sie konnte strategisch eingesetzt werden.

»Werden Maulwürfe von Mardern oder Wölfen bedroht, retten sie sich, indem sie sich eingraben. Ihr hebt Schützengräben aus, die Erde ist nass, das ist nicht schwer und dauert nicht lang, sodass wir die Piraten versteckt und unsichtbar erwarten können.«

Wenig später waren die Schützengräben ausgehoben und mit dichten Buchen- und Eichenzweigen bedeckt, sodass die Krieger nicht zu sehen waren. Andere Löcher hingegen, tief unter dichtem Farngebüsch und Erde auf einem Geflecht aus dünnen Zweigen verborgen, waren dagegen Fallen.

»Männer«, rief Rois mit seiner noch kindlichen Stimme,

die aber nicht unpassend war, weil sie wie die Stimme der verlorenen Unschuld klang. »Männer, zeigt der Welt euren Mut, zeigt den Sternen, wie groß euer Zorn sein kann. Man kämpft nicht aus Hass, man kämpft aus Liebe: Denkt an die, die ihr liebt, und kämpft. Alle zusammen. Brüllen wir. Sie sollen uns hören. Sie wissen schon, dass wir irgendwo sind, sie wissen schon, dass wir zum Angriff rüsten. Sie sollen Angst bekommen. Ihr müsst ihnen Angst machen. Lauter!«, brüllte Rois.

Und die Männer antworteten. Ein Aufschrei erhob sich, der Buschwerk und Baumwipfel erschütterte.

»Und was ist der Plan?«, fragten die Männer schließlich.

»Folgender. Angezogen von eurem Gebrüll, werden sie die Unverschämtheit haben, hierherzukommen, und das wird zur Falle für sie. Sie sind wütend, weil ihre Schiffe zerstört sind, aber auch erschrocken. Sie sind ziel- und planlos, sie kommen einzeln hierher. Sie verachten euch so sehr, dass sie sich nicht einmal die Mühe gemacht haben, einen Plan auszuarbeiten. Versteckt euch im Gebüsch, und wenn sie nah genug sind, soll jeder an das denken, was ihm auf Erden das Liebste ist und was sie zerstört haben.«

»Brüder, denken wir an unsere Mutter«, sagte der Sohn von Martilo.

Die Männer waren siegreich in dieser ersten Schlacht. Der Hinterhalt funktionierte tadellos. Die Piraten gingen in die Falle, sie wurden überwältigt von der Wut von Kriegern, die wie Maulwürfe aus der Erde zu kommen schienen, sie verloren ihre Arroganz, und diese Arroganz war ihr ganzer Mut. Angst beschlich ihre Herzen und lähmte den mit dem Schwert bewehrten Arm. Und dann war da Hania, sie lief von einem Duell zum anderen und griff ein, wenn die kampferprobten und bewaffneten Piraten die Oberhand zu gewinnen drohten.

Eine Patrouille der Piraten, arrogant und berauscht vom Wein, die ausgeschickt wurde, um diese lärmenden und unvorsichtigen Idioten ausfindig zu machen, wurde im Gebüsch angegriffen und niedergestreckt.

Während die Schlacht tobte, erschallte laut Rois' Stimme. Der Gesang, den Dartred ihm als Kind beigebracht hatte und dessen Melodie er auch im Leprösenasyl gehört hatte, wenn auch mit anderen Worten, erklang laut und deutlich.

Die Macht der Erde, des Wassers und der Barmherzigkeit,
mit dem unseren schlägt das Herz der Welt in Einigkeit.
Das Schwarz der Nacht hüte unsre Träume,
das Rot des Muts, damit Gerechtigkeit den Platz nicht räume,
das Weiß der Reinheit, Flächen von Schnee,
der Finsternis ergeben wir uns nie.
Im Himmel und in den Wassern laut erschallt der Klang,
Land taucht auf aus dem Dunkel durch unsren Gesang,
wird vereint sein im Licht. Das Ungeheuer besiegen wir.
Das Herz der Welt schlägt mit dem unsren hier.

Die Männer kannten das Lied nicht, erlernten aber schnell die eine oder andere Strophe. Alle Angst war verflogen, während die Piraten verblüfft und ungläubig zurückwichen und vor Schmieden, Schreinern, Fischern, Familienvätern flohen, die sie immer für arme Unbedarfte gehalten hatten, Opfer, die jetzt tödliche Krieger geworden waren.

Blut tränkte die Erde. Schwarz ließen sich die Krähen herab. Der älteste Sohn des Schmieds war gefallen und der Vater weinte verzweifelt, Hania konnte den Schmerz dieser Wunde fühlen. Mit ihm fielen noch viele andere und wurden beweint, doch am Ende hatten sie die Oberhand und verspürten das raue und bittre Glück des Siegs.

Die wenigen Überlebenden unter den Piraten wurden in der Höhle in ein Fischernetz gewickelt und gefesselt.

»Heda, ihr Idioten, wir machen euch fertig. Ein Heer von Bauern, befehligt von einem Jüngelchen und einem Mädchen. Wisst ihr, wen ihr vor euch habt?«

»Sicher! Wir haben arme Stümper vor uns, die ihre Tapferkeit nur im Angriff auf Wehrlose bewiesen haben«, antwortete Rois.

»Du bist nichts weiter als ein Lausebengel«, zischte einer von ihnen.

»Und ich habe euch schon jetzt besiegt, denkt nur, wie das wird, wenn ich erst einmal groß bin«, antwortete Rois seelenruhig.

34

Eine Stadt voller Schmerz und Mut

Die Nacht brach herein, und es war ein Moment des Waffenstillstands. Die Klagen der Frauen waren verstummt. Die Kobolde berichteten, dass die Piraten beschlossen hätten, sie in Ruhe zu lassen, damit sie still waren und ihre Männer nicht weiter anstachelten, folglich wurden sie jetzt als Feinde wahrgenommen, nicht als Beute.

Von oben betrachtet war die Stadt dunkel und düster, nirgendwo ein Feuer. Der Wind wehte eisig unter riesigen Sternen.

Lang vor Sonnenaufgang versammelten Hania und Rois die Kämpfer, die noch vom Sieg berauscht waren.

»Es ist alles triefnass, sie können uns also nicht ausräuchern, indem sie den Wald anzünden, aber je länger wir warten, umso besser können sie sich formieren. Wir greifen jetzt an. Wir schleichen im Dunkeln hinunter und versuchen, ins Stadtzentrum zu gelangen, zum Gouverneurspalast, dorthin haben sie die Gefangenen verlegt, die Frauen und Kinder, die Sklaven werden sollen.«

Es war ein Leichtes, hinunter und in die Stadt zu gelangen.

Es gab nur wenige Wachposten, die Hania mit absoluter Leichtigkeit erledigte, bevor sie Alarm schlagen konnten. Sie hatten nicht mit ihnen gerechnet.

Die Gewöhnung an die Feigheit und Wehrlosigkeit der Einwohner von Geno hatte dazu geführt, dass die Piraten noch nicht beschlossen hatten, wie sie auf diese erste verlorene Schlacht reagieren wollten.

Als die Angreifer bei der zentralen Mole angekommen waren, öffneten sich die Tore der Lagerhallen, und die Piraten strömten heraus.

Hania erkannte ihren Anführer, sie hatte ihn durch die Augen der Kobolde gesehen, als er dem Gouverneur die Sklaven bezahlte. Obwohl es kalt war, ging er mit nacktem Oberkörper und nackten Armen, die vollständig von Tätowierungen bedeckt waren. Es waren dreidimensionale Tätowierungen, wenn man sie mit etwas vergleichen sollte, waren es mehr Reliefs als Fresken, denn in die Zeichnungen waren Narben und Wülste integriert, außerdem eine Reihe von metallischen Gegenständen, einige aus Gold, andere aus schrecklich verrostetem Eisen. Sie bildeten die Augen und Schuppen einer Art Drachen, dessen Maul und Augen auf der rechten Schulter des Mannes saßen, sodass sich die Flammen, die daraus hervorschlugen, auf dem Arm des Mannes befanden, mit dem er das Schwert hielt.

Das war eine Form der Idiotie. Um dieses Ergebnis zu erzielen, musste der Kerl sich selbst wehgetan haben, und sich selbst wehzutun, war in jedem Fall dumm. Das Abc des Auf-der-Welt-Seins besagte, sich so wenig wie möglich wehzutun, und das hier war noch unterhalb des Abc. Dann wurde Hania irgendwie klar, dass das einen Sinn haben musste, sie merkte es, als sie rasch einen Blick auf Rois' Gesicht warf, das leichenblass war.

Die Tätowierung diente also dazu, die Feinde aus der Fassung zu bringen, indem man ihnen tiefen Ekel einflößte oder auch eine merkwürdige Form der Angst: Ein Mann, der imstande war, sich selbst solche Qualen zuzufügen, war bestimmt imstande, noch viel Schlimmeres am Körper derjenigen zu verüben, die es wagen sollten, sich ihm zu widersetzen: Der Fantasie waren da keine Grenzen gesetzt.

»Wer zum Henker wollt denn ihr sein?«, fragte der Mann und setzte ein schiefes Lächeln mit vielen Zahnlücken darin auf. »Wer glaubt ihr denn zu sein, arme, kleine, erbärmliche Idioten, die ihr es wagt, euch uns zu widersetzen? Wisst ihr, wie viele Arten zu sterben es gibt? Für euch hatten wir einen ruhigen Tod vorgesehen, praktisch schmerzfrei, rasch und leicht wie ein Flügelschlag. Jetzt habt ihr euch in den Kopf gesetzt, die Helden spielen zu wollen, also sind wir gezwungen, unsere ganze Einbildungskraft aufzubieten, um die Sache etwas anders zu gestalten.«

Der Mann verstummte und holte ein kleines Messer aus dem Gürtel, es war fast schon absurd, wie klein es war, seine sehr scharfe Klinge schimmerte im Licht des Mondes und der Fackeln.

»Es dient zum Häuten und zum In-Stücke-Schneiden. Kleine Stücke. Das kann drei Tage dauern. Das ist lustig. Wir werden uns köstlich amüsieren.«

Hania war beeindruckt von der Sprache dieses Mannes. Sie hätte sich etwas Elementareres erwartet, etwas Primitiveres, einen schrecklichen Akzent, falsch konjugierte Verben. Hingegen war das sprachliche Niveau bemerkenswert, da war auch ein Hauch von Ironie, die das Grauen des Inhalts noch mehr zur Geltung brachte. Eindeutig interessant. Dieser Mann musste eine Schule besucht, etwas gelernt haben, und dann war alles abgeglitten in die absolute Grausamkeit, in die dümmste Barbarei.

Hinter ihr mischte sich ein leises Knurren unter viele Schreckensschreie. Das kleine, wenig heroische Trüppchen der glänzenden Helden, das sich hinter ihr gesammelt hatte, war dabei, vor Schreck zurückzuweichen, aber irgendwer war ganz einfach wütend.

Wut war eine schöne Sache. Wut war eine Zierde unter den Gefühlen, das Einzige, was die Angst zunichtemachte. Wut verringerte sogar die Wahrnehmung des Schmerzes, die von Angst hingegen vermehrt wurde.

Sie umfasste ihre Hälfte des Steins und Rois wurde wieder ruhig und stark. Seine Stimme war fest, als er zu sprechen begann. Er musste dem Kerl Angst einflößen.

»Wir sind diejenigen, die die Farbe eures Blutes sehen werden; das letzte Bild, das eure Augen sehen werden, bevor ihr sterbt, sind wir, unsere Gesichter, unsere Schwerter. Wir sind euer Tod«, begann Rois.

Die Theorie seines Vaters, dass man im Kampf kämpft und nicht redet, war nach wie vor gültig, aber manchmal musste man, wie von allen Regeln, eine Ausnahme machen.

Jetzt waren sie dabei, sich zu messen. Das war Teil der Strategie. Die Rhetorik arbeitete mit Wiederholungen.

Das Wort *wir* erklang wie eine Totenglocke, wie die Totenglocke, wenn die Schiffe nicht nach Hause kamen, weil das Meer sie verschluckt hatte. Und dann diente es dazu, den bunten Haufen unentschiedener Streiter zu einer Gemeinschaft zusammenzuschweißen, Kriegsbrüder aus ihnen zu machen, wie es die Männer seines Vaters gewesen waren, als sie das Reich verteidigten.

»Wir sind euer Tod und jetzt seht ihr uns vor euch. Wir waren es, die die Kobolde dieser Stadt gebeten haben, sie sollen eine Springflut auslösen, die eure Schiffe zerstört, damit ihr nicht mehr vor unserer Gerechtigkeit fliehen könnt. Euer Leben ist hier zu Ende, außer ihr übergebt eure Waffen und kniet vor uns nieder. Jetzt sofort. Das ist das letzte Morgengrauen, das ihr erlebt. Wir haben unsichtbare Verbündete auf unserer Seite, und ihr werdet vernichtet, aus Ritterlichkeit und Großzügigkeit bieten wir euch allerdings die Möglichkeit der Kapitulation an. Wer sich ergibt, wird verschont. Die anderen sehen den morgigen Tag nicht. Sonst hauen wir euch mit unseren Äxten in Stücke, und dann werfen wir euch ganz einfach ins Meer und haben nicht einmal Spaß daran, aber wir wissen, dass eure Kadaver die Krebse nähren werden. Und wir erledigen das alles schnell, weil wir keinen Spaß daran haben. Und wisst ihr, warum wir keinen Spaß haben? Weil wir kein Haufen Gestrandeter sind, deren einziges Vergnügen im Zerstören und Abschlachten besteht. Ihr tretet das Leben mit Füßen, weil ihr wandelnde Tote seid. Ihr habt kein Haus, nur ein Segelschiff mit schwarzen Segeln und jetzt auch das nicht mehr. Es ist leicht, ab und zu wie ein Sperber auf das Nest der Turteltaube hinabzustoßen, viel schwieriger aber, Kinder in die Welt zu setzen und großzuziehen, eine einzige Frau fürs Leben zu nehmen, sie zu achten und zu beschützen. Das sind die Formen von Mut, die ihr überhaupt nicht versteht. Ergebt euch, und euer elendes Leben ist euch geschenkt.«

Es war eine große Rede gewesen. Das Gemurmel hinter Rois war verstummt. Die Männer sahen den Piraten ins Gesicht, ihre Hippen und Mistgabeln fest in der Hand.

Rois' Rede war genial gewesen, er hatte Eigenes hinzugefügt, auf das Hania nicht gekommen wäre.

»Ich heiße Sascho, Dummheiten gehen mir auf die Nerven. Du gehst mir auf die Nerven. Es heißt, du bist eine Hexe«, sagte der Anführer der Piraten.

Hania hob die Rechte, die noch immer verbunden war, damit der grüne Stein Berührung mit der Handfläche hatte, und das kleine Messer flog aus der Hand des Piraten in ihre. Dann machte sie mit dem Messer eine Geste vor dem Brustkorb.

»Das haben wir auch gehört. Eine Hexe. Tochter des Finsteren, mit immensen Kräften begabt, die sich nun gegen euch richten«, sagte Rois.

Das Lächeln wich aus dem Gesicht des Anführers und machte einer Grimasse des Schmerzes Platz.

»Hör auf, hör auf, was machst du denn da?«, brüllte er voller Schmerz und riss sich die Metallteile aus, die seine Tätowierung schmückten.

»Die Hitze nimmt zu. Ich bin sicher, der Drache, den du am Leib trägst, würde das zu schätzen wissen.«

»Idioten. Wir wissen, dass eine Hexe bei euch ist. Seht ihr nicht, dass wir nur wenige sind? Habt ihr euch nicht gefragt, wo die anderen sind? Meine Bogenschützen sind auf den Hausdächern. Und bei euren Frauen und Kindern sind noch mehr mit ihren Schwertern. Wollt ihr eure Kinder und Frauen lebendig wiedersehen? Legt die Waffen nieder, weil eure Hexe sie nicht schützen kann, ebenso wenig wie sie euch vor den Bogenschützen bewahren kann.«

Ehrlich gesagt, das war vorherzusehen gewesen.

Deshalb hatte Hania es vorhergesehen.

Sie wusste auch, dass sie nur wenige Bögen hatten. Und es war klar, dass sie auf den Dächern waren. Sicher, die Kobolde hatten es ihr gesagt, aber sie wäre auch allein draufgekommen. Und es war auch klar, dass sie die Frauen und Kinder ihrer Männer als Geiseln nutzen würden, um sie zu erpressen. Allerdings hatte die Mitwirkung der Kobolde der Sache den letzten Schliff gegeben, sozusagen die Geometrie des Angriffs vorbereitet.

Hania hatte ihr zweites Heer zusammengestellt. Ihr Vater würde bemerken, wo sie war. Nun gut, so war das einmal auf der Welt, man konnte nicht alles haben. Zwischen Geheimhaltung und Macht war jetzt die Macht wichtiger und nach dem ersten siegreichen Angriff war die Geheimhaltung ohnehin hinfällig geworden.

Plötzlich brachen zusammen mit den Männern die Ratten los, ja, die Königinnen der Ratten, die Wasserratten. Geno war voll davon.

Zu Tausenden brachen sie aus ihren Löchern hervor, bissen und brachten die Menschen zu Fall. Schwärme von Möwen stürzten sich tapfer auf die Bogenschützen auf den Dächern, achteten nicht auf die Schwert- und Axthiebe, die sie trafen und sterbend zu Boden fallen ließen. Sogar die Fische sprangen aus den verrückt gewordenen Wellen, um an der Schlacht teilzunehmen und die Gegner mit ihren glitschigen Körpern zu Fall zu bringen.

Das stärkste Stück waren die Bremsen. Keiner, der mutigste Krieger nicht, konnte den Bremsen widerstehen, nicht einmal Sascho, der trotz der vielen glühend heißen Schuppen seines Drachen kämpfte. In Geno gab es viele Bremsen, ihre Nester waren verborgen, unten zwischen den Planken der Mole, oben unter den Dachziegeln, in den Kaminen der Steinhäuser oder unter dem Fußboden der Pfahlbauten. Die Bremsen gehorchten den Kobolden, und die Kobolde beschützten die Mütter, die sie abgelehnt hatten, und ihre Geschwister, die am Leben sein durften. Bremsenschwärme hielten die Piraten so lang in Schach, bis die Ehemänner und Väter vor Ort sein konnten. Hania und Rois blieben mit wenigen anderen zurück, um auf der Mole zu kämpfen.

Als Letzter blieb Sascho mit seiner schrecklichen Tätowierung übrig, ihn hatten die Bremsen nicht angegriffen. Die Schuppen des Drachen hatten ihn geschützt. Der Mann war kampferprobt, er schien unerschöpfliche Kräfte zu haben, er ertrug Verletzungen mit Gleichmut, man hatte den Eindruck, als bewegte sein Drache sich von selbst, als hätte er ein eigenes Leben.

Rollo, der Schreiner, ging mit seiner Axt auf ihn los, er

wurde geschlagen und brach blutüberströmt zusammen. Rois kam mit seinem Schwert heran. Rois war ein Kind, Sascho war riesig, Hania musste eingreifen. Sie hob das Schwert, konnte die Bewegung aber nicht zu Ende führen. Etwas hielt sie am Handgelenk fest: Die Wunde, das Mal in Form eines Meteors, war plötzlich ganz schwer geworden. *Was ging da vor?*

Endlich begriff Hania. Wie ihr Mal entsprang auch der Drache der Finsternis. Sascho kämpfte unbesiegt und unverletzlich, weil die Schuppen des Drachen ihn schützten. Der Drache war lebendig. Hania konnte kämpfen und auch töten, aber angesichts einer unmittelbaren Manifestation der Finsternis musste sie innehalten.

Das Mal an ihrem Handgelenk befolgte die Befehle des Drachen, also war auch Sascho ein Kind des Herrn der Finsternis, oder er hatte mit ihm einen schauerlichen Pakt geschlossen, dass seine Magie mächtiger war als ihre.

Seit jeher verbarg Hania ihr rechtes Handgelenk unter einem sehr engen Ärmel oder einer Binde. Seit Jahren betrachtete sie dieses Mal nicht, aber jetzt spürte sie, es war lebendig und bösartig, ein Zauber, der in ihrem Körper wohnte, verschwistert mit dem des Drachen.

Sie wollte dem Mann die Kehle zudrücken, ihn ersticken, aber das ging nicht: Der Drache bewahrte den Mann auch davor.

Ich kann mich nicht rühren, sagte sie in Gedanken, damit Rois sie hörte. *Lauf weg, bring dich in Sicherheit, greif ihn nicht an!*

»Keine Angst, Hania!«, rief Rois. »Ich bin ein Ritter!«

Vielleicht war er ja ein Ritter, aber in diesem Fall ein Dreikäsehoch von einem Ritter.

Sascho brach in Gelächter aus. Er ging auf Rois zu, der zurückwich, mit Entschiedenheit, doch in seinen Augen lag keinerlei Angst.

»Jetzt hast du nicht mehr dein Schwesterchen, das dir zur Seite steht! Was für ein mutiger Junge du bist, ein richtiger kleiner Mann, weißt du! Die Schlampe, die dich zur Welt gebracht hat, wird echt stolz sein auf dich! Jetzt krepierst du, ich bin groß, und du bist klein«, rief der Pirat lachend.

Während er sprach, hatte Rois Zeit, mit einer blitzschnellen Bewegung den Bogen, den er auf dem Rücken trug, hervorzuholen und mit einer ebenso blitzschnellen Bewegung einen Pfeil aus dem Köcher zu ziehen und anzulegen.

Der Pfeil traf das Auge des Drachen, das auf der Schulter des Piraten saß, der Mann erblasste, verlor all seine Kraft und fiel auf die Knie. Rois legte einen zweiten Pfeil ein, der das Herz des Mannes traf.

»Ich bin Rois, Sohn von Dartred und Enkel von König Ari, ich bin klein, und du bist groß, aber ich habe einen Bogen, während du keinen Panzer hast«, entgegnete Rois gelassen, während der andere in sich zusammensank. »Ich bin intelligent und du bist dumm.«

Freudenschreie erhoben sich in der Stadt. Sie hatten gesiegt.

»Du hast all deine Kräfte eingesetzt«, sagte Rois zu Hania, wobei es ihm gelang, das Getöse, das sie umgab, zu übertönen. »Jetzt weiß dein Vater, wo du bist und dass du kämpfst.«

Hania nickte. Die Zeit des Versteckens war vorbei. Jetzt begann die Zeit des Krieges.

Sie trat zu einem Kohlenbecken auf der Mole, wo jemand ein Feuerchen gemacht hatte, vielleicht um zur Feier des Sieges einen Fisch zu rösten.

Sie nahm die Binde ab, die ihr rechtes Handgelenk bedeckte, und betrachtete das Mal. Es schien kleiner und farblos geworden zu sein.

Hania hatte nie bemerkt, dass ihr Geist, wenn das Zeichen größer und dunkler wurde, gelähmt war. Es gab Gedanken, die sie nie gedacht hatte, ganz einfach weil Zauberkräfte ihren Geist von Geburt an daran hinderten. Deshalb hatte sie ihr Handgelenk von Tag zu Tag betrachtet, ohne je zu begreifen, dass dies ein Mal war, Zeichen einer Bindung.

Sie ergriff das scharfe Messer, das sie Sascho abgenommen hatte, sie hielt es ins Feuer, um es zu reinigen, dann reichte sie es ihrem Bruder.

Gib acht auf die Sehnen, ermahnte sie ihn.

Rois war leichenblass. Seine Lippen waren schmal vor Entschlossenheit. Er nickte. Ihr Bruder verstand sie immer wie im Flug. Er nahm das Messer in die Hand und setzte es an Hanias Handgelenk an.

Der Schmerz war furchtbar. Aufgeschreckt nahm das Mal Leben an. Die Tentakel bewegten sich und krallten sich fest. Rois ließ sich nicht aufhalten. Er bewegte das Messer dicht unter der Haut, um nur das Stück Haut mit dem Mal darauf zu entfernen, wie er das mit den infizierten Stellen bei den Leprösen gemacht hatte.

Hanias Handgelenk war nur Blut und Schmerz, ihr Geist war nur Blut und Schmerz, doch auch so spürte sie, wie der Griff sich lockerte. Ein Griff, den sie seit jeher kannte, den sie nicht einmal mehr wahrnahm, der sich nur im geeigneten Moment bemerkbar machte, zum Beispiel, um sie daran zu hindern, gegen Sascho zu kämpfen.

Blut tränkte den Boden, und mit ihm fühlte Hania alle Kraft aus ihr weichen, ja das Leben selbst. Sie war zur Hälfte Schatten: Vielleicht würde der Schatten sie, wenn er aus ihr wich, töten.

Sie spürte, wie ihre Beine nachgaben, sie bekam keine Luft.

Sie ließ sich zu Boden fallen.

Der Schmerz wurde stärker.

Sie konnte nichts mehr denken.

Rois hatte Alraunwurzel und Arnika bei sich und konnte ihr einen Umschlag machen, mit den beiden Hälften des grünen Steins darin, auf der Wunde.

Langsam, sehr langsam begann der Schmerz nachzulassen. Das Blut versiegte schließlich.

Hania war noch am Leben.

Der grüne Stein auf der Wunde. Der Pfeil im Auge des Drachen. Rois kam auf Dinge, die ihr verschlossen waren.

Angesichts der Finsternis wurde Hanias Geist langsam, Rois' Geist dagegen bahnte sich seinen Weg, einen Weg, der sich von selbst verstand, wenn man es recht bedachte, den sie aber nicht sah.

Gemeinsam waren sie unschlagbar.

Das Stück ihrer Haut landete im Feuer. Das Mal zog sich zischend zusammen, während schwarzer Rauch zum Himmel aufstieg, bis der Wind ihn zerstreute.

35

Eine Stadt voller Schmerz und Ruhm

Das siegreiche Heer befreite die Frauen, die die Piraten als Geiseln genommen und in den Kellergewölben des Gouverneurspalasts gefangen gehalten hatten, sie waren verschreckt und zerlumpt, mit sichtbaren Zeichen der erlittenen Gewalt. Die Bremsen hatten die Piraten daran gehindert, ihnen Böses zu tun, so lange, bis die Männer kamen, daraufhin verschwanden sie umgehend.

Die Frauen waren still und schmerzgebeugt, und die Männer knieten vor ihren Frauen nieder und schworen, was auch immer geschehe, dass sie sie aus ganzem Herzen lieben würden, und wer auch immer zu ihren Familien hinzukäme, dort Aufnahme finden würde.

In Geno holte man die schwarzen Fahnen ein, die dort nie mehr wehen würden. Die Stadt wurde blau und golden.

Alle hatten dem Gouverneur viel zu sagen, und es entstand Streit darüber, wer den Vortritt haben sollte, doch der Würdenträger war unauffindbar.

Jedes intakte Haus, jeder Keller und jeder Speicher wurde durchsucht, aber von ihm keine Spur.

Man fand Soglo und Ferruo, die Aufseher über den Fischfang und die Jagd in der Stadt. Man fand sie zusammengekauert in einer Küche, und man hätte sie auch übersehen, wenn Soglo nicht die Angewohnheit gehabt hätte, sich zu räuspern.

Man setzte sie in ein Boot mit einer Flasche Wasser und reichlichem Vorrat an Zwiebeln und Knoblauch, da sie die so sehr liebten, mit dem Befehl, sich nie wieder blicken zu lassen, an keinem Ort des Landes.

Die Leichen der Piraten warf man ins Meer, den Krebsen zum Fraß.

Die wenigen Überlebenden, diejenigen, die sich ergeben hatten, wurden ebenfalls mit einer Flasche Wasser in ein Ruderboot gesetzt, auf dass sie in der Welt bekannt machten, dass Geno wehrhaft war und niemand mehr mit einer Waffe in der Hand hier aufkreuzen solle.

Hania erinnerte sich an ihre Mutter, als sie einen Mann getötet hatte, um ihre Tochter zu schützen, und ihn dann würdig begraben hatte, denn die Achtung vor dem Körper des Feindes ist oberstes Gebot des Ritters des Lichts.

Ihre Mutter fehlte ihr sehr. Sie hätte sie dahaben, ihre Stimme hören wollen.

Hania gab Befehl, die Überreste der Piraten zu beerdigen. Man holte die Leichname, die noch auf dem Wasser schwammen, heraus.

Die Piraten wurden in einer kleinen Bucht neben dem Strand beigesetzt, denn irgendwann mussten die Streitigkeiten ein Ende haben und die Toten Frieden finden.

An die Männer, die in der Schlacht gestorben waren, erinnerte ein langer Gesang, den Hania auf der Flöte begleitete.

Ein einziger Grabstein, bestehend aus einem langen, glänzend weißen Stein, wurde zum Gedenken an die ermordeten Kinder beim Hafen aufgestellt. Die Mütter sagten, welchen Namen sie gewählt hätten, der wurde eingraviert, und Blumen wurden niedergelegt.

Endlich hatten die Kobolde Frieden und der Berg der Grauen Luft erhob sich rein und klar in den Himmel.

Hania dachte, dass Mariel zufrieden sein würde.

Hania und Rois beschlossen, Roa holen zu gehen. Sie würde im Triumphzug nach Geno kommen, zusammen mit Madame Tara, die einmal und für immer zu ihrer Amme ausersehen worden war. Sie würde es bis zu ihrer Volljährigkeit bleiben, auch länger, wenn sie das wünschte. Sie würde im Haushalt tun, was zu tun war: putzen, kochen und nähen, und alle wären zufrieden.

Sie wären die Helden der Stadt, es war nicht ausgeschlossen, dass sie den Gouverneurspalast zu ihrem Wohnsitz wählten, mit seinem Garten voller Brunnen und Zitronenbäumen. Sie würden das unglaublich berauschende Gefühl kennenlernen, von allen geliebt zu werden.

Es dauerte noch ein paar Tage bis zur Abreise. Matilo, der Schmied, wurde zum neuen Gouverneur gewählt. Er beschloss, seine Antrittsrede beim Grab seines Sohnes zu halten, den er eben beerdigt hatte.

»Mut, Brüder, jetzt errichten wir unsere Stadt und richten unsere Ehre auf. Niemals werden wir diese Schlacht und diese Toten vergessen, wir werden sie immer im Herzen tragen. Wir werden ihrer immer gedenken. Man kann nicht immer fehlerlos sein, aber man kann jederzeit beschließen, keine Angst zu haben.«

36

Ein Schwert für einen Krieger

In der *Taverne zur geschmorten Schnecke* wurde die Bierproduktion aufgenommen. Das Problem war der seltene und teure Hopfen. Die beiden Brüder verausgabten sich total, setzten all ihre Ersparnisse ein, und das reichte, um ein paar Fass herzustellen.

Gari setzte den gelben Beifuß zu, und es sprach sich herum, dass in dieser Taverne das beste Bier der Stadt ausgeschenkt wurde, eine bernsteinfarbene Flüssigkeit, die Schmerzen linderte, Träume anregte und die Verzweiflung in einem unbestimmten und goldenen Nebel verschwinden ließ.

Das Bier wurde mit Bedacht und schlückchenweise getrunken.

Zum Glück hatten sie noch ein ganzes Fässchen, als der Henker bei ihnen erschien. Er war riesengroß, mit pockennarbigem Gesicht und hartem Blick, der jedoch eine gewisse Traurigkeit verbarg.

Sie ließen ihn Platz nehmen und trugen ihm die besten

Schnecken auf, die aber sehr gesalzen waren, sodass sein Durst zunahm. Gari musste am Eingang Stellung beziehen und alle möglichen Gäste abwimmeln, sodass die kleine Taverne leer blieb. Ein Becher nach dem anderen vertilgte der Mann das ganze kostbare Fässchen, zusammen mit sämtlichen Schnecken aus der Vorratskammer. Am Ende war nichts mehr da. Der große Kerl blieb auf seinem Stuhl sitzen, still und verschlossen.

Schließlich kippte er um und riss den Stuhl mit zu Boden. Alle stürzten zu ihm. Der Henker schloss die Augen, öffnete aber den Mund zu einem glückseligen Lächeln.

»Ich habe sie nicht getötet«, murmelte er glücklich. »Ich habe alle getötet, aber die beiden nicht. Ich wollte gar nicht Henker werden, sondern Schreiner wie mein Vater und wie dessen Vater vor ihm. Es war nicht meine Schuld. Alle sind durch meine Hand gestorben, die beiden aber nicht. Ich musste eine Falltür unter dem Galgen anbringen und der Strick war angeschnitten. Er hielt nur mit einem ganz dünnen Faden zusammen, der sofort gerissen ist. Sie sind in den unterirdischen Verliesen. Sie, das Aas, die Bäuerin-Königin, will sie lebend. Sie hasst Prinzessin Mariel. Es genügt ihr nicht, dass sie stirbt. Sie will, dass sie vor ihr zu Kreuze kriecht. Sie hat erfahren, dass die beiden unlängst ein Töchterchen bekommen haben, sie will das Kind holen und vor Vater und Mutter foltern lassen. Sie will, dass sie zu Kreuze kriecht«, murmelte der Henker noch, wobei er die Silben immer mehr in die Länge zog, bis seine Worte in ein ruhiges Schnarchen übergingen. Er schlief bis in den Morgen, am Boden liegend dicht beim Feuer, das langsam erlosch.

Am nächsten Morgen ging er verlegen davon.

Die Brüder schlossen die Herberge. Das Bier war aus und die Schnecken auch. Dann warteten sie geduldig auf einen gewittrigen Tag mit Blitz, Donner und Hagelschlag, wenn die Wachsoldaten in ihren Häuschen blieben und der Lärm des Himmels die Hammerschläge übertönte, und schmiedeten ein Schwert. Sie verwendeten dazu den Stahl aus dem Küchenbesteck und setzten der Legierung den grünen Stein zu, der sich erwartungsgemäß löste, wie der Beifuß im Bier, und ein Duft nach wilder Minze und Wald verbreitete sich.

Zum Schluss kam das Schwert zustande und es musste abkühlen. Den Griff umwickelten sie mit Leder.

Das Schwert sah grob aus, aber es war sofort klar, sobald Gari es in die Hand nahm, dass es ein mächtiges Schwert war. Das spürte man beim bloßen In-der-Hand-Halten.

»Nur Mut, der Zeitpunkt zu kämpfen ist da«, sagte Tori, der ältere der beiden Brüder von Dartred dem Kühnen.

37

Heimkehr

Sobald die Verletzten sich zu erholen begannen und sie nicht mehr brauchten, sobald die Stadt sich unter ihrem neuen, einstimmig gewählten Gouverneur, Martilo, dem Schmied, neu zu organisieren begann, verabschiedeten sich Hania und Rois von der feiernden Stadtgemeinde und brachen auf.

Sie zogen heiter ihres Wegs, mittlerweile kannten sie ihn wie ihre Westentasche, sie erinnerten sich an den großen Stein, in dessen Höhlung man bequem schlafen konnte, oder an ein winziges Bächlein mit klarem Wasser, wo man sich sinnvollerweise zum Essen niederlassen konnte.

Sie kamen zum Dorf der Frauen, und schon von Weitem war zu spüren, dass etwas nicht stimmte. Es gab keine Spiele, keine Gesänge, nur eine verstörte Traurigkeit.

Als sie das Dorf erreicht hatten, umgab sie schmerzliche Stille, und endlich kam hinkend und mit verschwollenem Gesicht Madame Tara auf sie zu.

»Das Mädchen ist geraubt worden. Sie sind sie holen gekommen. Wir konnten nichts machen.«

»Wer?«, fragte Rois.

»Große, blonde Männer, mit Armbrüsten bewaffnet. Sie konnten unsere Sprache kaum, aber sie hatten die Standarten der Sieben Gipfel bei sich.«

»Wann ist das geschehen?«, fragte Rois.

»Erst gestern«, antwortete die alte Frau.

Hania verfluchte sich.

Roa abzuholen hätte nach dem Sieg der erste Schritt sein müssen, nicht der letzte.

Sie hatte das falsch gemacht, wieder hatte sie etwas falsch gemacht, ein enormer Fehler tragischen Ausmaßes.

Wie konnten sie von Roa wissen? Wie konnte es sein, dass sie sie fanden, wenn sie eigentlich von ihrer Existenz nichts hätten wissen dürfen?

Sie gab sich die Antwort selbst. Sie hatte die Ratten eingesetzt, zusammen mit Bremsen und Skorpionen. Sie hatte das dunkle Heer in Bewegung gesetzt, das auch ihrem Vater gehörte. Sie hatte die Schlacht gewonnen, aber dadurch hatte sie den dunklen Mächten ihren Aufenthaltsort angezeigt, die bis zu diesem Zeitpunkt wohl den Verdacht hatten, dass sie sich in Geno aufhielt, aber keine Gewissheit. In der Tat waren sie sie bis jetzt nicht suchen gekommen. Sie hatten nur Bekanntmachungen ausgeschickt, und wenn Hania es recht bedachte, war es wahrscheinlich, dass diese Nachricht auch in den an das Reich angrenzenden Ländern verbreitet worden war. Bis zu diesem Zeitpunkt hatten sie jedoch keine Sicherheit gehabt.

Als sie das Heer der Ratten und Bremsen einsetzte, hatte sie ihnen Sicherheit gegeben.

Doch selbst da sie das wussten, wie hatten sie in Erfahrung bringen können, dass die Kleine im Dorf der geretteten Kinder war und dass unter allen Kindern sie das richtige war?

»Sie suchten nach einem einjährigen Mädchen und sie war das einzige Kind in diesem Alter«, sagte Madame Tara schluchzend.

Hania sah sich um. Sie begegnete dem wachsamen und boshaften Blick einer Ziege und schaute sofort weg. Das also war das Tier, das ihr Vater sich ausgesucht hatte, durch seine Augen sah er.

Mit einer nur eben angedeuteten Geste hieß sie die alte Frau schweigen. Dann nahm sie wie beiläufig einen Pfeil aus dem Köcher, legte an und traf das Tier: ein einziger Pfeil mitten ins Herz. Dann trat sie hinzu und köpfte das Tier, sodass seine Augen nichts mehr wahrnehmen konnten.

Ihre Tat rief Verwunderung und zaghaften Protest hervor, vor allem deswegen, weil Ziegen der ganze Schatz der Gemeinde waren, sie gaben Milch, leisteten einem Gesellschaft, und man schlachtete sie nur im Winter, wenn es nichts anderes zu essen gab.

Hania hielt das blutige Schwert noch in der Hand, es genügte ein Blick von ihr, und das Murren verstummte.

»Wir brechen sofort auf«, sagte Rois.

»Ich gehe mit euch«, sagte Madame Tara.

»Kommt gar nicht infrage«, sagte Rois. »Ihr wärt nur eine Last und ein Grund zur Sorge, wir müssen unsere Schwester suchen.«

»Ich kann nicht hierbleiben, dieses Mädchen ist das

Licht meines Lebens. Lieber sterbe ich, als fern von ihr zu sein. Ich werde euch nicht aufhalten, ich koche für euch. Ich mache euch Tintenfischsuppe, meine Spezialität. Wenn es dort, wohin wir gehen, keine Tintenfische gibt, dann mache ich euch Kohlsuppe. Das Rezept ist dasselbe, statt Tintenfisch nimmt man Kohl. Gehen wir. Ihr wollt nicht, dass ich mitkomme? Ihr könnt mich nicht daran hindern, euch zu folgen. Du, du machst mir keinen Eindruck mit deinem Schwert. Ich folge euch.«

Hania beschloss, dass man sich keine Sorgen zu machen brauchte. Binnen eines halben Tages würden sie die alte Frau abhängen, sodass sie nicht einmal die Grenze überschreiten musste, was mit einigen Gefahren verbunden war.

Sie bemerkte, dass die Alte den grünen Stein, den sie ihr geschenkt hatte, nicht trug. Die Frau fing ihren Blick auf und rechtfertigte sich.

»Der Stein? Den hat die Kleine. Ich habe ihn ihr um den Hals gehängt, so war sie ruhig, sie weinte weniger. Sie hat zuerst ihre Mutter verloren und dann euch, sie war traurig. Mit dem Stein um den Hals lächelte sie mehr.«

Hania überlegte. Roa hatte den grünen Stein bei sich.

Vielleicht war das eine gute Nachricht.

»Ich kann schreiben«, sagte Madame Tara und holte ein Stück Pergament hervor, das sie in einer Brusttasche verborgen hielt. »Ich hatte Pergament, Tinte und Feder bei mir, weil ich in ein paar Jahren der Kleinen Lesen und Schreiben beibringen wollte. Ich habe aufgeschrieben, was die Soldaten gesagt haben. Sie sprachen eine unbekannte, harte Sprache, aber ich habe diese Laute aufgeschrieben und habe sie mir immer wieder vorgesagt, um sie wiedergeben zu können, wenn ich euch wiedersehen würde, und jetzt seid ihr da. Und das haben sie gesagt: »*Nix plärr kleens luulye bringens anfadtol. Anfadtol glickli.*«

Hoffnungsvoll sah die alte Frau sie an.

Hania suchte im unbeschränkten Schatz ihrer Kenntnisse. Das Reich der Sieben Gipfel hatte die Barbaren der Stämme von jenseits der Grenze in sein Heer aufgenommen. Eine verrückte, eine verhängnisvolle Entscheidung. Die Sprache hatte dadurch barbarische Züge angenommen, war aber verständlich.

Sie hatten gesagt: »Nicht weinen, kleine Idiotin, wir bringen dich zu deiner Mutter. Deine Mutter wird sich freuen.«

Dann war Mariel also am Leben!

Dartred vermutlich auch.

Hania machte Rois ein Zeichen mit der Hand. Sie sah, wie er nach Luft schnappte und dann niederkniete, die Hände vors Gesicht schlug und vor Freude weinte.

Sie stand reglos da, mit ihrer üblichen scheinbaren Ungerührtheit. In Wirklichkeit war ihr Geist in Aufruhr, vielleicht auch ihr Herz.

Ihre Mutter war noch am Leben.

Die Vorstellung, mit den beiden Geschwistern in Frieden in Geno zu leben, löste sich auf. Sie zogen ins Reich der Sieben Gipfel, in den Kampf.

Ich komme, Mutter. Ich komme, Schwesterchen, murmelte Hania ohne Stimme, nur mit den Lippen. *Und ich werde rechtzeitig da sein, das schwöre ich.*

Wie Matilo, der Schmied, gesagt hatte: Man kann nicht immer fehlerlos sein, aber man kann jederzeit beschließen, keine Angst zu haben.

Silvana De Mari lebt mit ihrer Familie und einem riesigen Hund in der Nähe von Turin. Sie arbeitete als Ärztin in Italien und Afrika, bevor sie sich zur Psychotherapeutin ausbilden ließ. Nachdem sie schon kürzere Texte in Zeitschriften veröffentlicht hatte, gelang ihr mit ihrem ersten Kinderbuch »Der letzte Elf« und den drei Folgebänden ein sensationeller weltweiter Bestseller-Erfolg.

Von Silvana De Mari sind bei cbj erschienen:

»Das Erbe des Magierkönigs« – Der Aufbruch
(Band 1; 17403)

»Der letzte Elf« (Band 1; 21952)
»Der letzte Ork« (Band 2; 22239)
»Der letzte Zauber« (Band 3; 22281)
»Die Rückkehr der Elfen« (Band 4; 22327)

Jonathan Stroud

LOCKWOOD & Co.

LONDON, ENGLAND: In den Straßen geht des Nachts das Grauen um. Menschen verschwinden und um die Ecken wabern tödliche von Geisterwesen ausgesandte Plasmanebel. Denn seit Jahrzehnten wird Großbritannien von einer wahren Epidemie an Geistererscheinungen heimgesucht.

LOCKWOOD & CO. ist eine der zahlreichen Agenturen, die sich überall gebildet haben, um gegen diese Plage vorzugehen. Gemeinsam haben die drei Agenten von Lockwood & Co. alle Hände voll damit zu tun, dem Horror von London die Stirn zu bieten und nebenbei das Ganze auch noch irgendwie zu überleben.

Lockwood & Co. –
Die Seufzende Wendeltreppe
432 Seiten,
ISBN 978-3-570-15617-9

Lockwood & Co. –
Der Wispernde Schädel
512 Seiten,
ISBN 978-3-570-15710-7

Lockwood & Co. –
Die Raunende Maske
464 Seiten,
ISBN 978-3-570-15963-7

Lockwood & Co. –
Das Flammende Phantom
512 Seiten,
ISBN 978-3-570-15964-4

Lockwood & Co. –
Das Grauenvolle Grab
512 Seiten,
ISBN 978-3-570-17462-3

20231_5

cbj

www.cbj-verlag.de